新 世 纪 儿 童 文 学 新 论

主编：朱自强

方卫平，浙江师范大学人文学院教授，著有《中国儿童文学理论发展史》、《童年写作的重量》、《儿童文学教程》、《中国儿童文学四十年》（中英双语版）等。

新 世 纪 儿 童 文 学 新 论

方卫平/著

1978—2018儿童文学发展史论

少年儿童出版社

总序

朱 自 强

2018 年 9 月 12 日，少年儿童出版社副总编辑唐兵和原创儿童文学出版中心主任朱艳琴专程来到青岛，代表出版社，邀请我主编一套中国原创的儿童文学理论丛书，我几乎未经思忖，就一口答应下来。这样做，其实事出有因。

上海一直是中国儿童文学的重镇。改革开放以来，中国的儿童文学研究取得了前所未有的发展、进步，上海的少年儿童出版社贡献不菲。

在 1980 年代、1990 年代，少年儿童出版社以《儿童文学研究》这份重要杂志，搭建了十分珍贵且无以替代的学术研究平台，为中国儿童文学的观念转型和学术积累做出了十分重要的贡献。1990 年代，是我学术成长的发力期，《儿童文学研究》上发表了我的十几篇论文，其中就有《儿童文学：儿童本位的文学》、《新时期少年小说的误区》（全文）、《新时期儿童文学理论的误区》等建构我的"儿童本位"的儿童文学观的重要论文。1999 年，《儿童文学研究》停刊，其部分学术功能转至《中国儿童文学》杂志，我依然在上面发表了十几篇文章，其中就有《解放儿童的文学——新世纪的儿童文学观》《中国儿童文学的困境和出路》《再论新世纪儿童文学的走势——对中国儿童文学后现代性问题的思考》等为中国儿童文学研究提供新的理论话题的文章。

1997 年，少年儿童出版社经过精心策划、深入研讨，出版了"跨世纪儿童文学论丛"，收入《儿童文学的三大母题》（刘绪源）、《人之初文学解析》（黄云生）、《西方现代幻想文学论》（彭懿）、《转型期少儿文学思潮史》（吴其南）、《智慧的觉醒》（竺洪波）、《儿童文学的本质》（朱自强）六部学术著作。《儿童文学的本质》是我的儿童文学理论的奠基之作。我以此书较为系统地建构起了当代的"儿童本位"这一理论形态，此后，我的儿童文学研究，基本是以此书所建构的儿童文学观为理论根底来展开的。"跨世纪儿童文学论丛"对我学术发展所具有的意义不言而喻。

正是因为有上述因缘和情结，我才欣然答应承担这套理论丛书的主编工作。儿童文学学科需要加强理论建设。"跨世纪儿童文学论丛"出版以后，在儿童文学学术界产生了很好的反响，《儿童文学的三大母题》《西方现代幻想文学论》《儿童文学的本质》等著作，至今仍然保持着较大的影响力。我直觉地意识到，时隔 22 年，由少年儿童出版社再次出版一套儿童文学理论丛书，也许是一件具有特殊意义的事情。

为了与"跨世纪儿童文学论丛"形成对照，我将这套理论丛书命名为"新世纪儿童文学新论"。这两个"新"字，意有所指。

在《"分化期"儿童文学研究》（2013年）一书中，我指出并研究了进入21世纪的中国儿童文学出现的四个"分化"现象：幻想小说从童话中分化出来；图画书（绘本）从幼儿文学中分化出来；通俗（大众）儿童文学与艺术儿童文学分流；分化出语文教育的儿童文学。可以说，新世纪的儿童文学有了新的气象。

学术研究如何应对儿童文学出现的这种新气象？我在《论"分化期"的中国儿童文学及其学科发展》（《南方文坛》2009年第4期）一文中说："分化期既是中国儿童文学发展的最好时期，同时也是儿童文学学科建设的关键时期。在分化期，儿童文学创作和研究中出现了很多纷繁复杂、混沌多元的现象，提出了许多未曾遭逢的新的课题，如何清醒、理性地把握这些现象，研究和解决这些课题，是儿童文学理论研究和学科建设的题中之义……"

收入"新世纪儿童文学新论"丛书的八本著作是作者多年潜心研究的学术成果。它们不是事先规划的命题作文，而是在较短的时间内的自然组稿。本丛书作为一个规模较大的理论丛书，这种自然形成的状态，正反映了儿童文学学术研究在当下的一部分面貌。

本丛书在体例上尽量选用专门的学术著作，如果是文章合集，则必须具有明晰的专题研究性质。作这样的考虑，是为了提高理论性。儿童文学研究迫切地需要理论，儿童文学研究比其他学科更需要理论。

只有理论才能帮助我们看清儿童文学所具有的真理性价值。

理论是什么？乔纳森·卡勒在《文学理论入门》一书中指出："一般说来，要称得上是一种理论，它必须不是一个显而易见的解释。这还不够，它还应该包含一定的错综性……一个理论必须不仅仅是一种推测；它不能一望即知；在诸多因素中，它涉及一种系统的错综关系；而且要证实或推翻它都不是一件容易事。"卡勒针对福柯关于"性"的论述著作《性史》一书说："正因为它给从事其他领域的人以启迪，并且已经被大家借鉴，它才能成为理论。"

按照乔纳森·卡勒所阐释的理论的特征，本丛书的八种著作，都具有一定的理论性，即所研究的问题，以及研究问题的方式，"不是一个显而易见的解释"，"涉及一种系统的错综关系"。

在注重理论性的同时，本丛书收入的著作或在一定程度上，或在某个角度上体现了"新论"的色彩和质地。

我指出的新世纪出现了幻想小说从童话中分化出来，图画书（绘本）从幼儿文学中分化出来这两个重要现象，已经得到学术界的普遍关注，幻想小说、图画书这两种文体的研究受到了应有的重视，取得了一些成果。在幻想小说研究方面，已有《西方现代幻想文学论》（彭懿）和《中国幻想小说论》（朱自强、何卫青）这样的综论性著作，不过，儿童幻想小说如何讲述故事，使用何种叙事手法，采用何种叙事结构，这些叙述学上的问题尚未有学术著作专门来讨论。本丛书中，聂爱萍的《儿童幻想小说叙事研究》聚焦于幻想小说的叙事研究，对论题做了有一定规模和深度的研究。程诺的《后现代儿童图画书研究》、中西文纪子的《图画书中文翻译问题研究》（这部著作为中西文纪子在中国攻读学位所撰写的博士论文）是近年来图画书研究中的较为用力之作。这两部著作，前者侧重于理论建构和深度阐释，后者侧重于英、日文图画书中译案例的详实分析，从不同的层面，为图画书研究做出了明显的贡献。

徐德荣的《儿童文学翻译的文体学研究》是一部应对现实需求，十分及时的著作。在近二十年的时间里，中国可称得上儿童文学的翻译大国。翻译作品的阅读能否保有与原作阅读相近的艺术质量，在很大程度上取决于翻译质量。徐德荣的这部著作，较为娴熟地运用翻译学理论，努力建构儿童文学翻译的文体学价值系统，既具有理论意义，也具有翻译实践的参考价值。

李红叶的《安徒生童话诗学问题》和黄贵珍的《张天翼与中国现代儿童文学》是标准的作家论。这两部专著一个研究世界经典童话作家，一个研究中国儿童文学的代表性作家，其选题本身颇有价值，而对于一直处于低迷状态的作家论这一重要研究领域，也有一定的提振士气的作用。

本丛书的最后两部著作是方卫平的《1978—2018儿童文学发展史论》和我本人的《中外儿童文学比较论稿》。显而易见，这是两部文章合集的书稿。所以选入，一是因为具有专题研究性质，论题可以拓展丛书的学术研究的广度，二是因为想让读者在丛书里看到从 1980 年代开始成长起来的学者的身影。

在改革开放的四十年里，中国儿童文学取得了前所未有的成就，对这一发展历程进行理性的分析和总结，是中国儿童文学史研究的重要课题。我在《朱自强学术文集》（10 卷）的第二卷《1908—2012 中国儿童文学与现代化进程》一书中，对改革开放三十几年的儿童文学历史，划分为向"文学性"回归（1980 年代）、向"儿童性"回归（1990年代）、进入史无前例的"分化期"（大约 2000 年以来）这样三个时期，而方卫平的《1978—2018 儿童文学发展史论》对近四十年中国儿童文学创作和艺术发展历程的描述、分析和思考，则为我们提供了另一种学术眼光，呈现出文学史研究的另一种视野的独特价值。如果将我和方卫平的改革开放四十年儿童文学史的研究，两相对照着来阅读，一定是发人思考、耐人寻味且饶有趣味的事情。作为同代学人，阅读方卫平的这部带有亲历者的那种鲜活和温度的史论著作，令我感到愉悦。

我本人的《中外儿童文学比较论稿》是基于我多次出国留学之经验的著述。日本留学，给我提供了朝向西方（包括日本）儿童文学的意识和视野。作为比较文学研究，这本小书值得一提的学术贡献，是从"语言"史料出发，实证出"童话"（儿童文学的代名词）、"儿童本位"、"儿童文学"这些中国儿童文学的顶层概念，均来自日语语汇，从而证明作为观念的"儿童文学"，不是如很多学者所主张的中国"古已有之"，而是在西方的现代性传播过程中，中国的先驱们在清末民初，对其自觉选择和接受的结果。

从"跨世纪儿童文学论丛"，到"新世纪儿童文学新论"，可以看到时代给儿童文学这个学科带来的变化。22 年前，虽然"跨世纪儿童文学论丛"的作者年龄参差不齐，但还是属于同一代学者，然而，"新世纪儿童文学新论"的作者几乎可以说是"三代同堂"，尤其值得一记的是，丛书中的著作，有五部是在博士学位论文基础上形成的，这似乎既标志着学术生产力的代际转移，也显示出儿童文学这个依然积弱的学科在一点一点地长大起来。

儿童文学是社会现代化进程的产物。一个社会的现代化的水准，在极大程度上取决于儿童教育的水准。作为具有多维度儿童教育功能的儿童文学，理应在社会现代化进程中发挥重要作用，也就是说，作为学科的儿童文学的队伍规模，在中国向现代化国家发展的进程中，理应会进一步壮大。

我们期待着……

2019 年 10 月 9 日
于中国海洋大学儿童文学研究所

目录

第三编 21世纪

第四编 个案

附编 对话

后记 /449

引言
一种历史概貌的描述

1970 年代末至 1980 年代

从 1979 年到 1980 年代前期，中国当代儿童文学领域陆续出现了一批年轻作家的名字，王安忆、曹文轩、郑渊洁、梅子涵、张之路、班马、刘健屏、秦文君、周锐、冰波、常新港等等，与复出的一代作家携手，他们共同开启了一个新的儿童文学时代。

1983 年新年伊始，一份在北京出版的儿童文学刊物《东方少年》发表了儿童小说《祭蛇》。细心的读者发现，这篇作品的作者名叫丁阿虎。

对于当代儿童文学界来说，那是一个新的作家和作品、新的尝试和话题不断涌现的年代——就连发表《祭蛇》的《东方少年》这份杂志，也是半年前刚刚创刊的。因此，丁阿虎是谁，知之者甚少。

这里，我必须提到 1981 年在上海创办、由评论家周晓主持的一份重要刊物《儿童文学选刊》。这份以"精选、展示优秀儿童文学作品"为宗旨的刊物，从上百家少年儿童期刊中拣选佳作，集中刊载，并对那些重要的、表现了儿童文学艺术探索的、具有创新价值的作品展开讨论。事实上，《儿童文学选刊》不仅为当时那些热情而又应接不暇的读者们，提供了一个集中了解、思考儿童文学艺术发展的窗口与平台，它还成为了 1980 年代儿童文学艺术革新的瞭望塔与烽火台。

1983 年，已经在儿童文学界广有影响的《儿童文学选刊》在第 3 期头条位置选载了《祭蛇》。一些读者被这篇小说鲜见的故事和陌生的手法弄得目瞪口呆，一场牵动儿童文学界目光的争鸣也由此展开。

《祭蛇》讲述的是，一群乡间的男孩子在稻田里经过一场"激战"，打死了一条农田里常见的水蛇。他们决定把蛇埋在田埂上，并模仿乡间社会的习俗，用烧纸钱和哭诉的方式祭奠这条蛇。小说通过乡村男孩们游戏似的哭闹，来表达他们对学校、社会甚至是"四人帮"的不满，来宣泄他们内心的压抑和苦闷。请看这样一段描写：

火越烧越旺了。原来在他们头顶上"嘤嘤嗡嗡"的一团蠓虫，被烟火一熏，飞走了。戏是开场难，一当开了场，就很自然地唱下去了。

"张××呀，你这个老师好凶啊！"

……

"课外作业压死人啊！"

"图画课叫我们抄生词啊！"

"体育课关在教室做算术题啊！"

"苦——啊——"

"蛇——啊！"

小说《祭蛇》没有完整、复杂的情节设置，而是借助对一个乡村孩子们游戏场景的渲染、描述，来揭示、表达童年心灵与社会生活中的某些灰色、阴暗的内容。在当时传统、保守的文学观念、教育观念仍然十分强势的儿童文学界，《祭蛇》在被《儿童文学选刊》选载之后，引起巨大的关注和纷争，就毫不奇怪了。一种比较开明的观点强调，"把儿童文学单纯作为达到某种思想教育目的的直接工具"的做法已经过时，《祭蛇》的内容是具有"时代感"的，其表现手法是"奇异的、陌生的"，也是具有创新意义的。而另外一种相对保守的观点则认为，《祭蛇》虽然写得十分热闹，但这种表面上的热闹掩盖不了小说总体上比较灰暗的调子，所以这是"一篇有明显缺陷、社会效果未必好的作品"。

不久以后人们也了解到，《祭蛇》的作者丁阿虎是生活在东部沿海江苏省的一位乡村小学教师。之前他已经发表了若干中短篇儿童小说作品，但如同当时许多年轻的儿童文学作家一样，一篇富有新意的作品的发表，使作者在儿童文学界一举成名，《祭蛇》的发表以及《儿童文学选刊》的进一步传播，也使丁阿虎成为当时儿童文学界一个家喻户晓的名字。而人们事后了解到的幕后故事也颇耐人寻味：1982 年早些时候，写完《祭蛇》的作者雄心勃勃地把这篇新作陆续投给了北京、上海等地的一些著名的儿童文学杂志，但均遭到退稿。直到这一年的秋天，在一次儿童文学会议上，心情沮丧的作者遇到了《东方少年》主编刘厚明。这位以儿童小说《黑箭》获得"1981 年全国优秀短篇小说奖"的著名儿童文学作家答应把《祭蛇》手稿带回去"研究一下"。不久，这篇命运多舛的作品的命运就改变了，毫无疑问，一位乡村儿童文学作家的命运也由此改变了。

的确，那是一个文学可以影响生活，甚至可以改变命运的年代。1976 年 10 月中国政坛发生的变化结束了"文化大革命"。同时，一个主要由文学来满足审美、抚慰心灵的文学时代赶在新媒介时代降临之前来到了，一个被文学史家们命名为"新时期文学"的恢弘大幕徐徐拉开。

与整个新时期文学比较起来，儿童文学界对于那个时代的回应，则显然慢了一拍。事实上，1970 年代末、1980 年代初，儿童文学最初的文学解冻和艺术创新，也是在整个新时期文学的启发和带动下实现的。大体说来，这一解冻和创新方面的探寻、实验，是在"写什么"和"怎么写"这两个层面上进行的。

40 年前，"写什么"曾经是一个令儿童文学作家感到困扰的难题。受传统艺术思维定势的影响，人们在心理上存在着许多写作禁忌和表达障碍，例如，社会阴暗面、悲剧、早恋等题材不能涉足。而在新的时代氛围的影响下，作家们，尤其是年轻一代的儿童文学作家们，已经不愿意再受这些清规戒律的束缚了。就在《祭蛇》引起关注的前后不久，王安忆的《谁是未来的中队长》、曹文轩的《弓》、刘健屏的《我要我的雕刻刀》、常新港的《独船》等作品接连问世，并先后引起了许多讨论——当代儿童文学一点一点顽强地拓展了自己的文学视野和写作疆域。

对于儿童文学单一、贫乏的传统写作手法的质疑和不满，也很快引发了人们对于儿童文学应该"怎么写"的思考和实验。程玮的《白色的塔》、班马的《鱼幻》、梅子涵的《双人茶座》、张之路的《空箱子》等儿童小说，郑渊洁的《"哭鼻子"比赛》、周锐的《勇敢理发店》、冰波的《那神奇的颜色》、金逸铭的《长河一少年》等童话的陆续发表，为1980年代的儿童文学界带来了持续不断的实验热情和十分密集的讨论话题。这些短篇作品从语言、情节、结构、艺术手法、艺术风格等不同角度切入，几乎是以毫不犹豫、毫不讲理的方式，撑破、搅乱了传统儿童文学单一、局促的艺术格局和面貌。

总结 1980 年代的儿童文学，我认为可以用"艺术实验""新作家""短篇作品"这样一组关键词来进行一个简要的概括——

那是一个需要实验和探索的年代。"文化大革命"甚至是更长的一个历史时期所带来的长久的艺术荒芜和扭曲固然需要清算和纠正，但是对于一种新的艺术可能的好奇和向往，显然是儿童文学作家们更加普遍的创作心态。实验，探索，创新，成了那个时代儿童文学作家们，尤其是先锋作家们最具时代特征的一种集体性的写作姿态。

那也是一个呼唤新的写作者，并且为新作家的崛起准备了最好的艺术舞台的年代。冰心、陈伯吹、贺宜、严文井、任溶溶、鲁兵、孙幼军、金波等中老年一辈儿童文学作家仍然活跃，有的还在不断进行新的写作，但是我认为，班马、曹文轩、张之路、郑渊洁、秦文君、梅子涵、程玮、沈石溪、刘健屏、周锐、冰波、高洪波、陈丹燕、郑春华、常新港、金曾豪、黄蓓佳、孙云晓、董宏猷、彭懿、薛卫民等年轻一代作家的大批涌现，包括其中一批年轻的先锋作家们的写作实践，才为那个时代儿童文学的发展，提供了最重要的创造活力。

那也是一个"短篇"活跃的年代。激情年代的作家们大多还来不及运用"长篇"这样的体裁或样式来进行写作，而"短篇"样式的轻便、灵活与迅捷，还有发表短篇作品的儿童文学期刊的大量创办与存在，都为作家们的文学思考和尝试，提供了相应的便利与可能。结果，我们发现，1980年代儿童文学的艺术清单，主要由一系列的短篇儿童文学作品构成。这与1990年代以后中长篇作品创作渐趋活跃的发展趋势，形成了鲜明的对比。

对于今天普通的儿童文学爱好者来说，那样一个充满了文学的纯粹性和恭敬感的年代，已经沉入了历史记忆的深处。而那些参与了1980年代儿童文学历史书写的人们，如今有些也已四下散去，其中许多人已经渐渐远离了儿童文学。

1990年代

在很长的一个时期里，当代社会生活特别是政治生活，成为影响和操控大众文学生活的主要力量。1980 年代至 1990 年代，一种新的影响文学生活的无形力量悄然形成，这就是当代中国日趋活跃的经济生活及其背后那只"无形的手"。1990 年 5 月，由中国儿童文学研究会主办的"90 年代中国儿童文学展望"研讨会，在拥有"春城"美誉的云南省省会昆明市举行。我参加了那次会议。站在 1990 年代的起点，会议主办方的原意重在"展望"。令我印象深刻的是，一些与会者不约而同地把思考和发言重心放在了市场化、商品化时代儿童文学的特点、命运、出路等这样一些话题上。

1992 年，中共第十四次全国代表大会明确确立了市场经济在中国当代经济体制和经济生活中的位置。这意味着，当代儿童文学所赖以生存的社会生活环境又发生了新的深刻变化，其主要表现是，市场经济和商业化时代的到来，使以市场、商业价值取向为主导的生活发展力量，在一定程度上打击了纯粹的文学写作及其生存空间。儿童文学逐渐进入一个艺术与市场、作家与读者、文学价值与商品价值相互交锋、碰撞、包容、妥协的时代。

稍早一些时候，上海女作家秦文君以她的短篇小说《少女罗薇》、《老祖母的小房子》、《四弟的绿庄园》，长篇小说《十六岁少女》等大量有影响的作品，参与了 1980 年代儿童文学的写作进程。秦文君早期的这些作品留给读者的印象是，描写细腻，文字感觉有些优雅，内在的气质、情绪忧郁而凝重，文学思考的问题都严肃得要命——比如人情、人性，比如"代沟""对话"，等等。毫无疑问，1980 年代，年轻的秦文君的写作神情、姿态是端庄而略带矜持的。

1991 年，秦文君在上海出版的儿童文学刊物《巨人》

上，开始发表长篇小说《男生贾里》。这部小说写的是一个名叫贾里的初中一年级男生的故事。整部作品分为十八章，基本上就是贾里上初一时发生的十八个故事。当然，也顺便写到了贾里的妹妹贾梅、爸爸贾作家，还有贾里的男女同学们。小说借助对贾里生活中的小事、琐事的描述，来展示当代都市少年的日常生活和心性志趣，以揭示他们心灵成长的隐秘流程。值得注意的是，在这部作品中，作家收起了原先矜持的写作姿态，而操起了一种轻松、活泼、略带调侃的叙事语调，来讲述生活中普通孩子的普普通通的故事，整部作品因此变得幽默、流畅，成为一部好读的小说。

不久，《男生贾里》的单行本由上海的少年儿童出版社出版发行。这部作品很快由于其风趣、幽默、可读性强等特点而风靡一时，不仅囊括了儿童文学界的各种奖项，而且数次被改编为电影、电视剧，此后还被翻译成荷兰文、日文、韩文、马来西亚文、阿拉伯文、哈萨克文、保加利亚文、印尼文等。

借着《男生贾里》的强劲风头，作家秦文君一鼓作气，又陆续写作、出版了相似风格的系列作品《女生贾梅》《小鬼鲁智胜》《小丫林晓梅》等。这些作品在市场和读者那里都获得了认可和追捧。其中关于贾里、贾梅的系列作品，正版累计发行量达到数百万册。

关于 1990 年代秦文君创作风格发生转向的原因，我曾经在 1996 年写下的一篇文章中做过这样谨慎的猜测："或许是她对儿童文学的艺术特性和艺术可能有了新的发现，或许是她想换一种方式写作少年小说，也或许，是其他的什么原因吧……"今天我想说，无论是何种原因导致秦文君创作风格的变化，从客观上看，这种变化呼应了 1990 年代儿童文学面向读者、面向市场的时代诉求，因此，这一转型具有了一种象征意味：在书写了 1980 年代的艺术探索、实验、开拓、创新篇章之后，在作家们经历了创作上的"自说自话""自言自语""自我实现"之后，儿童文学写作的读者意识、市场意识开始被无情而又巨大的现实环境和力量所建构。当 1980 年代的先锋写作在某种程度上逐渐显示出一种"自恋式独白"和"成人化写作"危机的时候，这样的转型，很可能是儿童文学创作的一次重要的向着童年美学的回归。

此外，谈论 1990 年代的儿童文学，有两个现象或话题是不能忽略的。

一是长篇儿童文学创作的活跃。

1990 年，我在南京的《未来》杂志上发表了一篇文章，题目是《1990 年代：长篇的时代？》。我在这篇短文中认为，1980 年代"儿童文学创作中发生的许多具有深刻意义的变革和突破，大都是由短篇作品的创作首先实现和提供的。相形之下，长篇作品的创作则显得冷清、沉寂一些"。"我相信，当短篇创作在 1980 年代积累了一定量的艺术经验和教训之后，长篇作品的创作将从相对沉闷的状态逐渐走向活跃……可以预期，长篇作品将成为显示 1990 年代儿童文学创作成就的一个重要的方面，成为显示儿童文学美学潜力和艺术魅力的一个重要的途径"。

我的上述预期，后来的确成为了现实。1990 年代儿童文学留在许多人记忆中的作品，首先应该是一批长篇作品。例如，长篇儿童小说有张之路的《第三军团》、班马的《六年级大逃亡》、沈石溪的《狼王梦》、梅子涵的《女儿的故事》、曹文轩的《草房子》等，长篇童话有孙幼军的《怪老头儿》、冰波的《狼蝙蝠》等。很显然，这些作品勾勒出了 1990 年代儿童文学最重要的艺术轮廓。

二是市场经济环境下，关于儿童文学作品的商品属性、艺术属性的思考与相应的创作实践。

儿童文学作品作为一种特殊的文化商品，同时具有商品和艺术这两方面的属性。毋庸讳言，儿童文学的双重属性，在一部具体的作品中有时候可以是统一的，有时候则可能会发生不同程度的分离。进入 1990 年代，那些敏感而富有思考力的儿童文学作家们很快就意识到了这一点。1997 年，作家曹文轩出版了长篇小说《草房子》。他为这部新作撰写了《追随永恒》一文。这位北京大学教授在文中认为：感动今天儿童读者的，"应是道义的力量、情感的力量、智慧的力量和美的力量，而这一切是永在的"；"追随永恒——我们应当这样提醒自己"。上海作家梅子涵在一次会议上说："有些理论家早已说，'新时期'结束了，但我仍然以新时期的心情、热情、平静的心态进行着写作。"

由此可见，经过了 1980 年代的文学探索、磨练和积累，在 1990 年代的当代生活与文学的转型时期，面对市场经济环境的冲击、挑战，儿童文学作家们的艺术心性仍然是自信而淡定的。虽然市场经济的"狼来了"的提醒不绝于耳，但儿童文学的艺术性和永恒价值，仍然是一些作家首先考虑和向往的创作目标。

事实上，1990 年代儿童文学作家的艺术坚守和努力，在很大程度上仍然是有效的，儿童文学的艺术领地并未在市场经济的冲击下尽数失去。例如，1997 年出版的《草房子》，是作者曹文轩长篇小说创作的代表作品，出版后引发了持续的阅读热情。许多学校把这部作品列入了课内或课外的阅读书目，许多孩子和老师对这部作品的人物、故事耳熟能详、津津乐道。据了解，这部作品各种版本的总发行量已经超过1000万册。

21 世纪

进入 21 世纪，儿童文学出版、发行、传播的市场环境进一步成形。如果说 1990 年代的儿童文学还只是在市场经济的环境里小试身手的话，那么，近年来市场对于儿童文学发展的影响和左右，就已经成为了一个必须应对的巨大的生存现实。

这首先是源于党和政府对于文化事业与体制市场化改革的强力推动。2002 年，中共第十六次全国代表大会报告中，把"文化建设和文化体制改革"列为专门的一章。2003 年，中共十六届三中全会通过了《中共中央关于完善社会主义市场经济体制若干问题的决定》，首次明确提出文化体制改革要形成一批大型文化企业集团。出版业作为实体文化的主要组成部分，于 2003 年开始了体制改革的总体启动阶段。截至 2010 年底，包括地方出版社、高校出版社、中央各部门各单位出版社在内的所有经营性出版社，已经全部由事业单位转为企业，成为市场主体。

在当下，出版社成为企业，这意味着绝大部分的出版行为，都将同时是一种市场行为。有机会获得政府出版补助的出版项目，可以被认为是具有文化积累和创新价值的，或者体现政策倾向的。在这样的背景下，传统儿童文学出版的习惯与空间，都发生了变化。

最初的茫然和恐慌无疑是存在的。1990 年代的出版市场化尝试，人们还只是朦胧地预感到了市场化的前景和压力。而进入新世纪后，出版体制全面的市场化改革，无疑把那些曾经还在犹豫、观望或心存侥幸的出版社和作家，统统都赶进了市场经济的无边的丛林里。

除了市场经济这只狼以外，儿童文学还面临着一些来自其他方面的困扰和压制。例如，以数字电视、互联网等为代表的新媒介的大规模普及，使相当一部分少儿读者的阅读时间被抢夺；中小学普遍存在的应试教育，也常常使许多孩子疲于应付各类繁重的作业和考试，一部分短视的老师和父母固执地认为，只有作业和分数，才是童年时代的正事，才能保障孩子们的未来，而儿童文学读物不过是无关紧要、可读可不读的闲书而已。在这样的现实之下，儿童文学的处境似乎不容乐观。

出人意料的是，在经过了若干年的犹疑、惶恐和摸索、努力之后，新世纪儿童文学的创作、出版、发行却进入了一个十分风光的时期。许多报道都宣称，在近年来图书零售市场整体增长缓慢的情势下，童书包括儿童文学图书的发行却逆势上扬。据权威的北京开卷信息技术有限公司提供的统计数据，2006 年至今，少儿图书市场的年增长幅度，均高于整体市场的增幅。一些儿童文学作品的销售数据也可以供我们参考。四川作家杨红樱的"淘气包马小跳"系列（共 26 册）、"笑猫日记"系列（共 24 册）等持续畅销，其中"笑猫日记"系列累计发行量已超过 6000 万册。秦文君的《男生贾里》（后增写为《男生贾里全传》）、曹文轩的《草房子》、沈石溪的动物小说《狼王梦》等 1990 年代出版的作品，在进入新世纪后，其新增发行量都达到了数百万册。这些超级畅销书的出现，在 1980 年代、1990 年代是人们无法想象的。

那么，这里的一个问题就是，儿童文学作家何以能在市场经济的竞争法则下，取得我们所看到的收获？

第一，从整个社会背景来看，经济的发展，带来了家庭收入和消费能力的明显提升。加上独生子女家庭的普遍化，使儿童对家庭消费的控制力、影响力以及儿童的自主消费能力都得到了显著加强。在此过程中，儿童文学书籍也成为了儿童消费的重要内容。

第二，从教育的现实和发展来看，越来越多的新一代的父母和教师开始重视阅读，尤其是儿童文学阅读在儿童教育和发展中的作用和价值。与此同时，近年来各地通用的由政府支持的小学语文教材进行了多次修订，其中儿童文学作品在新教材中所占的比例和地位不断提高。这一切，从教育体制的角度，保障了儿童文学的阅读和传播。

第三，进入新世纪以来，教育界、文学界、出版界等，对于面向儿童的阅读推广活动，都给予了极大的重视，投入了持续的热情。许多校园里都出现过一些著名儿童文学作家、评论家、编辑、阅读推广人的身影。儿童阅读推广，建设书香社会，已经成为近年来社会文明发展进程中的一项重要的文化活动，一道独特的文化风景。

第四，一百多年来，中国儿童文学的现代发展历史，是与外国儿童文学作品、理论等的大量译介、引进分不开的。

而进入新世纪以来，儿童文学界对于了解、翻译、引进世界优秀儿童文学作品的渴望和行动，已经到达了一个前所未有的高点。儿童文学先进国家的各类优秀作品，尤其是各类获奖作品，几乎都被译介、引进到了中国。短短几年间，在博洛尼亚、法兰克福、伦敦等世界各地的书展上，来自中国的数量庞大的出版人、书商、童书作家等，摩肩接踵。2013 年11 月，第一届中国上海国际童书展在上海创办。这一切，为新世纪的儿童读者提供了更加丰富的阅读和选择机会，同时也为当代儿童文学的发展开拓了视野和空间。

最后，我们不会忘记，新世纪的儿童文学，是在 1980年代、1990 年代提供的历史经验和艺术积淀的基础上发展起来的。1980 年代，班马、曹文轩、秦文君、郑渊洁、张之路、丁阿虎们的激情探索和创新，已经作为一种艺术血液，融入了新世纪儿童文学的艺术躯体，而新世纪更加开放、自由的社会生活，也给当代儿童文学的艺术发展带来了更为广阔的空间。1990 年代，市场经济大幕的最初拉开，则为后来儿童文学的生存、发展提供了最初的市场和舞台。因此，新世纪的儿童文学，是在历史与现实共同筑就的舞台上出演的。

本书主要是对近四十年中国儿童文学创作和艺术发展历程的描述、分析和思考。第一、二、三编分别对 1980 年代、1990 年代和 21 世纪的儿童文学艺术现象进行概述和分析；第四编侧重刊物、作家、批评家的个案分析。

第一编

1980 年代

一 儿童文学形象的当代演变

　　大约从 1970 年代末期开始，我们便不断听到这样的呼吁："希望今天的儿童文学能够创造出有新时期特点的先进少年儿童形象，写出新时代的铁木儿、张嘎来。"[①] 然而光阴荏苒，儿童文学似乎无所作为——那光彩四射、激奋人心的新的英雄形象始终未能出现。

　　于是，人们开始怀念起过去了的那些好时光，怀念起小荣、张嘎、罗文应、韩梅梅那样一些令人难忘的艺术形象。的确，新时期儿童文学创作中迄今尚未出现一个有如奇峰突起，惹得满城争说、人人效仿的艺术形象。大量涌来的，则是我们传统的文学视觉所不甚习惯的、突破了既有模式的新的形象群。我以为，考察当代儿童文学人物形象塑造的流变

① 周晓. 儿童小说创作探索录 [M]. 广州：广东人民出版社，1983：56.

过程，对于我们更好地理解和把握当代儿童文学发展的历史
及现状，无疑将是一个有效的途径。①

（一）

伴随着一个光明的新时代出现的，是充满了自豪和激奋
情感的社会心态。新中国成立初期，尽管新生活的大厦还有
待人们在废墟上建造，但是生活依然充满温馨的芬芳；人们
对生活的理解，渗透着热情和幻想。这种强烈的乐观而豪迈
的精神，给了那个时期的文学创作以有力的影响。表现在儿
童文学创作上，则是当时的作品中普遍洋溢着一种愉快而热
烈的情调：年幼的小胖和小松（果向真《小胖和小松》）姐
弟游园失散，却引来了一出暖意融融的生活喜剧；一群"小
兵"（柯岩《"小兵"的故事》）的游戏，展现的是一幕活泼
有趣、健康向上的儿童生活图景。即使是在有缺点的孩子罗
文应（张天翼《罗文应的故事》）的转变过程中，也时时散
发着轻松快乐的气息，一派天真气象。就在这样一种气氛
里，当代儿童文学人物画廊的第一批形象向我们走来。

应当说，1950 年代和 1960 年代前期的儿童文学作品，
是重视人物形象的塑造的。虽然就整体而言，也有不少作品
囿于狭隘的功利目的，仅仅从善良的教育愿望出发，让人物
充当意念的载体直奔主题，以致缺乏应有的艺术内涵和美学
价值，问世不久便成了明日黄花，但是，那些真正有才气的

---

① 为了便于论述，本节的考察对象主要是当代儿童小说创作。

儿童文学作家，却通过尊重艺术规律的创作实践，获得了让人艳羡的报偿：他们在作品中塑造了一批富于时代感和有相当艺术感染力的人物形象。这些作品理所当然地成了我们检视的主要对象。

根据人物形象不同的活动背景和特质进行归纳，我们可以看到当时儿童文学中较有影响力的人物形象主要有以下几类：

1. 战争年代的"小英雄型"。如小王和小荣（刘真《我和小荣》）、曹百岁（杨朔《雪花飘飘》）、樟伢子（王愿坚《小游击队员》）、张嘎（徐光耀《小兵张嘎》）、周小真（周骥良《我们在地下作战》）等，都属于这一类。

2. 旧社会的"苦难型"。有胡万春的《骨肉》中的"我"和妹妹、沈虎根的《小师弟》中的水根，还有程小牛（杨大群《小矿工》）、苦牛（胡景芳《苦牛》）等。

3. 新时代的"先进型"。大虎（萧平《海滨的孩子》）、韩梅梅（马烽《韩梅梅》）、赵大云（任大霖《蟋蟀》）、张福珍（张有德《五分》）等是这类形象的代表。

4. 新社会的"转变型"。像陈步高（魏金枝《越早越好》）、罗文应（张天翼《罗文应的故事》）、唐小西（严文井《"下次开船"港》）、阿福（王若望《阿福寻宝记》）、小黑马（袁静《小黑马的故事》）等都是。

如果上面的归类大体不至于走板的话，那么我们不妨再试着提出这样一个问题：这些形象的出现向我们暗示、传递着一种什么样的审美风尚？

我以为，是一种根植于那个时代的崇尚英雄、充满理想和乐观精神的审美风尚。这种审美风尚与儿童稚嫩纯朴、蓬勃向上的主体世界之间似乎有一种天然的联系和契合。这就很自然地构成了当时儿童文学真诚、纯朴、乐观、活泼的精神主调和整体美学风貌。

你看，刘真在她的《我和小荣》这篇脍炙人口的小说中，与其说是在描绘严酷的战争过早地把未成年的孩子推向战火的冷峻现实，还不如说她是在借这些小战士的形象表现人民不可战胜的英雄性格和豪迈气概更恰当些。尽管战争残酷无情，但作品的基调仍然昂奋、乐观；尽管战火使孩子变得坚强、早熟，但小战士仍然流露出天真和稚气。这是一种有代表性的文学情绪，我们在当时许多描绘小英雄传奇式经历的作品中都可以感受到这种情绪。比较起来，描绘旧社会"苦难型"儿童不幸生活遭遇的作品由于感情通常较为凝重深沉而在当时居于一个相对次要的位置。很自然，这类形象在当时所激起的反响，也远不如"小英雄型"形象那样来得热烈。

同样，新时代的"先进型"人物也跟"小英雄型"人物一样，挺立在理想主义的光环之下。聪明能干的海滨孩子大虎，在海水猛涨的危急关头，勇敢地帮助二锁脱了险；高小毕业生韩梅梅，毅然顶着种种偏见和困难，回乡参加农业生产，在养猪工作中做出了出色的成绩。人物脚下延伸的并非坦途，但他们毕竟具有战胜困难的充裕的力量。至于那些"转变型"人物，也给人们以这样的信心：我们的社会完全可以给这些有缺点的孩子以良好而有力的影响。榜样的力量、耐心的教育、集体的温暖，终能促成陈步高、罗文应、陶奇（冰心《陶奇的暑假日记》）等孩子的积极转变。

上面提到的这些形象，在当时大都产生了不同程度的影响。它们无疑也是"十七年"间出现的比较成功的艺术形象。在这里，分析一下这些形象成功的原因，是有意思的。

从创作过程看，精心塑造人物形象是当时一些优秀儿童文学作家（远非所有作家）自觉的创作意识。以创作《小兵张嘎》而闻名的徐光耀说："我在创作上向来注重两个'出发'：一个从生活出发，一个从人物出发。""文学的最终目的是要写人的，是靠人的形象去感染、打动和影响读者的。特别在叙事的文学里，抽掉了人——社会的阶级的人，就不可能反映现实，更谈不上什么形象和社会意义。"① 《五彩路》的作者胡奇也认为，在儿童文学中，"人物是放在重要位置的"；"要注意生动的故事"，但"故事是随着人物思想成长、性格发展形成的。离开塑造人物，专写故事，仅只是故事而已，意思不大"。② 这些在今天看来并不惊人的观点，却在当时得到了那些优秀作家的响应。当然，也有似乎是例外的情况。老作家张天翼就曾经坦率地承认："我在跟孩子们的接触当中，发现有一些个问题——用几句话说不清，得打比方，设譬喻，讲到后来就形成了类似寓言那样的东西。有时要找生活里的例子来谈，到后来就形成了故事。"③ 但是，这位艺术功力深厚的老作家在创作过程中关心的决不仅仅是问题和故事情节。在一次儿童文学座谈会上，他这样说："情节要想写得离奇曲折并不难，编个故事还是容易的。但重要的是要写人，人物写得活，自然吸引人，如果人物写得不真实，不典型，读者就

---

① 锡金，等. 儿童文学论文选（1949—1979）[G]. 北京：中国少年儿童出版社，1981：160.

② 锡金，等. 儿童文学论文选（1949—1979）[G]. 北京：中国少年儿童出版社，1981：155.

③ 锡金，等. 儿童文学论文选（1949—1979）[G]. 北京：中国少年儿童出版社，1981：147.

只好要求故事的离奇曲折了。"① 因此，当他以写《华威先生》的手笔为小读者写作时，他笔下出现的就不是只能医治问题的文学"药方"，而是栩栩如生、呼之欲出的罗文应、王葆、蓉生这些人物形象了。事实上，在优秀的文学作品中，人物和事件总是以一定的方式交融化合的。正如美国小说家、文学评论家亨利·詹姆斯在他的《小说的艺术》一文中所问的："如果人物不是事件发生的决定者，那他会是什么呢？如果事件不能展现出人物来，那事件又是什么呢？"②

其次，从"十七年"间儿童文学中那些比较成功的形象本身来考察，它们一般都被刻画得鲜明生动，性格比较丰满。在当时的文学观念中，塑造形象，便等于刻画性格。即使在成人文学创作中，"内宇宙"也并未得到真正的认识和开发，内心世界的丰富矿藏被湮没在外部行为现象的描写中。然而对儿童文学来说，刻画鲜明可感的人物性格，却带来了更多的成功的机会。譬如张嘎，"嘎气"十足是其性格的基本特征。围绕这一性格主轴，作品展示了张嘎这一人物的各种性格元素：机灵、顽皮、勇敢、任性等。同时，张嘎性格的表现既是一种放射状的展开，又是一个动态的演变过程，这就是张嘎从一个"嘎小子"成长为一个勇敢的小战士的过程。因此，张嘎这个形象的性格不是单一的，而是丰满的；不是凝固的，而是流动的。借用英国小说理论家福斯特在《小说面面观》中的说法，可以说这是一个"圆形人物"，

---

① 锡金，等. 儿童文学论文选（1949—1979）［G］. 北京：中国少年儿童出版社，1981：154.

② ［美］雷·韦勒克，奥·沃伦. 文学理论［M］. 刘象愚，邢培明，陈圣生，李哲明，译. 北京：三联书店，1984：242.

而不是一个"扁形人物"，即是一个思想性格复杂、内涵丰富的人物，而不是思想性格都十分单一的人物。此外，像小荣、大虎、吕小钢等，也都属于"圆形人物"。它们比起那些"扁形人物"形象来，显然较富于立体感，具有更强的审美感染力。于是，尽管这些形象本身并不具有多么可观的心理容量，但它们鲜明的性格和具体而又丰富的可感因素，却更好地适应了读者的接受特点。

再次，不能忽视在文学欣赏过程中，由于读者审美心理的积极活动而产生的对于艺术形象的"逆向强化效应"，即应该看到 1950 年代、1960 年代普遍流行的审美心理对确立上述形象在当代文坛的地位所产生的影响。下列观点无疑已为越来越多的人所接受：作品的意义和价值只有在阅读过程中才能表现出来，文学形象只有经过读者的再创造才能最后完成。法国美学家杜夫海纳在《审美经验现象学》一书中，将"艺术作品"与"审美对象"区别开来。这位法国美学家认为，艺术作品是作家的一种永久的结构的创造；经过审美过程中主体审美知觉的积极参与和介入，艺术作品才超越它自己而成为审美对象。[①] 这一区分是有道理的。一般说来，当文学作品与一定的审美心理构成某种暗合、对应关系，实现了某种沟通、交流时，审美过程中主客体之间的双向活动就变得活跃而丰富起来：一方面是艺术信息给予欣赏者的正向刺激，另一方面则是欣赏者的创造性作用使作品的美学价值得到充分的实现，并对艺术形象产生"逆向强化效应"。反之，如果作品不能诱导欣赏者进行审美再创造，则作品可能具有的潜在的

---

① 朱狄. 当代西方美学 [M]. 北京：人民出版社，1984：85-92.

审美价值也会受到抑制，产生"逆向弱化效应"。"十七年"间儿童文学塑造的那些成功的艺术形象所展现的气质和风貌，与当时人们真诚、乐观、向上的精神面貌和崇尚英雄、追求理想的审美趣味十分合拍，于是，这些形象走到了少年儿童的生活中间。正如一位评论者当时说的那样：我们的广大少年儿童对韩梅梅、罗文应等生动的典型人物，"是非常熟悉、非常亲切的"，就好像同自己一起生活一样。"他们经常提出'向×××学习'一类的口号，立志要以这些正面人物的言行作为自己的榜样"。① 正是这种审美主体与审美对象之间的充分交流和对话，促成了文学形象艺术内涵的充分揭示和审美价值的充分实现，也使得形象本身的艺术感染力在欣赏过程中（并且延伸到欣赏过程以外）得到了强化。这一切，以观念化形态融入人们的审美意识，既支撑着人们对张嘎、韩梅梅、罗文应等形象的高度评价，又构成了人们在评说我国当代儿童文学发展的历史和现状时难以摆脱的标准和尺度。

由于这些原因，人们普遍具有的"怀旧"心理就不难理解了。但是，当我们做出上述分析时，我们面对的只是事实的一部分，还有许多现象被暂时排除在我们的视野之外。实际上，在文学创作取得成绩的同时，缺乏节制的乐观主义和浪漫热情也在不知不觉中把创作导向了与现实运动相背离的方向：生活的严峻和艰辛被淡化甚至被滤去了，而鲜花则被推到了前景并加以放大。儿童文学的本体特征越来越被漠视，结果是大量一般化的、平庸的作品产生了。这些作品想

---

① 锡金，等. 儿童文学论文选（1949—1979）［G］. 北京：中国少年儿童出版社，1981：42.

当然地把生活纳入一些简单而圆满的情节模式中：一个先进的儿童怎样做好事，中队怎样帮助一个落后的同学进步，一群少年怎样抓住了一个笨拙的敌特。在强调真实反映时代生活的旗帜下，儿童文学将自身的观念纳入了反文学的畸形框架中。这是一个令人尴尬和痛苦的玩笑。自然，由此产生的作品没能给我们留下真正有价值的形象。

不妨再进一步挑明了说，即使那些被认为是有代表性的作品，也隐伏着某种危机。也许是"旁观者清"的缘故，日本儿童文学理论家上笙一郎曾对中苏两国儿童文学发表过他的意见。他在谈到苏联作家尼古拉·诺索夫的《马列耶夫在学校和家里》时认为："因懒惰学习成绩不好的马列耶夫和西什金，在集体中受到锻炼，改正了自己的缺点，变成优秀少年。读后的印象是使人感到一切都太过于理想化。这不仅局限于这部作品，它与苏联儿童文学的整体特点有关。"[①] 他接着又说，"中国的情况亦是如此。这种特点从谢冰心的《陶奇的暑假日记》和张天翼的《宝葫芦的秘密》等现代儿童小说、童话中也可以看到。也就是说，前者是淘气的女孩儿陶奇通过与伙伴们的接近，后者是男孩儿王葆通过与宝葫芦的纠葛，最后，他们都转变成模范的少年儿童。过于理想化了。"[②] 上笙一郎先生发表这些言论时对中国当代儿童文学了解得并不太多，但他的见解却是中肯的。

我们注意到，"十七年"间出现的那些有影响的人物形象，大多数诞生于 1950 年代前期和中期。随后，成人文学

---

① ［日］上笙一郎. 儿童文学引论［M］. 成都：四川少年儿童出版社，1983：123.
② ［日］上笙一郎. 儿童文学引论［M］. 成都：四川少年儿童出版社，1983：123 - 124.

领域里批判"现实主义——广阔的道路",禁止"现实主义深化论",儿童文学领域批判所谓"童心论",还有对所谓"写本质"的创作理论的形而上的界说,都给文学创作以沉重的打击。"紧箍咒"越念,儿童文学的艺术空间越狭窄。周晓先生等在谈到当时的儿童中长篇小说创作时说:"以儿童为主人公的中长篇,都非写孩子们参加'三大革命运动'不可,不是支农就是支工,或是支援边防。到了六十年代初期,又只得一窝蜂地去表现阶级斗争。"① 其实,那时的整个儿童文学创作又何尝不是如此!在这类作品中,人物形象戴上呆板的面具,操着正儿八经、千篇一律的语言,做着各种夸张而不自然的动作,这标志着当代儿童文学创作逐渐由波峰下跌。迨至"文化大革命",便一头跌入波谷。

在一片精神的荒漠中,饥渴已久的人们"若大旱之望云霓"。然而这期间的儿童文学却被绑到政治运动的战车上冲锋陷阵。当然,我们不能不提到李心田的《闪闪的红星》。这部1970年代前期出版的中篇小说,塑造了潘冬子这样一个在当时家喻户晓的艺术形象。从人物形象的艺术内涵来考察,这一形象并不是一个新的创作时期的熹微晨光和最初预示,而毋宁说是那个早已过去了的黄金时期的遥远而艰难的折光。

(二)

至1980年代中期,新时期儿童文学走过了十年的路程。

---

① 周晓. 儿童小说创作探索录 [M]. 广州:广东人民出版社,1983:48.

在这十年中，我国当代儿童文学从失落而逐步觉醒，并开始走向新的自觉。这既是令人欣喜的演进，又是包含着痛苦的蜕变。很显然，同那些长期盘踞在我们大脑意识深处的陈旧的儿童文学观念决裂，并不是一件十分容易的事情。尽管如此，新的生活毕竟导致了时代精神的转换，并调节着整个社会的审美心理使之与时代生活的节拍、律动相吻合。而社会审美心理的某些深刻的变更，又强化了文学创作的进取势头。人们看到，新时期文学——我这里主要是指成人文学——表现出了巨大的创造活力，并且实现着不断的腾跃。这种突进态势，对儿童文学形成了不可抵御的诱惑、感召力量，刺激、带动，并在某种意义上引导着儿童文学向前发展。因此，虽然社会生活和历史运动为文学的演变提供了根本的依据，但是从文学系统内部各子系统之间的相互影响来考察，我们可以有把握地说，新时期儿童文学的发展在很大程度上得益于同时期成人文学创作的启迪。

从人物形象塑造方面来看，成人文学的启示乃至牵引就很明显。人们可能早已注意到，新时期文学中具有关键性突破意义的少儿形象不是来自儿童文学，而是来自刘心武的成人小说《班主任》。

1977年问世的《班主任》，以它的敏锐的艺术洞察力和充满激情的艺术思考引起了当时文坛的震惊。谢惠敏，一个真诚然而却深中魔法之毒的少女形象，唤醒了当代文学的现实精神、思辨热情和忧患意识。诚如一位青年评论家所说的：《班主任》"把焦心如焚的忧国忧民的思索引入短篇小说"，"故事线是平常的、不起眼的，隐伏在画面的背后，问题是惊心动魄的，思考是独特的、充满了激情的，被凸现在画面的亮处"。① 而在浩劫刚刚结束，新生活的全部多样性、复杂性在一个新的层次上开始展开的时候，宋宝琦、石红的形象也是富有意义的。他们与孙长宁（张洁《从森林里来的孩子》）等一起，给处于转折时期的我国当代儿童文学创作以重要的启示。

这就是当代儿童文学终于从本体论的角度明白了自身与社会生活和历史运动之间的密切联系，从而开始逐渐在实践中更新着自己的艺术哲学。儿童文学不再被认为是一个封闭的、只具有内向型性格的艺术体系，也不再被当作是"花朵文学""纯净文学"的代名词，而是被理解成为一种具有开放意识的、多元的，同样需要争夺生活空间的艺术体系。作为结果，新时期儿童文学从总体上说大致发生了这样的转变：文学情绪从充溢着肤浅的热情、天真、乐观转为蕴含着内在的冷隽、深沉和严峻，从理想主义的热烈颂歌转为现实主义的全景式的立体观照。具体说来，这种转变主要表现在两个方面：

首先是艺术视角的拓展。

与以往比较起来，新时期儿童文学创作的艺术视角已经开始进入了全方位阶段，历史和现实的更为广阔的、多样的生活内容纳入了儿童文学作家的视野，从而大大充实了儿童文学的社会历史学容量。题材的开拓成了作家热切关注的中心。那些曾经被认为是不适宜或不那么适宜于儿童文学表现的题材，在新的文学观念指引下一一进入儿童文学领域。《吃拖拉机的故事》让读者看到了社会上蔓延的不正之风如

---

① 黄子平. 论中国当代短篇小说的艺术发展 ［J］. 文学评论，1984，（5）：26 - 27.

果不加扫除将会带来怎样的后果,《苜蓿篮子》描写的是三年困难时期发生的饥荒故事,程乃珊的《"欢乐女神"的故事》诉说了一个香港女孩子的决不能算欢乐的遭遇,而常新港的《独船》所写的则是一个令人揪心的悲剧。特别值得注意的是,在广阔的社会生活的"外宇宙"受到全面审视的同时,儿童文学的视野也更深入地向着人物心理的"内宇宙"延伸。夏有志的《彩霞》、罗辰生的《白脖儿》等一批富有心理深度的作品的出现,显然在很大程度上扩大了儿童文学的艺术心理学内涵。这一切,都大大拓展了儿童文学创作的艺术空间。当然,与同时期成人文学的突破气势比较起来,我们也许会觉得儿童文学的步伐还显得谨慎了一些。不过,这种开拓终究已经给儿童文学创作带来了新的风度和气派,何况我们任何时候都不应当在儿童文学与成人文学之间做简单的类比。

其次是艺术的"情"与"理"在更高的层次上实现了新的融合。

《班主任》的那种将艺术思辨与艺术激情融为一体的创作精神,在儿童文学创作中得到了广泛的响应。理性之光的照耀与情感意识的渗透,使儿童文学作品超越题材的限制而获得了主题的升华。新时期儿童文学带有明显的"思考"特征,一个又一个问题出现在儿童文学作品中,就仿佛一个涉世未深而又面对生活的斑斓多变的少年在低头沉思:究竟应该由谁来当未来的中队长(王安忆《谁是未来的中队长》)?问题背后隐伏着的是对传统教育观的反思和对新的价值评判尺度的意向性选择。到底是什么因素粗暴地阻隔了一个中国孩子与一个异国小伙伴之间的心灵交流(程玮《See

You》)？答案中显然蕴含着对某种反常的社会心态的批评和对健全的民族心智的寻求。还有，应该怎样珍惜红领巾的荣誉（张微《他保卫了什么》）？如何看待曾经失足过的同学（邱勋《三色圆珠笔》）？发生在县委食堂里的事情说明了什么（汪黔初《在县委食堂打饭的孩子们》）？自我意识趋于觉醒的少女心中的秘密应否得到尊重（陈丹燕《上锁的抽屉》）？是的，我们还可以列举出许许多多这样的问题。应该说，在这些作品中，对理性的眷恋并未导致作家艺术情致的畸形化，感情不是被放逐而是更强烈地渗透到创作的领地。《弓》（曹文轩）、《老师，我们等着您》（胡尹强）、《金鱼》（郑渊洁）、《彩色的梦》（方国荣）、《理查三世》（张之路）、《盐丁儿》（颜一烟）等一批作品所取得的成绩也向我们证明了这一点。

伴随着艺术视野的不断拓展和艺术精神的重新塑造，儿童文学在人物形象塑造方面也经历了明显的变化。新时期儿童文学创作中出现的较有影响的形象，已经不再是那些理想化了的"小英雄型""转变型"的人物，而是由新的素质铸成的更为复杂，往往也更显得凝重的形象。毫无疑问，这些形象的出现，是新时期儿童文学创作的重要收获之一。

由《班主任》中那个不甚起眼的石红起头，儿童文学出现了一个"新质型"人物形象系列。人们一定还记得那个爱读《青春之歌》《钢铁是怎样炼成的》等文学名著，爱穿"带小碎花的短袖衬衫，还有那种带褶子的短裙"的石红。在她身上所体现出来的新的素质，实际上是转折时期生活的积极光亮的投射。因此，这一形象理所当然地成了人们反复呼吁的"新型少年儿童形象"的先导。能够进入这一形象系列的有李铁锚（王安忆《谁是未来的中队长》）、刘丽华（余通化《勇气》）、汪盈（庄之明《新星女队一号》）、华子强（丁阿虎《华子强》）、章杰（刘健屏《我要我的雕刻刀》）、熊荣（范锡林《一个与众不同的学生》）、潘奇（庄之明《迷你书屋》）等。这些形象所容纳的艺术内涵，显然已经超出了 1950 年代、1960 年代的"先进型"人物形象所能提供的东西，而在不同程度上具有与新的社会变革进程相适应的现代意识和心理内容。但是另一方面，这些形象与其说是试图提供一种供人们效仿的理想模式，还不如说是表现了一种启人深思的独特的艺术思考更恰当些。它们以富于挑战意味的姿态出现在人们面前，表现了儿童文学作家对新生活的关注，对生活变化在少年儿童心灵深处的折射的敏锐感受和甚至不乏机智的理解与把握。因此，它们事实上已经给儿童文学创作带来了不可小觑的冲击力，尽管成绩称不上斐然，却弥足珍贵。

然而生活提供的可能性和选择机会又是多种多样的，文学当然不能漠视这一点。对新时期儿童文学稍加检视我们便会发现，跟在谢惠敏身后的，是那些心灵中不同程度地渗入了一些病态因素的"扭曲型"人物形象系列。我们可以举出张莎莎（王安忆《谁是未来的中队长》）、方娟娟（罗辰生《白脖儿》）、金莹莹（刘岩《被扭曲了的树秧》）、黄毛（徐风、沈振明《木根卖菜》）、杜大学（汪黔初《在县委食堂打饭的孩子们》）、范冲（张之路《理查三世》）等。虽然这些形象不如谢惠敏那样具有突出的警醒意义，但它们也一再提醒人们：生活不会一帆风顺地铸就理想人格，却可能提供许多与我们的主观愿望相背离的东西。这些形象无疑是新的儿童文学观念的产物。

像宋宝琦那样的失足少年的命运，得到了儿童文学作家更多的关注。韩小元（刘厚明《绿色钱包》）、徐小冬（邱勋《三色圆珠笔》）、邢玉柱（刘厚明《黑箭》）、唐不知（王路遥《一个刀枪不入的孩子》）、梁一星（任大霖《喀戎在挣扎》）等，构成了一个"受损型"的人物形象系列。与"扭曲型"形象不同的是，这类"受损型"的人物形象，已经被人们自觉地认为是应该拯救的对象，然而究竟应该怎样去发现这些孩子身上的闪光点，唤醒他们的尚未泯灭的良知？上述作品通过令人深思的形象塑造，不仅仅是从教育学的角度，更是从心理学、社会学的角度对此进行了有益的思考。人们会强烈地感觉到，韩小元们、徐小冬们不仅应该得到教育和挽救，而且同样需要尊重和理解，需要爱和温暖。

不能否认，在题材不断得到开拓的同时，新时期儿童文学在形象塑造方面也呈现了更为多元的特征。除了上述人物形象系列外，我们还看到了程玮笔下哲理意味浓郁的艺术形象、黄蓓佳塑造的抒情色彩强烈的主人公、常新港作品中的悲剧性人物形象等。当然，我们也愿意承认这样一个事实：上述形象的审美冲击力还是十分有限的，它们没有能够从读者那里获得像 1950 年代、1960 年代的罗文应、张嘎曾经获得过的那样的青睐和荣誉。

这似乎与新时期儿童文学已经取得的进展很不协调。其实，这种情形正向我们暗示了当代儿童文学观念和儿童审美意识的某些深刻而复杂的发展变化。

从创作方面来看，可以说，以相对完整的情节构架为依托塑造人物形象，已经不是儿童文学作家追求的唯一目标。

虽然在淡化情节、展现心态、象征写意、探索历史文化与民族心理结构等方面，儿童文学由于受制于自身固有的"约束力"，而不可能像成人文学那样迅捷多变、挥洒自如，但是，儿童文学作家也通过不断的反思，逐渐形成新的创作意识，并开始在实践中实现着新的艺术追求。程玮说："在我提笔以前，我首先考虑的不是什么能写，什么不能写，而是怎样写，怎样写得深一些、美一些。哪怕是淡淡的、轻轻的。对于一篇短篇小说来说，我以为这样已经完成了它的使命，不必刻意追求主题或题材的所谓分量。"① 《孩子、老人和雕塑》《浅的绿、深的绿》《白色的塔》等一些作品，就是这种创作意识的物态化成果。而曹文轩则将自己的作品归结为三类："如果说《牛桩》《第十一根红布条》等作品的特点是'真'，《海牛》《古堡》等作品的特点是'力'的话，那我在《再见了，我的星星》里追求的则是'美'。"② 这种艺术触角的多向延伸，反映了这个时期儿童文学作家不愿"安分守己"的进取心理以及艺术思维空间逐渐开阔的趋势。我们可以确信这一点：这个时期儿童文学的艺术胸怀比以往任何时候都更加宽广，更加富有朝气，也更加充满希望。

从欣赏方面来看，由于社会生活和时代情绪的变化，社会审美场、人们的审美意识和审美评判尺度也早已发生了或明显、或微妙的变化。例如，随着文艺传播媒介和方式的发展，儿童的审美趣味呈现了普泛化的倾向，以电视为代表的影视艺术在儿童的审美场中，越来越成为一种重

---

① 程玮. 从《白色的塔》说开去 [J]. 儿童文学选刊, 1985, (5): 13.
② 曹文轩. 我的追求 [J]. 儿童文学, 1985, (7).

要的刺激因素，而文学在儿童的"精神食物"构成中所占的比重则有所下降（就总体而言）。同时，与 1950 年代、1960 年代比较起来，这个时期的少年儿童更具有正视现实的自觉意识和独立思考的可贵能力，他们从生活本身学到的东西，远远超过了上几代同龄人。幼稚、不成熟中渗入、融汇了比较复杂的社会现实感受，这就构成了这个时期少年儿童的基本心态。简单化的善恶标准，理想化的正面人物，都难以让他们不加怀疑便立即接受。从这个意义上来说，类似韩梅梅、罗文应那样的少年儿童形象，这个时期不可能在欣赏过程中再产生 1950 年代曾经产生过的那种审美"逆向强化效应"了。而那些具有新的时代特点、更有个性，因此内涵也更复杂的人物形象，却很难作为一种榜样，让少年儿童群起效仿了。

（三）

1970 年代末期开始我国儿童文学在基本走向上发生的变化不是偶然的。如前所述，社会历史的深刻变革促成了这一变化，成人文学创作的不断突破又刺激了这种变化。从世界各国儿童文学的发展趋势看，第二次世界大战以后都有一个相似的定向。比如苏联，这个国家的人们认识到，第二次世界大战以后少年儿童的生活观比以往任何时候都自由、开放，他们身上具有时代的新意以及这种新意的外部征兆。有的评论家形象地比喻说："他们像一张酸纸，能反映社会心理的变化和生活的更新。"① 1960 年代、1970 年代以后，苏联儿童文学从整体上看比以往更注重提出问题，分析问题，更富于理性精神，"而热情洋溢的言辞，欢欣雀跃的场面，令人快乐的希冀则比过去少了，小说中的主人公日益经常地面临严峻的困难的抉择"。② 在英美等国，自第二次世界大战，尤其是自 1960 年代以来，儿童文学中数量最大的是所谓"现实主义小说"。1960 年以前的传统现实主义小说表现的都是传统的道德观念，如孩子对家庭的关心，对老人的尊敬，对弟妹的爱护，对同伴的友爱，对穷人的同情和帮助，等等，而 1960 年代以后，儿童文学的主要题材则是一些社会问题，如暴力、吸毒、离婚、残疾儿童、无父母的孩子等，有的甚至包括了爱情和性的描写。这就是所谓的"新现实主义小说"。美国学者谢尔顿·L. 特给"新现实主义小说"下的定义是："为青少年读者写的小说，专门涉及广大公众过去认为是儿童小说禁忌的个人问题和社会问题"。③ 当然，这种变化既反映了当代西方社会生活的真实变化，又不免泥沙俱下，夹杂着资本主义社会的腐朽意识和趣味。尽管如此，这种趋向仍然是值得我们注意的。在日本，二战后不少儿童文学作家也认识到："过去的儿童文学已经满足不了读者的要求了，现在的儿童读者并不光是需要有艺术性和娱

---

① 四川外语学院外国儿童文学研究室. 外国儿童文学研究 [C]. 重庆：四川外语学院印行，1986：8.

② 四川外语学院外国儿童文学研究室. 外国儿童文学研究 [C]. 重庆：四川外语学院印行，1986：9.

③ 四川外语学院外国儿童文学研究室. 外国儿童文学研究 [C]. 重庆：四川外语学院印行，1986：47.

乐性，而更需要关于人生问题的探究"。① 看来，更深刻地反映和思考社会现实，是许多国家儿童文学的共同流向。很显然，这个潮流提供给儿童的往往不是榜样和偶像，而是现实和人生。

至此，我们几乎已经得出了一个悲观的结论：这个时期的儿童文学已经不可能再创作出那种能引得满城争说、人人效仿的人物形象了。

情况就是这样。笔者深深理解那些怀着真诚、善良、美好愿望的人们所发出的呼吁，然而这种往往是囿于狭隘的教育观和教育目的的呼吁在这个时期已经难以在文学实践中引起回声了。这样说，绝不是对儿童文学现状的悲观失望，恰恰相反，当我们对儿童文学获得一种新的理解，并重新审视、选择自己的儿童文学观念的时候，我们是充满乐观和自信的。因为我们终于摆脱了那种狭隘的文学实用主义观念的束缚，而逐渐开始了对作为一种艺术结构系统的儿童文学本体的真正了解——这也正孕育和预示着新的希望。

当然，盲目乐观也没有出息。应该意识到：新时期儿童文学的进取态势又可能是以失掉另一些宝贵的艺术风貌作为代价的。文学的二律背反往往存在于现实的文学运动中。新时期儿童文学在人物形象塑造上，一方面以恢宏的气度容纳了更为多样的人物，另一方面，人物又相对地改变了自己的地位，从艺术聚光的焦点退了下来；一方面，人物形象的社会学、心理学、教育学内涵变得丰富、凝重起来，另一方

① 四川外语学院外国儿童文学研究室. 外国儿童文学研究 [C]. 重庆：四川外语学院印行，1986：38.

面，它的艺术内涵却没有得到相应的扩充，因而在美学上相对显得贫乏、肤浅起来。结果，儿童文学的人物形象往往引起读者的震惊、思考，却未能给人们带来更大的审美享受。所以，如何在当代社会生活、当代儿童心理和新的文学观念共同构成的三维坐标中，在新的艺术创作实践中确立儿童文学的美学个性和美学风貌，塑造具有独特审美价值的艺术形象，仍然是需要当代儿童文学作家共同探索的课题。

当代少年儿童并不与时代相暌隔，他们以自己特有的方式理解、把握现实和人生，以自己特有的方式与时代一起思考和成熟。儿童文学应该向他们提供具有新的审美冲击力的艺术形象，这些形象未必是可供效法的楷模，却可以给少年儿童以更强烈而丰富的审美感受，对他们的精神世界发生更深刻而久远的影响。

二 探寻少年小说新的艺术可能

倘若抱着偏执与苛求的态度去审视新时期最初十年的儿童文学创作和理论研究的话，那么我们感兴趣的话题很可能是：儿童文学有哪些不足，而对儿童文学界在艰难中已经取得的进展，我们则可能宁愿视而不见。事实上，这决不仅仅只是我的一种假设。当然，这种偏执与苛求事出有因。首先一个原因或许就是：当代成人文学领域所取得的进展和成就与儿童文学领域的形成了强烈的对比。这种对比把儿童文学逼入了一种尴尬的境地：谁都可以对儿童文学说三道四而不必担心自己的话是不是会走火。这些批评自然不难找到某些事实依据，但也往往让人感到未免太冤枉了儿童文学。

平心而论，新时期最初十年的儿童文学界并不是"清风徐来，水波不兴"的一潭死水，这里同样有躁动和不安，同样有追求和创造。我想说，在构成一个时期以来儿童文学创作和理论发展态势的全部事实中，最吸引我注意力的现象之一便是作家们在少年小说领域所进行的艺术探索以及围绕着这些探索所展开的一次次沸沸扬扬的讨论和争鸣。这倒不是因为向来显得"老实"和"小气"的儿童文学领域也变得不那么安分守己了，而实实在在是因为我从这些探索和争鸣中看到了少年小说在传统儿童文学艺术规范之外寻找新的艺术可能的大胆尝试，看到了这些艰苦的尝试向我们昭示的一种富于诱惑力的艺术前景。这一切未必会使我们陶醉，但肯定足以让我们毫不犹豫地抛弃那种盲目的自卑和偏执的愤激。

（一）

任何艺术规范的确立和存在都有其历史的必然性和现实的合理性。而人们对某种艺术规范的选择，除了要受到一定社会历史条件的限制外，还与人们对文学活动本身的认识有关。从历史上看，几乎是从儿童文学创作作为一种独立自觉的精神活动而存在的第一天起（如果有过那么一天的话），人们就在为开辟和巩固儿童文学自身的艺术领地而进行着持久不懈的努力。在我国，1949 年以前的"儿童本位论"，1949 年以后的"童心说"等，都是旨在强调儿童文学活动的"儿童化"特征。这一最基本的儿童文学观念，制约和统摄着儿童文学的所有艺术规范。

这无疑有着更深刻的社会历史成因。我们知道，儿童文学的自觉是以儿童观的变更为前提的。早期的儿童文学拓荒者出于对扼杀儿童独立人格的旧儿童观的深恶痛绝，大力强调的是儿童世界的独立性，强调成人对儿童世界的尊重和顺应。基于这种认识而形成的对于儿童文学活动的理解和儿童文学观念，以及在这一观念支配下所确立的儿童文学艺术规范，都被深深地烙上了"儿童化"的印记。在很长的一段岁月里，我们儿童文学的理论框架就是用这些经过精心浇铸的艺术规范作为基本构件的。从主题的把握到题材的择定，从叙事角度和叙事方式的拣选到具体文学语言的使用等，种种规定在"儿童化"的黏合下相互衔接、彼此呼应，构筑成一个具有很强内聚力和自律性的艺术规范系统。

这些艺术规范有许多是有一定道理并且在今天看来依然不无可取之处的。但是，当这些规范带着艺术上的排他性而在理论上被认可和接受时，它们的马脚很快就露了出来：这些规范缺乏理论对实践的应有的涵盖力和包容性。譬如，认为儿童文学作品应该"主题明确而有意义"。那么是否可以有那种主题并不那么直白明了的儿童文学作品呢？答案显然应该是肯定的。而传统规范却不承认这一点，因为它缺乏必要的弹性和张力。

导致上述局面的另一个重要原因是我们对儿童文学具体接受对象认识上的模糊。我们总以为儿童文学是"为儿童的"，而儿童无非就是那些喜怒无常、蹦蹦跳跳的小孩子。我在《少年文学的自觉及其审美实验功能》（1987 年 12 月 26 日《文艺报》）一文中提到：在关于儿童文学的种种思考和讨论中，概念的歧异多义经常使人们的思想陷于紊乱。以"儿童文学"这一元概念来说，其中的"儿童"一词便不止一种指称对象。当它与"成人"这一概念相参照时，指的是所有未成年者；当它与"婴儿""幼儿""少年"这些概念并列时，则特指长于幼儿、未及少年的童年期儿童。很明显，适宜于低幼儿童欣赏的作品与少年喜欢的作品并不完全是一回事情。但是，我们却打造了一把固定不变的尺子去测度一切儿童文学作品，并且以为掌握了这一把尺子也就是掌握了少年儿童读者审美心理的全部奥秘。在这把尺子的规定下，人们无法去寻找新的艺术可能，一切都必须在它界定的范围之内进行。这当然很糟很糟。

1980年代儿童文学创作的宏观变化之一，是少年文学开始走向自觉。当人们逐渐发现我们过去为少年期读者提供的作品实际上常常是根据较低年龄阶段儿童的心理特征和生活状态去进行创作的，从而形成事实上的文学断层的时候，人们就像又发现了一片遥远的文学新大陆那样激动不已。而最贴近成人文学的少年期文学，又为儿童文学创作的突破和超越提供了更多的可能空间和成功机会。于是，开辟少年文学新大陆的远征开始了。

毫无疑问，这场远征必然会带给人们这样那样的困扰。由于眼前这块文学土壤的长久荒芜，我们对少年文学的艺术构成和美学规定缺乏必要的了解，而传统儿童文学艺术规范的闭锁性使它在新的艺术实践面前显得无能为力。因此，在骤然而至的新的文学实践面前，人们由于太缺乏经验和准备而只能是仓促上阵，只能是一面探索，一面在困惑中寻找着自己的路……

这就是我们在少年小说领域看到的对于新的艺术可能的探索和争鸣。

（二）

我打算以部分少年小说和争鸣文章为依据，来描述这些探寻所涉及的少年文学艺术创作课题的各个层面。

描述之一：如何把握和塑造当代少年的形象

当少年文学在生活的推动下出现在文学发展的十字路口的时候，它还没有来得及对自己未来的艺术道路进行从容的选择，就被来自文学以外的种种困惑吞没了。那些来自社会学、教育学、心理学、伦理学等方面的思考的介入，既提供了人们在少年小说领域展开探索和讨论的现实背景，又直接构成了这些探索和讨论的具体内容。

我们先来看看刘健屏的《我要我的雕刻刀》。这篇小说因塑造了一个极富个性的少年的形象而引起人们对于如何认识和表现当代少年特征这一课题的争鸣。记得再早一些时候，王安忆的《谁是未来的中队长》、庄之明的《新星女队一号》都曾带来过相似的话题，但刘健屏笔下的章杰无疑有着更丰富的内涵。他的与众不同的内心世界和独特见解，他的"舍己救人是应该的，但舍己而不能救人没有必要"的惊人之语，使人们不能不跟着作者一起陷入沉思。围绕这篇小说所产生的分歧主要有两点：一是如何认识当代少年的个性，二是如何塑造当代少年的形象。唐代凌认为，章杰这一形象体现了当代少年的个性。他特意写道，优秀的与当代的是完全不同的两个概念，既然称之为当代少年，就应该有这个时代的气息，应该表现出与过去不同的思想和气质。他分析了当代少年的个性，认为这些个性中"青黄杂糅、优劣并存，包含着值得提倡的正确的一面，也不可避免地带着时代的局限性"，而章杰也正是这些当代少年中的一个。看得出，唐代凌是赞成以一种现实主义的态度去塑造当代少年的形象的。

唐代凌的见解引出了李楚城和达应麟的商榷文章。他们认为，不能以为 1980 年代与 1950 年代的少年会有根本不相同的思想和气质，儿童文学应该努力塑造值得广大读者直接仿效的优秀少年形象。很显然，他们是主张以一种理想主义的态度去塑造当代少年的形象的。

相对说来，陈子君的《谈〈我要我的雕刻刀〉的得与失》一文更侧重于通过对作品的具体分析来讨论问题。他肯定作品的主题思想"有着一定的积极意义"，又分析了作品在刻画人物、具体处理各种矛盾和阐述某些问题的是非界限时所出现的"一些偏颇"。

意见看来很不一致，而且那些涉及社会学、伦理学等领域的问题也许不是少年文学本身所能解决的，但少年文学却无法回避这一切。讨论虽然没有最后取得一致意见，但当各种意见一起摆在我们面前时，人们的思考便不能不深入一层。

描述之二：面向"外宇宙"时的困惑

纷纭复杂的现实生活不仅在不断地塑造着当代的少年，还在不断地塑造着当代的文学。面对社会生活的广阔的"外宇宙"，儿童文学对现实的理解水平和摄取方式就显得十分肤浅和呆板了。敏感的作家意识到了这一点，他们开始尝试在少年小说创作中变换自己单一的观察态度和截取方式，力求使作品具有更丰富的容量和更深厚的意蕴。丁阿虎的《祭蛇》在一场似乎纯粹是嬉闹的乡间孩子玩祭蛇游戏的场景中传达了启人深思的意味，光怪陆离的现象背后涵纳着生活的甜酸苦辣；常新港的《独船》描写了一个渴望合群和友谊的少年石牙内心的痛苦和抗争，述说了一个在生活中变得异常自私、冷漠、狠心、孤僻的父亲由于不理解儿子的内心要求和愿望而终于失去儿子的悲剧性故事。与人们的审美视觉早已习惯的儿童文学色彩相比，这些作品所呈现的色彩无疑要丰富得多，也凝重得多。

作家的探索引起了评论界的瞩目。评论家周晓撰文认为：《祭蛇》和另一篇小说《弓》（曹文轩）的共同特点，是它们的作者都着眼于写生活，而且对生活的反映都不那么单纯。作品中的人物形象及其所蕴含的生活，不是一眼可以看穿，也不是一语可以说尽。他还进一步指出，追求反映生活的深广多样，追求作品的高度艺术性和新的艺术方法绝非邪道，相反，这是少年读者之幸，也是我国儿童文学事业发展之幸！评论家曾镇南则在他的题为《从〈独船〉想开去》的评论文章中写道："生活本身是深不见底的，即使是孩子们的生活，也往往出乎大人们的揆度之外。"他进而对"像《独船》这样带有浓重的悲剧性，甚至会使成人产生战栗感的作品，适合给孩子们看么？儿童文学有必要书写某些似乎只有成年人才能理解的深邃的人生内容吗？"这两个问题做出了肯定的回答。显然，在曾镇南看来，描写一种"深邃的人生内容"，是有助于加强少年文学的"深度、力度、生命力"的。

在人们又陆续读到一些从不同角度对《祭蛇》和《独

船》给予肯定的文章的同时，也出现了一些相反的意见。评论家樊发稼认为：《祭蛇》虽然写得十分热闹，但这种表面上的热闹掩盖不了总的来说是一种比较灰暗的调子。由于总体构思的失误，所以这是"一篇有明显缺陷、社会效果未必好的作品"。有意思的是，关于《独船》的讨论主要是围绕着这篇作品能不能算一篇少年小说（儿童文学）而展开的，我们可以从有关文章中看到一些有趣的议论和见解。

我们发现，争议的焦点不在于少年小说能否再现广阔的"外宇宙"，而在于应该如何实现这种再现，也就是如何以少年读者的审美心理为参照确立自己对于"外宇宙"的观察态度和截取方式。这实际上反映了人们对少年小说艺术特性的困惑感，以及认识和把握这一特性的强烈意愿。

描述之三：开发"内宇宙"同样伴随着困扰

在社会生活的"外宇宙"受到全面审视的同时，少年小说的艺术视野也在更深入地向着人物心理的"内宇宙"延伸。在这方面，少年小说已经进行的探索同样是充满困惑的。最为典型的困惑表现在怎样正视、把握和艺术地再现少男少女们伴随着身心进一步发育成熟而产生的青春期意识和所谓朦胧爱情。教师作者丁阿虎的《今夜月儿明》和少年作者龙新华的《柳眉儿落了》的先后发表犹如投石击水，激起了强烈的连锁反应。发表作品的报刊编辑部和作者本人收到的读者来信均达数百件之多，《儿童文学选刊》和《文学报》还分别就两篇小说组织了讨论。诚如《儿童文学选刊》编者在发起《今夜月儿明》的讨论时所写到的那样："一篇作品激起如此广泛、激烈而又褒贬迥异的反应，在我国儿童文学创作史上是罕见的"。来自各方面的议论构成了各种各样的对立观点：有对少年小说能否描写少男少女朦胧爱情的不同看法，有对应该如何把握和描绘这种朦胧爱情和青春期意识的各家见解，还有对具体作品的不同理解和阐释。这些观点或侧重于心理学的引证，或着重于教育学的分析，或集中于文学观的探讨，或干脆用个体生活经验来进行肯定或否定的评判……

在众多议论过去之后，我们读到了朱自强的《论少年小说与少年性心理》一文。在这篇写得颇为扎实的论文中，作者不仅从心理学的角度说明性心理是少年身心发展过程中的客观存在，阐述了少年小说的性心理描写在少年教育方面所具有的积极意义，而且从文学的立场出发，对论题做了细致的探讨。由于作者并不拘泥于对具体作品做就事论事的议论，而是带着一种理论上的建设意识阐发论题，因而给人留下了较为深刻的印象。

描述之四：陌生的《鱼幻》

当代少年审美心理的某些深刻变化，以及作家对少年小说艺术可能的富于想象力的探索，必然会引起少年小说审美形态的丰富和发展，而这每一次的丰富和发展都必然是以一种"陌生化"（借用俄国形式主义文学理论家的概念）的方式进行的：它更新着人们对生活和经验乃至对文学本身的感觉。在少年小说领域，这种文体样式上的变更其实在更早一些时候就已经在悄悄地进行着了。1983 年，周晓在评论《祭蛇》时就说过："就艺术而论，像《祭蛇》这样的表现手法，在我们的儿童小说中恐怕还属罕见，可以说是奇异的、陌生的。"作者丁阿虎本人也曾在一次座谈会上谈道：他的《祭蛇》有点受外国小说的影响，没有明确单一的主题，也没有一个主要的人物，就是写一个生活画面、一个片断，但写出一点情趣来。此外，我们在其他一些作家那里，也看到了对于新的少年小说审美形态的自觉追求。但是，似乎只有到《儿童文学选刊》1987年第1期选载了班马发表于《当代少年》的小说《鱼幻》之后，这种对于少年小说文体本身的实验，才引起了人们的广泛注意。

《鱼幻》缺乏传统儿童小说所具有的那种审美上的明晰性。对于习惯于用一两句话拎出作品主题思想的读者来说，它所传达的"江南味道的意境"可能反而容易被轻易地忽视掉。班马曾经表示说："写《鱼幻》的动机，便是想让小读者得到一点江南味道的意境，也就是在心中增添那么一点中国的文化背景。这种文化背景对他们已成为陌生的了，而'陌生'，却正是我所要表现的。"陌生的文化背景加上陌生的传达方式，这就不可避免地使传统的视读经验感到加倍的陌生了。

当然，那些有着良好文学素养的大读者还是喜欢《鱼幻》的，他们担心的是少年朋友们能否接受这篇作品。余衡认为《鱼幻》"是一篇精致的小说，是一件小小的艺术品，耐读，耐咀嚼"，但"这小说太精致了！精致到只配由你们大人来读"。他补充说："少年人不是不能接受比较精致、比较新颖独特的作品，而是目前在素质基础上仍有距离。"郑晓河承认"《鱼幻》一扫故事、情节、人物似曾相识之通病，给人一种全新的感受，引起读者读后的思索"，同时又以他自己和"周围几位读过这篇作品的大读者"看不懂为依据，推测"小读者恐怕就更不在话下了"，并得出了如下结论：《鱼幻》的探索是失败了。

以上描述已经大致勾勒出少年小说的艺术探寻轨迹：从起初借助外围观念的突破来更新儿童文学的艺术品格，到对小说文体审美形态本身的实验。至此，我们可以这样认为：少年小说的艺术探寻已经完成了一个周期。

（三）

在前面的描述中，我尽力克制主观意识的介入，以避免由于这种介入而可能导致的对于这些描述的客观真实性的损害。尽管如此，我的介绍仍然可能是笨拙和不得要领的。不过，这些描述所涉及的文学现象已经为我们显示了少年小说作家、理论工作者的想象领域和思维空间所取得的最充满活力同时无疑也是最重要的拓展；无论这些拓展的方向和层面有什么不同，也无论人们对这些拓展的内涵和意义有着怎样不同的认识和理解，事实本身正在提请人们注意：少年小说对新的艺术可能的探寻，已经为儿童文学带来了新的风度和气派。

很明显，儿童文学的发展也总是不断地表现为对既有观念、态度、模式、秩序的突破和超越，而任何新的文学因素和文学形态的出现，都必然是一种最个性化的精神探索和创造的结果。同时，这种个性化的精神创造活动一旦纳入文学活动的广阔背景，与整个儿童文学发展相伴随、相呼应，它就可能成为儿童文学发展总进程中具有普遍意义的事件：它调整、更新着传统的艺术秩序，补充、丰富着已有的审美经验，改变、发展着已有的审美形态。从这个角度来审视少年小说领域所进行的探索，我们可以说，这些探索不仅为整个当代儿童文学创作添加了新的艺术因素，而且也是改变当代儿童文学艺术面貌的强有力的实践杠杆之一。

首先，这些探索将目光投向了曾经被有意无意地忽视或回避了的艺术表现领域，并试图纳入新的价值评判尺度来调整自己的审美判断，从而导致了儿童文学艺术对象和艺术内容的大幅度扩展，也导致了儿童文学审视生活和反视主体自身的能力的增强。这一切无疑提供了促使儿童文学由传统品格向当代品格演进的重要契机：儿童世界不再被认为是一片与世隔绝的乐园和净土，儿童文学也不再被认为是"花朵文学""纯净文学"的代名词，当代社会生活的外宇宙和当代人（少年）心灵的内宇宙同时成为儿童文学审美探索的中心。应该承认，如果没有少年小说所进行的探索，当代儿童文学就难以完成这一转变。

这种艺术内容和艺术精神的变换还引出了与之相适应的新的艺术传达方式和表现形态。当文学试图重新理解和把握社会生活与人的心灵的时候，它就无法再固执地用单一的方式去表现对象了。其实，对儿童文学自身艺术规律的尊重和了解并不意味着要像鸵鸟一样一头扎进既有的艺术方式和艺术形态的沙堆，丰富和发展这些方式和形态，同样是"尊重艺术规律"的题中应有之义。在《祭蛇》中，给读者留下深刻印象的不是人物、情节和环境，而是那么一个离奇热闹的场面，那么一片撩人心绪的氛围，那么一种难以言传的意味。《鱼幻》的文体更是要叫传统儿童小说的艺术规范惊诧得目瞪口呆：对一种"江南"味道（主要是指江南的自然文化形态）的传达，感觉描写中所表现的象征和暗示，以及意象的变幻不定所带来的神秘感等，都给人以强烈的新奇感。
这些作品提供的表现方式和表现形态，是过去儿童文学难以
见到的。这种艺术方式和形态上的变化，当然并不预示着传
统儿童小说艺术形态将完全失去其存在价值，相反，它带来
的是儿童小说审美形态的丰富。我们可以说新的艺术追求更
多地暗示了这个时代审美趣味和侧重点的转换，却不能武断
地说传统的艺术方式和形态必然与这种转换相背离、相
排斥。

其次，从儿童文学活动全过程来考察，少年小说的艺术
探索已经对儿童文学创作和接受活动产生了不容忽视的影
响。从创作活动看，这些探索触及了儿童文学创作中的那些
最为敏感和棘手的课题。沿袭已久的创作思维定式受到了冲
击，作家的思维领域开始摆脱传统模式的框定，而向着更为
广阔的艺术空间扩展。从接受方面看，这些探索也表现了人
们对于少年读者及其接受行为的一种新的理解，表现了少年
文学同少年读者的新的对话愿望。如前所述，生活在不断地
塑造着这一代少年，同时无疑也在不断地塑造着他们的接受
心理和接受行为，而传统艺术规范造成了儿童文学作品与少
年读者期待视野之间的脱钩，因此，少年小说必须寻求与少
年读者的新的对话可能和对话方式，借用接受美学的说法，
也就是要寻求少年文学本文结构与少年读者期待视野的新的
融合。无论是像《祭蛇》《独船》那样在作品中纳入某些深
刻的社会人生内容，或者是像《今夜月儿明》《柳眉儿落了》
那样表现某些青春期特有的心理萌动，都是这种寻求的结
果，都是试图以此来锤炼、滋润和丰富当代少年的精神世
界。而像《鱼幻》那样在艺术上带有强烈实验性的作品，则

还具有这样的实验功能：它不是从少年读者已有的审美感受力出发，而是更着眼于如何拓宽少年朋友的审美感受阈，因而体现了一种审美上的超前意识。从这个意义上说，少年小说的探寻不是放弃与少年读者的艺术对话，而正是为了扩大这种对话范围。

最后，这些富有成效的探索和争鸣为当代儿童文学理论体系的调整和重建提供了现实的可能条件。诚然，理论是需要思辨的，我就常常痛感到我们的儿童文学研究缺乏一种深刻的思辨能力和厚实的理论感，但是另一方面，只有当思辨面对着那些鲜活生动、可感可悟的文学现象时，它才会充满理论生机并孕育出有价值的思想果实。传统儿童文学的理论框架也许是尊重它赖以形成的文学现实的，但却背对着当今发展中的儿童文学实践，因此在变化了的文学现象面前它无法遮掩自己的窘态。很显然，文学实践正呼唤人们伸展理论思维的羽翼，去探寻那新的艺术空间的奥秘，而少年小说领域展开的争鸣，正显示了人们对营建新的理论工程的浓厚兴趣乃至某种眼光和胆识。这些讨论不仅对已有的艺术规范提出了大胆的怀疑和新颖的界说，而且几乎是毫不犹豫地搅乱、撑破了已有的儿童文学理论框架，而将思维触角探向了传统视野之外的理论盲区，为构造新的理论体系寻找着现实的思维基点，浇铸着新的理论构件。虽然新的理论体系不会从这些争鸣中自发地产生，而仍然需要一个系统化的学术吸收、消化和理论展开、升华的艰苦过程，但是，这些争鸣所涉及的话题，却拥有某些不容置疑的潜在理论价值。我认为，新的理论营建工程，正是在这里举行了自己的"奠基礼"。

分娩是苦痛的。当人们为 1980 年代少年小说新的文学产儿顽强坠地而感到高兴的时候，我们还应当意识到处于新与旧、传统与当代历史链条上的文学现实必然是一个矛盾的集合过程。传统的因袭力是如此之大，以至于当人们试图走向新的艺术道路时借助的却往往是传统观念的惯性。譬如丁阿虎的《今夜月儿明》率先冲破了一个敏感的题材禁区，却在观念上又情不自禁地回到了传统意识的怀抱。同时，那些新的艺术形态究竟在多大程度上契合了新的审美趣味，我们对此还只能持一种谨慎的乐观态度，我们还期待着更进一步的探索和实验。就争鸣本身而言，由于这些讨论绝大多数是在《儿童文学选刊》上进行的（仅此一点，《儿童文学选刊》的功绩就值得我们感激和怀念），限于选刊的性质，它们无法充分地展开，所借助的理论探杆的长度也十分有限。因此，这些讨论在思维的敏捷、话题的尖锐、态度的坦率、气氛的活跃等方面留给人们的印象，超过了它们在理论思维的严密深入方面所留给人们的印象。形象点说，它们提供的只是新的理论构件的粗坯，而将进一步地加工完善和理论营建工作交给了今后。

这或许也就是我提出如下看法的主要原因：少年小说对新的艺术可能的探寻为人们展示了我国儿童文学创作和理论发展的诱人前景。

三 对成人文学的借鉴意识

（一）儿童文学的尴尬

　　当新时期晨光熹微，儿童文学还是一只刚从浩劫中归来的丑小鸭的时候，人们既充满焦虑，又怀着希望。在一种躁动不安的心绪支配之下，儿童文学开始了寻找和重建自身的艰难历程。首先是澄清那些长期以来困扰着人们的关于儿童文学的是非观念：曾经被指责为"资产阶级文艺思想表现"的"童心论"，得到了新的评判，儿童文学作为一个特殊的艺术系统，其自身的规律重新得到重视；将儿童文学的功能逼入实用主义狭窄天地的"教育文学"说，受到了普遍的怀疑，并由此引发了人们对儿童文学价值观念的调整和对儿童文学多重功能的开放性理解。这种种观念上的澄清和重建，为新时期儿童文学的发展提供了一个新的起点。

但是，这些多少带有拨乱反正、重正视听性质的理论思考，却不可能一劳永逸地解决新时期儿童文学发展进程中喷涌出来的新鲜课题。我们看到，当时代生活大潮有力地撞击着人们的心灵世界，几代人的审美心理同时发生着深刻变化的时候，儿童文学却未能在整个当代背景上及时地从深层拓展自己的艺术天地，并有效地强化自身的本体特性。所以，就在人们认为新生活已经理所当然地为我们架起了通向理想彼岸的桥梁，因而热切呼唤和期待我国儿童文学第二个黄金时代（1950 年代被认为是我国儿童文学的第一个黄金时代）的时候，真正的桥梁——儿童文学创作实践，却未能将人们导向儿童文学的黄金彼岸。当然，从数量上看，儿童文学创作的发展是迅速的；就整体而言，作品的质量也在一种平静的气氛中实现着有限的提高。但是，与新时期为文学发展提供的巨大可能性比较起来，儿童文学所取得的进展毕竟是难以令人满意的。特别是当我们把新时期儿童文学纳入另外两个参照系时，它的尴尬处境便被清晰地凸现出来。

第一个参照系是 1950 年代我国儿童文学所取得的成就。在儿童文学界，人们总是带着自豪和怀恋的心情谈论 1950 年代。当时，许多老作家继续带头为小读者创作儿童文学作品。张天翼的小说、童话，冰心的小说、散文，高士其的科学诗，都拥有大量的小读者；陈伯吹、贺宜、严文井、包蕾、金近等作家的童话、小说、诗歌、寓言等作品，也每每在孩子们中间不胫而走；而刘真、萧平、柯岩、任大星、任大霖、徐光耀、葛翠琳、洪汛涛、张有德、呆向真、郑文光等一批青年作家也在创作上脱颖而出，拿出了让人刮目相看的作品。他们笔下的小荣、大虎、张嘎、白鹅女、马良等文学形象，在少年儿童中间产生了巨大的影响。这一切给人们的印象是如此深刻而强烈，以至于今天人们回忆起来仍然激奋不已。

相形之下，新时期儿童文学似乎就不是显得那么有声有色的了。1950年代的模式固然已不适用，但新的突破也迟迟未能出现，大量作品在一个水平线上浮动。因此，将这种状况归纳为这样几句话是合乎事实的："可读的不少，优秀的不多，冒尖的甚微，引起儿童文学界震动的没有"。①

第二个参照系是同时期的成人文学创作。一般地说，在儿童文学与成人文学之间进行生硬的比较无疑是愚蠢的，但这并不意味着两者之间不存在任何可比性。新时期儿童文学与成人文学的发展根源于同一深层历史逻辑，又在共同的时代背景下接受着生活的冲击和启迪。在这个意义上，新时期为儿童文学与成人文学提供的机会是平等的。然而历史提供的机会是一回事情，文学的现实发展又是另一回事情。人们看到，发轫于"伤痕文学"的新时期成人文学，以不断的突进态势回报了生活的恩赐。无论是对历史和现实的深刻思考与艺术再现，还是对人类心灵世界的探赜索隐，抑或是对文学自身作为一个审美系统的创造性的构筑方面，成人文学所进行的尝试和所显示的活力都是令人惊叹的。在这一事实面前，尽管我们可以为举步维艰的儿童文学寻找种种辩护的理由，但现状终究是令人难堪的。于是，儿童文学感觉到了徘

① 陈子君. 儿童文学理论工作现状和我们的紧迫任务［J］. 儿童文学研究，1983，(14)：3.

徊此岸的尴尬与不安。

（二）困惑与借鉴

寻求突破和超越，这是 1980 年代儿童文学界普遍而强烈的意愿。然而伴随着这一意愿的，则是一种对于儿童文学本体的困惑感，即一种对于在新的时代氛围和生活土壤中如何构建自己的艺术系统以最大限度地实现其价值的困惑。这种困惑的产生，既是现实挑战的结果，又有着深刻的历史成因。

正如魏晋时期伴随着人的觉醒和对人的内在精神本体的追求而出现"文学的自觉时代"一样，我国儿童文学也是在近现代资产阶级民主革命思潮的冲击下，伴随着新型儿童观的确立而逐渐在"五四"前后成为一种自觉的文学的。在我国古代，依附于封建文化意识的儿童观是无视儿童的特殊精神需求的。周作人在《儿童的书》一文中指出："中国向来以为儿童只应该念那经书的。以外并不给预备一点东西。让他们自己去挣扎，止那精神上的饥饿。"作为对这种儿童观的反对，近现代的有识之士强调的是儿童内外生活的本位性，强调对儿童世界的尊重。在时代浪潮的冲击下，以"儿童观"的变更为契机，儿童文学以"儿童本位"为依托确立了自身的存在价值和本体特征。魏寿镛、周侯予编撰的我国第一部《儿童文学概论》（商务印书馆 1923 年版）中明确认定："儿童文学，就是用儿童本位组成的文学。由儿童的感官，可以直接诉于他精神的堂奥的。换句话说，就是明白浅显，饶有趣味，一方面投儿童心理之所好，一方面儿童可以自己欣赏的文学"。经过"五四"时期大批作家的努力，儿童文学终于由"自在"而走向"自觉"，开辟了自己的艺术天地。

但现代中国的独特现实，把儿童文学也推到了各种社会矛盾乃至民族矛盾的交结点上，使之在激烈的外部震荡和冲击下接受血与火的洗礼。对于现代儿童文学来说，重要的是如何既顾及儿童心理和儿童生活的自立性，又将他们带向现实和人生。而儿童文学作为特定的文学实体，其本体特征应该如何在创作实践中不断予以构建，则显然在人们的视野中退居不甚显眼的背景深处。这也就是说，自"五四"前后走向自觉以后，现实的严峻和艰辛使儿童文学来不及对这种"本体的自信"进行更多的检讨和反思。

1949年以后，新的社会心理与文学情绪建立了一拍即合的精神联系，儿童文学欢快昂奋的情调适应了新的时代要求和新的审美趣味。但是不久，逐渐萌发的极左思潮开始涌进儿童文学领域。1960年大批"童心论""儿童文学特殊论"，干脆以简单、粗暴和强词夺理的办法否定了儿童文学的本体特征。结果，儿童文学在很大程度上成了演绎政治概念、追赶各种运动的文字工具。茅盾在1961年发表的著名长篇论文《六〇年少年儿童文学漫谈》中指出当时的儿童文学是"政治挂了帅，艺术脱了班，故事公式化，人物概念化，文字干巴巴"。这种文学本体特征的严重萎缩，是漠视儿童文学自身艺术规律所酿成的苦酒。至于"文革"期间，儿童文学的本体意识更是处于几乎泯灭的状态。

因此，当新时期提供了又一次发展机会的时候，儿童文学界却产生了一种困惑感。当然，在困惑面前，我们思考过，我们试图在当代意识的背景上进一步调整儿童文学的艺术哲学，试图为儿童文学创作的发展提供种种力所能及的指导。然而应该承认，我们的理论思维能力还是贫弱的，毋宁说，理论本身也陷入了巨大的困惑之中。

与此同时，成人文学创作的发展态势进一步搅乱了儿童文学界的心理平衡。在这种情况下，一些作家纷纷从成人文学那里寻求启迪和灵感。于是，1980 年代的儿童文学领域里就出现了一种向成人文学寻求启发的横向借鉴意识。它要求儿童文学打破封闭自足的状态，从作品内容到艺术表现形式都谨慎而大胆地借鉴成人文学创作中的成功经验，以期迅速而有效地使儿童文学创作摆脱胶着状态。这种借鉴意识对儿童文学的创作趋向无疑具有一种潜在而有力的制约、调节作用，其外在的宏观表现，主要有以下两个方面：

其一是儿童小说受到青睐，创作呈现了相对活跃的局面。

借鉴和尝试从哪里开始？儿童小说首先引起了人们的兴趣。在题材的开拓、主题的深化、艺术表现手法的出新等方面，儿童小说由于与生活本身具有一种天然的切近感而为作家的尝试提供了更大的可能空间。于是，儿童小说领域里陆续出现了这样一些作品，说它们是"出格"也好，说它们是"反传统"也无妨，总之，这类作品的确给儿童文学创作带来了活力。评论界的关注，《儿童文学选刊》的重视，又在一定程度上推动了儿童小说的发展。比较起来，儿童文学的其他样式，尤其是童话这一传统样式似乎受了点冷落。除了郑渊洁、周锐、冰波等少数童话作家的作品受到一定的关注之外，人们的谈兴似乎就不那么浓了。

其二是供少年阅读的作品引起人们的广泛重视，少年文学的独立倾向逐渐加强。

在借鉴成人文学意识的驱动下，人们还很自然地把目光投注到最贴近成人文学而过去又受到忽视的少年文学领域。以往人们对儿童文学这一概念的涵盖力与指称范围的了解和把握是比较粗糙模糊的。从为低幼儿童提供的儿歌、童话等，到为少年读者创作的小说、散文之类作品，都被不加区分地归到"儿童文学"名下。随着创作的发展与思考的深入，人们开始感到，不加限制地泛泛谈论儿童文学，常常会遇到一些麻烦。事实上，儿童文学概念的指称范围是很广的，它包括了适合幼儿、童年、少年等不同年龄层次读者需要的全部文学作品，而这些不同层次的文学作品又往往不能一概而论。胡子眉毛一把抓，只会把问题搅乱。这样，人们便逐渐确立了少年文学的独立位置，并在创作中投入了很大的热情。

处于上述两种现象耦合区的文学样式是少年小说。结果，少年小说成了1980年代儿童文学创作领域最活跃的部分。试看当时儿童文学界引起普遍关注和议论的作品，大多也是少年小说，如刘健屏的《我要我的雕刻刀》、曹文轩的《弓》、丁阿虎的《祭蛇》和《今夜月儿明》、常新港的《独船》等。

处于成人文学与童年文学联结地带的少年文学是一种"过渡文学"（如同儿童心理学中所谓"过渡期"一样）。它既保留了童年文学的许多特性，又逐渐融入了成人文学的某些品格。因此，人们重视少年小说，这并不是一种偶然的现象，而是一种自觉地选择的结果。

考察 1980 年代的儿童文学创作（主要是其中的少年文学部分），我们发现它对成人文学的借鉴是从三个方面得到展开的。

第一个方面表现在被再现的客体层。

当成人文学对人类内外生活采取一种全方位的观照态度的时候，儿童文学对生活的观察和摄取角度就显得十分狭窄而偏执了。敏感的作家意识到了这一点，他们开始改变自己单一的观照和截取方式，力求使被再现的社会生活获得横向的拓展和纵深的开掘。丁阿虎的《祭蛇》在一场似乎纯粹是嬉闹的乡间孩子玩祭蛇游戏的场景中传达了丰富的意味，光怪陆离的表象背后蕴涵了生活的甜酸苦辣。陈丹燕的《上锁的抽屉》则以细腻的笔触描绘了处于青春发育期的少女自我意识的萌动及其生活状态的微妙变更，为儿童文学带来了新的心理深度。这类作品在开拓儿童文学的再现空间方面显然是富有成效的。

第二个方面是儿童文学在艺术表现上的出新。

当代文学正在艺术上进行着雄心勃勃的尝试，这不能不对儿童文学形成强大的刺激。1980 年代，儿童文学创作中出现了一些在艺术表现上大胆求新的作品。譬如，《祭蛇》在结构上就采用了以场面为中心的放射性的编织方式，并且没有什么曲折完整的故事情节，而是更讲究一种情趣和意味的传达。曹文轩的《古堡》吸收了寓言的拟喻手法，写得浑厚深刻，颇有力度；刘霆燕的《老人的黑帽子》融汇了象征手法；舒婷则在《飞翔的灵魂》中将小说与诗融为一体。所有这些尝试，都为儿童文学拓展了新的艺术天地。

第三个方面表现在创作主体意识的变化上。

在成人文学领域，创作主体正在发生着前所未有的多向变化。这种变化对儿童文学领域的辐射效应同时显现出来。例如，过去盛行的单纯教育学意义上的"介入意识"逐渐被比较开放而又自主的文学"回归意识"所置换，众多作家的主体意识正在日益加强。程玮作品的哲理色彩，黄蓓佳作品的抒情意味，曹文轩作品追求的"真""力""美"，常新港作品的悲剧感等，无疑都是当今儿童文学创作主体的审美意识走向自觉、走向差异和分化的结果。

上述三个方面的展开并非井水河水互不相犯，而是往往重合为一体。这些多层面的借鉴和开拓，悄悄地改变着1980年代儿童文学的艺术面貌。

比较一下历史，我们不难发现一个十分有趣而又耐人寻味的现象："五四"时期当中国儿童文学开始走向自觉的时候，它对成人文学保持了一种强烈的分化意识，虽然当时大力倡导儿童文学的作家如周作人、鲁迅、郭沫若、茅盾、郑振铎、叶圣陶等人的主要身份并不是儿童文学作家，但他们始终注意以自己的努力来唤醒和加强儿童文学的独立意识；1980年代的儿童文学则在一定程度上呈现了一种对于成人文学的认同倾向（比如有人提出少年文学可以来点儿"成人化"），虽然当时儿童文学已经拥有自己相对独立的创作队伍，但一些儿童文学作家却在向成人文学寻求启迪和借鉴方面表现出了更大的热情。当然，这种"认同"并不是简单地向成人文学回归，而是儿童文学在新的背景和条件下所表现出来的一种复杂的创作取向。它所带来的结果也是复杂的，既有儿童文学本体的重建，也隐含着偏差和丧失。

（三）构建与丧失

上述借鉴意识，反映了儿童文学作家渴望打破封闭的文学格局，进行新的艺术创造的强烈愿望。这种借鉴，对于困惑中的儿童文学摆脱尴尬、重建本体，无疑具有积极的作用。借鉴迅速缩小了儿童文学与整个当代文学之间在观念和审美意识方面的距离，改变了儿童文学创作内向封闭型的品格；借鉴促成了一批富有新意的作品的出现，这些作品把对生活的新的观察、把握方式和新的艺术表现手段带给了儿童文学，初步改变了儿童文学创作的"小家子气"。总之，借鉴意识促进了 1980 年代儿童文学系统的重新构筑。

但是，如果我们在借鉴的同时缺乏清醒的内省意识，不能认识到借鉴的最终目标是为了强化儿童文学自身的艺术特点的话，那么我们就可能遇到新的困难，即在一味的借鉴中导致机械死板的"向右看齐"，从而在借鉴中偏离借鉴的最终目标。

事实上，这已经不仅仅是一种可能性了。1980 年代一种十分流行的观点就认为：儿童文学质量上不去的原因，主要是由于过分强调了儿童文学特点，从而忽视了它作为文学所应遵循的普遍规律。这种似是而非的论点把过去人们对儿童文学特点的错误理解强加给儿童文学特点本身，并片面地把文学的普遍规律与儿童文学的特殊规律割裂开来，从而向成人文学寻求单向的借鉴，其结果必然会导致儿童文学创作产生新的偏差。

例如，当 1980 年代儿童文学带着严峻和思考的态度切近生活，力图反映时代、直面人生的时候，我们的艺术想象力却受到了不应有的钳制，儿童文学丰富活泼的想象力没有得到相应的发挥。这方面的一个重要表现是儿童文学的时空距离被限制在一个狭小的范围里，如有人指出的那样："我们往往把一个无头的过去和一个无结的未来忽略了，把一个巨大的空间排斥了"。① 虽然也有少量作品如包蕾的童话《国王登上了飞碟》、李迪的中篇小说《这里是恐怖的森林》等具有比较开阔的时空意识，但从总体上看，儿童文学的时空范围就显得太局促了。这种状况是不利于培养少年儿童的好奇心，扩大他们的眼界和丰富他们的想象力的。

从儿童文学史上看，像安徒生的童话、马克·吐温的儿童小说等优秀作品，无不具有开阔的时空意识和丰富的想象力。当代西方儿童文学越来越逼近现实，也变得越来越深沉了。但时空范围却并未因此而缩小。例如美国当代著名儿童文学作家司·奥台尔就在自己的作品中把小读者带到了遥远的 16 世纪（《国王的五分之一》），带到了蓝色的海豚岛（《蓝色的海豚岛》），带到了西勃拉金子城（今美国西南部），带到了墨西哥佛密林海一带的采珠场等富有神奇色彩的地方②，并在广阔的时空背景上展现严肃的现实主题。他的作品也因此受到了少儿读者广泛而热烈的欢迎。

儿童的想象往往是活泼轻灵、丰富多彩的。在这种想象

---

① 曹文轩. 在全国儿童文学创作座谈会上的发言［J］. 儿童文学选刊，1986，(1)：63.

② 奥台尔的儿童小说《蓝色的海豚岛》《黑珍珠》由少年儿童出版社出版。有关奥台尔作品的评介参见徐朴的《杰出的美国儿童文学作家——司·奥台尔》，载于《儿童文学研究》1985 年总第 19 辑。

中，甚至还保留着原始思维的泛灵论的特征，儿童认为一切仿佛都具有生命和意识。谈到少年，应该承认，少年期儿童已经产生了一种"成人感"，他们的心理发展已经达到了一个新的水平。但是，少年的心理结构是通过对前一阶段心理结构的整合而产生的，如皮亚杰所说："每一整体结构渊源于前阶段的整体结构，把前阶段的整体结构整合为一个附属结构，作为本阶段的整体结构的准备……"① 因此，在少年的想象中，泛灵论的特征固然已经消失，现实的因素也在不断增加，但他们的想象力并未萎缩，而是在童年的基础上获得了新的发展。由于知识和经验的增加，少年在开始涉足社会生活的同时，也拥有了更为广泛的幻想天地，而充溢于他们胸怀的冒险精神、英雄主义，更会驱使他们向往和追求不平凡的事物。所以，我们的儿童文学在逼近现实的同时，是不应该将自己的想象力束缚起来的，也绝不能在时空上满足于对现实画面的机械模仿。

1980 年代儿童文学创作中另一个明显的偏差，是我们在借鉴成人文学创作并因而走向深沉的同时，未能相应地强化儿童文学风趣幽默的品格，甚至在一定程度上丧失了这种品格。"儿童文学是快乐的文学"（高尔基语），然而我们的儿童文学在整体上却显得过于严肃，以致小读者每每不堪卒读。这种现象是值得我们注意的。

当然，我们完全应该为小读者尤其是广大少年读者提供一些具有严肃深刻的思想内容的作品，但是如果顾此失彼，

---

① ［瑞士］J. 皮亚杰　B. 英海尔德. 儿童心理学［M］. 吴福元，译. 北京：商务印书馆，1980：114－115.

忘记"儿童文学是快乐的文学",那么很可能会得不偿失。实际上,严肃深刻与风趣幽默并不是互相排斥的。安徒生的不少童话,如《皇帝的新装》《丑小鸭》《豌豆上的公主》等,思想内涵何等深刻,而写得又是何等风趣可笑、幽默滑稽。丹麦文学评论家勃兰兑斯(也译作"布兰兑斯")在谈到《皇帝的新装》时,是这样评论安徒生的:他"以戏剧性的轻松活泼和对话体的形式,说出他那篇描写一位爱慕虚荣的皇帝的美妙故事";这篇作品"有严肃的一面……也有幽默的一面"。① 可以说,这种严肃深刻的思想性与快活幽默的趣味性的完美融合,正是安徒生童话的最基本的特征之一。这对我们应该是不无启示意义的吧!

借鉴意识对 1980 年代儿童文学创作的影响,表现在构建和丧失这两个相互联系的方面。这种双重影响,也是 1980 年代儿童文学发展最富代表性的艺术现象。

---

① 小啦,约翰·迪米留斯. 丹麦安徒生研究论文选 [G] // [丹麦]乔治·布兰兑斯. 童话诗人安徒生. 合肥:安徽少年儿童出版社,1999:24.

四 憧憬博大：一种创作现象

一种对于雄浑、宏大的艺术气象的神往，对于深阔、悠远的艺术境界的营造，构成了 1980 年代中国儿童文学界最值得人们玩味思索的创作情怀和文学动向。就在评论界几乎还没有做出任何像样的反应的时候，这一文学动向已经完成了它最初的探寻和实验。

（一）

一种新的艺术态度的萌发和出现，常常隐含着对某些现存艺术秩序和观念的怀疑或者不满。在儿童文学界，一种捍卫自身艺术领地和疆域的企图导致了儿童文学艺术气度的逼仄和艺术才情的萎缩。应当说，这种企图的历史初衷是良好的。当儿童文学从自在走向自觉，从依附走向独立的时候，强调它与儿童读者艺术审美经验之间的密切对应，强调儿童文学艺术状态的独特性和某种收敛性，无疑是一种历史的需要和必然。但是，历史的发展充满了辩证法，一旦这种起初是合理的企图在儿童文学的艺术发展进程中成为一种冠冕堂皇的障碍，并且在客观上限制了儿童文学的新的艺术发展可能的时候，那么，它招致怀疑乃至强硬的反抗也将是势所必然的了，剩下的只是一个时间问题。在 1980 年代，中国儿童文学界终于孕育了新的创作企盼和冲动，一批新近进入儿童文学领域的青年作家带着各自的艺术准备和艺术愿望开始了他们的创作实践。毫无疑问，他们中的大多数人是熟悉并且尊重儿童文学的艺术传统的，然而他们对儿童文学已有的艺术状态却抱着深深的怀疑、批评态度。于是，默默的寻找开始了。耐人寻味的是，他们在各自的创作实践中所进行的显然不是有约在先的探求却显示出一种共同的艺术憧憬，那就是向往艺术气象和艺术境界的深阔与博大。

当然，中国儿童文学不是从未有过那样的气象，那样的境界。早在 1920 年代，冰心女士以她的《寄小读者》表达了"不绝如缕，一一欲抽"的爱的情思，显示了深浓、诚挚、博大的爱的情怀。这一作品的出现显示了处于诞生期的现代儿童文学的早熟状态，同时也为中国儿童文学的未来发展提示了一种艺术可能，这就是在深刻理解和充分尊重少年儿童读者接受趣味和能力的基础上尽可能地提升儿童文学文体的艺术状态，创作出独特的具有很高艺术品位的作品。这种艺术可能无疑是极有意义和极值得探索的。

但令人遗憾的是，在中国儿童文学后来的历史进程中，这种艺术可能却未能得到进一步的实现和扩展，而始终只不过是儿童文学未来发展的某种预兆和暗示，一种有待应验的谶语。

造成这种历史结果的原因主要来自两个方面。

首先，中国儿童文学是在中国现当代特定的社会历史环境中生长和演进的，它在总体上与中国现当代的历史发展保持着密切的联系，不妨说，社会生活的流动变迁直接促成了儿童文学艺术内容的生成和转换。因此，儿童文学的艺术"兴奋点"往往集中在历史发展所遇到和提出的现实课题上，例如民族存亡和阶级苦难的急迫激荡的现实对于中国现代儿童文学的影响，要求文学不断地直接服务于某个政治主题的做法对于中国当代儿童文学的影响等。而对于儿童文学文体自身可能的思索和探求，就不能不在这样的现实要求面前暂时被搁置到一边。

其次，儿童文学文体的特殊性和已有的儿童文学艺术实践的累积，反过来造成了中国儿童文学界拘谨而不是充分发散的创作心态和思维方式，作家往往习惯于与已有的儿童文学艺术经验寻求认同而不是自觉地尝试用自己的实践和探索去丰富、拓展乃至更新这种艺术经验。于是，许多的艺术可能被忽视和遗忘了。在这一过程中，失去的无疑是儿童文学艺术内涵的不断充实和丰厚，而逐渐带来的，则是儿童文学艺术气象的一种肤浅的天真和令人尴尬的"小家子气"。

（二）

"五四"一代作家曾钟情留恋于孩子的纯洁、童心的美丽。冰心真挚地说："除了宇宙/最可爱的只有孩子。"周作人虔诚地写道："小孩呵，小孩呵/我对你们祈祷了/你们是我的赎罪者。"赵景深也赞美说："小孩是一朵鲜艳的花/他的欢笑/是家庭里愉快的种子。"他们从童心那里发现、开掘了一个清纯的、快乐的、全新的文学世界。与"五四"作家倾慕于童心的执着不同，1980年代新出现的一部分作家则把视线投向更邈远、更广阔的艺术时空，他们试图通过这种新的时空构筑来为儿童文学争取一种博大的艺术视野，表达一份博大的艺术情怀。因此，他们开始不满足于在童心中沉醉、吟咏，他们开始不满足于在童梦中驻足、流连。他们试图带领读者走出家庭、走出学校，试图给读者提供新的阅读感觉和经验，试图给儿童文学带来新的艺术可能和较高的艺术品位。作家班马认为："当前的'走出学校'的创作现状，其实反映了当代中国儿童文学意识正在对本身艺术'容器'作更开放的思考。"在这种思考中，他们谈论着宏阔的宇宙性思维，他们倾心的是人类悠久的历史和文明，他们凝视着这个世界的生存状态。宏大的星球意识、悠远的远古历史感和文化感、冷峻的生存意识，以及弥漫于其间的哲学气息，构成了这一文学现象最基本的艺术思维内容。

在班马的《星球的第一丝晨风》里，广阔无垠的时空仿佛突然浓缩在我们面前：一只小小的招潮蟹遇到了一个乘坐飞碟来到我们这个星球上拜望"昔日的老朋友"的外星人，而人类在这个外星人眼中竟然不过是"突然冒出在地球上"的"两腿的生物"！但就是这"两腿的生物"的出现，使得外星人寻访老朋友的计划破灭了。外星人告诉招潮蟹，每隔二千五百万年他就来地球一趟，已经来过四次了，四次都与恐龙聚会，这一次来竟会再也找不到恐龙。还有那仅剩几条性命的白鲸，还有那孤独地走向绝种之境的巨犀……在这里，地球生命史迹的自然史意义并不重要，人类生存境地的生态危机才是作者思维的焦点所在。而那仅存的白鲸、巨犀，还有不起眼的招潮蟹，都没有接受外星人的邀请，依然顽强地存在于这个它们一直居住着的星球。而人类，你将如何对待你的生存空间？你想怎样调整你的生存意识？这个星球已难以继续等待。这种以外星人的视点审视地球生存状态的凝重的沉思，在作品结尾处化为这样一个画面：一个小孩长久地呆望大海，站在海边一动不动，像是读一本深奥的蓝皮书……

金逸铭的童话《长河一少年》也是一篇尝试以宏大的视野表现"对人类生存环境和生活方式的担忧"的作品。所不同的是，在这篇作品中，人与自然、人与人之间的矛盾和冲突更具象化了，历史和现实的时间流程被高度浓缩在同一空间，民族的命运与人类的命运牢牢地纠结在了一起。在作品中，"那疯狂追求沙金的叔侄俩虽然不知姓甚名谁，却在苦难长河的背景上，显现为对自然资源无节制掠夺开采的人类愚昧形象的缩影；而那个在滔天洪峰中播下五万树种的少年，虽不知身份，不明来历，但在由长河、绿树、蜗牛、卫星等构成的宏大意境的烘托下，成为正在觉醒但还无力改变现状的现代人的象征"。作品所透露出的那份沉甸甸的忧思，那种森森然的冷峻诗意，那股雄浑壮阔的浪漫情调，无疑都凝聚成一种以往儿童文学所罕见的磅礴气象。

作家们不仅仅满足于在宇宙性思维和视点导引下的对自然生态、人类心态的关注和沉思，他们更把热情投注到现实生活覆盖下的文化的层面。在这里，童年不再被看成是一种独立的、仅仅具有自身意义的生命现象，也不再只是从不成熟的、幼稚的意义上被理解和把握；童年，同样在传统和现实交织而成的文化背景上展开其全部内容，同样向人们传递着一些极为隐秘而深刻的生命和文化的意味和消息。在鱼在洋的《祭火》中，从曾经给李闯王及其兵将们编过几十双龙须草鞋的龙儿先人那里传下来的绝活儿，竟在现代文明的冲击下变得一钱不值！想当初，李闯王还在龙儿先人的门上题过"商山草鞋王"五个大字呢，而"先人的名声，就好比窗户眼儿吹喇叭，传开了，有福气命好的人才能买到他的草鞋哩"！有意思的是，在爷爷和父亲的夹攻下，龙儿虽然同情爷爷的乞求和悲伤，但最后还是脱下了那双龙须草鞋，换上了爸爸厂里研制的"三防"解放鞋。通过龙儿的视角，作品展示了文化发展的强大的历史趋势，同时也暗示了传统文化的"凤凰"在祭火中涅槃重生的必要与可能。

如果说，那团焚烧着龙须草鞋的祭火引起的只是我们的一丝爱莫能助、无可奈何的微笑的话，那么，曾小春的《空屋》留给我们的却是一份凝重得化不开的凄清和忧伤，一种深深的震动和遗憾。那个从小跟着外婆住在山上古寺里的不知其名的小和尚，曾经是那样知足地陶醉在外婆的古老的故事里，那样虔诚地感觉着破败古寺的辉煌。他没有吃过母亲的奶，他惧怕山下小镇里那些古怪好奇的眼瞧着自己，甚至偶有车灯捅破黑的夜，明晃晃的两根光柱射到古寺的墙上时，孩子也会惊叫一声，慌乱地一头扎进外婆的怀里——当生命的全部丰富性被抽取殆尽而小和尚本人却毫无察觉时，这一切是如此地顺理成章。终于有一天，"鬼叔叔"来了。这个二十多岁、头发老长、鼻梁上悬着一个铁框框、穿着花衬衫的年轻人是被请来为古寺塑十八罗汉的。不过重要的是，"鬼叔叔"有意无意之中竟给小和尚带来了那么新鲜和丰富的人生感受和朝气。孤寂的小和尚从未领略过如此绚丽的人生景观，他的沉睡着的生命意识苏醒了！然而，更深重的悲剧在于，当"鬼叔叔"离开古寺返回那很远很远的大城市之后，萌发了新的人生意识和渴求现代文明念头的小和尚虽在释迦牟尼佛的光环照耀下却无力拯救自己，他只能在通往山下的石阶上痴痴地站着望着，并且终于在生命的孤独中病倒，在生命的渴望中死去……两种生存状态的撞击中显露出的是何等悲凉凝重的生命悲剧和文化悲剧，我们怎能不怆然！

即使不是遥看九天、透视远古而意在反顾、逼近当今少年儿童生活现实本身的那些小说，即使不是深入文化底蕴探讨民族根性而只是描写一些小生灵的那些童话，也往往传递着一种更深沉幽远的艺术气质，显示着同样宏阔的精神空间。董宏猷的《一百个中国孩子的梦》是一部以梦幻为羽翼展示中国孩子的心灵空间、心灵生活的长篇小说，作者试图更真实地从整体上宏观地反映中国孩子的生存状态、人生意识和深层心理。在这些色彩斑斓的梦境里，孩子的世界不再仅仅是罗文应的贪玩（张天翼《罗文应的故事》）、大虎的沉着机智（萧平《海滨的孩子》），而是拥有了更丰富更具独特意味的精神生命，折射出更真实、更广阔的社会生活内容。冰波的童话《那神奇的颜色》中那只生活在一片青色的山谷里的螃蟹被一位新娘头上扎着的大红蝴蝶结的颜色所吸引、所感动。他如痴如醉，终于迷失了自我，失去了自我。他死了，在火焰的炙烧下，他身上也现出了那种神奇的颜色。作者写道："螃蟹的身上，本来就深藏着这种颜色。"这里，主体意识失落的不幸是作品所揭示的深层题旨，而螃蟹与新郎、新娘的心灵阻碍，又丰富、拓展了这一题旨。这些作品所拥有的艺术视野，所表露的艺术情怀，同样显示了作家对于一种深沉壮阔的艺术气象的憧憬和追求。

这一切，是否意味着《寄小读者》所暗示的艺术可能已经成为 1980 年代儿童文学的一种艺术现实，而那个迟迟未能兑现的谶语也终于应验了呢？

（三）

毫无疑问，1980 年代中国儿童文学获得了自己前所未有的艺术探索机会。憧憬博大，作为一种美学心态，作为一种探寻新的艺术可能的实践过程，显然已经为人们提供了值得玩味、思索的艺术现象。尽管在当时，这一现象的未来变化尚难以预料，但人们仍应不失时机地对已有的尝试和实验做一番大略的测定和估价。

事实上，在传统艺术题材和主题之外寻找更富有当代意味的艺术因素，早已不是当今世界文学的一个反常举动。当代科技的发展开辟了人类走向宇宙的新时代，封闭、狭隘的生活方式被打破，人们的视野和思维空间大大拓展，先进的通信技术和交通工具把全世界连接成为一个"世界村"。而文学，也越来越表现出这样的特点，即面向时代，面向世界，将注意力的焦点集中于那些关系到今天整个人类生死存亡的"全球性"的根本问题，在世界范围和人类几千年历史经验的范围内来思考 20 世纪末期人类的前途和世界的命运。这就是苏联作家艾特玛托夫所说的"全球性思维"，作家阿斯塔菲耶夫所说的"全人类立场"，评论家阿·兹韦列夫则称之为"宇宙意识"。在儿童文学领域，当今国外许多作家也常常把注意力集中到这样一些人类共同关心的问题上：把保卫和平，反对战争，特别是反对核战争作为儿童文学的主题之一，要让孩子们从小就懂得和平环境的可贵；人类生存环境的保护是一项刻不容缓的重要使命，人类要致力于大自然生态平衡的维持，同时应当为肆意污染环境的愚蠢行为感到羞耻等。日本儿童文学作家斋藤惇夫先生就曾介绍说，日本儿童文学界共同关心的大主题，就是反对核战争和保护人类生存的环境。中国香港作家严吴婵霞女士认为，由于现代国际交通和通信的发达，国与国之间的来往频繁，促进了国际文化交流，儿童读物的交换和翻译比以前大大地增加，形成了儿童文学渐渐没有了国界之分的国际化现象。她提醒说，中国儿童文学作家首先应该根植于民族文化的土壤，但"为了不把自己孤立于世界之外，便必须认识具有世界性的儿童文学观点，扩大写作题材，将眼光投向全人类共同关心的现代课题，像环境保护、自然生态、军备竞赛、种族歧视、老人问题等"。如果在这样的国际文学背景下来考察中国儿童文学界对于一种宏大艺术气象的向往，我们就不难看出，这是中国儿童文学界试图突破封闭、狭窄的创作现状，实现与世界儿童文学潮流的沟通与对话的文学心态的自然流露。因此，这是一种富有战略眼光的文学追求和选择，就其历史传承方面而言，它与《寄小读者》的博大情怀有着某种血缘上的隐约的联系；就其现实特征而言，却又是一种具有当代意味的更自觉的群体性的文学追求和选择！

从艺术品位的角度来看，这些作品在艺术内涵和文体构筑等方面已经显示了超越儿童文学传统艺术表现领域和表现形态的迹象。在班马的《鱼幻》中，对一种"江南"味道（主要是指江南的自然文化形态）的传达，以及感觉描写中所表现的象征和暗示，意象的变幻不定所带来的神秘感等，都给人以强烈的新奇感。董宏猷的《一百个中国孩子的梦》，则追求文体上的"魔方效应"，那一百个不同年龄孩子的梦仿佛是那构成魔方的许多小小的色块，可以随心所欲地拧出各种不同的图案，而这些不同色块的组合也有其内在的规律，那是一种"最美丽的杂乱无章"，一种"潜在的秩序"。很显然，这些作品所提供的表现方式和表现形态，是过去儿童文学中难以见到的，因此我们至少可以说它们以自己的出现丰富、发展了儿童文学的审美形态，甚至从一些重要的方面提高了儿童文学的艺术品位。

然而，儿童文学艺术现象的这种丰富和发展又必然是以一种"陌生化"的方式进行的：它试图以一种新的文体构成方式来更新人们对生活和经验乃至对文学本身的感觉。当习惯了传统形态的儿童文学作品的读者突然面对这么一些陌生的玩意儿的时候，种种困惑、怀疑、诘难甚至拒绝的出现便是十分自然的了。而所有这些，最终又汇聚成一个共同的疑问：儿童能接受这些作品吗？这些作品能算是儿童文学吗？

于是，"接受"成了 1980 年代儿童文学艺术发展进程中最令人困惑也最使人感兴趣的理论话题。在有关《鱼幻》《长河一少年》等作品的议论中，最强有力的诘难都是从"接受"的角度提出的。比如人们不时听到这样的说法：少年儿童无法理解和欣赏如此高深莫测的作品。

对当代少年儿童实际接受能力的隔膜和缺乏了解，是 1980 年代儿童文学研究的一个重要的疏忽。由于这一疏忽，人们在考察和探讨儿童文学的最新发展时，在面对新的艺术现象时，手中却操着既定的评判尺度，这一尺度是以对儿童接受能力的固定的、单一化的理解为依据而刻定的。因此，我们有理由怀疑，这一尺度可靠吗？

很显然，当人们用一种固定单一的尺度去衡量测定少年儿童的接受能力时，人们显然没有认识到社会文化的发展演变对少儿具体接受行为的塑造和潜在的制约作用。与成人比较起来，少年儿童的接受行为常常表现出对于特定的审美传统和文化背景较为疏离的状况。但是，儿童审美心理的发展从最本质的意义上说，是从生命的自然行为走向审美的文化实现的过程，因此，当我们看到儿童审美接受过程中童年生命的自然冲动的一面时，还应意识到特定社会文化现实对这种自然行为的影响。正是在这种意义上，我们有必要充分认识当代少年儿童接受心理和行为的某些深刻的变化。当代美国人类学家玛格丽特·米德在其《代沟》一书中认为，"现在我们已进入了一个新阶段，即全世界的成年人都认识到，所有孩子的经验与他们自己的经验已经不同了"；"年长者不得不向孩子学习他们未曾有过的经验"。而我们不也应该认真地思考一下当代少年儿童接受心理的那些新的超出成年人想象的变异和发展吗？由此看来，创造一种博大的艺术气象，不仅表现出作家对儿童文学艺术境界和艺术品位本身的一种理想，而且也显示了他们对当代少年儿童接受行为的一种新的理解，表现了作家同少年儿童读者实现新的艺术对话的愿望。从《星球的第一丝晨风》《长河一少年》所表现的星球意识和忧患意识，到《祭火》《一百个中国孩子的梦》对传统文化和生命意识的探寻和思考，无疑都是作家为与当代少儿读者建立新的艺术对话和审美联系所做的一种努力。毋庸讳言，对于当今大多数少儿读者来说，这些作品的强烈的"陌生感"使得作家的这种努力在他们那里的收效究竟如何尚需打一个问号，但同样显而易见的是，这些作品不是从一般读者已有的审美感受力出发，而是更着眼于如何拓宽少儿读者的审美感受阈，因此在表现出作家对当代少儿读者接受行为的一种新的理解的同时，又体现了一种审美上的启蒙意图和超前意识。从这个意义上说，创造一种博大的艺术境界不是放弃与少儿读者的艺术对话，而正是为了加强和扩大这种对话。

还应该指出的是，这里所提示和描述的儿童文学现象，尽管是以作者预设的少儿"隐含读者"为接受模型的，但是作为一种文学探索和实验，它们在很大程度上表明了这一批作家自身的艺术准备和美学思考，这也是势所必然的。正如他们之中的金逸铭所说的那样："我们写的是以少年为阅读对象的作品，但笔端却热辣辣地涌泻着自我心灵和主体感受，创作动因的内核往往带有自审性的深层忧患。"因此，已有的实践为我们提供的是具有探索意义的儿童文学实验性文体，而来自各方面的疑惑和批评也将有利于作家对儿童文学这种文体进一步思考和创新。很显然，当代儿童文学作家的艺术理想与当代少儿读者的接受行为之间的良好美学联系的建立将永远是一个需要不断探索的过程，而当代乃至未来儿童文学的一切魅力也将在这一过程中得到实现。或许，那个迟迟未能兑现的谶语也将在不知不觉中得到真正的应验！

五　先锋作家的激情与反思

（一）关于"先锋作家"

　　文学创作作为人类精神活动的一个特殊领域，很久以来就存在着泥古与创新、守成与前卫的势力分野。其中主张创新、表现前卫的"先锋作家"常常是这样一群人，他们有着极强的职业写作意识，但又不愿意承认既定文学事实的绝对合法性和唯一统治权利，不愿意接受已有艺术秩序和既定命运的安排，而总是扮演着特定时代文学法规、秩序的爆破手、突围者、实验者的角色。他们常常以自己狂放不羁的文学奇想、大胆新颖的美学实验，为文学带来新的元素、秩序和面貌。从一定意义上可以说，文学世界正是因为有了这些先锋作家的加入和存在，人们的文学经验才会获得不断的更新和添加，文学发展的历程才会变得波澜壮阔、异彩纷呈起来。

现代意义上的儿童文学在中国的发展历史只有一百年左右的时间。由于儿童文学独立发育的不成熟性，在很长的一个历史阶段中，中国原创儿童文学在相当程度上主要是依靠对外来儿童文学的学习、借鉴甚至模仿，对民间儿童文学的发掘、整理和改写来获得并积累起自己最初的艺术经验的。因此，在 20 世纪的一个相当长的时期里，中国儿童文学创作领域并不存在严格意义上的先锋作家，尤其是不存在集团性的先锋作家创作群体。

这种状况到了 1980 年代初突然发生了一次重要的变化。在整个新时期文学创作的带动下，儿童文学创作领域出现了一批具有强烈的创新意识和实验偏好的作家群体。他们在儿童文学创作中攻城拔寨，所向披靡，上演了 20 世纪中国儿童文学发展史上最令人惊心动魄的一幕实验与创新的历史活剧。

对儿童文学先锋作家群体的创作及其演变的跟踪和研究，显然是一个有意义的讨论话题。

（二）先锋作家的创作心理轨迹

考察一个时期文学发展中的变化，可以有许多的角度和指标，其中之一就是考察先锋作家的创作心理及其发展轨迹。先锋作家作为特定时期文学生活中最为活跃的影响因子，他们的心理变化往往构成了一个时代文学生活及其变迁的基本动力和奥秘之一。1980年代以来中国原创儿童文学的艺术发展历程，如果从儿童文学先锋作家的创作心理轨迹角度来考察，那么，我以为它大致经历了三个发展阶段。

1. 1980年代

关键词：激情、自信

1970年代末、1980年代初的中国原创儿童文学，来到了一个令人兴奋，也令人感到疑惑的文学十字路口。一方面，整个国家的政治生活和社会生活所发生的一系列根本性变化，为文学创作提供了新的艺术契机和现实空间，这在新时期成人文学创作中已经表现得十分突出；另一方面，由于儿童文学创作的特殊性，儿童文学作家对时代要求的感应，还需要经过一定的专业经验和个体认知上的转化，所以，与整个新时期文学汹涌的潮流相比，新时期之初的儿童文学在艺术观念的更新和创作实践的推进上，是显得相当犹疑和滞后的。

大约是到了1980年代的初期和中期，随着整个国家和民族思想文化意识的进一步解放，同时也是由于整个新时期文学创作的有力启迪和带动，儿童文学创作开始发生了一些重要的创作思想和艺术实践上的更新与尝试。而文学创作在那个时代是一个令无数青年神往的职业，作家也是一种拥有很高社会美誉度的身份。就在这一时期，中国当代儿童文学创作队伍实现了一次极为重要的文学扩军，一大批拥有生活阅历、艺术准备，怀抱着无限文学理想的青年进入到了儿童文学的创作领域。可以说，正是由于他们的加入和到来，在一定程度上改变了那个时期儿童文学的书写历史。

雄心勃勃、跃跃欲试的年轻作家们与他们的文学前辈们一样，普遍面临着一个如何摆脱历史束缚，寻求新的艺术可能的现实课题。于是，20 世纪中国儿童文学创作史上一次规模最大、范围最广、持续时间最长的艺术创新和实验过程开始了。

今天，重返 1980 年代，重新置身于 1980 年代儿童文学的文学语境，我们将会深深地感受到，那些依次发生的文学事件，组成的是一幕幕充满艰辛的文学实验和突围表演。我曾经在《寻求新的艺术话语——再论〈儿童文学选刊〉》一文中指出，1980 年代儿童文学艺术话语的探寻、实验、更新，大体上是在"说什么"和"怎么说"这两个层面上进行的。1980 年代初，在整个儿童文学界，"说什么"曾经是一个令人感到困扰的创作难题。受传统艺术思维定式的影响，儿童文学作家们自觉或不自觉地在心理上存在着许多话语禁忌和表达障碍：许多题材不能涉足，许多主题被理所当然地放逐了。然而，在迅速变革发展的新时期文学观念的影响和带动下，一股儿童文学话语革新的潜流也在艰难之中悄悄地开始涌动。例如，在儿童小说创作中就陆续出现了《谁是未来的中队长》《吃拖拉机的故事》《失去旋律的琴声》《阿兔》《妹妹的生日》《烛泪》《彩霞》《一个颠倒过来的故事》等作品。这些作品不满足于用传统的、相对单一的目光来审视和描述少年儿童的精神世界和生活状况，而开始了一种相对新颖的尝试，即从不同视角、不同方位来展示当代少年儿童与整个社会生活的复杂联系，从而大大拓展了儿童文学的现实表现空间。

如果说，对于儿童文学"说什么"的探索和尝试主要实现了文学认识和社会价值观范畴的演进和突破的话，那么，对于儿童文学该"怎么说"的关注和实验，则更多地从儿童文学艺术本体的角度更新了儿童文学的传统话语品质。以周锐的《勇敢理发店》、丁阿虎的《祭蛇》、程玮的《白色的塔》、曹文轩的《古堡》、常新港的《独船》、班马的《鱼幻》、冰波的《那神奇的颜色》、金逸铭的《长河一少年》、梅子涵的《双人茶座》、张之路的《空箱子》、秦文君的《四弟的绿庄园》等童话、小说为代表的一大批从语言、情节、结构、象征、神秘感、哲理、幽默、荒诞、文化感、游戏性、悲剧意识等不同艺术关节点切入进行尝试、创新的儿童文学作品，几乎是以毫不犹豫、"毫不讲理"的方式便撑破、搅乱了传统儿童文学相对收敛的艺术格局和相对单一的话语方式。这一切，构成了一道横贯于整个1980年代儿童文学发展历程的气势不凡的艺术探索与创作景观。很自然地，一个富有创新意识的儿童文学先锋作家群体也在这一历史过程中应运而生。

我们今天仍然可以在许多儿童文学书刊中找到1980年代儿童文学艺术实验和突围表演的诸多痕迹，例如，少年儿童出版社出版的曾经在整个儿童文学界呼风唤雨、影响深广的《儿童文学选刊》，江西少年儿童出版社（现二十一世纪出版社）出版的"新潮儿童文学丛书"，等等。我们也可以从这些书刊所保存的文学果实和历史档案中，感受到那个时期先锋儿童文学作家们的创造激情和艺术体温，感受到他们挣脱限制、寻求文学变法的欲望和冲动，感受到他们充满底气和自信的创作心理积蓄。在《回归艺术的正道——"新潮儿童文学丛书"总序》① 一文中，他们宣称："'新潮儿童文

① 金逸铭. 新潮儿童文学丛书·探索作品集［G］. 南昌：江西少年儿童出版社，1989：1-4.

学丛书'是从新时期洋洋大观的儿童文学作品中精选出来的部分作品的汇集。它们从各个侧面反映着中国儿童文学的新动机和新趋势。人们可以从这些作品的深处，获悉从痛苦中崛起的儿童文学所热烈追求的新的艺术价值体系。"他们这样表达了自己的文学追求：我们赞成文学要有爱的意识，我们推崇遵循文学内部规律的真正艺术品，我们尊重艺术个性，我们赞同文学变法。他们清醒地知道自己的历史处境和文学责任："进入八十年代以后，中国的儿童文学发生了历史性的变化。它推开和摒弃了过去的许多观念，而向新的观念伸出拥抱的双臂。这是一种深刻的嬗变。老一代在进行着伟大的自我超度，坚强地从自己身上跨越过去。新生代带着压抑不住的开创精神，发出沉重而响亮的足音进军文坛。新与旧之间划了一道深深的刻印。文学在变法"；"文学变法一是因为它内部的渴求生命的力量所驱使，二是因为中国的生活几乎是发生了突变。文学的表现对象、欣赏对象有了新的精神和新的审美趣味。变法，是顺应世运，顺应生活的人潮"。在为"新潮儿童文学丛书"《探索作品集》所撰写的"总论"《你们正悄悄地超越》一文中，班马对先锋儿童文学作家们的创作道路和创作实绩做了在今天看来也十分深入、精确和到位的分析。谈到他们的艺术成就和贡献，班马说："我甚至认为，将来的中国文学可能会蓦然回首重新发现曾有过那么一批儿童文学作家在某一些文学新意识上（如更博大的星球意识），在某一些文体的新创造上（如极尽后现代主义技巧的小说体童话），也许竟会是中国较早的觉醒者。"①

可以看出，对于 1980 年代儿童文学的先锋作家群体来说，他们对艺术的恭敬、执着，与他们对自身艺术创造能力和创作成果的自信与肯定，是完全融合在一起的。坦率地说，在当时的历史情境中，尽管面临着不少质疑的声音，但是，中国原创儿童文学的艺术先锋们几乎都判定，儿童文学的美学可能性在当时已经得到了最大的开拓，他们已经抵达了儿童文学的艺术腹地，他们的探索和实验激情已经换来了值得骄傲的历史性胜利和美学成功。

"新潮儿童文学丛书"中最具影响力、最具有指标性意义的《探索作品集》出版于 1989 年 5 月。这是一个意味深长的出版时间。可以说，先锋作家们是带着 1980 年代的创作激情和艺术自信，迈进 1990 年代的。

2. 1990 年代

关键词：迟疑、困惑

进入 1990 年代，中国原创儿童文学所赖以生存的社会文化环境又发生了许多深刻的变化，主要表现在，市场经济和商业化时代的到来，使以市场、商业价值取向为主导的生活发展力量在一定程度上打击了纯粹的文学活动的生存空间和发展激情；网络时代的全面降临，对人们包括少年儿童的生存状态、文学选择和消费方式，甚至对童年的面貌及其基本特征等都产生了重大的影响；读图时代的悄然出现，对传统

① 金逸铭. 新潮儿童文学丛书·探索作品集 [G]. 南昌：江西少年儿童出版社，1989：395 - 396.

形态的儿童文学阅读，显然也形成了一定的挑战和影响。

上述变化对原创儿童文学的生存和发展产生了深刻的影响。

首先，1980 年代以来形成的以艺术创新、审美价值取向为主要追求的儿童文学创作，开始不得不逐渐被市场的力量、商业的价值取向所主宰。如果说，1980 年代的创作环境还允许作家们谈艺术、玩创新的话，那么到了 1990 年代，这样的环境和空间已经渐渐不存在了。

其次，网络时代和读图时代的到来，也对读者的文学阅读心态进行了新的塑造。对于大多数的儿童读者来说，他们阅读文学作品，往往不是为了学习，甚至也不是为了审美，而只是为了简单的消遣和娱乐。在阅读方式上，他们往往沉溺于快餐式的消费性速读，而不再有伴随着审美体验而进行的沉思与冥想。同时，繁重的学业负担也进一步加剧了少年儿童上述阅读心态的形成。

再次，纯儿童文学的出版、传播环境等也发生了许多微妙的变化。例如，出版界对纯文学出版的资助热情逐渐下降，许多作品的传播如果不借助一定的商业营销手段就无法成功地打入相应的市场。

面对生存环境的巨大变化，在进入 1990 年代后相当长的一段时间里，中国儿童文学创作的先锋作家们仍然保持着一种矜持而沉稳的创作姿态。他们相信，有了 1980 年代丰饶而坚实的艺术铺垫，1990 年代的儿童文学创作依然会攻城略地，无坚不摧。以秦文君的《男生贾里》、曹文轩的《草房子》、梅子涵的《女儿的故事》等为代表的 1990 年代新名著的成功，曾在一定程度上支持了先锋作家们的这种坚守和自信。正像梅子涵曾在一次会议上谈到过的那样：新时期有一个很基本的精神，就是，挑战旧的，毁去不合理的，以新的灵感建构新的面貌，以以为的不可能建立着可能。有些理论家早已说，"新时期"结束了，但我仍然以新时期的心情，热情、平静的心态进行着写作……因此，儿童文学的先锋作家们仍然相信，他们至少取得了艺术上的成功以及部分商业上的成功，当代儿童文学先锋作家的文学才能和创造能力是无庸置疑的。人们相信，我们缺乏的只是某些占有市场和拥有读者的能力，而市场和读者往往排斥纯粹的文学精神和真正的艺术精品。因此，问题不在我们。

尽管先锋作家们保持着这样的矜持和自信，但是，1990年代文学生存环境的不断变化，事实上还是在相当程度上不断地改变着先锋作家们的艺术心态和创作心理。面对读者的不断疏远和逃逸，面对市场汰洗和滑坡的严峻局面，相当一部分先锋作家们逐渐开始沉寂下来。在新的文学生存挑战面前，他们感受到了前所未有的迟疑和困惑：纯粹的美学追求和纯文学的创作道路越走越窄，而市场化、商业化的话语力量变得日益强盛，是放弃纯粹的艺术追求投入市场的怀抱，还是坚守艺术追求同时努力寻找与市场和读者的现实结合点？在即将告别 20 世纪的时候，中国儿童文学的先锋作家们在整体上似乎已经逐渐丧失了他们在 1980 年代曾经拥有过的那份激情和自信。

3. 21 世纪之初

关键词：震撼、反思

对于中国儿童文学界来说，在最近一个世纪左右的发展历史上，外国儿童文学从来就是人们学习和效法的艺术榜样。从贝洛、安徒生、格林兄弟的童话，到凡尔纳、马克·吐温、盖达尔的小说，外国优秀的儿童文学作家作品不仅曾经滋养过一代又一代的中国儿童读者，而且也曾经给一代又一代的中国儿童文学作家以重要的艺术启蒙和借鉴。

不过，进入 21 世纪以后，在新的时代和文学环境中，中国儿童文学的一部分先锋作家们又集体性地表现出了一种对于外国优秀和经典儿童文学作品的特殊的亲切感和学习欲望。而且，他们不仅自己阅读、揣摩、玩味、吸收，还把他们的阅读感想与体验写成文章推荐给同行和公众。他们在这方面的工作成果主要有梅子涵的《阅读儿童文学》、彭懿的《图画书：阅读与经典》、刘绪源的《文心雕虎》，还有新生代学者陈恩黎的《孩子，让我陪你一起成长》等。他们读林格伦、达尔、安房直子等获得过国际安徒生奖等奖项的各类优秀文学作品，读外国优秀的图画书作品。他们从林格伦和达尔那里读到了瑰丽的想象和丰富的游戏精神，从《大海的尽头在哪里》《亨利徒步旅行记》中读到了借助孩子似的天真来完成的对于世界和人生的哲学思考，从《我是跑马场老板》《猜猜我有多爱你》中读到了人性的温暖和美丽，从《我的爸爸叫焦尼》《鳄鱼怕怕，牙医怕怕》中读到了美学的智慧和巧思……

很显然，这些优秀的外国儿童文学作品在中国儿童文学的一部分先锋作家们那里产生了相当的艺术震撼力。他们在这样的研读和比照中强烈地感受到了中国儿童文学在整体上与外国优秀儿童文学作品之间的距离。于是，1980 年代所培养和建立起来的那份从容和艺术自信，在他们那里不知不觉地消失。人们发现，对于世纪之初的绝大多数的儿童文学写作者来说，我们事实上还在一个较低的美学平台上徘徊，而1980年代以来所建立起来的艺术自信和美学上的成功感，其实是有点肤浅和虚幻的。作为新时期儿童文学创作重要的先锋作家之一的梅子涵就曾坦陈："面对我们的原创，我经常觉得无话可说，可是'研讨会'和安排好的一些演讲仪式又要必须讲，所以我在很多的时候是在硬讲。"一个曾经壮怀激烈的先锋作家，在世纪之初时面对原创作品却"无话可说"，这很典型地反映了当时一部分先锋作家们面对世界最优秀的儿童文学作品时所发生的评判标准和创作心理上的重大变化。这就是，在经历了1980年代的激情和自信，1990年代的迟疑和困惑以后，相当一部分儿童文学的先锋作家们开始了对中国原创儿童文学的艺术反思。

毋庸讳言，经历了多年艺术风雨的吹打和洗礼，儿童文学的先锋作家群体已经发生了很大的变动和分化。而且，面对中外儿童文学的艺术现实，人们的感受和评判结果也不尽相同。但是有一点是可以肯定的，那就是，今天的中国儿童文学更应该具有一种世界性的眼光，中国最优秀的儿童文学作家和作品，应该努力与世界优秀的儿童文学作家和作品站在同样高度的美学平台上。

（三）当下创作的主要艺术症结

或许，这真的是一个令人难以接受的事实：20世纪中国儿童文学在走过了1980年代以来最辉煌的一段历史之后，人们突然发现,尽管它积累和拥有了一些堪称优秀的作品,但是在整体上,它还处在一个不高的美学平台之上。与国外优秀的儿童文学作品比较起来,我认为,从 1980 年代到 21 世纪初的中国儿童文学在整体上的差距,主要表现在以下几个方面。

其一,思想的缺席。

很久以来,中国儿童文学就是以教育儿童为艺术天职的,加上"文以载道"传统的影响,儿童文学这一艺术容器的内容物,常常都是针对儿童的缺点和毛病来设计的。1980 年代以后,中国原创儿童文学在内容物上有了极大的丰富,但是从整体上看,儿童文学的思想力量仍然是比较贫乏的,甚至是缺席的。例如,我们的儿童文学作品在一定程度上触及了童年的隐秘心理、乡土记忆、成长经验等,但是,在对世界和人生的基本思考方面,在对人情和人性的艺术揭示上,在对某些特殊题材领域如残疾儿童等弱势群体的关注和思考方面,我们的儿童文学创作还显得力不从心或缺乏洞察力。

相反,当代外国优秀的儿童文学作品却常常在内容物和思想力度上,给我们带来强烈的撞击并留下深刻的印象。例如,《大海的尽头在哪里》表现的是人类对于世界和存在的一种形而上的永恒思考,《亨利徒步旅行记》揭示了人生目的和人生过程之间的微妙联系,《我的爸爸叫焦尼》展现的是单亲家庭父子之间永远无法割断的挚爱亲情,《我是跑马场老板》则借助一个智障孩子与其周边人群之间的感人故事,表现了人世间的真情与大爱。这些作品之所以感人肺腑,并给我们以强烈的心灵震撼,首先就是因为它们触及了关于社会、关于人生、关于人性、关于命运等最基本的人类命题，因而具有了相当的思想深度和情感力度。

其二，美学的乏力。

儿童文学的内容物固然重要，但是我以为，相比之下，儿童文学的美学表现力也许是更为重要、对于儿童文学作品的成功更具有决定性意义的。从这个角度看，中国原创儿童文学的美学乏力主要表现在三个方面。

一是童趣的缺乏。1980年代以来，少年文学的崛起成为中国儿童文学发展的标志性成果之一。少年文学的独立和发展，一方面大大拓展了儿童文学的整体思想艺术空间，另一方面，也使中国儿童文学在总体艺术风貌上走向了深沉和凝重。当然，自1980年代以来，以周锐、冰波、张秋生等的童话作品，张之路、韩辉光等的短篇小说，武玉桂等的幼儿文学作品，以及郑春华的《大头儿子和小头爸爸》、秦文君的《男生贾里》、梅子涵的《女儿的故事》、汤素兰的《笨狼的故事》、杨红樱的《淘气包马小跳》等为代表的儿童文学作家和作品，也为中国儿童文学带来了前所未有的童趣和幽默感。但是从整体上看，我们的儿童文学作品还是相当缺乏那种纯正、自然、巧妙、富有丰富表现力的童趣和幽默感的。许多时候，我们的儿童文学作家在很用心，甚至是很用力地制造童趣和笑料，但是效果却既不自然，也缺乏刻画人物、表现主题的艺术力量。

而我们同样常常能够在国外优秀的儿童文学作品中看到那些极其丰富而自然，具有表现力的童趣和幽默。例如，加拿大诗人丹尼斯·李的童诗《进城怎么走法》：进城怎么走法？左脚提起，右脚放下，右脚提起，左脚放下，进城就是这么走法。还有《晴天有时下猪》《小尼古拉和他的伙伴们》《我和小姐姐克拉拉》《母鸡萝丝去散步》《弗朗兹的故事》等作品。

二是巧思的缺乏。儿童文学创作的一个最基本的智慧和能力，表现在故事的构思和讲述策略上。能否以及如何通过简单而又巧妙的构思，能否以及如何借助一个看似浅显而又玄机无限的故事，来表现作家的基本文学运思，是显示和检验一个儿童文学作家艺术才情和智慧高下的重要方面。1980年代以来，一部分中国儿童文学作家开始重视将厚重的内容物填入自己的创作之中，但是整个作品的艺术表现却也同时变得厚重和艰涩起来，于是作品中除了厚重，却完全没有了儿童文学作品在艺术表现上应该具有的灵巧和叙事智慧。

曾获得国际安徒生奖的澳大利亚作家帕特里夏·赖特森的长篇小说《我是跑马场老板》在这方面为我们提供了一个优秀的范例。这是一部以智障儿童安迪为主人公的长篇小说。安迪常常沉溺于自己的幻想世界，当他以为自己用三块钱从一位拾荒老人那里买下了跑马场之后，就把他的全部热情投入到了对跑马场的关心和相关劳动之中，而他身边的小伙伴们和跑马场的工人们也以最大的爱心呵护着安迪天真的幻觉和梦想。最后，当跑马场的委员会要"收回"跑马场时，他们用十块钱从安迪手中"买下"了跑马场，安迪的心灵和幻想因此受到了最大的关爱和保护。这是一部充满温暖感并富于巧思的儿童小说作品。正是情节构思上的自然和巧妙，使小说的主题呈现变得更加自然、深刻和完美。

三是细节的缺乏。细节的独特、生动和富于表现力，也是儿童文学创作的一大艺术课题。细节在很大程度上构成了儿童文学作品的叙事肌理和艺术面貌。我们的儿童文学作品中并不缺乏细节的运用，但是，我们却不常看到那种新颖独到、令人拍案叫绝的细节呈现。常常是，作家的创作意图十分高远，但落实到细处，却给读者以莫名其妙、隔靴搔痒的阅读感受。

德国的笛米特尔·茵可夫的系列儿童故事集《我和小姐姐克拉拉》中的《大蛋糕》《天大的秘密》等故事塑造了一对天真、顽皮而又充满爱心的小姐弟的生动形象，其艺术上成功的重要原因之一，就是整个故事集中设计、分布了大量鲜活、独特、极富表现力的文学细节。例如，姐弟俩不知道托尼太太发胖，是因为怀了孩子的缘故，于是整天就担心着托尼叔叔会被胖太太从床上挤下来，操心着如何让托尼太太减肥。故事中丰富的细节设计，生动地凸显了小姐弟俩天真而富有爱心的可爱品质。英国的山姆·麦克布雷尼撰文、英国安妮塔·婕朗绘图的图画书《猜猜我有多爱你》中的小兔子和大兔子之间，也是通过一个个具体而形象的动作细节，来表现彼此的爱心和情感的。正是这些具体而形象的动作细节，令读者感动不已、过目难忘。

我以为，1980 年代到 21 世纪初的中国儿童文学的艺术症结，其实并非表现在缺乏那些五光十色的、时髦的现代艺术手法和策略上。我们儿童文学创作缺乏的其实仍然是属于普遍文学魅力和力量构成的一些最基本的，也是最重要的文学元素，那就是思想，还有表现这些思想的童趣、巧思和细节等。

（四）结语

　　讨论这个时期儿童文学的生存现状和创作出路时，人们可以选择不同的角度来展开思考，例如，商业化时代、网络化时代对儿童文学生存的影响，大众文化、流行文化对纯文学的挤压，以应试教育为核心的学业环境对儿童读者文学阅读的影响，在儿童文学作品的推广和传播方面，如何更好地利用现代营销策略和传播手段，等等。但是在这里，我想说，对于中国儿童文学创作来说，我们还有一个更为重要、更为关键的思考方向，那就是如何更好地清理我们对儿童文学艺术特征和美学力量的认识，如何更好地在创作实践中去展现儿童文学本体特有的、非凡的艺术可能和美学魅力。

　　这是一个耐人寻味的历史怪圈：1980 年代，中国儿童文学的先锋作家们以"回归艺术"的名义，在儿童文学的艺术疆域里纵横驰骋，深耕细作，几乎试遍了儿童文学创作的十八般武艺——我们曾经坚信，中国儿童文学创作已经登上了前所未有的艺术高峰。但是在 21 世纪，当我们面对世界经典和优秀的儿童文学作品时，我们突然发现，儿童文学最基本的艺术面貌和最独特的美学魅力，其实就是源自一种天真而质朴的性情，一种简单而又智慧的巧思；儿童文学的最基本的美学，其实也就是儿童文学的最重要、最深刻的美学。

六　青春期文学叙事的觉醒

（一）

少年儿童出版社出版的《青春之约》一书，是《1984—2004〈少年文艺〉小说精品选》之一，收录了描绘青春期故事的少年小说作品 20 余篇。

"青春期"作为一个与少年文学叙事有关的概念，大约是 1980 年代才出现在我们的创作语境中的。在此之前，"青春期"一直游离于中国当代少年文学的创作视域，成为被作家们集体遗忘或排斥的书写内容。我们那时候所能读到的少年故事，基本上都已经把青春期丰富的生命和情感内容很自然地做了大幅度的简化或剥离。不管这种简化或剥离是自觉的还是不自觉的，它们都反映了特定时代的意识形态对于儿童文学创作的控制和影响。

青春期文学叙事的觉醒，与"青春期"概念在当代生活中的逐渐清晰和确立有着密切的关系。

从历史上看，青春期作为人生发展的一个段落，曾经长久地被传统生活方式和文化观念所遗忘。青春期（少年期）的独立是一种社会历史文化现象。在西方，人类学家玛格丽特·米德通过对萨摩亚岛青少年的研究发现，"成丁礼"的完成就意味着儿童到成人的直接转化，其间没有心理过渡，也没有"独创性的"心理危机。第一个注意到少年发展阶段独特性的西方人是卢梭。他在 1762 年出版的《爱弥儿》一书中首次注意到人生在这个阶段所具有的心理学意义。卢梭把少年期描绘为人自我的"第二次诞生"，强调该阶段的重要特点就是自我意识的发展。不过，虽然《爱弥儿》对少年期概念的形成具有重大影响，但卢梭的思想在科学上的进一步完善，却是由美国心理学家斯坦利·霍尔的两卷本经典著作《青少年：他们的心理学及其与生理学、人类学、社会学、性、犯罪、宗教、教育等的关系》一书而完成的。这部名著于 1904 年首次出版，并多次再版，赢得了广泛的肯定。霍尔不仅提出了解释少年期心理现象的概念，而且在很长一段时间里确定了传统上与少年期有关的问题范围。霍尔本人也因此被誉为"过渡年龄心理学之父"。此后，青春期才得到社会的普遍承认，并成为家喻户晓的词语。此外，西方另一些著名学者如英国人类学家马林诺夫斯基、美国人类学家 R. 本尼迪克特等人的研究成果，也部分地证明了青春期少年的特征取决于社会的文明化程度，是一个文化过渡过程，而不仅仅是一种生理—心理学上的变化。从这种观点看，少年期的独立出现乃是文化全面发展和精细化的产物，根源于现代社会文化环境作用中的青少年性早熟，以及少年期延长后发生的新异行为和思想观念。于是，青春期便由一个过渡性的心理学概念变成了一个独立的文化概念。① 同样，中国当代社会经济文化生活的全面发展，也对当代青少年的身心发展产生了深刻的影响；青春期不仅作为一种独立的生理、心理现象而为社会所关注，而且它也日益广泛辐射并逐渐形成了一种具有鲜明个性特征的亚文化分支——青春期文化。

可以说，当代儿童文学中青春期叙事的出现，就是对当代生活中青春期文化的形成所做出的一种文学上的回应。收集在这本集子中的第一篇作品是韦伶的短篇小说《出门》。我还清晰地记得当年《出门》的发表带给儿童文学界的那一缕清新和惊喜，也记得作品中那个第一次独自出门的小姑娘凌子的新奇感受所带给我们的心理叩击。"雾真大呀"，"凌子眼前尽是弥漫着的雾，这雾仿佛要把她吸进一个看不见底的深洞里去"……那种朦胧而又精致、细腻的少女情思，几乎是第一次让我们在当代少年小说艺术中领略了青春期特有的心理波澜和风景。

从《出门》《今夜月儿明》等一批作品开始，青春期逐渐成了当代少年小说的一个重要叙事对象。一场围绕着青春期展开的革命性书写尝试开始了。

---

① 邓匡林. 青春期文化论 [J]. 青年研究，1991，(7)：39 - 43.

（二）

法国哲学家梅洛·庞蒂认为，"世界的问题，可以从身体的问题开始"。用这句话来考察当代少年文学中对于青春期的关注和书写，无疑是十分合适的。青春期首先是一个身体蓬勃生长的时期，身体的拔节和生理的裂变，使少男少女们对自己的身体变得格外关注和敏感起来。于是，对身体的关怀和描写，也就成了真正的青春期书写的一个重要特质。

在中国当代文学创作中，身体的复杂性和重要性也曾经被长期地放逐过。谢有顺曾在《文学身体学》一文中指出，在一个身体被专政的时代里，作家们都只好争着做没有身体的人，他们不敢用自己的眼睛看，不敢用自己的耳朵听，不敢用自己的大脑思考，不敢用自己跳动的心脏说话，他们主动地将自己的身体和身体所感知到的细节藏匿起来。写作成了"传声筒""留声机"，没有了自我，没有了真实的身体细节，一切都以图解政治教条或者统治者意志为使命。①

同样，有研究者曾经发现，"文化大革命"前 17 年的当代小说在表现成长主题时，也有这样一处空白：身体发育的缺失。这种缺失使少男少女们丧失了性别特征：男孩没有青春萌动带来的躁动不安，女孩没有初潮，换身衣服就能装成半大小子。② 而这个时期的少年小说写作，则把鲜活的性别特征和身体感觉带入了我们的阅读经验——"凌子朝镜子走

---

① 谢有顺. 话语的德性 [M]. 海口：海南出版社，2002：167.
② 李学武. 蝶与蛹 [M]. 北京：中国社会科学出版社，2003：94.

去，一下子跳起来：镜子里那个姑娘就是她吗？那纯粹是个姑娘，而不是一个女娃娃！那样的身段，只有在一个长大了的姑娘身上才看得见。而且由于穿的游泳衣太贴身，那些线条显露得多明白呀。凌子的两个脚指头在冰凉的地面上紧张地弯曲起来"；"她让太阳尽情地晒在她脸上、腿上、手臂上，晒在她变化着的身体上"（《出门》）。这是一种诧异中伴随着喜悦的心情。他们也开始关心自己在异性心目中的身体形象，"我总觉得背后有一双眼睛在一直盯着我看，不由自主地想象了一下我的背影是否好看。记得有次同学们在一块闲聊时，有同学说过，我的背影看去虽然苗条可有点驼。想到这儿，我禁不住直了直背。但是当感到背后看着我的是一个陌生的男生时，又猛醒过来，自觉自愿地重新把背驼起来，一副大大咧咧的模样"（陈丹燕《男生寄来一封信》）。自然，他们也开始关注异性的一切，"我是如此用心地在心里感受着他的一切：他的挺直的鼻梁，他的孩子气地向前嘟着的嘴唇，当然还有他投篮时奋力跃起的身姿……"（谢倩霓《与阴雨有关》）。引用这些片断，是想说明，这些关于身体的"镜像"如此频繁地出现，至少证明了，在这场关于青春期的书写革命中，身体确乎成了不可缺少的艺术主角。

（三）

身体的苏醒及其细节的发掘和呈现，借用上述梅洛·庞蒂的话来说，还只是问题的"开始"。"写作中的身体绝不是纯粹物质意义上的肉体——肉体只有经过了诗学转换，走向了身体的伦理学，它才最终成为真正的文学身体"。① 当代少年小说对青春期的文学探索和表现，主要是从两个向度展开的。

一是展示青春期特有的情感过程，或云锁烟埋，迷蒙无绪，或天高云淡，单纯明净。这些情感可以产生于几对姐弟之间（玉清《姐姐比我大两岁》）、同学之间（梅子涵《黑色的秋天》、郁雨君《漂亮男生》、韩青辰《LOVE 天长地久》、饶雪漫《一千零一个愿望》），也可能发生在师生之间（伍美珍《我的爱情鸟飞走了》）或偶尔邂逅的异性之间（班马《六年级大逃亡》、肖复兴《合欢路口》）……它们隐秘、自然、单纯、倔强，有时候显得来去无踪，难以言表，有时又清晰无比，挥之不去。它们可能是两颗不设防的心灵的自然接近和朦胧爱恋，也可能是一个年轻的生命"在内心里演绎着的一场可怕的单相思"，或者，干脆是一种对于异性的虚幻的情爱想象。毫无疑问，1980 年代以来当代少年小说对于青春期情感心理学的文学发现和描绘，在这些作品中有了相当集中的呈现。

另一个向度则主要涉及情感伦理学范畴。许多年前，那些最早表现了少男少女们伴随着身心进一步发育成熟而产生的青春期意识和所谓朦胧爱情的少年小说一经发表，都曾如投石击水，激起了强烈的连锁反响。诚如《儿童文学选刊》编者当年在发起《今夜月儿明》的讨论时所写到的那样："一篇作品激起如此广泛、激烈而又褒贬迥异的反应，在我国儿童文学创作史上是罕见的"。事实上，对于青春期情感

---

① 谢有顺. 话语的德性［M］. 海口：海南出版社，2002：189.

生活的评价和判断，在现实生活中并不是一个已经完全解决了的问题，尤其是在日常生活和教育实践中，来自各种立场尤其是某种偏执的成人立场的权力偏见仍然固执地存在着。在这些偏见的施虐之下，青春期情感生活的某些现实忌讳被无限放大，而其伴随人生成长过程的精神合法性则被彻底排斥。在《男生寄来一封信》（陈丹燕）、《陈一言和谭子的平常夏天》（常新港）等作品中，我们看到了原本单纯的友谊被粗暴而无情地践踏和伤害。在深深的失望和无奈之中，作者含蓄而鲜明地表达了自己的立场、吁请和价值取向。

因此，《青春之约》这部以青春期为核心概念的小说集所描绘和讨论的绝不仅仅只是青春期的情感生活话题。事实上在今天，任何一个关于青春期的话题都可能牵连着十分深广的社会文化背景和现实生活内容。在这部小说集中，我们就可以感受到酝酿了许多青春期故事的现实生活背景和历史文化土壤的存在和力量。同时，我们也会发现，在本书所提示、勾勒的文学进程中，当代少年小说作家在青春期故事的叙事形式和讲述语体方面也做了多方面的尝试。换句话说，本书不仅凝结了一个时代的青春期的情感和美丽，还呈现了一个时代少年小说作家的激情和文学创造力。当年周晓先生在评论《出门》（韦伶）、《上锁的抽屉》（陈丹燕）等作品时就认为，它们不仅在"写什么"，而且在"怎么写"上都有所创新，都显得舒展自如，成为具有自由的艺术品格的佳作，成为多样化的文学追求在儿童文学创作中的一种体现。例如，《出门》以巧妙、简捷的情节，在主人公凌子十五岁生日单独出门在温泉公园的小半天活动中，细致入微地描画了这个天真无邪少女突发的心理变异和迷惘，节奏自然、优美。^① 因此，青春期叙事的活跃，带来的不仅仅是题材上的拓展，更是叙事艺术上的革新。

这里的许多故事曾经打动过我，重新读它们，我仍然不时会被它们所感动。

我希望，它们也同样能够深深地感动今天的读者们。

---

① 周晓. 少年小说论评［G］. 银川：宁夏人民出版社，1990：173.

附录

1980 年代发展态势之我见

只要稍稍认真地考察一下，我们就不难发现 1980 年代的儿童文学创作发生了某些重要的变化。随着时间的推移，那些小心翼翼而又不乏倔强劲头的儿童文学作家硬是在创作中摆弄出了一些新花样。这些新花样不仅顽强地改变着儿童文学的传统面貌，而且也构成了当时儿童文学艺术发展的最引人注目，同时或许也是最令人感到困惑的文学现象。对此，人们做出了种种不同的反应和判断。1987 年夏天，我读到了陈伯吹先生的一篇题为《卫护儿童文学的纯洁性》[1] 的

---

[1] 陈伯吹. 卫护儿童文学的纯洁性 [N]. 解放日报，1987，(6).

文章。陈先生是我所尊敬的老作家。但陈先生在这篇文章中所发表的对于当时儿童文学创作的某些见解，却是我不能同意的。

陈先生在文章中首先带过这样一句话："近年来，儿童文学领域里涌现了不少好作品，其主流应该说是好的。"随后笔锋一掉，转入正题说，"但也无可讳言，儿童文学中的某些作品，特别是某些年轻作者的作品，也发现了一些错误倾向。如居然面对情窦未开的少年儿童拔苗助长式地描写爱情的萌芽，宣扬所谓少男少女的朦胧爱情。性态文学虽未敢大胆进门，而荒诞的武侠小说则早已沾上了边。"对此，陈先生都视之为"如此不正经低调"的创作。他还愤愤不平地写道："令人最是难以容忍的，还将'五爱品德''五讲四美三热爱'和德、智、体、美、群等等的题材，逼入冷宫，蒙上了'过时货''老古董'的恶名。一些人公然宣称由于作品重视教育性，就束缚破坏了文学的艺术性。其然乎？其不然乎？"

在这里，陈先生用了十分严厉的措词对当时儿童文学创作中的"一些错误倾向"提出了激烈的批评。乍一看"居然……宣扬""公然宣称"这些字眼，人们可能会以为儿童文学界出了什么了不得的事情。的确，如前所述，儿童文学界是发生了一些变化，但并没有出现如陈先生所说的那么严重的情形。即使就陈先生文章中提到的那些儿童文学现象而言，窃以为，陈先生对一些描写少男少女朦胧爱情的作品采取全盘否定的态度，也是不足取的。少男少女之间产生朦胧爱情（即所谓的"早恋"），这在当今社会并非天方夜谭，而是一种实实在在的社会现象。对此，任何"瞒"和"堵"

的态度都将无补于事。儿童文学对此做一些探索和尝试性的表现，原也无可厚非。我以为，儿童文学不是不可以表现这类现象，应该加以探讨的关键问题是如何表现。而陈先生不仅未做具体分析就批评了儿童文学所做的这种尝试性表现，而且压根儿不承认"早恋"这一现象本身的存在，这就颇让人难以理解了。至于陈先生说儿童文学创作中"性态文学虽未敢大胆进门，而荒诞的武侠小说则早已沾上了边"，这种批评方式也使我感到疑惑："性态文学"既然"未敢大胆进门"，那么在评论儿童文学现状时为什么硬要拉扯出这么一种名声似乎不好的东西来"陪批"？荒诞本身就是构成儿童文学美学特征的重要因素之一，为什么一定要让它与"荒诞的武侠小说"沾边？（对"荒诞的武侠小说"的评价不是本文的任务。）令人遗憾之处还在于，陈先生文章中并未举出任何例证以证明他的观点，这就更让人不知其何所指而云了。

当然，问题并不仅仅局限在对某些具体儿童文学现象的评价上。如果我们进一步联系整个当代儿童文学的历史发展来考察，分歧就有可能清晰地凸显出来。

由于儿童世界本身总是显得那么天真纯洁，由于审美教育常常被理解为单纯的正面教育，当然还由于一种充满自豪和乐观精神的社会心态和审美风尚的影响，1950 年代、1960年代我国儿童文学的精神主调和整体美学风貌是纯洁、朴实、活泼、和谐的。不过，当这种纯朴的情调被缺乏节制地推向极端的时候，儿童文学便成了"花朵文学""纯净文学"的代名词，成了一个封闭的只具有内向型性格的艺术体系——于是，儿童文学也就很难具有较高的审美品格和沉甸甸的艺术分量。当然，当时我们曾经有过一批产生过较大影响的作品，像张天翼的《罗文应的故事》、马烽的《韩梅梅》、萧平的《海滨的孩子》、任大星的《吕小钢和他的妹妹》等。我们不应该否认这批作品的历史地位和价值。但是客观地说，除了个别作品如徐光耀的《小兵张嘎》等外，这些作品在审美方面究竟有多少价值是令人怀疑的。如曾经获得过很高声誉的《罗文应的故事》，描述的是一个要求上进却又贪玩、缺乏自制力的孩子的转变过程。作品对儿童世界的描写应该说颇见功力，并且不乏教育意义，然而却缺乏一种超越儿童世界之上的对于社会生活的更强大的艺术穿透力，因而其美学内涵和价值都是十分有限的。我们固然不能脱离特定的时代背景和文学背景来谈论这些作品，也不能苛求每一部儿童文学作品都具有较高的审美价值，但我们却有足够的理由向那些代表当代儿童文学创作水平的作品提出这种要求。毫无疑问，当代儿童文学之所以在审美上显得贫弱，除了有十分复杂的社会历史原因外，也跟片面强调正面教育的保守封闭的儿童文学观念有关。

经过新时期以来的艰苦开拓，1980 年代我国儿童文学创作开始逐渐摆脱了狭隘的"教育工具论"的束缚，而踏上了探寻更广泛的艺术可能的道路。儿童文学（特别是少年期文学，下同）开始被理解成为一种具有开放意识的、多元的，同样需要争夺生活空间和心理空间的艺术体系——由此导致了儿童文学艺术对象和艺术内容的大幅度拓展。我们看到，历史和现实的更为广阔多样的生活内容进入了儿童文学作家的视野。曹文轩的《弓》、丁阿虎的《祭蛇》、常新港的《独船》、班马的《鱼幻》等一大批儿童文学作品，或以纷繁复杂的社会生活的大胆纳入和艺术再现，或以对某种乡土文化背景的富于历史感的描绘，令人信服地显示着儿童文学艺术空间的扩展。在社会历史的广阔的"外宇宙"受到全面审视的同时，儿童文学的视野也更深入地向着人物心理的"内宇宙"延伸，向着儿童文学曾经讳莫如深的艺术禁区进军。在这方面，最引人注目的是儿童文学在表现少男少女青春期意识和所谓朦胧爱情方面所取得的进展。丁阿虎的《今夜月儿明》、龙新华的《柳眉儿落了》率先闯入禁地，而后陈丹燕的《上锁的抽屉》、韦伶的《出门》等作品又以细腻而灵巧的笔触描写了处于青春期的少年微妙的心理波动和变异，从而大大增强了儿童文学对当今少年内心世界的艺术表现气度和能力。

上述艺术内容的变换还引出了与之相适应的新的艺术传达方式和表现形态。当儿童文学试图重新感受客观生活和主观心理的时候，它就无法再固执地用单一的方式去把握对象了。在传统艺术表现形态仍占主导地位的情况下，1980 年代儿童文学中也出现了一些新的艺术表现方式。例如丁阿虎的小说《祭蛇》，给读者留下深刻印象的不是人物、情节和环境，而是那么一个热闹离奇的场面，那么一片撩人心绪的氛围，那么一种难以言传的情味；曹文轩的《古堡》充满了整体象征的意味，同时又像是一篇被扩展丰富了的寓言；而冰波的《狮子和苹果树》《毒蜘蛛之死》等作品则试图以弥漫全篇的哲理意味来加强抒情体童话的艺术力度。凡此种种艺术表现方式，无疑是过去儿童文学中难以见到的。所有这一切，都毫不犹豫地重新塑造了 1980 年代儿童文学的艺术精神和艺术品格。

然而，陈伯吹先生认为，儿童文学即是教育的文学。他在 1987 年发表的另一篇题为《儿童文学与儿童教育》的文章中写道：“尽管文学与教育，在精神文明世界中分属两个范畴，但是如果打个‘跛了脚的’譬喻来说，如同长在人体上的手和足，名义上是分别为上肢和下肢，实际在行动上随时随地协同一致，相辅相成的。所以从广义过火点儿来说，似乎也可以这么理解：‘文学即教育’；特别在儿童文学的实质上透视，就是如此。”他还写道，“在教育作用这一文学的基点上，由于读者对象的客观原因，（儿童文学）要求得更加严肃认真，强劲有力；而且对年龄愈小的读者，愈要求完善的美好的正面教育。”既然儿童文学即是教育，而且是正面教育，于是陈先生就希望看到儿童文学仍然是一片一尘不染的天真纯洁的“乐土”，于是他就把某些离开了儿童文学传统规范的作品视作“错误倾向”，而要“卫护儿童文学的纯洁性”。

“其然乎？其不然乎？”

在儿童文学界，文学与教育的关系问题是一个简直要累死人的话题。从“五四”前后一直争到现在，经久不衰。1949 年以前很有影响的“儿童本位论”认为，儿童文学就是以儿童为本位的文学，此外便没有什么其他标准了，因此主张要“迎合儿童心理供给他们文艺作品”（周作人语）。这一理论强调儿童文学活动中儿童的自娱和成人的迎合，而不是强调成人对儿童的教育，其合理性与偏颇都是显而易见的。1949 年后，在很长一段时间里，儿童文学与儿童教育的关系又几乎被强调到了合二为一的地步。比如 1982 年出版的两部《儿童文学概论》都把“教育的方向性”作为儿童文学的最基本的特征之一。一些颇有影响的儿童文学理论著作中不时出现这样的论述："儿童文学担负的任务跟儿童教育是完全一致的"，"儿童文学作为一种教育工具，它辅助学校教育，成为对广大少年儿童进行全面教育的完整的系统的教育部署的一个重要环节"。① 有的文章则干脆认为，"儿童文学是教育儿童的文学"②，并以此作为其儿童文学观念的最基本的逻辑起点。应该承认，由于有着特殊的读者对象，儿童文学的教育功能的确是儿童文学创作和研究中一个值得引起重视并深入探讨的课题；一些研究者强调儿童文学是"教育儿童的文学"，其动机也是可以理解的。但是，还应该看到，把"教育作用"当成我们儿童文学观念的基本出发点，在客观上却造成了儿童文学自身文学品格的丧失。在"教育儿童的文学"的观念的引导下，许多作家不是从文学本身的艺术规律出发进行创作，而是根据某种教育需要去演绎出"作品"。这样创作出来的东西也许不会是坏的教育工具，但却肯定难以成为好的文学作品。因此，这种实际上是"非文学"的儿童文学观念在 1980 年代受到许多人的怀疑和否定，我以为是理所当然的。同时，对这一儿童文学观念的否定并不意味着对儿童文学教育功能的怀疑。事实上，今天的儿童文学作家都是既抱有艺术上的开拓愿望，又怀着强烈的社会责任感的。他们在思想上艺术上的探索和创新只是试图从过去狭窄的封闭的艺术死胡同里走出来，去占领广阔的艺术领地。据我所知，并没有哪一位儿童文学作家曾经"将'五爱

① 贺宜. 小百花园丁杂说［M］. 上海：少年儿童出版社，1979：102.
② 鲁兵. 教育儿童文学［M］. 上海：少年儿童出版社，1982：1.

品德''五讲四美三热爱'和德、智、体、美、群等的题材，逼入冷宫，蒙上了'过时货''老古董'的恶名"，倒是有不少儿童文学作家确实开始不满于把儿童文学作品简单地当作某种伦理道德规范或优秀品质的笨拙的文学图解和灌输工具，也不满足于仅仅提供某些榜样和偶像供读者效仿，而是希望建立起自觉自由的审美意识，通过创作具有较高艺术品位的作品来发挥文学应有的审美教育功能。一句话，就是希望把儿童文学从天真而呆板的劝善文学、说教文学还原为真正的审美的文学。

在特定的意义上也可以说，随着艺术天地的逐渐开阔，儿童文学变得不那么"纯"了。但这种不纯绝不意味着"不洁"，而是意味着儿童文学在思想内涵、艺术形态等方面，都开始从过去的单纯化、单一化状态走向文学的丰富和厚实。这种变化既有社会生活和时代情绪的影响，也与社会审美场、人们的审美趣味，特别是少年儿童审美趣味的演变有关。与 1950 年代、1960 年代比较起来，1980 年代的少年儿童更具有正视现实的自觉意识和独立思考的可贵能力，他们从生活本身学到的东西，远远超过了上几代同龄人。幼稚、不成熟中渗入、融汇了比较复杂的社会现实感受，这就构成了新一代少年儿童的基本心态和"早熟"特征，也构成了他们审美趣味的心理基础。因此，儿童文学中开始纳入某些看起来不那么单纯，而显得比较凝重复杂的社会历史画面和心理情感内容，正是为了更好地丰富和更新与当今少年儿童读者的对话途径和对话方式，也正是试图唤起少年儿童的更强烈而丰富的审美感受，并给他们的精神世界以更深刻而久远的影响。

1980 年代我国儿童文学创作的发展变化不是偶然的、孤立的现象。从世界各国儿童文学的发展趋势看，许多年来也有一个相似的趋向。比如在苏联，儿童文学从整体上看比以往更注重提出问题、分析问题，更富于理性精神，"而热情洋溢的言辞，欢欣雀跃的场面，令人快乐的希冀则比过去少了，小说中的主人公日益经常地面临严峻的困难的抉择"。①在日本，不少儿童文学作家也认为："过去的儿童文学已经满足不了读者的要求了，现在的儿童读者并不光是需要有艺术性和娱乐性，而更需要关于人生问题的探究。"②国外儿童文学作家还经常讨论这样一些问题：要把保卫和平，反对战争，特别是反对核战争作为儿童文学的主题之一，要让孩子们从小就懂得和平环境的可贵；人类生存环境的保护是一项刻不容缓的重要使命，人类要致力于大自然生态平衡的维持，同时应当为肆意污染环境的愚蠢行为感到羞耻等。③可见，更深刻地反映、思考现实和人生，并把目光投向人类共同关心的大课题，乃是当代许多国家儿童文学的共同流向。很显然，这不会是一条单纯、明净的小溪，而同样是以生活的河床为依托奔向广阔艺术海洋的一股文学潮流。

毋庸讳言，1980 年代儿童文学的发展也并非尽如人意。这主要表现在，从总体上看，不同类型和风格的作品发展并不平衡，例如幽默、荒诞的作品不是多了，而是还不够；有

---

① 四川外语学院外国儿童文学研究室. 外国儿童文学研究 [G]. 重庆：四川外语学院印行，1986：9.
② 四川外语学院外国儿童文学研究室. 外国儿童文学研究 [G]. 重庆：四川外语学院印行，1986：38.
③ 朱彦. 新时期儿童文学 [M] //朱彦. 世界不能没有中国——莫斯科儿童文学期刊会议见闻. 上海：少年儿童出版社，1995：203.

助于培养少年儿童想象力、冒险精神的作品还不够充足；从个别作品看，真正思想上、艺术上很有分量的厚重之作也很缺乏。另一方面，儿童文学的一些探索究竟在何种程度上契合了当代少年儿童的审美趣味，也还值得进一步的思考和研究。尽管如此，1980 年代的儿童文学发展势头已经足以使我们相信，当代儿童文学正在走上一条自觉自由的艺术创造之路。

第二编

1990 年代

一 作家与读者

谈论 1990 年代的中国儿童文学，不能不联系 1980 年代的中国儿童文学。因为在我看来，这两个十年中国儿童文学的发展，有着明显的历史延续性和艺术比照性。所谓历史延续性是指，1990 年代的中国儿童文学是由 1980 年代的开拓、积累、发展而来的，两个时期之间具有时间上的承接性和逻辑上的因果性。所谓艺术比照性是指，1980 年代和 1990 年代的中国儿童文学，由于历史条件、现实环境等的不同，在艺术展开的许多方面，都形成了十分鲜明的对比。

因此，以下所描述的 1990 年代的中国儿童文学状况，许多都是以 1980 年代作为历史准备和逻辑前提的。

从总体上说，1990 年代的中国儿童文学发展表现出一种沉稳、平静的姿态。与 1980 年代观念冲撞、激情四射的历史氛围相比较，1990 年代的儿童文学作家们显得既自信又宽容。各种文学观念都可以通过相应的艺术实践获得呈现。因此，丰富、多元、多样化，就构成了 1990 年代中国儿童文学发展的基本现象和特征。除了中长篇创作的活跃之外，在 1990 年代多样化的儿童文学现象中，下述几项也许是特别引人注目的。

一是儿童文学作家队伍的扩展。

从创作环节看，基本上由专职的儿童文学作家创作儿童文学作品的状态正在改变。一批成人文学作家进入了为儿童写作的行列。明天出版社邀请毕淑敏、张炜、池莉、刘毅然、王安忆、迟子建等著名中青年作家联袂加盟儿童文学创作，出版了由六部中长篇小说构成的《金犀牛丛书》。湖北少年儿童出版社推出的《鸽子树丛书》，湖南少年儿童出版社出版的《红辣椒长篇儿童小说创作丛书》，其作者基本上也都是成人文学作家。与此相对应的是，海天出版社出版的长篇小说《花季·雨季》发行量达到一百多万册，其作者郁秀只有 16 岁；北京少年儿童出版社出版的《自画青春丛书》，则是由十余位少年作家分别完成的一组关于青春的文学自画像。这些主要不是由传统意义上的拥有职业身份的儿童文学作家创作的儿童文学作品及其所引起的关注，堪称 1990 年代中国儿童文学创作的一大景观。

从儿童文学作家队伍自身看，1990 年代也出现了一批优秀的青年作家，其中的佼佼者有汤素兰、彭学军、葛竞、张弘等。

二是儿童文学的艺术内容和叙述方式较为成熟和丰富。

随着艺术经验的累积，1990 年代的中国儿童文学创作在艺术上显得较为丰富和成熟。例如，曹文轩的小说在凝重中透着优雅和晓畅。长篇小说《草房子》描绘的是1960年代江苏北部农村孩子眼中的世界及他们的精神成长故事。在这部作品中，1960年代特定的时代风云从作品所构筑的文学时空中轻轻掠过，读者感受到的是那个时代少年儿童的更具有恒定性和审美意义的精神世界和成长状态。秦文君的作品则散发着浓郁的幽默气息，具有一种轻喜剧风格。《男生贾里》《女生贾梅》等作品以现实生活为背景，展示了有趣的男生世界和女生世界，显示出一种明朗而又充满谐趣和灵秀的幽默之美。张之路的《第三军团》则在现实与理想的冲突和游移之间，涌动着英雄主义的正义之气和青春豪情。这部长篇小说讲述的是一群富于正义感的中学生的传奇故事，作品的基本精神和艺术视角是写实的，但在具体描述中又颇具有理想、浪漫、神奇的色彩。梅子涵则是当今中国儿童文学界一位罕见的对"语感"充满了迷恋和追求的作家。十多年里，他在儿童文学叙事语感的苦心经营方面从未厌倦和停歇过。长篇小说《女儿的故事》以其独特的叙事风格、语感意味，在1990年代的中国儿童文学创作中独树一帜。

在童话创作方面，孙幼军的《怪老头儿》、周锐的大量幽默作品、冰波的长篇童话《狼蝙蝠》、班马的长篇童话《绿人》，都是1990年代风格各异的具有代表性的优秀作品。

三是儿童读者逐渐疏远儿童文学。

从接受和传播领域看，1990年代的中国儿童文学面临着少年儿童读者大规模逃逸和几乎无人喝彩的尴尬局面，也就是说，1990年代中国儿童文学的上述艺术推进，与儿童读者的大规模撤离和逃逸是同步发生的。

除了《花季·雨季》这样特殊的例子外，只有少数作品的发行量可以达到五万至十万册，多数纯文学作品的发行量仅有数千册左右。

1980 年代发行量达到数十万册、上百万册的纯儿童文学刊物，已普遍降至数万册的发行量。

在对中小学生的问卷调查和个别了解中，人们也发现，绝大多数少年儿童读者对当今许多被儿童文学界看好的作家及其作品感到十分陌生……

造成这种状况的原因是多方面的，如电子类媒介的发达导致印刷类媒介影响力的相对下降；应试压力重负下，少年儿童被迫与文学作品保持一定的距离；一些儿童文学作品不适应今天的儿童读者；作品发行和传播渠道不畅；等等。

1990 年代的中国儿童文学还有许多值得关注的现象，如卡通读物的流行，幼儿读物的畅销，多媒体和网络对儿童文学生存方式的影响，理论研究的推进……这些都值得我们关注和探讨。

二 长篇的时代

读张微的长篇作品《雾锁桃李》（江苏少年儿童出版社1989年11月出版），我认为这是作者在学校生活题材创作方面的一次艺术总结。当然，与作者那些同类题材的短篇小说比较起来，这部20万字的小说给了我一种相对的艺术丰厚感。这种丰厚感，首先无疑来自作品通过一个较大的摄取幅度，展示了一种令人震撼的生活原生状态，尤其是几位少女的心灵状态；其次是来自潜伏于作品中的炽热、深挚的艺术情感和艺术思考。这种艺术上的丰厚、充实，显然是作者过去那些短篇小说所未能实现的。从这个意义上或许可以说，张微的成功在一定程度上是借助了长篇这一形式而获得的。

人们通常把长篇作品看成是一个时代文学经验和成就的体现者，这是有道理的。长篇作品以其对于社会生活的相对强大的概括力和表现力，以其对于艺术自身可能的相对广泛而深入的发掘，而在文学的各种形式中占据着一个重要的位置。形成这种重要性的关键并不在于长篇比短篇在篇幅上显得壮观一些，而是在于长篇这一形式本身为文学提供了一种更为繁复而又舒展的内在的艺术秩序，这种内在的艺术秩序所孕育、承载和传递的艺术内涵，是短篇作品无法带给我们的。

当然，短篇也自有其无法替代的艺术优势，这种优势既表现在短篇作品的审美特性方面，也表现在它的短小、灵便使得它在文学的发展进程中总是扮演着最活跃的角色。换句话说，在具体的文学实践中，短篇作品总是被作家最先用来尝试、寻找、铸造一种新的艺术可能，从而为人们提供新的艺术感觉和审美经验。从 1980 年代中国儿童文学的发展进程看，短篇作品，特别是短篇小说和短篇童话的创作，呈现出空前兴奋而活跃的状态。可以说，1980 年代儿童文学创作中发生的许多具有深刻意义的变革和突破，大都是由短篇作品的创作首先实现和提供的。相形之下，长篇作品的创作则显得冷清、沉寂一些。很显然，长篇作品的创作更需要时机和条件，需要更多的耐心和等待，概而言之，它需要更多的艺术经验和准备，需要更艰苦的艺术劳动和创造。

当短篇创作在 1980 年代积累了相当的艺术经验和教训之后，长篇作品的创作从相对沉闷的状态逐渐走向活跃，一批不断成熟的儿童文学作家把他们的艺术热情和才华投注在长篇作品的创作之中。长篇作品是显示 1990 年代儿童文学创作成就的一个重要的方面，亦是显示儿童文学美学潜力和艺术魅力的一个重要的途径。

三　重建经典品质

　　进入 1990 年代，儿童文学及其创作日益成为一个受到公众和媒体普遍关注的话题。儿童文学摆脱闭锁的专业限制而进入公众视域，这应该说是一桩利多弊少的事情。事实上，在公众的关注和期待中，儿童文学艺术运作的各个环节，都已发生了许多变化。

　　大体说来，1980 年代的儿童文学界是以相对独立的专业方式来释放自己的艺术激情和想象力的，而 1990 年代，儿童文学不仅在艺术观念上，同时还在运作方式上，逐渐与主流文学界和青少年读者进行着全方位的沟通。

　　首先，从创作环节看，基本上由专职的少儿文学作家生产儿童文学作品的状态正在改变，一批成人文学作家进入了为儿童写作的行列。明天出版社在刘海栖、胡鹏的策划下，分别请周大新、沈石溪、于波、苗长水、陶纯、简嘉、阎连科七位知名军旅作家和池莉、毕淑敏、张炜、迟子建、刘毅然、王安忆等著名中青年作家联袂加盟少儿文学创作，推出了由中长篇小说构成的《猎豹丛书》和《金犀牛丛书》，这可以说是一个十分突出和典型的现象。与此相对应的是，北京少年儿童出版社出版的《自画青春丛书》则是由九位小作家联手完成的关于青春的文学自画像。这些主要不是由传统意义上的拥有职业儿童文学作家身份的作家完成的儿童文学作品及其所引起的关注，堪称当代儿童文学创作的一大新景观。

其次，儿童文学作品的叙事内容和叙述方式等变得更为丰富和成熟，例如对历史的重新解说和独特叙述。曹文轩的《草房子》和刘海栖的《男孩游戏》是两部叙述 1960 年代儿童生活故事的长篇小说。前者描绘的是苏北农村孩子眼中的世界，后者述说的是北方一座中等城市中一群男孩子们的独特经历。两部作品的相似之处在于，1960 年代特定的时代风云从作品构筑的特定文学时空中轻轻掠过，我们感受到的是那个时代少年儿童的更具有恒定性和审美意义的精神世界和状态。《草房子》在优雅晓畅的叙事中"流淌着童年的微醺和成年人逝水的伤感"，被认为是"令评论界抛弃矜持、大为动容的佳作"。《男孩游戏》则以生动而略带俏皮的语言讲述一群男孩子们的故事。我们会意识到，在那片贫瘠而嘈杂的土地上，也有属于那群男孩子们的阳光和云雾、小草和鲜花，他们用自己独特的方式向季节呈现着欢乐、苦恼、幻想和血泪交织的风景。

如果说《草房子》《男孩游戏》侧重于对童年生存状态

的普遍意义的独特发掘和呈现的话，那么，在另外一套由更年轻的作家创作的更富自传色彩的《花季小说丛书》中，我们则听到了更多的关于自我生命情感历程的倾诉和个人经验的表白。这套由梅子涵主编、福建少年儿童出版社推出的丛书，包括了张洁的《敲门的女孩子》、萧萍的《春天的浮雕》、老臣的《女儿的河流》等八本清新优美的作品。正如一位评论者评论的那样，在这些作品中，一批新鲜与活跃的年轻的儿童文学作家对成长故事的抒写主题进行了同样新鲜与活跃的叙述。

值得注意的是，与 1980 年代儿童文学的艺术活跃主要通过短篇形式表现出来有所不同的是，上述作品表明了 1990 年代儿童文学长篇构筑的活跃和成熟，表现了这个年代的儿童文学创作相对于 1980 年代的艺术进步和成熟。

再次，1980 年代关于儿童文学的评议和争论主要是在一个相对固定的专业圈子中实施和展开的，而 1990 年代的儿童文学研讨则频频借助了整个评论界的力量。一个又一个的儿童文学作品研讨会的召开，一整版一整版的研讨会消息和发言稿的刊载，构成了世纪之交北京文化界的一大景观。据《中华读书报》发表的有关消息称，在这些研讨会、座谈会上，北京文学评论界的精英不管是专业人士还是客串者几乎全部莅临，表现了评论界对儿童文学的关注、支持和呼应。

对于关心儿童文学艺术生存、发展状态的人们来说，上述情形的出现可能是令人鼓舞的。但是另一方面，我们观察到的情况又有些令人沮丧，这就是少儿读者对当代优秀儿童文学作品的实际接受和阅读仍然是十分有限的。个中原因自然十分复杂，其中最重要的一点，我以为是 1990 年代的儿童文学创作从整体上看，还比较缺乏对于儿童文学经典美学品质的强烈关注、认同和着意发掘、培育。换句话说，虽然1990 年代的儿童文学创作已经拥有了更为开阔的艺术空间和更为丰富的艺术经验，但是，我们还相当缺乏那种充满了浓郁的儿童情趣、蓬勃的艺术想象、强劲的艺术幽默并融之以深刻的思想内涵的作品。我以为，富有儿童情趣的高度的幽默智慧、丰富的艺术想象等，造就了儿童文学独特的纯真、稚拙、欢愉、变幻和朴素的美学特质。具有这些特质的儿童文学作品几乎构成了一部世界经典儿童文学的艺术发展史和接受史，而今天，我们的儿童文学创作显然还不具备驾驭儿童文学艺术天性的才情。（童话创作相对于少年小说创作的某种艺术缺席，或许也暗示了这一点。）因此，当代儿童文学遭遇儿童读者的某种程度的挑剔和冷落就是难以避免的了。

四　逃逸与守望

　　1990 年代，儿童文学界有这么一个现象：在总体描述和估价当代儿童文学的生存现状时，我们的批评家们往往会觉得处境尴尬或危机四伏，而在分析和评判一些具体的作家作品时，人们则常常又会毫不吝啬地表达自己的喜悦和兴奋之情。

　　我以为，批评界所流露、表达的这种似乎是自相矛盾的心情和评判，在很大程度上暗示或表明了 1990 年代儿童文学的生存境况和艺术劫数。在这里，我想结合上述矛盾现象，简要描述并分析一下 1990 年代儿童文学的艺术实践及其生存状态。

　　首先，批评界所表达的乐观情绪并不是纯粹由于批评者的自作多情或盲目陶醉，而是基于自身对 1990 年代儿童文学创作状况、出版实践等的清醒把握和判断。

怎样判断 1990 年代中国儿童文学的创作现状，这是一个见仁见智的大题目。一位老作家曾经认为，1990 年代的儿童文学创作，包括小说、童话、诗歌等，在艺术上都没有超过 1950 年代到 1970 年代前期的那些有代表性的儿童文学作品，例如，小说没有超过徐光耀的《小兵张嘎》、李心田的《闪闪的红星》、严文井的《"下次开船"港》的，儿童诗没有超过阮章竞的《金色的海螺》、熊塞声的《马莲花》、柯岩的《"小兵"的故事》的。1997 年，一位中年作家又撰文认为，新时期儿童文学有过一段令人瞩目的辉煌时期，这就是 1970 年代末至 1980 年代初期。

与此不同的是，大多数当代活跃的儿童文学批评家对 1990 年代儿童文学的实际发展和艺术表现持一种乐观、肯定的态度。我曾就此举过一例：《儿童文学研究》1996 年开辟了"四季展评"栏目，先后应邀登场评点每季创作动态的批评家们分别用"暖冬""春花渐欲迷人眼""秋日览胜"这样一些令人感到温暖、喜悦甚至振奋的标题来表达他们相当一致的阅读感受和艺术判断。

对于 1990 年代儿童文学的艺术实践和创作表现，我个人也是持充分肯定的态度和艺术估价的，主要是由于以下这样一些事实的存在。

一是面对着 1990 年代的文化情势，几代儿童文学作家仍然顽强地坚守在儿童文学的艺术疆土上。

我们仍然能够在 1990 年代的耕耘者中看到老一辈作家们和年龄较长的一代作家们的身影：郭风、任溶溶、任大星、圣野、鲁兵、金江、孙幼军、金波、葛翠琳、洪汛涛、邱勋、陈模、吴梦起、胡景芳、谢璞、李心田、张继楼、张秋生、杜风、樊发稼、沈虎根、倪树根、郑开慧、庄之明、关登瀛、郭大森、尹世霖，还有 1995 年去世的任大霖先生等。我们还能看到一批崛起于 1980 年代（或稍早些）的中青年作家在 1990 年代的强大的艺术存在，并且同样可以为此开列一份很长的名单——张之路、葛冰、秦文君、曹文轩、梅子涵、班马、沈石溪、金曾豪、董宏猷、董天柚、李建树、谢华、韩辉光、范锡林、李子玉、常新港、汪晓军、郑春华、朱效文、周锐、彭懿、冰波、郑渊洁、庄大伟、郑允钦、刘海栖、饶远、武玉桂、高洪波、吴然、徐鲁、韦伶、孙云晓、刘保法、邱易东、滕毓旭等。此外，年轻或比较年轻的一代作家也早已或正在闯进人们的视野，例如张品成、曾小春、彭学军、张玉清、王蔚、庞敏、王小民、汤素兰、杨红樱、葛竞、谢乐军等。而由肖显志、董恒波、常星儿、老臣、车培晶、薛涛等作家组成的辽宁中青年作家群和由张洁、殷健灵、萧萍、谢倩霓、张弘等作家组成的上海青年作家群，更是构成了具有鲜明的地域色彩、性别意味和独特艺术追求的创作群体。我想说，借助上面这份挂一漏万的名单，我们可以相信，1990 年代的儿童文学创作领地仍然拥有一大批坚定的艺术守望者。

二是 1990 年代的儿童文学创作，从表面看，在艺术思想的活跃和创作激情的抒发方面似乎不如 1980 年代。但是，认真比较起来，我以为，就创作灵感之独特、艺术思想之沉稳、美学表达之精熟等层面而言，1990 年代取得了中国当代儿童文学发展史上十分重要而独特的成就。

诚然，每一时代文学创造的独特性和不可替代性，决定了文学史的发展不是一个简单的、线性的"进步"过程，有的研究者因此指出，文学史只有演变史，而没有进步史。我基本同意这种说法。不过，我也认为，在特定的文学发展时段中，在一定的语境条件限制下，谈论文学的进步或成熟过程仍然是可行的。就 1970 年代后期至 1990 年代中国儿童文学的发展过程而言，创作上从起初对非文学价值观念的突破到各种艺术实践的全面展开，从短篇的活跃到中长篇创作的崛起，从局部的艺术突围到创作上各种题材、各种体裁、各种风格的全面推进，还有，儿童文学学术思考和理论建设的认真展开……我想，从 1980 年代到 1990 年代中国儿童文学的发展，的确经历了一个"进步"的过程。至少，在 20 世纪中国儿童文学的艺术史上，这样一些篇目是可以让 1990 年代毫无愧色的：低幼文学中的《唏哩呼噜历险记》（孙幼军）、《鸡毛鸭全传》（周锐）、《大头儿子和小头爸爸》（郑春华），中长篇小说中的《草房子》（曹文轩）、《第三军团》（张之路）、《男生贾里》（秦文君）、《青春口哨》（金曾豪）、《一只猎雕的遭遇》（沈石溪）、《女儿的故事》（梅子涵）、《六年级大逃亡》（班马）、《我的妈妈是精灵》（陈丹燕），童话中的《怪老头儿》（孙幼军）、《狼蝙蝠》（冰波），以及郭风、吴然、高洪波、韦伶等的散文，金波、徐鲁、邱易东等的诗歌，孙云晓等的报告文学，等等。我相信，未来的文学史叙述者，将不会忽略这样一串书名和人名的。

三是出版界作为儿童文学社会化生产过程中最强大的支持者，在 1990 年代相当困难的情况下，给予了儿童文学创作以自觉的和决定性的支持。在一个日趋商业化的社会里，这种纯正的文学扶持和出版支援有时候甚至是相当惨烈的。

商业话语的广泛流行和渗透使 1990 年代儿童文学的社会化生产遇到了前所未有的困难局面。在这种情况下，出版界对儿童文学的支持是强大有力和义无反顾的。我们知道，在 1950 和 1960 年代，一部儿童文学作品印刷数十万册是一件十分平常的事情，而在 1990 年代，一部纯粹的儿童文学读物一次印刷一两千册的情况则屡见不鲜、见怪不怪，以至于此种现象已成为一件十分平常的事情。例如，中国作家协会第三届全国优秀儿童文学奖，19 部获奖作品中，根据当时的印刷数统计，印数在 8000 册以下的有 11 种，其中印数 2000 册的为 4 种。一部优秀的儿童文学作品印了 2000 册，对于中国庞大的少儿读者群来说，意味着什么呢？

不过，正是由于出版界的坚定支持和参与，1990 年代的儿童文学创作才保持了其应有的发展势头。而且，许多出版社不是"等米下锅"，而是有计划、有组织、有规模地推出了一套又一套原创性的儿童文学新作丛书。可以说，1990 年代富有原创力和艺术分量的儿童文学新作丛书的陆续出版，是中国当代儿童文学出版史上前所未有的景象。其中，少年儿童出版社陆续推出了包括有少年儿童生活小说、惊险传奇小说、动物小说、科幻小说等中长篇作品的《巨人丛书》。江苏少年儿童出版社在兼具作家和出版家双重身份的刘健屏富有眼光和魄力的策划、组织下，陆续出版了《中华当代少年文学丛书》和《中华当代童话新作丛书》。甘肃少年儿童出版社独辟蹊径，组织 10 位作家和 1000 位小读者共同参与，出版了《少年绝境自救故事丛书》。明天出版社在兼具作家和出版家双重身份的刘海栖、胡鹏的策划下，独具创意地约请当代最具知名度的中青年作家为少年儿童写作长篇作品，出版了《金犀牛丛书》。我认为，正是有了出版界的这些努力，1990 年代的儿童文学书写才变得更加沉稳，更加大气。

尽管 1990 年代的儿童文学创作、出版本身不是尽善尽美的，例如，立足于这个时代的艺术想象能力和形式创新能力还有待进一步加强，又如科幻类作品的创作畸形萎缩等。但是我认为，以上事实的存在可以表明，儿童文学的疆土，在 1990 年代仍然得到了持续、有效的精耕细作和艺术翻耕；从创作界到出版界，我们的确拥有一大批顽强的儿童文学的守望者。

那么，批评界为何又对当代儿童文学的总体状态和生存命运持一种焦虑、失望甚至是悲观的态度呢？

这是因为，从接受领域看，1990 年代的儿童文学面临着少儿读者大规模逃逸和无人喝彩的尴尬局面，也就是说，1990 年代儿童文学的艺术守望和艺术推进，与少儿读者的大规模撤离和逃逸是同步发生的。

从我前面的评述中我们已经看出，当一部作品的印数只有一两千册时，它实际的文学辐射力和影响力肯定是十分有限的。

若干年前发行量达到数十万册、上百万册的纯儿童文学刊物，在 1990 年代已普遍降至十几万册或数万册。

在对中小学生的问卷调查和个别了解中，我们也可以发现，绝大多数少儿读者对当今许多普遍被看好的儿童文学作家及其作品感到十分陌生……

造成这种局面的原因，通常较多地被认为是当今儿童文学艺术创造力的衰竭或贫乏。我不很同意这种看法。我认为，1990 年代儿童文学生存境况之所以令人难堪，除了儿童文学创作自身的某些原因之外，更主要的原因还应该从更广阔的社会文化发展的大背景中去寻找。

首先是电子媒介的发达导致了印刷媒介影响力的相对下降。据有关的研究结果，1990 年代少年儿童所接触的媒介已达 15 种之多，众多的媒介都在互不相让地争夺、瓜分着少年儿童可以支配的有限的闲暇时间，同时也蚕食着儿童文学的生存空间。

其次是在应试压力的重负下，少年儿童不得不与文学作品保持着一定的距离。许多老师、家长把文学作品视为"闲书"，禁止学生阅读和传播。我在中学调查中学生的文学阅读现状时，一位住校的同学告诉我，在学校，他只有在晚上熄灯以后，才能偶尔躲在被窝里，打着手电偷偷看上几页文学作品。更多的学生则表示，学习压力重，没有时间读文学作品。

再次，在课外的印刷媒介接触中，学习参考书、成人文学作品（包括通俗文学作品）、各种休闲类读物、知识类读物、卡通漫画等在中小学生的阅读视野中又占据了很大的份额，而儿童文学作品所占有的份额则相对十分有限。

还有，从儿童文学作品的发行和实际传播来看，一方面是许多儿童文学作品在发行时订数极少，另一方面则是许多小读者和家长找不到想买的书。尤其是广大的乡村和经济发展相对落后的地区，儿童文学的传播和辐射能力更是有限……

因此，我认为在 1990 年代儿童文学创作、出版与儿童文学接受、阅读之间文化"蜜月"时代的结束，"主要不是由于儿童文学艺术创造力的衰竭或极度贫乏所造成的。守望儿童文学的艺术疆土，在这个时代是远比以往时代艰巨得多的一项文化使命。但是，我也相信，为人们提供更多的文化选择机会和消费可能，是这个时代文化进步和发达的标志之一，而包括儿童文学在内的整个文学将永远是人类精神创造和选择视野中一种重要的文化范式。从这个意义上说，今天的儿童文学书写不仅是儿童文学作家们向今天的儿童读者发出的阅读召唤，而且也是他们对一种文化情缘和精神关系的奋力维系与守护"（《1996—1997：书写和阅读》）。

面对读者，面对未来，守望疆土便是这一代儿童文学工作者无法放弃的艺术职责和文化使命。

那么，儿童文学如何吸引这个时代的读者？

事实上，思考和各种"治疗"的努力一直都在进行之中。早在 1980 年代中后期，当各种令人难堪的接受征兆和传播迹象开始显露以后，来自儿童文学界内部或更广泛的公众领域的批评诊断意见便屡屡充斥于耳，各种文学药方被源源不断地开了出来。我自知无法开出更高明有效的药方，但我曾对这个时代儿童文学的创作和出版提出过一些建议，以供参考。其一，儿童文学创作和出版从内容上看，应进一步贴近当代少年儿童的现实生活和心灵生活；其二，从美学上看，应更重视幻想、幽默、神秘、惊险、疯狂、神奇等特质的发掘；其三，从体裁上看，应更重视童话、科幻文艺等门类的创作和出版；其四，从作品推广看，应更重视文学作品与其他传播媒介，如影视、网络等的结合；其五，在出版物的设计方面，应注重作品呈现方式的观赏性、游戏性和可操作性；其六，应重视读书活动的组织，对新书的宣传不应满足于在报刊上发表书评和争取获奖，还应注重在读者中推广，以获得更真实的社会效益。

此外我想说的是，儿童文学并不是一个急功近利的行当。但如何吸引当代的少儿读者，却不能不成为每一位希望确认自我的业内人士必须回答的一个问题。

五 《我们没有表》和《六年级大逃亡》

　　我们不难察觉 1990 年几乎同时发表的短篇小说《我们没有表》和《六年级大逃亡》[①] 在一些方面的不谋而合之处：它们不约而同地表达了当代少年的某种精神状态和情绪特征，并且择取了相近的艺术表现方式，甚至故事发生的具体空间也存在着部分的重合——京沪线上来往的列车。所不同的是，两篇小说的主人公生活在两种不同的历史氛围和文化环境中，这直接决定了两者所蕴含的时代内容和情绪特征的具体历史差异。

　　1960 年代那股波及全中国的政治狂潮把那些涉世未深的青年人推到了社会政治舞台的前沿，一批稚气未脱的少年也

[①] 两篇文章收录于《儿童文学选刊》1990 年第 6 期，分别原载于《儿童文学》1990 年第 4 期、《少年文艺》1990 年第 6 期。

怀着天真的激情与他们的兄长们一起扮演着引人注目的社会角色。这出充满悲剧意味的闹剧对于今天早已成为一段令人伤痛的历史。然而，当梅子涵用不无调侃而又不露声色的方式轻轻翻出那一页已开始泛黄的历史时，一代青少年曾经有过的精神历程仍然让我们感到震撼。《我们没有表》所表现的盲目的精神躁动和迷乱的心理状态，是一种富有象征意味的提示：一段缺乏正常节奏和秩序的历史过程塑造了一代青少年盲从、莽撞与浮躁的精神性格。这是那个时代青少年人生经历中一次令人痛心的精神流失。

相形之下，班马的《六年级大逃亡》所诉说、流露和宣泄的则是更贴近现时生活的当代少年的一种心理郁闷和情绪体验。一个名叫李小乔的 13 岁男孩和一个叫安丽的 14 岁少女的旅途邂逅，汇聚了一种自然、真切、动人的少年式的感怀和理解。应当说，李小乔还只是个孩子，可是生活在他身上却倾泻了过多的误解、成见和冷漠，一颗稚嫩的心灵终于过早地告别了天真的欢乐和幻想。他逃离了他所厌倦的学校和家庭，跟着白头翁叔叔卷入了一种对于 13 岁的孩子来说显然是极不协调的人生运转。然而，从他那不无夸张、油滑和故作老练的言行中，我们却可以读出一种隐隐的凄凉和酸楚。事实上，在表面的轻松、调侃背后，隐藏的是一颗孤独、忧郁、敏感、倔强的心灵；在李小乔的情感深处，仍然潜伏着对于往昔学校生活的深深的眷恋，潜藏着寻找属于自己的精神归宿的真切渴求。只是，当这种眷恋和渴求不被理解和接受时，精神上的自尊和心理上的失落、漂泊感便被一种夸张、戏谑、嘲弄、不恭、愤懑和漫不经心的人生方式包裹、遮掩了起来。因而，在李小乔身上，稚气与早熟、自卑与自尊、桀骜不驯与敏感脆弱、无可奈何的失落感和发自心灵深处的渴求，种种矛盾的因素既相互冲突又彼此交错、融合在一起。这是一种颇有深度的精神现实。

安丽能理解他。如果说，当安丽在火车上被小乔那些玄乎而又充满谐趣的话语所吸引时还只是表现了她的正常的交流愿望和对生机勃勃的天性的欣赏能力的话，那么，当小乔在派出所里彻底暴露真实身份而感到无地自容并面临着新的怀疑和盘问时，安丽毅然出面为他作证就需要一种深刻的理解和接纳能力了。这是一份真挚、洒脱、美好的理解和友谊。

然而，我们将怎样看待李小乔？

我想起塞林格的《麦田里的守望者》。这部"20世纪流浪儿小说"中的主人公霍尔顿对社会、对人生由热爱而失望、而激愤，他不愿认可那个社会，也不能见容于那个社会，于是他只能用一种夸张的、玩世不恭的态度来对待现实。美国小说家福克纳1950年代读了这部作品后评论说，霍尔顿得不到社会接纳，不是因为他"不够硬气，不够勇敢，或缺乏价值"，而是由于他找不到能够接纳他的社会和人类。

而我们的社会能理解、接纳李小乔这样的精神上和人生观念上的流浪儿吗？我觉得，这与其说是李小乔在接受审视和选择，毋宁说是对我们社会的文化观念、气度、姿态的一次诘问和考验。

从艺术形式上看，这两篇小说选取了几乎相同的表现方式，即第一人称口述体的叙述方式。实际上在此之前，两位作者在这方面已经做过不同程度的尝试，例如梅子涵的《蓝

鸟》《双人茶座》《老丹行动》等。在这些作品中，叙述的展开主要不是受制于某个清晰的外在的事理逻辑，而是更多地服从于叙述者模糊的内在的情绪逻辑。这种叙述方式保留了口语自然、随意，甚至某些粗俗和不规范的特点，并且更能传达出人物意识流动的随机性和不完整性，以及潜流于人物意识层面之下的某些无意识状态。这里的关键在于，作品的叙述语调及其蕴含的情绪特征是否协调。在《我们没有表》中，叙述语言里透着无所忌惮的戏谑而俏皮的气氛，而作者的态度则是一种含蓄、超然的冷峻。这与作品试图传达的意味是一致的：一场沉重的精神悲剧却以闹剧的形式表现出来。《六年级大逃亡》也在口述体的随意中尽可能容纳和表现出主人公心灵的原生状态，从而通过叙述形式本身直接实现了一种精神现实的展示。这是少年小说文体形态的一次极有意义的实验。

《我们没有表》和《六年级大逃亡》相隔不久分别在两家有影响力的儿童文学刊物上发表，这看起来只是互不相干的巧合。但是，一旦我们把这两篇小说放在此前十年整个儿童文学艺术实践的背景上来揣摩，或者当我们进一步联系两位作家本人文学思考和设计的演进轨迹来理解和把握它们的时候，这种表面的巧合所掩盖着的一种内在的艺术联系和必然的逻辑进程便会凸显出来。

我们还记得两位作家早先那些曾经引起过普遍关注的实验性小说。这些小说的共同特征之一，是试图对当代少年的精神现象进行深层的艺术把握和再现。例如，班马尝试沟通当代少年与一种历史文化背景的联系，尝试发掘当代少年精神深处的"幽古意识"和"人的根"。不过，在《鱼幻》《那

个夜迷失在深夏古镇中》等作品里，当代少年的心灵世界与
外在的文化现实和文化精神之间的沟通、联系还表现出某种
不无生硬感的牵制和规范，其文学语码呈现出幅度过大的解
读困难。我这里丝毫没有否定这些作品的意思，相反，我曾
经毫无保留地肯定了这些作品的审美实验功能。在我看来，
这些作品的文化和美学品位是高档的。只是作为少年小说，
它们在由一种文化精神向少年文学的艺术转化过程中，尚未
找到一条合适的艺术途径。因此，它们的意义更多地存在于
儿童文学艺术发展的环链之中，也就是说，它们更主要的是
具备了一种文学史的意义。

这种文学史意义随着儿童文学艺术实践的进程而逐渐丰
富和显示出来。当最初的理论反思和实验过去之后，儿童文
学作家在新的艺术哲学的基础上开始了对于一种更富有现实
意义的艺术常态的构建，而且，这种艺术构建开始从主要体
现理论观念的设想逐渐走向与当代社会现实和精神现实的更
为密切的联结。在《六年级大逃亡》中，作为社会存在的文
化环境、氛围与主人公的精神世界之间，已经开始实现了一
种自然而深刻的沟通和联系。这是实验小说进入新的艺术常
态并逐渐走向成熟的一个预兆。周晓先生曾在一篇文章中提
醒说："青年作家要十分注意改革时代的社会现状、广大少
年儿童的现状，尤其要努力于寻找创作与少年儿童密切的精
神联结。"看来，他的愿望没有落空。

而少年读者也以他们真诚的共鸣回报了作家的努力。当
我读到少年朋友给发表《六年级大逃亡》的《少年文艺》编
辑部和作者班马的部分信件时，我为他们对作品的深切体会
而感动。他们用"李小乔和女孩子安丽相处时那种洒脱、稚

嫩、融洽的感情令人十分陶醉、羡慕""李小乔真棒""班马叔叔，你了解我们这一代"这样的话语来表达他们的理解和感受。我由此又一次感到：我们的少年读者也正在走向成熟，走向新的阅读时代。

六　儿童文学本体建构与 1990 年代创作走势

（一）

　　初识班马，是 1985 年在昆明的一个会议上。他的一次未能完全遵循会议主题的即兴式发言给我留下了很深的印象，他思考问题的方式显得那么与众不同。

　　这种最初的印象一直维持到了今天。这并不是说，我对班马的了解仍然停留在当年的阶段。事实上，星移斗转，岁月流逝，班马已不复是当年的班马，他对儿童文学事业的贡献应该是有目共睹的。从理论建设的角度看，许多年来我一直认为，在 1980 年代至今的中国儿童文学理论批评的那些最富有创造性和建设性的工作中，班马的理论著述无疑应该占有一个突出的位置。与刘绪源一样，读班马的理论批评文字对我来说也是一件愉快的事。在班马的理论著述中，我总是能感受到作者那超乎寻常的思想激情和理论气质，总是能发现作者那偏离常规的学术灵性和理论创意。对班马的精神锐气和表达个性，我完全接受和认同。我认为，许多年来，我们缺乏的正是这样一种思想个性和真正发自心灵的理论冲动。我在欣赏班马的理论文字的同时，有时也会为他的理论思维和文字表述上的某些偏执或含糊不清感到困惑。因此我认为，我们面对着一种十分奇妙的现象：一方面，班马的理论思考显示了很高的理论天分和悟性，他的许多文字表述激情沛然而又简约睿智，充满了属于班马自身的学术灵气；另一方面，班马的思想有时又难免偏执，某些文字表达由于极富个性而使读者产生了某些理解上的困惑。

这些奇妙的现象在班马的论文《缺失本体根基的浮游与无奈靠泊》（1996 年第 1 期《儿童文学研究》，下文简称《浮游与靠泊》）一文中再一次向读者展现。

《浮游与靠泊》一文谈论和批评的是 1990 年代的儿童文学（主要集中于短篇少年小说）创作态势，但它实际上有两个基本的论述层面：一是从艺术探索的角度对儿童文学的本体根基进行论述和把握；二是以此论述和把握为观念基准来考察和批评 1990 年代儿童文学的运行状态，以及当代儿童文学界的新生力量中所存在的"没有真正自己的'精神家园'"的状态。

我就围绕这两个论述层面略陈己见。

（二）

儿童文学的美学个性、艺术特征与儿童的生命状态或生命感之间存在着深刻的内在联系。在理论界，儿童本位论、儿童情趣说、儿童年龄特征说等，都可看作人们寻求、阐述这种联系时所得到的种种相互间既有交叉又有不同的思想结果。在《浮游与靠泊》一文中，班马也提出并阐述了他关于儿童文学艺术探索方面的基本观念。他认为，当代少年小说（我想当然也可以指整个儿童文学）的"艺术问题"只有对准"儿童性"（不管由它会派生出现实、非现实，极写实、极荒诞，实感、幻感，以及各类边缘性和交叉），才能判断本体价值。（见《浮游与靠泊》，以下凡该文的引文，均不另注。）

那么，这种立足于"儿童性"的儿童文学本体关怀的基本内容是什么呢？

班马认为，"儿童性"确定了儿童文学审美主体的身份特点和所在，即儿童的心灵和思维本身时有"脱离现实"的特质，而这种特质在儿童那里就是一种实在的生命现象，就是儿童审美心理常识。在儿童的这种生命现象中，弥漫着神秘的气息、或巫或魔的感觉以及灵动着穿越时空、虚实界域的精神飞翔。这是一种与成人现实感思维有所不同的野性思维状态。它也不像以前熟悉的"童心"那样纯真无邪、稚态可掬。他问道："儿童心灵不即会'亦真亦幻'吗？孩子感受与描述古怪不是'具象'和'当真'的吗？（几乎所有的批评都仅指'幻'，而未见'真实'。）我当年在《关于〈鱼幻〉的通信》中再提小说与童话的相叠，并举孩子与成人对待飞碟的不同'神秘'态度。在孩子神秘即是一个'事实'，即在声光形色之中；成人却要明释追究。"儿童心灵和儿童生命感中所存在的这些特点，使得"非现实主义、幻想、神秘气息，以及亦真亦幻的某种文体"等成为儿童文学本体范畴所拥有的重要内容之一。他明确地表示说："为准确应对儿童审美心理特征，从而更明示出本体艺术表现，我认为我们今天尤为需要突破'现实''社会'的习惯思维定势，而认识儿童文学艺术表现的重大（原始性、野性、生理性、幻想性、感知性等）内容，即'前审美的前艺术'本体特质。"

班马当然并不否定"社会""现实"等因素在儿童文学中的艺术本体地位，但从上面也许稍嫌简单的概括中可以看出，他将儿童文学艺术本体根基的把定重心，落在了儿童生命感中的"亦真亦幻"的一面；从文体角度看，则主要是指那种"真实笔法仍在，幻境更由迷离"的"真幻文体"。

上述儿童文学观念的形成当然是有一个过程的。早在1990年出版的《中国儿童文学理论批评与构想》一书中，班马就曾专门论述过"野与神秘"这些儿童精神现象。他认为，"野蛮的原型情感，幽古的超验情绪，巫与魔的体验方式，万物有灵的心意，都是儿童内在的原生性内容"；而"儿童的'神秘感'本身是一种现实态度，能区别于超现实的神话和童话的虚幻性，应是更对应儿童心灵的追求"。① 不过，在当时，班马主要还是把"野与神秘"等精神内容或儿

---

① 班马. 中国儿童文学理论批评与构想［M］. 武汉：湖北少年儿童出版社，1990：
　　161－162.

童的"野性思维"看成是开发儿童文学价值的一大宝藏，认为它具有一种特别的儿童美学意味。而到了《浮游与靠泊》一文中，班马则将这种"野性思维"或"亦真亦幻"的儿童生命感上升到或者说是定位在能够决定儿童文学根本美学风貌或意味的"本体根基"这一重要地位上。

在1980年代以来我国的儿童文学学术界，班马是一位对儿童思维和儿童文学艺术思维中的原生性心灵及其原始文化品质给予特别关注的学者。他所着力论述的"游戏精神""野与神秘""感知"先于"认知"等观念，可以说是为当代儿童文学理论研究消除了一个又一个理论盲点。当然，从理论渊源或学术发展的师承关系上说，班马的上述理论思考也是有所依托和借鉴的，其中一个十分重要的理论先驱是周作人。多年来，周作人的儿童文学学术思想一直是中青年学者十分关注的研究对象。从王泉根开始，吴其南、刘绪源、孙建江等，均发表过周作人研究的专著或专论（笔者也发表过这方面的专论）。在班马1996年出版的专著《前艺术思想》中对此也做有近三万字的探讨。

在我看来，班马对周作人学术思想的关注有他自己的观测重心和理论旨趣，这就是对周作人在西方人类学派等学说的影响下所形成的关于儿童思维与儿童文学（童话）艺术思维的原始文化品质等观念的格外关注和看重。在班马的一篇篇幅不长但高屋建瓴、十分精彩的文章——《直论中国儿童文学的二十世纪意识》中有"重新体认周作人"一节。在这里，班马毫不掩饰他对周作人儿童文学学术思想的特别青睐和看重。他告诉读者，他从周作人的深切探寻中，感到这个人物超乎别人地真正热爱儿童，也感到其源于童话研究基础上的儿童文学主张超乎别人地具有真正的专家性质；周作人从童话研究，到原人研究，到原始思维研究，到儿童思维研究，具有真正的专业价值；他所维护的儿童的"空想""纯美""荒唐""野蛮"等权利，是首先具有原本人性的发育阶段之前提的；他反对过早向儿童施加（各种）"社会性"是具有儿童美学根据的。① 显然，当周作人在 20 世纪的第二个十年期间开始关注童话、儿歌研究时曾一度是一个踽踽独行的孤寂者，但是，他可能不会想到，同一世纪的最后两个十年，他会在儿童文学学术领域拥有一位坚定的支持者和理论知音。

当然，班马对儿童文学艺术思维中的原生性心灵内容和原始文化品质的格外关注，是有着当代儿童文学艺术实践背景方面的原因的。这就是长期以来在狭义社会学观念指导下，儿童文学的艺术内容收缩在相对平面化、单一化的社会学层面上。按照班马的说法是，"我们的儿童小说几乎成了家庭问题、学校问题和社会性问题的文学，而与'野性'相隔甚远"②。因此，从开拓和深化儿童文学的艺术内容，丰富和健全儿童文学的美学品格等角度来看，我都十分赞赏并认同班马的理论思考。

但是，从儿童文学本体论的角度来看，班马在《浮游与靠泊》一文中所表达的有关"当代少年小说的'艺术问题'只有对准'儿童性'……才能判断本体价值，才能确立本体

---

① 班马. 游戏精神与文化基因——班马儿童文学文论 [M]. 兰州：甘肃少年儿童出版社，1994：58.

② 班马. 中国儿童文学理论批评与构想 [M]. 武汉：湖北少年儿童出版社，1990：161.

根基"的观点，却是我所不能同意的。

本体（ontology）一词原为哲学术语，指事物的"存在"和"本质"。它原是 17 世纪唯理论者为证明"存在本质"（神性）的终极真理性而引入唯心主义哲学体系的，后移用为文学批评术语。我们知道，任何现实的存在物，它的所有规定性都在它同其他周围事物的关系中得到确立。这种关系不仅是多方面的，而且是多层次的。以儿童文学而言，从哲学本体论的层次来看，它是作为一种精神形态或观念形态而存在的。这是儿童文学作为文学艺术的一个部分，作为一种意识形态存在时相对于客观的物质世界而言所具有的一种本体性质。从认识本体论的层次上来说，儿童文学则是作家能动地认识、再现世界的主观创造物，是主体艺术地认识客体之后所获得的物态化成果。从文学本体论的层次看，儿童文学则是一种以语言作为传达媒介，具有独特审美价值的艺术结构系统。（正是在这个意义上，人们把 20 世纪文学理论从原先的哲学社会学范畴进入到"文学符号学""文学语言学"范畴的过程称之为"文学的本体回归"。）最后，从审美本体论的层次看，儿童文学又有着不同于成人文学的美学意味和审美特征，这种审美上的本体特征，是儿童文学生存魅力的最根本的立足点。

上述处于不同层次的本体论观念是既有不同又彼此关联的。从《浮游与靠泊》一文看，班马所论述的"本体根基"似乎侧重于审美本体论的层面。对于他在文章中所表达的儿童文学本体观，我有两个方面的异议。

其一，儿童文学的本体、艺术根基或审美心理原则，并不是单单对准"儿童性"就能获得确立的，或者说，儿童文

学审美本体论的建立，不能仅仅以"儿童性"为依托。

班马的观点令我联想到"儿童本位论"，这是"五四"以后广为流传且20世纪中国儿童文学界十分熟悉的一种儿童文学观。早在1987年上半年，我曾经写过两篇文章：《儿童文学：在创作者与接受者之间》（1987年5月16日《文艺报》）、《儿童文学本体观的倾斜及其重建》（1988年第6期《儿童文学研究》）。在这两篇文章中我认为，从历史角度看，对"五四"先行者倡导的"儿童本位论"的儿童文学本体观不能一概否定，其历史意义在于：它第一次在中国的历史文化语境中全面肯定了儿童作为生命主体的独特的心理世界和精神需求；作为一种广泛的文化共识，它标志着人们在发现自我、认识自我的道路上迈出了重要的一步。正是这种儿童主体意识的高扬，直接唤醒了儿童文学本体的自觉，宣告了儿童文学作为一个独立的文学门类的诞生。同时，这一儿童文学观也包含了合理的理论内核，即突出了儿童、儿童心灵在儿童文学艺术构成中的本体论地位。但是，我也认为，"儿童本位论"的儿童文学观既然带着向旧观念挑战的历史使命，它就难免会被自身冲击传统时所形成的巨大惯性抛得过远。在"儿童本位论"的规定下，儿童文学的精神性、观念性本体构成被视为儿童心理、儿童观念的同义语。实际上，这种儿童文学本体观是倾斜的，它对儿童文学本体的理解和把握并不准确和完整。

儿童文学活动的参与者主要是分据两端的，作为创作者的成人（当然也有儿童自己创作儿童文学作品的特殊情况）和作为接受者的儿童（同样在理论上也可以暂时不考虑成人对儿童文学的接受）。这就决定了儿童文学活动的一个基本特征，即它是成人世界与儿童世界的艺术碰撞和精神融合。于是，儿童文学本体的构成中既要容纳儿童的心灵图景和生命内容，也必然需要作家主体的精神参与和审美传递。儿童文学创作作为精神活动过程，没有创作主体的介入和参与那将是难以想象的。因此，"我们既不能把儿童文学的本体构成理解为单纯的儿童世界或单纯的成人世界，也不能把它理解成儿童世界与成人世界的简单的线性叠加，而应把它看作是由这两个世界交流、融合而成的新的有机整体，即儿童文学独特的本体世界"。① 正如周作人在评论安徒生童话时所说的，安徒生的"多数作品大抵是属于第三的世界的，这可以说是超过成人与儿童的世界，也可以说是融合成人与儿童的世界"。② 丹麦文学评论家勃兰兑斯在评论安徒生的童话《梦神》时也认为："孩子就是这样做梦的，而诗人也就是这样把孩子的梦描绘给我们看。"这篇童话的精神是"独特的，永远是孩子式的，同时又不仅仅是孩子式的。"③ 它在孩子式的梦境中表现出超越其上的机巧和智慧，这是成人才有的东西。

事实上，从班马的整个儿童文学观念来看，对于成人世界、成人精神、成人身份感等在儿童文学艺术活动中的存在，他不仅表达过肯定的意见，而且有过许多精彩的论述。例如，在《当代儿童文学观念几题》一文中他认为："传统观念对'儿童'总作出'层次'的理解，以年龄划分和社会

① 方卫平. 儿童文学的当代思考 [M]. 济南: 明天出版社, 1995: 120.
② 周作人. 周作人论儿童文学 [G]. 刘绪源辑笺: 北京: 海豚出版社, 2012: 164.
③ 小啦, 约翰·迪米留斯. 丹麦安徒生研究论文选 [G] // [丹麦] 乔治·布兰兑斯. 童话诗人安徒生. 合肥: 安徽少年儿童出版社, 1999: 19.

生活圈为限定，区分出了一个有别于成人和成人文学的独立美学范围，超越了这一范围就是超越了儿童文学的特性，这实际上造成了一种自我封闭的状态。"① 在《中国儿童文学理论批评与构想》一书中他指出："传递——正是自我延续、社会继替的重要表现，也是成人参与儿童文学活动的根本精神。这种身份感和行为的确定，才是一个儿童文学成人作家的自信所在、力量所在和魅力所在。"② 那么，在审美本体论的层次上，儿童文学的本体根基能够仅仅建立在"儿童性"范畴的基础之上吗？我想恐怕是不能的。

在《浮游与靠泊》一文中，班马区分了"童年性"与"儿童性"这一对范畴。在我看来，无论是"童年性"的文学呈现（按班马的说法似应是指成人文学对童年生命感知、童年生活形态的展现，它更多地属于一种成人的审美感应或者心理释放与投射），还是"儿童性"的审美指向，它们都包含着成人作家的文化关怀、审美理想和艺术创造成分。只是因为它们所预设的对话关系不同，所以它们所遵循的具体艺术法则和侧重的艺术落点也有不同。在成人文学中，"童年"是作家的一种表现对象，可以不受"接受模型"的制约；而在儿童文学中，"儿童性"不仅是成人作家的表现对象，还意味着作家对一系列特定的艺术关系、法则的掌握和运用。例如，《鱼幻》不仅仅是班马本人尝试着对少年的心灵和思维做出一种独特的艺术把握和开采，而且还隐含着作

---

① 班马. 游戏精神与文化基因——班马儿童文学文论 [M]. 兰州：甘肃少年儿童出版社，1994：2.

② 班马. 中国儿童文学理论批评与构想 [M]. 武汉：湖北少年儿童出版社，1990：80.

者希望在小读者的心中"增添那么一点中国的文化背景"的现实动机和对一系列少年小说审美可能的探索努力。你能说，它仅仅对准"儿童性"吗？

因此，无论从哪个层面上看，儿童文学的本体构成都应是成人世界与儿童世界相互碰撞、辩证统一的整体。

其二，"儿童性"的内容是十分丰富的，在"现实"与"非现实"、"原始"与"社会"等儿童性问题上，也应取一种辩证的观点。

班马强调儿童文学应重视体察并表达儿童的原始生命力感觉，这是他的深刻之处。但是，"儿童性"应是一个概括力极强的综合性概念，班马认定只有原始生命力以及前审美的种种特征（野性、幻想、动物性、游戏性、非现实性、荒诞、生长力等）这些更大的"原本基质"才是构成"儿童文学"独特性和本体魅力的所在，而偏重"社会性"的艺术深度取向便会带来远离本体根基的错位。这种把"儿童性"内涵中的儿童原始生命感、原始生命力与儿童的社会化感知、现实角色感等对立起来的看法，也是有一定的偏颇之处的。我曾在一些文章中表达过大意如下的一些看法：与成人比较起来，少年儿童的审美心理（或心灵世界）常常表现出对于特定审美传统和文化背景较为疏离的状况。但是，少年儿童审美心理从最本质的意义上说，是从生命的自然行为走向审美的文化实现的过程，因此，当我们看到少年儿童生命中的自然冲动的一面时，还应意识到特定社会文化现实对这种自然行为的塑造和影响。我认为，少年儿童与成人的区别不在于儿童拥有自然性而成人拥有社会性，而在于自然性与社会性在儿童、成人那里分别拥有一些不同的配比方式和组合规则。"儿童性"的本质不在于它的自然性，而在于其"自然性"与"社会性"的互融互动，由自然人向社会人演进的生长性。因此，将"儿童性"锁定在"原始生命力""原生心灵"等层面上，仅仅强调"原始生命"在"儿童性"内涵中的意义或价值，我认为是不够准确和全面的。

班马的儿童文学观点往往是敏锐和深刻的，但我觉得，有些时候富于思想激情的班马也会被自己深刻的思想导入一种偏颇和片面的状况中去。这或许也是我心目中的学者班马：他敏锐、深刻，他充满思想的创造欲；一不留神，他也会控制不住奔腾的思想野马。

（三）

我也想就《浮游与靠泊》一文的第二个论述层面谈些看法。

1994年春天在杭州的一个笔会上，我与班马有过一次几乎是彻夜的长谈。那次谈话的话题之一是关于1990年代的儿童文学状况。记得我当时谈道，1990年代以来儿童文学界出现了一些新人，但并未形成一支具有鲜明群体身份特征的新生代作家群。的确，1990年代的文学语境和成长环境已与1980年代完全不同。在对1990年代儿童文学状况的基本观察和把握方面，我与班马、刘绪源基本是一致的，但在对这种现状产生的原因分析和价值判断方面，我有不同于班马的一些认识。

我们还记得，在整个1970年代后期和1980年代初期，文学曾经是那样引人注目地成为社会精神生活的中心之一。我清晰地记得，1978 年初进入大学校园之后，整座校园的人们是怎样神情激动、情绪热烈地传阅、议论着一篇篇新发表的作品。一首口号式的诗歌，一篇概念化的小说，都可能会拨动人们精神深处那根脆弱、敏感、多情的心灵之弦。这种情形不仅仅出现于课堂和校园，而且出现于街巷和地头，出现在社会日常生活的各个角落。不过，当人们还没有从题材的开拓、主题的突破等所带来的阅读冲击中缓过神来的时候，当代文学在艺术思维和表现手法等方面的新一轮的全方位的创新又开始了。也许多少是受了这种大气候的影响，1980 年代的儿童文学也经历了一个被"创新"这根魔棒指挥得团团打转、热闹非凡的时期。在这个过程中，少年小说一直扮演着活跃的"先锋"角色。进入 1990 年代，儿童文学界平静了许多，少年小说也不像 1980 年代那样总是会不时给人们带来一些新的感受和阅读刺激。我认为，这种情况的出现既与社会生活结构发生某些变化，社会精神生活趣味发生某些转移有关，又与文学自身发展的周期性过渡与调整需要有关。我还想说，这与儿童文学作家阵容的分化与调整也有关系。（一些 1980 年代颇有作为的作家似已陆续从儿童文学界抽身离去，如金逸铭。）因此，将 1990 年代儿童文学（少年小说）的艺术走势，具体些说，即真幻小说文体探索和创作趋于衰落的现象怪罪于"主流批评界"，我以为是有失公正的。

其次，对儿童心灵包括儿童原始生命感等的艺术把握和表现，是属于整个儿童文学的事情。其中，不同体裁又是以不同的方式和途径来实现这一艺术目标的。以小说和童话这两种体裁而言，小说中现实成分占重要地位甚至占主导地位（当然不是唯"现实"独尊），应该不是一件十分奇怪和糟糕的事情，而童话则天然地承担起更自由地表现童年生命状态和感觉的任务。许多年来我们的童话作家在这方面做得很不错，这一点班马在文章中也指出了。因此，这里涉及各类文体的特质和功能问题。我觉得，把以写实为主的少年小说作品都看成是缺失了"本体根基"，这也是令人难以理解和同意的。

再次，从1990年代写实风格的少年小说来看，它们也并不是呈现为单一的形态和面貌。就以玉清、彭学军等为代表的"当代新生力量"而言，其表现风格也是迥然有异的。至少，与1950年代、1960年代的"现实主义"小说比较，它们呈现出相对多样和灵动的个人风格。当然，这里有1980年代儿童文学创作多元开拓的影响和功劳。

最后，我还有一点观感是，1990年代的儿童文学界虽然未能再现1980年代的探索、创新景观（事实上，简单的再现已不可能），但这并不等于说儿童文学创作又回到了1980年代的起点，而且，1990年代一些执着于儿童文学的作家们、编辑们仍以自己的方式做着新的文学努力，只是这种努力显得更为内在了。冰波说自己"仍想有追求"，梅子涵说自己仍像1980年代一样写作，江苏《少年文艺》在1995年开始了"新体验小说"的试验。这些是否可以证明："探寻和创造新的艺术可能的信念，在今天的儿童文学界依然没有缺席"。[1]

---

① 方卫平. 形式及其他 [J]. 儿童文学研究，1996，(1)：26.

七 1990：少年小说的艺术风度

（一）

截取一个年度的少年小说来进行考察和分析，或许该格外谨慎才是，因为文学发展演变的节气或周期与自然年份的依次更替之间，并不存在着一种必然的因果对应关系。通常，一段相对独立、完整的文学进程总是要持续若干年或更长的时期，而决定这一进程内在艺术节律和周期的，只能是文学自身的发展规律及其所依存的相应的社会历史过程。不过，自然时序的更替又总是提醒乃至催促人们对特定时期的文学现象进行描述、分析、概括和总结，至少在心理上，人们总是习惯和倾向于这样去做。实际上，只要我们没有忘记文学现实是文学历史发展、演变的结果，那么，对特定年度的文学现象加以考察和分析，就不仅是可行的，而且也可能是一件很有意义的工作了。对 1990 年少年小说的把握同样也是如此。

之所以首先要表达上面这些想法，是因为当我准备谈论 1990 年的儿童文学创作时，我强烈地感觉到，1990 年的少年小说实在不能仅仅局限在"1990"这个特定的年份里去加以评说，而必然要联系过去若干年中少年小说所完成的那些艺术开拓和铺垫来进行分析和考察。毫无疑问，"1990"是个有点儿特殊的年份：它是一个新的十年的开始，它更带着过去了的那个十年所留下的一切走向我们。因此，如果说 1990 年的少年小说有什么特点的话，那么这些特点在很大程度上也是与刚刚过去了的那些文学岁月紧紧联系在一起的，毋宁说，1990 年的少年小说创作只是继续和延展了这一段文学历史。

的确，这也就是我阅读了 1990 年部分少年小说作品之后的一个最基本的感受。我以为，从总体上看，1990 年少年小说的艺术风度是从容而平稳的。前些年那种一篇作品问世引来八方议论、众说纷纭的热闹情景已经不容易看到。一篇作品不论是被少年读者和评论界所冷落，还是被他们所关注，一切都显得那么自然和顺理成章。当然，这并不意味着 1990 年的少年小说是平淡无奇的，相反，它仍然汇聚、表达了作家审视生活的智慧和艺术思考，仍然显示了少年小说动人的艺术之美。只是因为有了前些年的那些艺术开拓和震动，1990 年少年小说领域所发生的一切才会显得如此镇静——这是一种水到渠成式的自然和镇静。我总是在想，一个作品在文学史中的命运常常与它面世的时机有着密切的关联。《伤痕》如果不是发表于 1978 年而是出现在 1987 年的话，它或许就没有什么价值可言。当然，《伤痕》只能出现在 1978 年，而且提示并代表了一段鲜明而强烈的当代文学情绪。同样，《谁是未来的中队长》如果不是发表于 1979 年而是发表于十年之后的话，那么它就很可能难以受到当年那样的关注。正是在这个意义上，我想说，1990 年的少年小说创作是在已经垫高了的艺术基点上展开的，它容纳和吸收了以往艺术实践的成果，因此，它属于 1990 年，同时又不仅仅属于 1990 年，而是一段更长的文学进程的一个有机的组成部分，一句话，它属于新时期以来少年小说和整个儿童文学的艺术整体。

（二）

我想以若干短篇作品为材料，来勾勒 1990 年少年小说的艺术景观。短篇作品短小、灵便的特点，使得它在具体的文学实践过程中总是最先被作家用来尝试、寻找、铸造一种新的艺术可能，从而为人们提供新的艺术感觉和审美经验。从 1980 年代儿童文学的发展进程看，短篇作品一直扮演了最活跃的文学角色。

在 1990 年的少年小说领域里，短篇作品无疑依然是最活跃的。这种"活跃"不仅是指短篇小说在发表数量和实际传播方面所占有的那种几乎是先天性的优势，而且更是指它在艺术思维活动方面仍然呈现出的某种"先锋"状态——不是那种浮躁而偏激的冒进，而是在新的艺术背景上继续进行着从容不迫而且颇为深刻动人的艺术发现和创造。我以为，这是一种相对沉稳而充实的艺术气度和心态。

不是吗？前些年曾经使人们激动的一切——尖锐的揭露、焦灼的思考、宽厚的理解、真诚的吁请……在 1990 年的少年小说中，都已经变得较为内在了，以往那些相对激烈而简单化的价值判断和取向被较为复杂而冷静的人生感受和艺术思考所替代。于是，在日常生活的平凡图景中，在人生经历的不经意处，少年小说给予读者以意味深长的提醒和启示。

那高耸入云的天宫饭店楼顶上的神秘旋宫，对于一心想尝尝现代化大都市"洋荤"的乡下孩子阿贵和他的城里小伙伴们，无疑有着巨大的诱惑力。然而，当他们怀着天真的自信和好奇心兴高采烈地进入那座神秘的城堡时，遇到的却是冰冷的怀疑、怠慢和粗野的谩骂，而城堡的"旋转"也并非如他们所想象的那样令人激奋。一次曾经让他们无限神往的旋宫之行终于以失望而告结束。当现代建筑艺术重新布置、塑造着我们城市的空间的时候，忽视人的精神空间的塑造将是何等重大的疏漏！而阿贵和石陵他们，也不再会有对那个神秘的"旋转的城堡"的神往和幻想了。或许，他们真的不该进入旋宫？美丽的梦幻一旦实现，却原来不过是一个令人尴尬的错误，那么，还不如让我们保留那个梦幻的美丽。读完郑开慧的《旋转的城堡》，我这样想。

然而，梦幻可以不去惊动它，少年却是在不断成长着的。这种成长意味着新的人生内容将不断地被注入，新的人生感觉将不断地产生。可以说，成长是一种丰富，同时也意味着收获斑斓和驳杂。例如在蒋丽华的《夏日的探访》、王

蔚的《小黑》、赵小敏的《林中二木》、彭学军的《秋葡萄》
等作品中，那些伴随着成长而来的新的愿望、苦恼、困惑甚
至冷漠，在那个明媚的夏日，在那个采摘成熟的秋天，悄悄
地就爬上了我们的少年主人公的心头。《夏日的探访》中，
邵梅渴望听到"大人们的真正声音"，而不是"化妆过的声
音"。她怀着对妈妈"虚伪的冷峻"的反感而接近实习老师。
实习老师的亲切爽朗令她情绪舒畅。可是，当她发现那竟是
"刻意的爽朗"时，她又一次失望了。隔膜和迷惘，送她走
上了未来的人生之路。《小黑》中的小弟曾经是那样的懦弱
和孤独，只有在照料和保护一只更加弱小的小狗的过程中，
我们才感觉到他生命中一丝微弱而执着的活力。然而，在野
蛮粗暴的大哥面前，他根本无力卫护小狗和自己不受伤害。
作品的意味深长之处在于，当小弟终于比大哥还高出一头的
时候，他却忙于准备高考，再也没有耐心去对付一只狗了。
那无法弥补的童年的伤害，那长大以后的精神的漠然，引起
我们深深的怅惘……《林中二木》中的辛楠因为成绩、表现
都高人一头而屡遭同学的非议，相反，"弱智"、憨厚的邹栝
却和大家相处得很和谐。无奈，辛楠尽力向邹栝看齐，换来
的却是讽刺、挖苦。做好事时他干得很卖力，还出了好点
子，但班主任的表扬有一大串，却偏偏漏了辛楠。这使人想
起三国时魏国文学家李康《运命论》中的那几句话："木秀
于林，风必摧之；堆出于岸，流必湍之；行高于人，众必非
之。"这种嫉贤妒能的病态心理，在今天的少年们中间同样
存在！《秋葡萄》用略带幽默和调侃的语调叙述"我"与天
天的友情逐渐疏离乃至显得陌生的过程。天天成熟的同时也
带来了自私和世故，"我"终于产生了"一个人成熟了就是

这样吗"的疑问。那一串由夏天留到秋天，已经红得发紫的酸葡萄，仿佛一种人生的隐喻。这是我们的主人公在成长道路上面临的又一个人生难题。

从整体上看，这些作品已经不像 1980 年代一些少年小说那样常常引起读者的震动和兴奋，而是以其相对冷静的艺术笔触引导读者去发现和思考。从这一点上来说，它们显示的正是 1990 年少年小说从容镇静的艺术风度。

同样，在 1990 年少年小说的艺术群像中，我们已经较难看到类似汪盈（庄之明《新星女队一号》）、张汉光（李建树《蓝军越过防线》）那样咄咄逼人的新形象了。闯入我们视野的，是像"飘"（张力慧《飘的故事》）、李小乔（班马《六年级大逃亡》）那样更容易在生活中遇到的普通少年的形象。张力慧笔下的"飘"是一个天真活泼的女孩子，有那么一点儿调皮，又有那么一点儿洒脱。你看她"一手拿着一支口琴，一手拿着一只苹果，盘坐在院中的石台上吹一阵口琴咬一口苹果，吹一阵口琴再咬一口苹果"；你看她"扯几根滑到耳旁的头发哂在嘴里，然后仰头看天，看天上的云像轻柔的纱一样从这一头飘到那一头"……一切都是那么飘逸自然，洋溢着生动的青春气息，在平平常常、自自然然之中，她就把她全部的可爱之处展现给了我们。又漂亮又爱打扮又不喜欢学习的同学莲当众公开一位男同学写给她的字条，四周的人既惊奇又兴奋，而那位男同学羞愧、愤怒，简直无地自容，飘却笑盈盈地说："条子不是我写给你的吗？"妙语解围，保护了一颗年轻而自尊的心。莲想借飘的作业抄，飘宁愿利用活动课时间替莲补课……所以，当莲突然无头无尾地说"飘，有你这么个朋友真是挺好的"时，我们能够体会莲的那一份真情。与飘不同，班马笔下的李小乔是一个在生活中承担了过多的冷漠和成见的孩子。从他那不无夸张、油滑和故作老练的言行中，我们可以察觉到他心灵深处的隐隐的凄凉和酸楚。我觉得，李小乔身上所表现出来的稚气与早熟、自卑与自尊、桀骜不驯与敏感脆弱、无可奈何的失落感与发自心灵深处的真切渴求等多种矛盾因素的冲突、交错和融合，代表了当代少年一种值得我们深思的心理现实和精神处境。很自然，这些更具有生活真实感的少年形象，也更容易引起读者的喜爱和共鸣。

以回忆儿时生活经历和故事为内容的童年题材小说，一直是儿童文学中极有特色的一个品种，并且仍然受到作家们的重视。吴梦起的《扇子的故事》说的是六十多年前北方农村一个普通家庭里围绕一把蒲扇所发生的故事。大伏天，家里唯一的一把蒲扇成了爹爹的专利品，因为爹爹是个大块头，怕热，而且是家里唯一的劳动力。"我"趁着小表弟来玩的机会，使个"借刀杀扇"的计策。结果扇子是一剖为二了，却也被糟蹋坏了。更有趣的是，当"我"担心挨爹爹揍时，爹爹回来却说又买了一把蒲扇，原先那把归"我"用了。作品充满了情趣和对往昔生活的忆念之情，读来很有滋味。庞敏的《童年的故事》是一组关于童年故事的短章，那童年生活的意趣和韵味令人陶醉。于颖新的《私塾悲喜》虽然不是采用童年回忆的形式，但对旧时私塾生活的描述颇为传神老辣，与那些童年题材的小说同样有异曲同工之妙。

在 1990 年少年小说的艺术画幅上，也有一些笔墨凝重、足以让人震撼的作品。常星儿的《干草垛》中的甸仔因为当村长的父亲收了人家的礼——一垛干草，激愤之下，他独闯狼滩打草。为了维护人格的尊严，为了让父亲勇敢、善良的形象重新树立起来，甸仔不幸死于非命！崔晓勇的《死亡实验》里的石崑被寨里的人们认为是见死不救的孬种而不断遭到质问和诅咒。终于，他以生命为代价做了一次成功的死亡实验。"可是，这个成功的实验又能证明什么呢?"作品把这个沉重的疑问留给了读者。郭宇波的《我的石古叔哦》所描写的石古叔，是个孤独而不幸的人。由于他父亲是被蟒蛇（村人认为是蛇精）咬死的，所以村人一直视他为会带来晦气的不祥之人，他作为一个正常人生活的可能在无形中失去了。最后，为了除掉给村人带来伤害和恐惧的大蟒蛇，石古叔只身前往，在村人的面前用生命全部悲壮的力量与蟒蛇奋力相搏并同归于尽……这些小说令人联想起像曹文轩的《第十一根红布条》、常新港的《独船》那样的作品。尽管它们不如后者那样曾经得到广泛的议论，但就内在的艺术精神而言，它们与若干年来儿童文学直面现实与人生的艺术趋向是一致的。

（三）

少年小说在儿童文学艺术形式的变革和创新方面所表现出来的热情及其所取得的成绩，是 1980 年代关注儿童文学艺术进程的人们有目共睹的事实。从 1990 年少年小说的艺术发展走向看，它们在 1980 年代艺术开拓的基础上，继续进行着多样化的艺术追求。例如，吸收其他文学体裁的艺术优势以扩大少年小说的艺术表现力和感染力——曾小春《夜街》那忧郁动人的诗意，高洪波《白精灵》的童话意趣，崔晓勇《死亡实验》的寓言气质——这些都是合适的例子。再如，注重少年小说叙述形式的不断锤炼和创造——《飘的故事》中的飘就其性格内涵而言无疑是十分传统的，但就其气质和表现形态而言，又是十分现代的，这在很大程度上是得益于小说那洒脱的语言意味。梅子涵的《我们没有表》和班马的《六年级大逃亡》也是这方面的适例。这两篇小说采用的都是第一人称口述体的叙述方式。这种叙述方式保留了口语自然、随意，甚至某些粗俗和不规范的特点，它在表现人物的意识流程和情绪特点方面是十分有效的。我以为，一个独特、漂亮的叙述形式本身就是一种审美创新，就有一种审美价值，同时，"形式"的意义又往往并不局限于形式。《我们没有表》说了一个什么故事似乎不好概括，但它独特的叙述形式，已经隐隐向读者提示、传递了某种意味。《六年级大逃亡》也在口述体的随意中尽可能容纳和表现出主人公心灵的原生状态，从而通过叙述形式本身直接实现了一种精神现实的展示。从这个意义上说，它们是一种有意味的形式，或者说，形式已经直接生成、转化为一种内容。

当我用"从容""平稳"这样的字眼来概括 1990 年少年小说的艺术风度的时候，我的感受是喜忧参半的：一方面，真正的艺术品常常是潜心创造的结果，需要一种从容沉稳的艺术心态；另一方面，平稳、镇静又常常会成为沉闷、滞重的同义语，它们可以意味着艺术心态的相对沉滞。我想，业已确定的少年小说的艺术基点和艺术格局不应成为一种羁绊，而只能是一个新的艺术里程的坚实的出发点。虽然少年小说的艺术命运并不是少年小说自身所能完全控制和掌握的，这里有着更为复杂的社会文化环境和审美心理因素在发挥着作用，但是我相信，少年小说艺术未来的希望仍然在于不断地开拓和创造。对于我们的少年小说作家来说，全部的问题或许仅仅在于：我们还将拿出什么样的作品去接受人们的审视？

八 1996—1997：书写和阅读

1990 年代的文化情势和消费时尚在不知不觉中把文学推搡到了人们精神生活的边缘位置上。与若干年前相比较，纯粹的或高尚的文学消费在这个时代似乎已经与大众的文化消费口味无缘。这一消费潮流在很大程度上决定了 1990 年代儿童文学的生存命运和艺术劫数。1990 年代的儿童文学批评家们在谈论现状时除了习惯于对 1980 年代所制造和产生的文学激情岁月流露一些抑制不住的眷恋之情以外，通常还都喜欢用平稳、平静、淡泊这样的词语来描述 1990 年代儿童文学的艺术风度和总体气象（我也是这样做的）。但是，这种表面上的矜持和冷静并不能掩饰仍然坚守儿童文学艺术疆土的人们内心深处不时泛起的失落和彷徨感。事实上，难以言表的悲观主义情绪若干年来一直弥漫、笼罩在人们的心头。

另一方面，在评论具体的儿童文学书写现状时，那些富有良好艺术鉴赏力的评论家们则普遍表达了相当充分的肯定态度。例如，《儿童文学研究》1996年开辟了"四季展评"栏目，先后应邀登场评点每季创作动态的批评家们分别用"暖冬""春花渐欲迷人眼""秋日览胜"这样令人感到温暖、喜悦甚至振奋的标题来提示、表达他们相当一致的阅读感受和艺术判断。

这就构成了一个十分奇特的现象：在总体描述和评估当代儿童文学现状时，人们往往觉得处境尴尬或危机四伏；在具体分析和评判一些具体的作家作品时，人们则常常会毫不吝啬地表达自己的喜悦和兴奋之情。

我得承认，当我打算在这里谈谈自己1996年、1997年的阅读心情和观感时，我的感觉也是如此奇特和怪异的：惊喜、满足与困惑、无奈之感同时从心底涌出。

对于1990年代的儿童文学书写来说，1980年代的艺术创作既提供了一份难得的美学荣耀，又树起了一道前所未有的艺术标杆。逾越这道历史标杆当然不是一件容易的事情。我们都清楚地记得，从1970年代末到1980年代末，整整十年间，中国儿童文学创造了自己富于激情和想象力的艺术岁月。特别是在很短的一个周期内，各种具有独创性的艺术实验对儿童文学的美学面貌进行了大幅度的重塑和调整。我甚至曾一度"绝望"地想到：留给后人耕耘的艺术土壤可能不多了。我相信这种可笑的恐慌并非我独有的体验。早在1960年代，美国批评家约翰·巴斯就在其《枯竭的文学》一文中宣布说，文学史几乎穷尽了新颖的可能性，因而，"试图显著地扩大'有独创性的'文学的积累，不用说长篇小说，甚而至于一篇传统的短篇小说，也会显得太自以为是，太幼稚天真，文学早已日暮途穷了"。但是事实上，文学并没有死亡。就 1996 年、1997 年我的阅读感受而言，我想说，儿童文学的艺术创造力所给我带来的冲击和震撼，绝不亚于 1980 年代。

这首先是由于一批崛起于 1980 年代的中青年作家在 1990 年代的顽强的艺术守望及其强大的艺术存在。秦文君、班马、梅子涵、沈石溪、张之路、金曾豪、曹文轩、董宏猷、李建树、谢华、朱效文、周锐、彭懿、冰波、庄大伟、孙云晓、徐鲁、邱易东……他们这两年来在创作中的表现不仅提供了这个时期儿童文学的重要艺术成果，而且显然也在不同程度上达到了他们各自文学创造里程上的新的艺术目标。

班马在 1996 年、1997 年发表的作品所带给我的阅读感受是神妙奇崛的。短篇童话《老木舅舅迷踪记》将诡谲奇异的幻想与曲折迷离的叙事融为一体，再一次显示了班马独特的文学想象力和艺术创造气质。长篇小说《六年级大逃亡》在叙述语言上似乎颇可见出马克·吐温或塞林格的影响，但它几乎是这一时期少年小说创作中最具现实深度，同时也是极具内在思想激情的一部作品。我还读到了班马的长篇童话新作《绿人》。这部亦真亦幻的童话作品将叙事的假定性与写实性结合得极为自然，显示了充满绿意的人文情怀。这些作品令我感到，沿着 1980 年代的艺术足迹，班马的文学书写进入了一个新的表达空间。

秦文君的中篇小说《宝贝当家》给我的文学阅读带来了

很大的欣喜。这是秦文君继《男生贾里》《女生贾梅》之后在幽默少年小说创作方面奉献的又一部力作。比较起来，《宝贝当家》不仅有着更完整的艺术构思、更幽默纯正的喜剧智慧和更纯熟机智的叙事技巧，而且也拥有了更深厚的意蕴和内涵，有了更耐人咀嚼的可品味处。1996年秦文君曾在《我的儿童文学情结》一文中说："在我的心目中，真正的儿童文学精品应该在艺术上炉火纯青，毫无造作，带点浪漫，也就是说它们从形式到内涵看来很单纯，没有触目的理念痕迹，然而它却可以是蕴含不朽意蕴的，甚至表达出全人类情感的。"我想，秦文君正在向这样的目标不懈努力着。

我还想谈谈梅子涵的《女儿的故事》。这部小说用看起来拉拉杂杂、毫不经意的方式来讲述女儿梅思繁以及她的爸爸、妈妈、同学等人物在日常生活中的那些琐碎而又鲜活的片断，这些片断构成的是像日常生活那样平凡和自然的叙事流程。比如女儿梅思繁一直当干部，因为偶尔对同学态度不好就当不成了。她喜欢和擅长文科，可是在中文系当教授的爸爸为了她的升学考试便老是跟在后面督促"数学抓抓紧抓抓紧"。她体育成绩不好，爸爸便说："身体要锻炼好太重要了，以后考高中、考重点，也要看体育成绩的。"还有，梅思繁如何参加作文大赛、辩论赛、英语演讲、语文演讲、大合唱比赛等。在这部小说中，梅子涵似乎放弃了经典少年小说的一切叙事技巧和秩序，而展示了一种无（传统）技巧或反技巧的叙事可能。我在另一篇文章里谈到梅子涵当时的一篇近作时说，用传统的技术主义观点来看，它的随意和任性已经到了令人惊讶的地步，但是，它在似不经意的叙述形式中，仍然为我们提供了一种超越传统技术主义美学观念的文本形式。这部小说带给读者的阅读感觉是别致甚至怪异、灵动而又诙谐的。它会使我们在一种怪异而又愉快的阅读过程中发现，原来故事不光可以那样叙述，还可以这样叙述，小说不但可以那样结构，也可以这样结构！

1997 年初夏，为了给四卷本的《彭懿童话文集》写一篇序文，我读了彭懿从日本留学归来后创作的新作、长篇童话《疯狂绿刺猬》和短篇童话《红雨伞·红木屐》。我在那篇序文中认为，作为 1980 年代热闹派童话美学运动的一位具有代表性的作家，彭懿的新作透露了某些新的艺术走向。两部作品一方面保留强化了作品基本叙事构成的真实感和现场感，如《疯狂绿刺猬》描述"校园暴力"现象时的那种残酷的真实，《红雨伞·红木屐》所渲染的异国他乡雨日黄昏里的都市场景和氛围；另一方面，它们又异曲同工地突破了生与死、实境与幻境、人类与异类、现时与历史等之间原本畛域分明的界限，实现了一种全新的童话时空构建。作品中不时飘来的缕缕淡淡的神秘、恐怖氛围，令读者产生一种紧张好奇、欲罢不能的阅读心理体验。此外，作品的主题力度以及凄艳、凝重的叙述语言系统等，都比作者前期童话作品所设定的叙述基准有了明显的变换和推进。我以为，彭懿新近表现出的童话创作灵感在相当程度上是从他沉浸数年的西方幻想文学那里获取的。不过，对于中国当代童话创作来说，彭懿的艺术借鉴和发挥却是极有价值和意义的，因为这种借鉴和发挥不仅仅为我们打开了一扇窗口，而且在新的时代背景和文学环境中为中国童话的艺术创作提示了一种深具潜力的艺术可能。

我还有机会读到了邱易东的少年诗集《地球的孩子，早上好》。在邱易东的这部少年诗集中，诗意的目光穿透历史与未来，想象的翅膀从地面划向高空和蓝天，我们从中感受到的是一颗开放、包容的诗心。在这里，远古意象与宇宙视点，城市风景与乡村情调，小鸟吟哦与月光遐想，少年幻想与诗人情怀……我想说，很少有当代的少年诗集像这本诗集一样发现并展示了如此辽阔的诗意。当人们的心灵被当下充满浮躁和困惑的生活挤压得狼狈不堪的时候，我相信，失魂落魄的人们或渴望诗意的人们，都会从这样的诗歌中找到心灵的安置场所。德国著名诗人荷尔德林说："人充满劳绩，但还诗意地栖居于这块大地之上。"这一古老而浪漫的诗句，仍然应该继续得到后人的吟唱。那么，读一读这本《地球的孩子，早上好》如何？我们会从中领略到那种古老而又年轻的诗意心情，进入一种属于青春期的纯真、热情、柔美、出神的诗意状态。我更相信，每一位敏感、多思的少年朋友，都会从类似的诗歌阅读中培养起一颗真正的诗心，培养起一种对于生命、对于生活、对于历史、对于宇宙的诗意感受和幻想能力。

我想说，上述作品（恕我没有进行更多的列举）的出现和存在显示了1980年代"中生代"儿童文学重要作家们依然强劲的创作势头。如果说1990年代的儿童文学创作依然富有生气和活力的话，我想首先应该谢谢他们。

1996年、1997年，我还陆续读到了孙幼军的低幼童话集《唏哩呼噜历险记》（这是一部低幼童话的杰作）、朱效文的长篇小说《青春的螺旋》、沈石溪的长篇动物小说《混血豺王》、郭全的长篇小说《阿娟和她的丹顶鹤》，少年小说集则有郑开慧的《爱的故事》、常星儿的《黑泥小屋》、董恒波的《不可言传》，还有庄大伟的幽默童话集《塌鼻子画王》、饶远的城市童话系列《迪斯科旋风》、谢璞的长篇童话《小狗狗要当大市长》、雨雨的童话集《冬天的童话》、谢乐军的童话集《奇怪的大王》、徐鲁的散文集《与十六岁对话》、肖显志的长诗《矮老头》、滕毓旭的朗诵诗集《少年英杰之歌》、东达的散文诗集《童话树》、英汉对照本《金江寓言选》、邱国鹰的寓言集《蛤蟆大仙》等。我从这些不同门类、风格多样的作品的阅读中，同样感受到了儿童文学依然鲜活和丰富的文学生命力。

我还特别想来谈谈我们的新作家们。新人的匮乏一度曾是一个让人气馁的话题，但是，1996 年以来的儿童文学实践中，新人的涌现已经形成了一种景观。除了散布于各地的正在引起人们关注的新作者之外，被称为"东北小虎队"的辽宁青年作家群和崛起于上海的青年作家群的优异表现是格外引人瞩目的。这批作家的艺术力量相当齐整，所不同的是，辽宁青年作家群是清一色的男性：肖显志、董恒波、常星儿、老臣、车培晶、薛涛……上海青年作家群则以女性为主：郁雨君、张洁、殷健灵、萧萍、谢倩霓、张弘等。前者的创作多以白山黑水的雄浑壮阔为背景，落笔深沉厚重；后者多着墨于自我的生命情感历程，着力于个人经验的发掘，走笔灵动秀逸。就我读到的薛涛的小说集《白鸟》（收录于赵郁秀、韩永言主编的《棒槌鸟儿童文学丛书》，沈阳出版社出版）、张洁的长篇小说《敲门的女孩子》（收录于梅子涵主编的《花季小说丛书》，福建少年儿童出版社出版）等作品来看，一北一南、男性与女性两个创作群体的不同特色，是十分鲜明的。与 1980 年代崛起的青年作家群体不同的是，这个时代的新人们似乎没有自己共同的具有革命性意味的明确的创作主张，他们之中也没有充满"破坏"欲望（并非贬义）的理论代言人。他们是以一种相对温和的形式和姿态被推荐给人们的。是的，这就是1990年代的气氛和姿态，写作在很大程度上已经还原为一种个人行为。

谈起丛书，我还想提到我见到过并被广泛谈论、颇获好评的《少年绝境自救故事》（甘肃少年儿童出版社出版）和《新时期儿童文学名家作品选丛书》（福建少年儿童出版社出版）。"绝境自救"的绝妙选材使这套丛书具有了某种特殊的精神和情感价值，而10位作家和1000位小读者共同完成的创作方式又使这套丛书显示了独特的编辑灵感和创意。《新时期儿童文学名家作品选丛书》则收录了曹文轩、张之路、沈石溪、程玮、罗辰生、秦文君（以上为小说作家）、孙幼军、周锐、冰波、葛冰、张秋生（以上为童话作家）、金波、徐鲁（以上为儿童诗诗人）、吴然（散文作家）共14位新时期重要儿童文学作家的重要作品。这套选本从一个侧面集中展示了新时期中国儿童文学的艺术成就，具有较高的欣赏价值和一定的史料价值。不过，正如该丛书执行主编樊发稼在总序中所谈到的那样，新时期儿童文学名家远不止本丛书所收的这些，由于丛书的规模和篇幅所限，只能选收14位作为代表，因此，若干位新时期具有重要影响力的作家及其作品未能进入这套丛书。这也是这套丛书令我感到有些遗憾的地方。

尽管总会有些遗憾，但我在上面所谈论的阅读观感显然流露出了一些眉飞色舞的神情、一种兴高采烈的满足感。我当然知道，这种阅读感受实际上基本上是属于我个人的一种职业体验。在整个儿童文学传播和接受领域，儿童文学的被迫撤退已是一个显而易见的事实。我在为《文学报》所写的《制造一个阅读神话》一文中曾经谈道：今天的儿童读者——主要是都市的儿童读者在相当程度上已经显示了与他们前代的同龄人很不相同的生活状态和心灵状态。他们在承受各种压力尤其是学业压力的同时，也在享受着技术变革和文明发展所制造并带给他们的种种乐趣。在文学阅读上，他们中的许多人已较少专注、钟情于古老的童话或纯粹的文学产品，取而代之的是电视、录像、影碟和卡通漫画等新兴文化消费类型。一份关于青少年与媒介关系的研究报告中谈道：当代青少年所接触的媒介已达 15 种之多，书籍和报刊占绝对统治地位的情形已经成为历史。在这样的文化情势下，儿童文学的艺术供给自然会遇上难以避免的接受冷淡。在整个当代文学界，不止一位研究者曾经直截了当地认为，从整体上说，文学已经属于当代文化中最无足轻重的那个部分。在"机械复制时代"，或者说在"文化工业"时代，文学越来越没有立足之地。在古典时代，或者在现代主义时代，文学乃是一个民族的精神自传，是历史的圣书，是人类激动不安的灵魂启示录，而现在，它仅仅是人们消遣娱乐的一个微不足道的代用品，或者是少数人孤芳自赏的勉强证明（参见陈晓明的《文化溃败时代的馈赠》）。

因此，在 1990 年代，儿童文学书写与儿童文学阅读之间文化"蜜月"时代的结束，主要不是由于儿童文学艺术创作力的衰竭或极度贫乏所造成的。守望儿童文学的艺术疆土，在这个时代是远比以往时代艰巨得多的一项文化使命。但是，我也相信，为人们提供更多的文化选择机会和消费可能，是这个时代文化进步和发达的标志之一，而包括儿童文学在内的整个文学将永远是人类精神创造和选择视野中一种重要的文化范型。从这个意义上说，今天的儿童文学书写不仅是儿童文学作家们向今天的儿童读者发出的阅读召唤，而且也是他们对一种文化情缘和精神关系的奋力维系与守护。

九 1998—1999：我的阅读印象

　　许多人可能都会有一种朦朦胧胧或者是漫不经心的印象：在 1990 年代末，儿童文学不仅是远离文坛中心的一个边缘门类，而且其数量似乎也是十分稀少的。不是吗？常常会有人发出这样的疑问：我们的儿童文学作品在哪里？

　　不过，对于儿童文学的从业者——儿童文学作家、研究者、编辑者、出版人等来说，若干年来儿童文学在数量上的增加和一定程度上的丰富却是一个他们十分乐意承认的事实。所以，我想指出，当代儿童文学在公众印象中所留下的艺术上或商业上的匮乏感，实际上并非起因于儿童文学作品的量的不足，而是源自某种质的贫弱或缺失。于是，上面那个发问也许可以做这样的改动：我们的儿童文学佳作在哪里？

　　是的，如果我们拥有一批能够征服今天那些越来越难以

召集和伺候的读者的儿童文学佳作的话，或者，如果我们仅仅拥有几部不是靠炒作而是凭借自身的艺术力量来征服这个时代的儿童文学力作的话，那么，当代儿童文学的面貌就可能为之一变——许多时候，一个文学时代的艺术门面就是靠几部经典之作支撑起来的。

不能否认，1990年代的儿童文学水准在艺术质量上已经得到了有力的提升。但是我仍然认为，能够傲视这个时代的儿童文学作品依然是凤毛麟角。人们也许能够举出《男生贾里》《花季·雨季》《草房子》等陆续产生了比较广泛的影响的作品，但是从总体上看，应当承认，当时的少儿读者对儿童文学作品的实际接受和阅读仍然是十分有限的。重新集合读者，成了这个时代儿童文学作家和出版家们的一个执着的愿望和梦想。如果说，1980年代的部分作家还常常陶醉于"自言自语"式的艺术创作的话，那么，1990年代儿童文学的基本创作姿态则更多地表现出了人们与少儿读者进行更深入、更默契的艺术对话的现实渴望。

深入一步分析，当代少儿读者疏离儿童文学作品的原因无疑是十分复杂的。就儿童文学创作的内部原因而言，我以为一个重要的问题在于，1980年代以来的儿童文学创作从整体上看，还比较缺乏对于儿童文学经典美学品质的强烈关注、认同和着意发掘、培育。1990年代的儿童文学创作虽然已经拥有了更为开阔的艺术空间和更为丰富的艺术经验，但是，我们还相当缺乏那种充满了浓郁的儿童情趣、蓬勃的艺术想象、强劲的艺术幽默感并融之以深刻的思想内涵的作品。我以为，富有儿童情趣的高度的幽默智慧、丰富的艺术幻想等，造成了儿童文学独特的纯真、稚拙、欢愉、变幻和素朴的美学品质。具有这些品质的儿童文学作品几乎构成了一部世界经典儿童文学的艺术创造史和接受史。而今天，我们的儿童文学显然在相当程度上还不具备充分驾驭儿童文学艺术天性的才情。因此，当代儿童文学在整体上遭遇少儿读者的某种程度的挑剔和冷落，就是难以避免的了。

以这样的情势为背景来考察 1998 年至 1999 年的儿童文学创作状况，我们目睹了一些十分引人注目、耐人寻味的美学动向。这些动向的基本动机，几乎都是旨在调整、丰富、加强当今儿童文学艺术谱系配置中的某些重要的美学因子或美学品质——例如幻想，例如幽默，等等。

1997 年下半年，二十一世纪出版社在该社社长兼总编辑张秋林的组织下，经过一年时间的紧张动作，由秦文君的《小人精丁宝》、班马的《巫师的沉船》、彭懿的《妖湖传说》、薛涛的《废墟居民》、张洁的《秘密领地》等七部作品组成的第一辑《大幻想文学丛书》出版了。幻想文学这一对中国儿童文学界来说还显得相当陌生的样式，以一种十分强势的姿态，闯入了人们的视野。

幻想文学所强调的幻想，是与真实、现实、写实等概念密切相关的一种艺术呈现方式，其效果和文体呈现出某种"小说—童话"互融或叠加的"亦真亦幻"的表现形态。这种既不同于传统写实主义的少年小说，也不同于通常的具有幻想色彩的童话文学的新型文学形态的引入，必然会引发创作实践和理论梳理上的一系列新的尝试和思考。从《大幻想文学丛书》第一辑推出的七部作品看，在如何表现幻想文学的艺术特征的魅力方面，当然不是每一部都已做得十分到位。不过，从整体上看，它们的确显示出了某种新的艺术品质和巨大潜能。

与二十一世纪出版社执着于幻想文学的经营相类似，浙江少年儿童出版社则将幽默儿童文学当作了自己的经营重心之一。一套《中国幽默儿童文学创作丛书》的出版，使浙江少年儿童出版社在这方面的出版动作给人留下了深刻的印象。

《中国幽默儿童文学创作丛书》共收录了 12 部各具特色的原创性幽默儿童文学新作，即任溶溶的《我是一个可大可小的人》、孙幼军和孙迎的《漏勺号漂流记》、张之路的《足球大侠》、高洪波的《懒的辩护》、董宏猷的《胖叔叔》、梅子涵的《我的故事讲给你听》、金曾豪的《绝招》、汤素兰的《笨狼的故事》、杨红樱的《那个骑轮箱来的蜜儿》、韩辉光的《特色学校》、李建树的《校园明星孙天达》、任哥舒的《敬个礼呀笑嘻嘻》。从 12 部作品的体裁来看，它包括了小说、童话、诗歌等儿童文学的主要艺术样式。从读者对象看，它兼有幼儿童话、儿童诗歌、童话、少年小说等适合不同年龄层次读者的作品。可以说，一套《中国幽默儿童文学创作丛书》，在很大程度上集中了当代具有代表性的幽默儿童文学作家的佳作和力作。

我们都会记得，在 20 世纪中国儿童文学的艺术清单上，幻想、幽默等都不是新近才列入其中的美学资产。至少从 1980 年代以来，它们都已经逐渐成为了这份清单上相当醒目、不断增值的艺术财富。但是，我仍然要说，上述两套丛书的出版自有其不可替代的现实意义和美学价值。《大幻想文学丛书》以其对幻想文学理念的独特阐释和新文体的独特实践，《中国幽默儿童文学创作丛书》以其对幽默品质的深刻理解和强烈关注，为世纪之交的中国儿童文学提供了新的艺术积累。

此外，还有一些丛书的出版也是值得注意的。浙江少年儿童出版社出版的《红帆船诗丛》包括了金波的十四行儿童诗集《我们去看海》、雷抒雁的青少年朗诵诗集《青春的声音》、徐鲁的童话诗集《七个老鼠兄弟》、朱效文的校园抒情诗集《寻梦少年》、东达的散文诗集《独奏》、宁珍志的生活哲理诗集《我对世界说》这六种诗歌集子。这是一套从内容到形式的组合都十分精致而丰富的诗丛。湖南少年儿童出版社推出的《心约女孩·散文丛书》由上海的三位女作家的散文集组成——张洁的《月光之舞》、谢倩霓的《走过心情》和陆梅的《寂寞芬芳》。三位作者以女性细腻和灵秀的感觉，抒写了柔婉而幽美的女孩子的生活和心情故事。甘肃少年儿童出版社出版的《沙漠书系丛书》则包括了多个相关的读物系列，凸显出独特的地域文化意识和人文关怀。湖南少年儿童出版社出版的《红辣椒长篇儿童小说创作丛书》是继明天出版社出版的《金犀牛丛书》之后，又一套以成人文学作家为阵容的儿童文学创作丛书。最后，少年儿童出版社郑重推出的《赤色小子三部曲》，是由势头强劲的作家张品成独立完成的一套作品集。该三部曲对革命历史题材的儿童文学创作从多方面做出了果断的艺术翻新和突围。

如果说上述丛书和作品力求在传统文学形态范围内做出独特的艺术添加的话，那么，1999 年夏天，由成立不久的北京朝花少年儿童出版社推出的，以印刷媒体和电子媒体互动形式出版的校园小说《你好，花脸道!》，则表现出了当今儿童文学界对于网络时代的直接应对和新颖想象。1999 年 9 月初，我在北京参加了关于《你好，花脸道!》的一次作品研究会。这部被冠以"双媒体互动小说"的作品在会议上所引起的兴奋、赞赏、惊愕和疑虑，给我留下了极为深刻的印象。《你好，花脸道!》以一个虚拟的花脸道中学为背景，描述了华裔女孩咪咕在准备去该校初中部当插班生的头天下午的一个多小时里，在初三（6）班所发生的一系列有趣的故事。作者对当代都市中学生的生活、心理、语言等都有着极真切的了解和把握，整个作品因而充满了鲜活的当代生活气息和校园文化情调。该书在以印刷媒介形式出版的同时，还在互联网上推出了"花脸道初中部"网站，学校的各种信息都出现在网上。网上的内容又和书上不完全一致，而是书中内容和信息的延伸和拓展，读者甚至可以通过网络与书中人物（作者）对话、聊天，整部作品因此呈现出一种开放式的接受形态，进而在读者与作者之间建立了一种新的对话和互动关系。

《你好，花脸道!》以其全新的出版创意显示出当代儿童文学界对于网络时代的敏锐感应和一种新的出版理念和阅读方式的出现。正如中国科学院计算机语言信息工程研究中心主任陈肇雄所说的，它"开创了一种体现信息高科技时代特征的、多种媒体互动互补的立体化出版形式，从而也带来了一种十分新鲜的立体化阅读方式：边读书边上网"（参见该书的《序二》）。尽管该作品对传统儿童文学文本形态和阅读形态的突破使得其可能拥有的文学含量和阅读空间都有待时间的检测与评定，但是，这一新的出版形式中所蕴含的时代创意和灵感，无疑是值得关注的。

行文至此，我突然意识到，我们不能忽略了仍然活跃而生动的短篇写作状态。在这个年头，评论与评奖似乎常常把主要的注意力和荣誉都给予了中长篇作品，而活跃的短篇作品则经常在各类获奖名单上"缺席"。在我的阅读中，张之路的《鼓掌员的荣誉》（《儿童文学》1998 年第 10 期）、伍美珍的《穿浅棕色大衣的女孩》（《少年文艺》1999 年第 5 期）、梅子涵的《中学生灵感》（《少年文艺》1999 年第 5 期）、王巨成的《1978 年的故事》（《儿童文学》1999 年第 8 期）等小说，汤素兰的《住在摩天大楼顶层的马》（《小溪流》1999 年第 1—2 期）、周锐的《隐胎》（《少年文艺》1999 年第 8 期）等童话，金波的《和树谈心》（《中国校园文学》1998 年第 2 期）、谢华良的《雪地格言》（《儿童文学》1998 年第 2 期）、韦伶的《重回缙云》（江苏《少年文艺》1998 年第 7 期）、班马的系列作品《独去河口（外二篇）》（《巨人》1999 年第 5 期）、郁雨君的《身体渴望唱歌》（江苏《少年文艺》1999 年第 8 期）等短篇作品，在内容和艺术质地上都给我留下了较深的阅读印象。如张之路用他独特的幽默语态，在《鼓掌员的荣誉》中为我们讲述了一个怪异中透着冷峻的真实感的校园故事，把一个边缘人物的渴望、委屈、努力及其纯真的荣誉感、道义感刻画得温婉动人、入木三分。金波的散文《与树谈心》将温暖而优美的诗情与深挚感人的哲理融为一体，具有一种让人动容并沉思的力量。我特别为作品中所引述的一位孩子的作文《一棵爸爸树》而感动："我没有爸爸，可我有一棵爸爸树，它庞大、粗壮、参天、茂盛……看着它，回想着父亲的模样儿，想着，想着，我不由自主地靠近了它。我坐在树下，背靠着树干，啊，这感觉，就像靠在爸爸的怀里一样"。金波先生在作品中抒发了这样的感怀："我希望真的会有那一天，我能听见树在说话——树像守护着大地，永不离岗的人。人像一棵走动的树。我们可以走向森林，与树谈心。"从这些阅读印象中我可以认定，短篇在当代儿童文学的艺术实践中，仍然扮演着重要的艺术角色。问题也许仅仅在于，当以中长篇为主构成的各类创作丛书给人以铺天盖地之感时，短篇作品相对孱弱的艺术身影便被有些无情地遮蔽掉了。

毫无疑问，今天儿童文学与儿童读者之间的现实联系，依然是相当驳杂而暧昧的。我想起了1998年底至1999年初《中国图书商报》发表的全国五城市少儿读者阅读状况的大型调查报告。这项由中国社会科学院新闻研究所媒介与儿童发展研究中心具体承担完成的调查，提供和披露了城市少儿读者的许多重要的阅读动态和阅读需求方面的信息，例如他们对于幻想、幽默、快乐、神秘、疯狂等艺术滋味的渴求。对于儿童文学的业内人士而言，当我们坚守着自己的艺术理念的时候，琢磨一下这些信息，显然会是必要的和有益的。至少，对于我们进一步盘点自己的艺术家底，充实自己的艺术清单，这些信息将会提供一份重要的提示和参照。

第三编

 21世纪

一 2001 年的儿童文学创作

2001，这是一个很容易唤起我们的"世纪意识"的年份——中国儿童文学带着一个世纪的历史馈赠，进入了一个新的世纪。记得在此之前，人们对于新世纪的临近曾经有过隐隐的激动和畅想，但是，在新世纪的大门向我们轰然开启的时候，不久前的怦然心动或心驰神往，已经化作了在历史与未来之间脚踏实地的耕耘和努力。2001 年，中国儿童文学界是在一种从容、坚韧的艺术努力中走过来的。

（一）

与过去若干年的情况相类似，儿童小说尤其是少年小说创作依然在整个儿童文学创作中扮演着十分活跃的角色。在表现时代生活和儿童心灵，探索儿童文学新的艺术可能性方面，许多年来，少儿小说的活跃和贡献都给人们留下了深刻的印象。

秦文君的长篇小说《天棠街 3 号》（江苏少年儿童出版社出版）和《小香咕系列》中的前两部《小香咕和男孩毒蛇生日会》、《小香咕和她的表姐表妹》（北京少年儿童出版社出版），显示了这位勤奋的作家在艺术上不断思考和拓展的身影。在经历了 1990 年代"幽默轻快"的风格化写作之后，秦文君的这几部新著带给读者的更多的是一种淡淡的忧虑和伤感。我们会发现，作者对当代少年儿童的艺术关注，聚焦在了更加深刻、细腻的心灵主题层面。比较而言，《天棠街 3 号》是在与当代社会生活的联系和辐射中来塑造解伟、郎郎、郎思林、沈女、蔡理、苏凤等少年群像的。作品在当代教育和社会生活的大背景上，来展现当代青少年成长过程中的现实情境和心灵流动，笔墨流动间多了些淡淡的忧伤和凝重的思考。作品触及了当代社会、学校教育中存在的一些尖锐、复杂的问题，触及了人性、人生、代沟等一些相当深刻的主题表现领域，作者试图以此来更真实地反映当代少年的心灵变化与成长。正如该书扉页上的一段话所写的那样，成长是一种孤寂的等待，成长有时会伴随着心灵的苦涩和沉重，成长更是一个美妙而庄严的过程，生命就是在成长中渐次完善、走向华美的。而《小香咕系列》则在相对独立的家庭和邻里生活空间中，着意塑造了香咕、香拉、香露、胡马丽花等几个女孩的形象。不难看出，香咕是作者倾注了许多心血和理解的女孩形象，而以几个小女孩为轴心的故事展开中，同样也凝聚着作者对于人生、人性、人情世界的独特观察和思考。

读秦文君的新世纪作品，人们很容易联想到她的早期作品，如《少女罗薇》《四弟的绿庄园》《孤女俱乐部》等。应该说，这其中既有内在的艺术联系和呼应，又显示出作家在主题表现和风格表现方面的某些发展和变化。例如，《小香咕系列》定位于儿童小说，其人物、故事、语言等显示了一种稚拙的艺术情趣，这是作家早期少年小说创作中所没有的。

周锐、周双宁合作的长篇小说《中国兔子德国草》（江苏少年儿童出版社出版）是以生活中的真实孩子为原型创作的。主人公爱尔安的原型是作者周锐的外甥、周双宁的儿子。这种特殊的关系为《中国兔子德国草》的创作提供了丰富、鲜活的生活素材。而一名出生于德国的中国男孩的成长故事，又使得这部作品带上了独特的异国生活情趣和不同文化碰撞所形成的故事张力。为了友情，爱尔安和戴维把中德两国都有的给独生子梳小辫子这一做法的"发明权"归于两国，并规定两国同时发明——同一年，同一月，同一天，同一分，同一秒。上政治课时，老师让学生自由组织党派，男生女生之间便开始了一场激烈的竞选大战……不同文化视点的交织和不同生活方式的交融和冲撞，引发了独特的故事趣味。密集而鲜活的生活故事的呈现，使这部异域题材的长篇小说具备了很强的可读性。与以往同类题材的儿童小说作品相比，《中国兔子德国草》在艺术上的特色可以用人物、故事鲜活有趣和文化意蕴丰富多彩来概括。

杨红樱是世纪之交活跃的儿童小说作家。继《女生日记》之后，她的《五·三班的坏小子》（作家出版社出版）又吸引了许多有机会读到它的读者。这是一部以系列故事连缀而成的长篇校园小说。作品透过肥猫、米老鼠、兔巴哥、豆芽儿等几个核心人物的塑造，把生气勃勃、聪慧调皮、天真善良的儿童天性表现得淋漓尽致，在你开怀捧腹之余，令你对童年的游戏和顽皮天性有了更多的了解和思考。作者在该书《后记》中说："我曾做过 7 年的小学教师，有时会想起我的学生。可是，我常常想起的并不是那种传统意义上的好学生，而是那些调皮捣蛋，甚至把我气哭过的'坏小子'。我真心地喜欢他们，该调皮的时候调皮了，该捣蛋的时候捣蛋了，孩提时代，他们爽爽地过了把孩子瘾！"作者对童年天性的独特理解和呵护之情跃然纸上。

一群上海的小女生作者在北京少年儿童出版社出版了一套《少女私书坊》，一共三册：郁雨君的《听听男生听听女生》、好女孩工作室的《我是漂亮女生》、梅思繁的《"秀逗"男生》。这套书的体裁有点难于归类。它们汇聚、荡漾着女生曼妙的灵性，又有着鲜活的时代气息和率真精致的青春质地。你会情不自禁地把它们归入散文体或者是这个时代的青春的报告文学（尤其是《我是漂亮女生》），但它们生动的人物和故事（《听听男生听听女生》《"秀逗"男生》）又分明呈现出小说的叙事特质。按照郁雨君的说法："我把这次写作看作是对着一群看似优越无忧的少男少女的内心探访，不是单纯的口述实录，是一本关于都市少男少女成长现在时的新鲜写作。"在这里，小说的虚构性在相当程度上被置换成了贴近都市少男少女的纪实性。阅读这样的作品，你会有一种以现在时的方式穿行在大街和校园里的感觉。

　　阅读 2001 年出版的上述有代表性的作品，我们会发现，它们显示了某些共同的特质，例如从题材上说，它们都贴近着这个时代，并或多或少地融入写作者的现实生活观察和体验；从结构上看，它们常常采用"冰糖葫芦串"式的短篇系列结构方式。从总体上说，这些作品丰富了我们的少儿小说创作，也拥有很强的可读性。但是另一方面，它们也引出了另一些问题，如小说的写实性与虚构性如何结合的问题，如长篇小说艺术结构的问题（短篇系列结构毕竟不能代替典型的长篇结构）。这些问题，都是值得今后的创作和研究继续探究和思考的。

　　回顾 2001 年的中长篇少年小说创作，成长小说的活跃是十分突出的现象。少年儿童出版社出版了《青春二重奏·长篇成长小说系列》，其中包括常新港的《男孩无羁 女孩不哭》、玉清的《长不大的男孩 长大的女孩》、乐渭琦的《晚妹风 九月雨》、饶雪漫的《蔷薇醒了 茉莉开了》、李西闽的《高傲男生 清纯女生》等。新蕾出版社的《"阳光地带"成长小说丛书》推出了吕清温的《走向男子汉》。湖北少年儿童出版社的《少年成长小说系列》出版了常新港的《傻瓜也可爱》。从已有的创作和研究情况来看，人们对成长小说的理解，大多还处于相当宽泛和朦胧的阶段。事实上，描写了青少年的生活和心理的小说作品，并非都可以归入成长小说范畴。在我看来，成长小说包含了特定的题材、母题和叙事模式。在西方，成长小说往往描写的是主人公通过一定的磨难历险达到再生和成长的过程，其母题和叙事模式的文化来源是原始的成丁礼。因此，成长小说表现的通常是经历磨难获得成长的主题，其内在的叙事模式通常是"出走—坠入险境一经历痛苦和磨难一获得新生和成长"。当然，特定的叙事模式并不意味着具体的叙事方式和叙事形态不可以丰富多彩。例如，《青春二重奏·长篇成长小说系列》在结构和叙事上就颇为独特。上述五部长篇作品都分别由两部各自独立又相互连贯、互为照应的作品组合而成，因而在人物塑造、故事讲述视角等方面都形成了极有趣味的变化和互补关系，"青春二重奏"就不仅是一种象征性的表达，而且成了一种实实在在的叙述形态的提示。

在题材、风格等的多样化方面，许多作家和出版社都做出了各自的努力。湖北少年儿童出版社出版了一套中长篇少年历险小说。从文学史的角度看，历险小说当然不是少儿文学的一个新品种。"历险"作为一种特殊的文学构成元素，事实上一直是中外文学发展史中一个重要的叙事原型。在西方儿童文学中，历险小说创作历来比较发达，而在中国，这方面的艺术自觉则相对显得迟缓。湖北少年儿童出版社的这套《少年历险小说丛书》包括了金曾豪的《幽灵岛》、薛屹峰的《南洋狂蜂》、牧铃的《荒漠孤旅》、章红的《木雕面具》共四部作品。从整套丛书看，作者们对历险小说艺术特性的理解、把握是比较透彻而到位的，丛书因此呈现出少年历险小说的典型形态——以少年主人公的有意冒险或无意历险为情节线索，以特殊的地理环境为人物历险空间，展示少年主人公机智、勇敢、坚韧、顽强的生命智慧和精神品质。"寻宝"母题时隐时现，惊险之中又融入了推理、探案等要素。例如，小说的环境是独特而寥廓的：孤岛、海洋、沙漠、高原……奇异的空间选择和背景设置，不仅带动了故事讲述的奇异展开，而且营造了历险小说奇异的叙事氛围。小说的故事是扣人心弦、悬念不断的。《幽灵岛》描述中学生马林暑假里依约去青螺岛投师学棋的故事。可是预想中的拜师学棋、缔结忘年交等情景并未出现，发生的却都是稀奇古怪、大出意料的事情。《南洋狂蜂》讲的是少年林杰被蒙上了一艘偷渡船并遭遇海难的历险故事，在描述主人公跟无情的大海和阴险残忍的"蛇头"等人的双重抗争与周旋之中，作品制造了引人入胜的叙事效果……

不过，更值得我们注意的是这套《少年历险小说丛书》在艺术上的某些新意。例如，《荒漠孤旅》中的主人公在面临生死关头时，仍坚持着保护野生动物的执着立场，尽可能避免对野生生物的伤害。这一巧妙的情节安排不仅进一步造成了作品故事叙述上的紧张感，而且为历险小说注入了凝重而深厚的主题内涵。此外，《荒漠孤旅》中叙述视角的变换和多种叙事手段的采用，《木雕面具》中民族文化和民俗知识的有机穿插，《幽灵岛》中娓娓道来的自如流畅的语势，《南洋狂蜂》结尾处的悬念设置等，都是这套《少年历险小说丛书》中可圈可点的艺术亮点。

2001年二十一世纪出版社的《大幻想文学丛书》推出了彭懿的长篇新作《妖孽》。这是一部在神话与现实的交错与穿行中展示幻想小说艺术魅力的作品。主人公鹅耳是从远古的神话中轮回转世的英雄。他曾化身为一条白龙，将罪恶的妖孽压在了湖底。由此，一场人妖之间的复仇、追逐、搏斗故事有声有色地展开了。作品突破了实境与幻境、现实与历史的界限，故事神秘奇诡，风格浑朴厚重，是作者在幻想小说创作上的又一重要收获。

四川少年儿童出版社也十分重视出版长篇原创少年小说

作品。2001 年该社出版了周锐的《锯子与手风琴的合奏》、康薇的《最后的童年》等作品。其中《锯子与手风琴的合奏》是一部值得引起重视的作品。这是一部充满魔幻色彩的幽默小说。在那段特定的动荡岁月里，几个个性独特的少年度过了自己难忘的青春年华。现实的严峻与富有趣味和艺术想象力的描写的结合，使小说的艺术内涵丰富而奇异。"锯子与手风琴的合奏使我们的心里注满了感动，这合奏是那么流畅而矛盾，和谐又尖锐，简直就是那个特定的岁月里少年们成长的象征：在巨大的喧嚣和荒谬中，流淌着一股无法抑制的青春的声音、气息与趣味"。

湖南少年儿童出版社出版了号称"网络才子"的云中君的长篇小说《兵书与宝剑》，该作品曾在文学网站白鹿书院上发表。作品以战国时代的一段苍凉的历史为背景，以典雅精致的文字叙述了一个有关历史、战争、智慧、勇气、和平的故事。汲取中华传统文化并融入儿童文学创作之中，应该说，《兵书与宝剑》的尝试是有益的。明天出版社出版的竹林的长篇小说《脆弱的蓝色》以生活在一座小城里的两位少年为主人公，但作者的艺术着力点并不仅仅表现在少男少女的情感层面上，而是进一步探寻"人类的理性和良知"这样厚重的命题。于是，一部"校园花季小说"也就超越了自身的题材限制，变得意味深长和耐人寻味了。

我们再来谈谈中短篇小说的创作情况。中短篇尤其是短篇作品有着短小、灵便的特点。我在一篇评论文章中曾经认为，短篇作品的特点使得它在具体的文学实践过程中总是最先被作家们用来尝试、寻找、铸造一种新的艺术可能，从而为人们提供新的艺术感觉和审美经验。1990 年代以来，随着儿童文学创作整体上的艺术拓展和推进，尤其是一批长篇力作的出现，短篇小说原先常常扮演的艺术先锋角色，已逐渐褪去了其先锋性色彩。换句话说，在我们的艺术积累还相当贫乏的时候，每一点艺术收获都会引发我们的兴奋之情，而当我们的艺术积累相对富足的时候，我们便不会动不动就狂喜不已、大呼小叫了。

但是，中短篇小说的创作仍然是扎实而富有艺术光彩的，特别是一批相对年轻的作家的加盟，使我们的中短篇写作不时闪耀着新鲜的艺术光亮。萧萍的中篇小说《青鸟飞过》、谢倩霓的《不曾改变的呼吸》、邓湘子的《一双鞋子能走多远》、毛芦芦的《难忘与你们同行》、谢华良的《下雪了，天晴了》、张洁的《人间烟火》、宋别离的《海的女儿》，以及老作家任大星的《白兰花的故事》、中年作家董宏猷的《鬼娃子》、常新港的《我自己的房子》、祁智的《除夕的马》、雪涅的《那年我十岁》（获冰心儿童文学新作奖）等作品，都给我带来了难得的阅读快意。这些作品或以独特的题材和主题发掘，或以精巧、别致的文学叙事，或以奔放不羁的艺术想象，成为 2001 年儿童文学耕耘中不能忽视的收获。

（二）

在儿童文学的各种体裁中，许多人都会对童话这一文体怀有特殊的情感。在我看来，童话凝聚、保存着儿童文学乃至人类文化的最基本的精神价值和财富：幻想、荒诞、幽默、诗意，还有纯真、善良、温情、正义……千百年来，童话以其独特的艺术魅力，滋润、塑造着一代又一代儿童的精神世界，并以此深刻、有力地影响着人类文化的发展。我这样说，并不是用了童话式的夸张手法。对于一种联系着童年的生命、智慧和美感的文体来说，正视其功能的深刻性、久远性和伟大性，是无论如何也不会过分的。

童话作为最贴近儿童心理和阅读天性的一种样式，曾长期扮演了儿童文学历史发展的艺术主角。可是这些年，童话似乎已经不再给人以重要的感觉。谈到中国儿童文学现状，人们首先可能举出的，将是一连串儿童小说和少年小说的篇名。

在 2001 年的童话出版物中，《中国当代童话新锐作家丛书》（福建少年儿童出版社出版）是引人注目的一套作品。该丛书收录了六位青年作家的作品集：张弘的《骑扫帚的旅行》、葛竞的《指甲壳里的海》、汤素兰的《住在摩天大楼顶层的马》、向民胜的《我的影子保镖》、萧袤的《电脑大王变形记》、李志伟的《爆米花马戏团》。六位作家虽然创作经历、艺术影响力等并不完全一样，但大体上都可视作新一代具有代表性和影响力的童话作家。丛书中的每本集子收录的都是作者短篇童话的代表作或佳作，例如，张弘的《上古的埙》《傩舞》《霍去病的马》，葛竞的《指甲壳里的海》《肉肉狗》，汤素兰的《住在摩天大楼顶层的马》《红鞋子》《紧急救护》等。向民胜、萧袤的集子也分别是他们个人出版的第一部童话集。因此，这套丛书不仅是六位作者的代表性作品，而且大体上反映了年轻一代童话作家的创作面貌。从这些作品中，我读出了这样几个关键词——一曰"才情"，他们是一群拥有才华和智慧的作家；二曰"激情"，他们对童

话创作的热爱和投入与前辈比较起来毫不逊色；三曰"自觉"，他们不是盲目游走于童话写作界的写手，而是各怀美学理想的自觉的艺术追求者。

人民文学出版社出版的《少林铁头鼠》（"王业伦功夫童话系列"之一），采用章回体结构，将武侠小说的笔法与童话的想象、夸张、拟人、象征融为一体，读来畅快淋漓，煞是有趣。江苏少年儿童出版社出版了李晋西的《一个精灵的自述》、汤素兰的《小朵朵和超级保姆》等长篇童话，新蕾出版社的《小精灵原创童话精品丛书》推出了杨鹏的《精灵小魔猫》、张剑臣的《笨笨狼和伶俐狐》，青岛出版社出版了张秋生的《老鼠喂养的恐龙》、杨鹏的《小超人弟弟弟》，花山文艺出版社的《中国少年环境文学创作丛书》推出了饶远的《水妈妈的美梦》等作品，作家出版社出版了杨明火的童话集《小马找撇》。在短篇童话创作方面，汤素兰的《驴家族》、安武林的《老蜘蛛的一百张床》、葛竞的《肚子要说话》、戎林的《身上藏着个小老大》、张秋生的《藏在暗袋里的朋友》、周锐的《第三只眼》、张弘的《阁楼上的毽子》、范锡林的《爱溜达的鼻子》、金波的《小松鼠和红树叶》、王一梅的《抽屉里的小纸人》，以及获得冰心儿童文学新作奖的王蔚的《丢失的星期天》、董恒波的《最后一片绿叶》、段立欣的《会飞的李想菲》等，都是可圈可点或达到了一定水平的作品。汤素兰的《驴家族》是我读到过的最优美、最感人的当代童话作品之一。从文体上说，这篇作品也许更像是一篇荒诞小说。不过，文体上的定位有时候并不一定重要，重要的是作品本身的魅力如何。《驴家族》的构思十分巧妙且富于趣味性。人与驴的变幻之间，作者为我们演绎了一幕人世间至真至美的爱的活剧。作品中支撑人物情感变化的故事框架并不复杂，是作者柔美纯熟的叙事（语言）艺术，把人物的心理变化揭示得细腻、准确、传神，而且富有韵味。在此之前几年，我曾在一篇短文中认为，那时的童话创作数量不少但给人的感觉是纷乱而不是繁荣。造成童话创作质量滑坡的原因是多方面的，其中最重要的原因也许表现在作者身上。与儿童小说作者比较起来，童话作家从总体上说在艺术修养和创作能力上还存在着比较明显的差距。一些童话作者把创作看得太容易，写作上缺乏一丝不苟、精益求精的精品意识。另一方面，我们的童话美学观念也需要进一步的更新和调整。今天的童话应该具有更蓬勃的艺术幻想、更浓郁的儿童情趣、更丰富的幽默智慧、更纯粹的艺术质地……我想说，童话艺术的明天不但掌握在时代和读者的手里，也掌握在作家自己的手里。

幼儿文学是整个儿童文学创作中一个相对独立的部分，一批执着的作家一直坚守和耕耘在这个领域。郑春华是其中十分突出的一位。她的《大头儿子和小头爸爸》系列已成为当代幼儿文学创作中一个响亮的文学品牌。2001 年，郑春华继续勤奋地经营着自己的这部作品。到了年底，少年儿童出版社就出版了由沈苑苑配画的《大头儿子和小头爸爸全集·新世纪里的新故事》。永远不会长大的大头儿子和永远保有一颗童心的小头爸爸仍然是那么生动地进入了我们的阅读视野。读这部由 60 则短篇故事构成的作品集，我不禁惊叹于作者创作灵感的丰富和趣味组织能力的强健，而且我们会发现，作品的故事发生空间和趣味展开空间都更加开阔了。不难想象，郑春华在创作上的专心和勤于思考达到了何种程度。

江苏少年儿童出版社出版的"我真棒"幼儿成长图画书是当时国内图画书出版中颇为用心和富有特色的一套作品。丛书首批五本：《奇妙伞》（宋大维文，沈苑苑画，边霞导读）、《你还小》（吕莹撰文，陈泽新画，陈益导读）、《调皮鬼恐怖心》（王芳萍、蒋宁原创，徐乐乐改编并画，刘晓东导读）、《小狼灰灰》（殷敏文，李璋画，金利波导读）、《杂毛猫》（姚燕文文，尹路画，陈益导读）。这套书的特点在于，它从儿童成长过程中所面临的心理和能力问题中提炼出若干"关键词语"，分别是"发散性思维""助人""战胜恐惧""接纳同伴""耐挫性"。一般说来，这种"概念先行"的方式是文学创作的大忌。不过，在这套人物、故事相对稚拙、简洁的低幼图画书创作中，作者和画家却把图画书的教育功能和审美功能很好地结合了起来——简洁生动的故事，夸张而富有想象力、趣味性的画面。我以为，它们是可以进入当时国内优秀的原创性图画书之列的。

浙江少年儿童出版社出版的系列图画故事书《笨狼的故事》（汤素兰文，杨林、柴立青、杨杰等画，共六册）、明天出版社出版的《百岁童谣》（山曼编著，陶文杰、秦建敏、诸春根等画，共五册），也是 2001 年人们能够看到的优秀的图画书作品。《笨狼的故事》文图并茂，相得益彰，是趣味性、艺术性俱佳的作品。《百岁童谣》中的古老童谣把历史传统、文化习俗和古老的游戏融为一体，配图兼具民族韵味和儿童情趣，具有相当高的欣赏价值。

少儿散文创作一直在不是很受关注的状态中坚持着，推进着。2001 年有几套散文丛书是值得关注的。一是北京少年儿童出版社出版的《蓝叶书屋》：葛翠琳的《十八个美梦》、束沛德的《龙套情缘》、金波的《等你敲门》、张之路的《打架的风度》、梅子涵的《浪漫简历》、高洪波的《唱片年龄》、秦文君的《感恩生活》。七位儿童文学作家以最个性化的方式，向读者诉说着自己人生和文学追求的历程和感悟。作家徐鲁曾评论说，《蓝叶书屋》是七位富有灵感和趣味的作家和他们的编辑人一起，用一种可以称之为"忆语体"的文本，为我们搭建的一个温暖、雅致和亲切的话语与回忆之乡。对于读者来说，这是一个亲切的充满了新鲜与好奇的阅读之乡。浙江少年儿童社出版的《红帆船校园美文》收录了金波《感谢往事》、雷抒雁的《与风擦肩而过》、高洪波的《独旅》、肖复兴的《丁香结》、赵丽宏的《自新大陆》这五部作品集。编者别出心裁地约请了五位少年读者分别为之作序。从这些序文中，我们可以强烈地感受到少年读者丰富而纯正的审美趣味和能力。十三岁的段天姝在为高洪波的《独旅》所撰写的序文中说："这年头，煽情的东西太多，那些虚假和刻意，往往使人作呕，却偏偏有越来越多的人源源不断地走入虚情假意的黑洞，真让人无奈。高洪波的散文让人看后眼睛直散发光彩，心里头也热乎乎的，不是为别的，是为了那字里行间所渗透出来的真实。"十五岁的孙雪晴在为雷抒雁《与风擦肩而过》一书所写的序文《风之语》中直言："我不喜欢那些空洞无物，只有辞藻华美的所谓'美文'。我以为，美文的第一要素应该是自然。唯有自然才能更准确地展示生活的本质。没有自然，美无从谈起。"《红帆船校园美文》正是这样的写性灵、抒真情的作品。此外，人民文学出版社的《两代人丛书》第二辑又出版了叶兆言、叶子的《为女儿感动》，秦文君、戴萦袅的《纯情年代》，肖复兴、肖铁的《吹着口哨走过来》，董宏猷、董菁的《扛着女儿过大江》四部作品。成长中的对话与互动，交流中的亲情与温馨，使这套书有了一种别致的意味和可读性。在短篇散文和报告文学创作上，梅子涵的《在回头的路上看见》、吴然的《过三苏祠》、林彦的《寂地》、张品成的《童年琐忆——杨梅》、朱效文的《认识地中海》、鹿子的《男儿来自可可西里》等都给我留下了深刻的印象。

科幻文学创作显示出一种新的活跃之势。星河的《小岛世界的结局》、杨鹏的《恐怖蚁》、李志伟的《幻影男孩》，还有北董的《科幻谷小说系列》——《冬眠谷》、《蚁人谷》、《红妖谷》（新蕾出版社出版）等，都是 2001 年的新收获。这里应该特别补记一笔的是，少年儿童出版社于 2000 年 12 月推出了吴岩主编的《大科幻时代丛书》。这是当代新锐科幻作家的一次集体亮相。据称，这些作品与 1950 年代的"科普型"科幻和 1980 年代的"社会派"科幻文学完全不同，它们是告别了功利主义，告别了"自卑症"或称"无法进入文学界综合征"的"全新"作品。主编吴岩认为，新锐作家群有着不同于前两个时期的作家的特点：一是他们与科学技术前沿的关系更加密切。二是由于他们本身就成长在多元文化的时代，他们的作品先天就具有后现代文化的许多特征，如告别"大叙事"，关注"小叙事"。三是他们在创作态度上呈现出一种自由化的，有时看起来是过分懒散的状态。这种状态与过去的作家完全不同。但正是因为这种创作"去责任化"和"去神圣化"的自我满足态度，才使得他们的作品呈现出更多的自由。四是由于地缘或思想上的接近，已经形成了创作集体。正是因为这种集体思想的不断交流和碰撞，才在这些群体中激发了无限的创作热情和创作灵感。对于这些科幻文学新锐们在创作上的总体不足，吴岩也给予了客观的判断，指出"在题材的创新上、在文学的表达形式上、在理解生活的深度上、在寻找中华民族的根源特征与现代科学技术的结合点上，多数作品还存在着较大的缺陷。盲目地模仿国外作品，盲目地因袭国外已经过时的'新浪潮'理论，盲目地叫喊'进入主流文学界'，已经在很大程度上侵蚀了科幻文学创作的肌体"（参见该丛书的《总序》）。中国当代的科幻文学曾有过活跃而富有影响的创作时期。随着社会的发展和进步，科幻文学创作的艺术地位将会越来越重要。对于新世纪科幻文学的艺术前景，我们无疑应怀有一份特殊的关注和期待。

一批新老儿童诗人在儿童诗创作上继续着他们诗艺的操练和创造。仅从入选《2001 中国年度最佳儿童文学》（漓江出版社出版）一书的诗作看，金波的《雨天，我和一只白色鸟相遇》、圣野的组诗《孩子的世界》、高洪波的组诗《叶子们的叙说》、樊发稼的《四季小诗》、常福生的《有趣的图画》、梁继平的《奇妙的世界》、王宜振的《绿叶之歌》、谭旭东的《用梦想装点生活》、萧萍的《狂欢节：女王一岁了》、东达的《年轻的女神》、罗英的《池塘》、徐丹的《胡子》等作品，或描述童年的天真美丽，或感恩自然的壮丽与神奇，或抒发生活的感悟和豪情……虽然人们对儿童诗的创作现状怀有普遍的忧虑，但那些优秀的和比较优秀的儿童诗作品仍然从不同的角度顽强地显示了儿童诗应有的美好品质。

此外，在寓言创作方面，除了散见于各地报刊的作品外，少年儿童出版社的《校园新寓言系列》又出版了解普定的《银色小河》、邱国鹰的《精明猴的骗局》等寓言集。二十一世纪出版社开始在卡通读物上投入力量，陆续推出长达百集的卡通漫画系列《雏鹰在行动》。

(三)

回顾 2001 年的儿童文学创作，还有两个现象是特别值得人们关注和研究的。

一是低龄化写作现象引人注目，并对现有的儿童文学写作观念和秩序提出了质疑和挑战。低龄化写作并非今天才有的现象，但世纪之交，一大批少儿作者的作品的出版，已经使这一现象引起了社会各界的广泛关注。到了 2001 年，不仅出现了类似《正在发育》这样让人大跌眼镜的作品，而且出版长篇作品作者的最小年龄降到了六岁。面对这一切，仅仅惊呼或采取排斥的态度显然是不够的。应该认真研究的是，低龄化写作与常规的儿童文学写作之间究竟是一种什么关系？它的哪些部分与儿童文学无关？哪些部分颠覆和拓展了儿童文学的艺术版图？如何扶植和引导它更好地前进和发展？很显然，积极地面对和引导，比单纯的漠视或排斥要有意义得多。

二是儿童文学的创作和生存与网络媒体的联系渐趋密切。网络作为继报刊、广播、电视之后新兴的"第四媒体"，改变了人们的生活方式和生活状态。在儿童文学界，一批较早触网的儿童文学从业人士（以中青年为主）陆续建立了自己的儿童文学网站。通过网络阅读、评论、交流，已成为一部分儿童文学作家、编辑和爱好者亲近儿童文学的主要方式。虽然就总体而言，传统的纸质媒体仍然是儿童文学的主要载体，但可以预期，网络在未来儿童文学的存在和发展中将扮演越来越重要的角色。因此，在一定意义上可以说，关注网络儿童文学，就是关注儿童文学的未来。

二 2009 年的短篇创作

（一）

谈论这个时代的儿童文学，"短篇""长篇"的艺术生态和现实命运，为我们提供了一个十分触目的观察视角和话题。今天，"长篇"或"准长篇"已经成为我们时代文学生活的主角，占据着几乎所有儿童文学畅销榜和儿童阅读推荐书目的主要位置，并且得到了在商业考量和艺术评判之间颇显暧昧的媒体批评的格外照料；许多时候，它们稍一"发力"，就会轻而易举地卷走各类评奖中的大多数席次。说这个时代的儿童文学成就是由长篇来代表的，大约是不会有人出来反对的。而短篇作品，在某种程度上可以说已经成为我们文学生活中一种边缘性的存在物了。

这样的文学生产、生活秩序的造成，原因是多方面的。如前所述，1970 年代末至 1980 年代，属于实力派的中青年儿童文学作家们，几乎无一例外地把"短篇"当成了他们借以想象文学并一展身手的操作路径。进入 1990 年代以来，中长篇创作陆续成为他们跃跃欲试、大展鸿图的新的艺术疆域，这一由短篇向长篇创作"晋升"的现象，曾被有的当代文学评论家称为我们下意识中存在着的一种"长度的本能"。毫无疑问，今天人们对于 1970 年代、1980 年代当代儿童文学的历史记忆，主要是由一系列短篇作品构成的，而 1990 年代迄今的历史面貌，则主要是由一批中长篇作品来勾勒的。

但历史和现实对于特定儿童文学样式的拣选与倚重，显然比作家自身的创作成长和跃进要复杂得多。例如，除了短篇、中篇、长篇在文学家族及其评价体系中的等级秩序方面的原因之外，当代文学生活和学生课外阅读需求对于中长篇的依赖也是一个不容忽视的原因。从校园阅读空间看，短篇主要存在于教材体制之中，而长篇和单行本则更容易占据课外阅读时空。所以，在课外阅读及其推广在许多地区逐渐成为一种风气的时候，中长篇作品的走俏就变成了一件水到渠成的事情。另外，一个很少在正规场合被提及，而实际上却几乎是掌握着儿童文学生产和作品生杀大权的原因，则是现行的稿费制度：一个无论多么优秀的短篇，都只能获得报刊发给的相当微薄的文字稿酬，而一部能够在图书市场上取得小胜的单本作品，就可能给作者和出版者带来可观的版税和利润收入，还有随之而来的好评、奖项和声名等。

因此，短篇在这个时代的坚守和创造，对于整个当代儿童文学的生存和艺术经营而言，就有了更多的意义和价值。

（二）

短篇的"短"同时构成了对于这样一种文本样式及其特质的限定和提示。"短"这一文本形态，决定了短篇创作的艺术难度。它要以"最经济的手段"，来表现"最精彩"的内容（胡适）。在十分有限的文字空间里，一个短篇要吸引读者，往往需要在文本构架和语言表现方面经历比长篇更为集中、苛刻的锻造和淬炼过程。

在 2009 年度的儿童小说中，我们看到了作家们对于这样一种短篇故事艺术的持续而又自觉的实践。彭学军的《十一岁的雨季》、周锐的《死党换鞋记》、张晓玲的《室内游戏》，截取校园生活的"横断面"来表现少年在成长过程中特殊、敏感的心理和情绪体验，它们对于这些"横断面"的抓取、放大、渲染和有深度的呈现，使短小的作品充满了紧绷的张力。一向以细腻、优雅的散文化叙事见长的彭学军，在《十一岁的雨季》中以一种非常漂亮的姿态，展示了她在密实的、富于戏剧性的小说情节编织方面的才华。作家周锐新世纪以来创作了不少轻捷幽默的童话，在《死党换鞋记》中，他的笔触仍然是幽默的，但藏在每一个小细节背后的真诚的少年情谊，让这些幽默的文字变得有重量起来。《室内游戏》在形式上借鉴了一种近于意识流的手法，它记录了少年的生活现实，也写出了处于敏感期的少年的一种精神现实。同样是关乎少年成长的故事，翌平的《猫王》和高勤的

《我帮老爸找媳妇》在叙事视角安排、叙事声音设置方面，呈现出某些引人注目的独特的面貌。《猫王》从少年的视角来叙述一只带有些许神秘色彩的猫的故事。作品中叙述者与被叙述者之间、观看者与被观看者之间的关系既是对立的，又不仅仅是对立那么简单。作品以紧凑、曲折的悬念和情节设置，在虚实相间的小说叙事中演绎了一个关乎心灵和成长的故事。《我帮老爸找媳妇》最令人印象深刻的并不是它以少年为第一人称的叙述视角，而是"我"的叙述声音所呈现出的一种十分有别于一般少年小说第一人称叙事模式的特征。这个叙述声音一面努力经营着一种与少年身份并不相符的成熟，一面又时时流露出主人公的少年稚气，在文本中，这两种感觉如此奇特而又自然地交汇在一起，使少年的形象显得独特、真实而又立体。小说以典型地代表了当代都市少年精神气质的喜剧叙事方式来讲述一个带着酸涩味儿的幸福故事，有一种"含泪的微笑"的意味。上述这些作品在保持某些高度的同时，也普遍把"可读性"搁回了少年小说艺术本身。它们使"短篇"在这一年度所展开的叙事艺术探求及其在短篇写作技术上的身手，看上去颇为劲健而活跃。

作为 21 世纪以来短篇儿童小说创作中出现的一个重要门类，乡土题材的儿童小说在 2009 年仍然引人注目。包括舒辉波的《王老师》、曾小春的《哑树》、吴洲星的《紫云英》、邓湘子的《白烟青烟》、吕清温的《刘老歪与梁上燕》等作品在内的一批儿童小说，以一种同时结合了现实书写与浪漫表现的叙事手法，编织着既充满艰辛也充满温情的乡土的想象。比较之下，杨保中的《滑稽老头与偷蜜蜂的小熊猫》、余雷的《过十二栏杆》、黑鹤的《冰层之下》等小说，它们所展示的并非传统意义上因乡村而得到命名的"乡土"，而更体现为一种以展示地方风景、风俗、人事的"奇"或"趣"为特色的地域乡土文学。这些作品特别看重故事悬念的设置和故事趣味的编织，从而丰富了少年乡土小说的叙事技法和美学内涵。值得一提的是，被归入报告文学的《一个人的山路》（杨老黑），如果不考虑作品内容的真实性，仅从作者所采用的叙事方式来看，事实上更像是一则童话体的乡土题材小说。作品以一匹邮马的视角，来叙述四川凉山山区马班邮员王顺友在山区行路艰难、条件恶劣的邮递工作岗位上所做出的朴素、踏实的奉献。作者所做的这样一种跨体裁的创作尝试，使得对于作品性质的判定不再显得那么重要，而是更容易引发我们关于现实叙事和虚构叙事之间跨体裁创作的一些思考。

有关乡土的命题在这一年度的儿童散文创作中，得到了另一种方式的展开和诠释。龙章辉的《鸟语》、海若的《连吃带玩的童年》、党兴昶的《乡野童年》等散文，或者以童年回忆的手法，或者借助于虚拟的儿童叙述声音，来呈现童年眼中的乡土世界和从这个世界里生长起来的童年。而在周伟的《开枝散叶》、董宏猷的《呼唤》、毛云尔的《父亲的棕榈》等采用童年回忆视角的散文中，乡土的存在更多地被用作一种时间而非空间上的提示。在这些小说和散文作者的笔下，乡土背景的选取所具有的远不仅仅是题材生态方面的意义，事实上，它也参与了当代儿童文学乡土叙事体式的构建，并常常与"自然"和"生态"的命题结合在一起。从世纪之交儿童文学创作的现状来看，这一作品集群正在日益成为儿童文学中一个十分重要的叙事支脉，并参与推动着儿童叙事文学在艺术手法上的自我革新。例如湘女的《鹤影》，就将小说的技法糅合到散文的创作中，从而增强了以漫笔为主的儿童散文创作的叙事能力。

这种小说叙事的笔法，也在日益深刻地影响着幻想题材的童话创作。近年来的短篇童话愈来愈不满足于对新的想象或幻想内容的发掘，而是愈益关注童话故事的叙事构建。这一努力所带来的当代童话艺术面貌的丰富和提升，是我们已经能够看到的。2009 年，杨老黑的《鼓神认输了》、朱峡的《第九十九颗珍珠》、梁慧玲的《鼹鼠的乌托邦迷宫》、汤汤的《到你的心里躲一躲》、段立欣的《猫的出逃》等童话，在新奇的幻想背景上展开想象的叙事，阶梯形上升的故事层层铺垫，最后把读者带进一个富于情感冲击力的结局，其叙事构架明显地受到了当代短篇小说技法的启迪。《鼓神认输了》采用了喜剧表现的手法，将传统的神话元素与充满当代气息的生活内容有创意地结合在一起，呈现出一种狂欢式的故事氛围，但到了结尾处却忽然收紧、放轻，在动与静的对比中，一种只属于人间的温暖和幸福，轻轻地降临在我们的心上。《第九十九颗珍珠》让"我"与老鼠"丽丽"之间原本平行的两个世界偶然交会在了一起；这种交会起初仿佛只是一种简单的相遇，要到最后才交融在那丢失了的"第九十九颗珍珠"和它所喻示的甜蜜与幸福中。在《猫的出逃》中，作者同样让人与动物的世界相交，但又颠覆了传统童话中由动物到人（如野兽变王子、青蛙变王子等）的变形模式，而是反其道行之，让身为人的"我"面临要不要变回猫的选择。这个选择的决定过程，也是少年对于自我生活现实的一次深沉的反思，它的内容是幻想，其内涵却具有现实的

深度。比较之下,《鼹鼠的乌托邦迷宫》和《到你的心里躲
一躲》多了些悲剧的意味。两位作者用语言所编织的这两个
幻想世界,有着几乎触摸得到的质感。在前一个作品中,独
白式的语体风格生动地传达出了主角鼹鼠的个性,也暗暗昭
示着他将最终成就的这一个令人震撼的悲剧;而在后一个故
事里,作家以不露声色的叙述声音,牵引我们跟随着她的文
字,一点一点地拼接起一个令人耳目一新的"鬼"的故事。

借鉴传统童话和民间传说的题材与手法,是当代童话创
作的另一个重要的艺术途径。在这方面,张李的《公主革
命》和北董的《鹭琴》是 2009 年两个引人注目的短篇。《公
主革命》的基本素材来自西方的屠龙童话,但它显然不是对
于传统童话的一种模仿式的重新演绎。作者运用调侃、拼
贴、互文、元叙事等借鉴自后现代小说和电影的叙事手法,
实现了对于前文本的一种叙事和意识形态上的双重颠覆。与
此相比,《鹭琴》所借鉴的则是本民族的民间文学传统,一
个报恩型的民间故事骨架,被作家移用到当代背景上,并被
赋予了丰盈、细腻的故事肌理。这两个短篇为当代童话创作
如何巧取和化用传统民间文学的资源,提供了艺术实验与创
新的参考。

如果说上面提到的这些叙事作品,由于读者年龄段相对
稍高的缘故,在叙事上与当代短篇小说有着十分密切的艺术
渊源,那么,我特别想提到的是,叙事上与一般短篇区别十
分明显的低幼童话与幼儿故事,在 2009 年的儿童文学短篇
作品中实现了不俗的艺术斩获。包括张秋生的《躲在信箱里
的鸟》、林苏儿的《添添的邮筒》、汤素兰的《云朵棉花糖》、
落英的《捉风》、吕丽娜的《天空的故事》、姜微的《谢谢你

说我丑》、张修彦的《吱吱出海》、冰波的《西瓜船》等在内的一批童话，以及李姗姗的《下雨天》、郑春华的《睡衣节，袜子节》等故事，在十分有限的语言空间和叙事长度里，展示了短小的幼儿文学作品所能够具有的可能的高度和魅力。在特殊的主题表现和情感表达之外，它们还有着独属于自己的稚拙的叙事模式，包括明晰的多段式（往往是三段式）回环结构、讲求外在韵律的叙述语言等。例如冰波的《西瓜船》，在简洁的叙述、对话和行动的回环中开始了青蛙与蛤蟆的"西瓜船"的故事，之后，又借这一回环的不经意的打破，不着一字地写出了发生在蛤蟆身上的变化。我们可以说这则小童话向幼儿读者传达了"分享"的道理，但它的魅力显然并不在于"分享"的理念，而在于作者对这样一个充满审美和情感张力的分享过程的呈现。

幼儿叙事作品在近年来所实现的艺术拓展，是显而易见的，它们在当代短篇儿童文学作品的艺术领地上，正占据着越来越醒目的位置。幼儿叙事文学的艺术提升不仅体现在故事构思和语言表达上，还体现在对于新的美学深度的开掘上。不少以幼儿为读者对象的童话和故事，它借幼儿文学的叙事样式所达到的思想的高度和情感的深度，使这些作品具有了一种寓言文学的气息。例如 2009 年发表的《从前的从前》（四月）、《天空的故事》等童话，以一种十分稚拙、单纯的幼儿文学叙事方式，传达出十分悠远、辽阔、深厚的人生哲思。

在一个短篇式微的年代里，诗歌的创作、阅读和评论或许已经是一件奢侈的事情。因此，笔者曾怀着一份敬重和珍爱的心情，从本年度为数不多的儿歌和儿童诗中择取出了二十五个小小的作品。我一直认为，新儿歌的创作是一种相当具有难度的创造。这种最早来自民间童谣的儿童文学体裁，既以民间童谣特有的清新的朴素与奇巧的粗拙为基本的艺术特征，又因为其个人创作方式的限制，无法完整地再现民谣的这一艺术特质。当代儿歌的创作，正是在这样一种几乎无从挣脱的艺术困境中，一步一步地行走着。2009年发表的儿歌作品中，任溶溶的《毛毛＋狗＋石头－石头》以整齐的口语化儿歌来表现属于当代幼儿生活的幽默温暖的童趣，四十二行的篇幅和叙事儿歌的尝试，对于一向以短小的结构和单一的场景描摹为特点的儿歌创作来说，是一次富于启发性的"例外"。徐焕云的《雨点点》则把精致的诗的感觉与古朴自然的儿歌形式贴切地结合在一起，使儿歌在活泼跃动的意象和声韵中，又多了一份别致的诗情。

与儿歌相比，儿童诗可以操练的文字空间显然要更为宽阔一些，这一体裁在表现技法上的探索和尝试，也因此显得更为丰富和多样。王宜振的《悬浮的光芒》、慈琪的《煮星茶》等作品，结合了童话天真的幻想与诗歌优美的意境，它们有着传统的童话故事诗的影子，但故事的情节似乎在诗歌里浸散了、润淡了，这样，一种童话般的氛围被突显了出来。薛卫民的《让心事走出来晒晒太阳》、任小霞的《爱旅行的耳朵》、刘保法的《春天的味道》等诗歌，有的重视音韵节奏的整饬，有的则完全以口语化的散文句式，来书写儿童真实的生活印象和心理感觉。龙章辉的《公鸡叫了》、金波的《做叶子就做一片茶叶》、李德民的《夏天是一种植物》、王立春的《蒙古长调》等诗歌的描摹并不停留在对于特定事件和童年生活的赋写上，而是致力于一种悠远绵长，可堪玩味的场景、意象和意境的表现，这里面包含了来自中国古典诗歌的审美传统。不论在诗歌内涵还是表现技法上，这部分诗歌都已经超出了一般意义上的"儿童诗"的限制。这是当代儿童诗借以拓展自身的表现范畴、实现自我艺术提升的一种策略。

（三）

2009 年的短篇儿童文学创作在短篇艺术方面所坚持的自觉实践，令我们产生了一份欣赏，乃至一种动容。坦白地说，我是带着一份暗暗的欣喜，读完了像《十一岁的雨季》《天空的故事》《西瓜船》这样一些在"短篇"叙事艺术上不乏亮点的作品的。另一方面，从我们阅读视野所及的短篇儿童文学作品的总体艺术表现来看，这一年度的整个短篇创作对于短篇艺术的呈现和开掘仍然还有许多难以令人满意的地方，许多作品在构思、叙述和语言的操作方面，与我们期待的水准还有很大距离。在叙事类作品中，短篇作为一种特殊的说故事的形式，能够为读者提供一个令人着迷的故事的作品还嫌稀少；而在韵文体的体裁样式中，能够将富于神采的韵文形式与儿童文学独特的美学品格、当代童年真切的生活感受等较好地结合在一起的作品，也并不多见。从这个意义上可以说，很多时候，短篇这一长度形式所包含的艺术特性及其难度，并未与短篇的文本样态呈现同时得到全面的实践。

另一个值得关注和思考的现象是，我们所看到的一部分叙事体的短篇儿童文学作品，已经不再是以传统意义上的短篇面貌出现，而是由短篇集束或系列所构成的"长篇"形态出版物中的一个叙事片断。短篇体式在"长篇"形态内的这样一种存在方式，既可以理解为短篇在当代的一种自我生存和扩张的策略，但它也给短篇的艺术经营带来了一些值得疑虑的影响。作为系列和连缀形式的短篇，由于它是一个"长度叙事"的片断，所以本身常常并不构成一个自足的短篇作品，因而在叙事上往往会忽略一个自足的作品所必须具备的独立、充分的叙事要素和结构，淡化对于短篇所要求的细密、完整的艺术体式的经营。

三 2012 年、2013 年"周庄杯"的短篇小说

正如我在前面谈到的，"短篇在这个时代的坚守和创造"，对于当代儿童文学的艺术生存和发展而言，有着不可替代的重要意义。我之所以如此突出和强调短篇艺术的一个基本语境，是相比于过去，人们付诸这一写作样式的热情，似乎在不断地萎缩；短篇儿童文学写作的艺术气象在总体上也似乎日趋式微。

因此，2012 年初，当我接到首届"周庄杯"全国儿童短篇小说大赛的评审邀请时，我是怀着一份期待，投入到初评入围作品的阅读中去的。2013 年，我再次参与了第二届"周庄杯"的终评工作。读完所有入围作品后，我有一种感觉，这场短篇小说的赛事，或许为我们展示了原创儿童文学艺术发展的诸多新的可能。

（一）多样化与独特性

在我看来，两届"周庄杯"大赛的获奖作品，集中展示了当前儿童短篇小说写作对于作为其艺术核心的"故事"元素的关注，或者说，它们以短篇的独特形态共同诠释着童年生活可能的故事空间与故事智慧。事实上，短篇小说的故事能力在某种程度上代言着相应时代小说写作的故事能力，因为要在一个紧凑的语言长度里完成一次精致、独特的叙事，短篇小说对于故事的设计、构造和斟酌就不得不是殚精竭虑的，理想地看，它的所有叙事的枝蔓都必须紧紧围绕着故事的核心展开，其叙事的扣襻必须配合严整，紧密相衔，而不允许散漫的笔墨浪费。也许，短篇小说的长处在于这一点，它的难度同样也在于这一点。

从"周庄杯"两届赛事的获奖作品来看，当前儿童小说写作在短篇故事艺术的探求方面呈现出明显的多样化和个性化趋势。

概括说来，入围作品既覆盖了校园小说、乡土小说、纪实小说、成长小说、科幻小说等各种传统的题材和体式，也体现了对于智障童年等特殊题材的文学关注。而在相近的题材或文体类别之下，我们又看到了更为丰富的叙事内容、叙事视角、叙事策略和叙事风格。与成人小说相比，儿童小说的叙事探索受到来自读者层面的显在限制，因此，对于这一文类而言，要突破传统的故事手法并非易事。尽管如此，一些作品仍然成功地进行了新的叙事技法尝试。例如，入围首届大赛的詹政伟的《轻轻对你说》，从蒙太奇式的场景切换起头，以一场偶然的相遇使互不相识的叛逆少年与孤独老人的生活轨迹发生交织，在这里，渴望理解的少年和渴望陪伴的老人从相互的倾诉和交流中获得了彼此所需要的生活温暖。在对于传统和现代故事技法的持续探索中，小说的触手探入童年生活和情感的各个方面，并以其个性化的叙事，探寻着儿童小说丰富的故事艺术可能。

而我更看重的是这些作品在其叙事展开过程中所显示出的对于儿童小说故事艺术的独到理解与创造性实践。获得首届大赛特等奖桂冠的冯与蓝的《一条杠也是杠》，以当代儿童小说特有的幽默轻快的笔触表现一种普通而细微的童年校园生活感觉。惯于捣蛋的五年级男生徐逸超被同学意外推举为"小队长"，臂上的"一条杠"在不知不觉中作用于他的日常生活，使他逐渐感到了"责任"的分量。乍看之下，小说的上述题旨颇有些"老旧"的嫌疑，但作者却能将这样一个容易流于教化的童年责任感的话题自然而然地导入到当代童年生活的书写中，并且不是通过任何"寓言"式的比喻，而是通过发掘和表现一种真实、微妙的童年尊严、情愫，来肯定童年个体内在的生命潜力，诠释童年生活独特的意义重量。小说以少年主角为第一人称叙事视角，其事件的叙述风格体现了少年生命特有的粗放感和喜剧感，却也不露声色地传递出某些细腻、深刻的少年生命感觉和体验，后者赋予小说轻快的叙事以一种坚实的着地感。作为小说表述核心的"一条杠也是杠"，生动地传达了童年眼中那些微小的生活事件的独特意义，也肯定了童年生活自身的意义。

一篇儿童小说能够在对于童年生活的幽默书写中触及这一生活内在的意义问题，而这意义又反过来诠释了童年独特的存在方式与存在价值，这无疑是值得称道的。

（二）"发现唯有小说才能发现的东西"

阅读"周庄杯"入围作品，我想起米兰·昆德拉在《小说的艺术》一书中借奥地利作家赫尔曼·布洛赫之言来强调小说艺术的某种根本职责："发现唯有小说才能发现的东西，乃是小说唯一的存在理由"。这一理解也可以启发我们对于儿童小说艺术问题的思考：在面向儿童的写作中，是什么构成了儿童小说存在的艺术理由，或者说，对儿童小说而言，什么是唯有它"才能发现的东西"？

这样的提问不仅涉及儿童小说的写作对象问题，还涉及它的写作方式问题。如果说与所有其他献给童年的文化作品一样，儿童小说的精神核心在于童年，那么，这一文体能够以何种独特的方式书写童年，它所表现的又是童年的哪些独特的内涵，这两个彼此包含的话题，就构成了儿童小说独特的故事艺术价值的来源。

因此，我格外看重儿童小说的故事与现实童年生活之间的直接关联。在我看来，这一关联是儿童小说作为一种儿童文学文类最鲜明的艺术标志，也是儿童小说最擅长腾挪的叙事地盘。但儿童小说的故事远非现实童年的实录，相反，面对童年生活的各种真实境况，如何理解和呈现这样的"现实"，如何透过现实看到和写出童年独特的精神，才是儿童小说面临的最大艺术挑战。所以，从第二届"周庄杯"的终评入围作品中读到《冰蜡烛》《白公山的刺莓》《雪幕后面》

《一下子长大》《送姐姐》等若干从不同角度思考和书写童年现实的短篇佳作，我感到了一种久违的兴奋。这不仅是因为这些小说对于童年现实的把握和呈现各有其独到的地方，还因为它们的故事进一步穿透现实，触及了童年叙事的某种核心精神。

这是一种唯有通过童年的意象才能得到充分传达的生活情感和生存体验的领悟，它使得小说写亲情，写友情，写个体内在的成长，自有其不同寻常的意味和撼动人心的力量。小河丁丁带有少许童话幻想痕迹的作品《白公山的刺莓》，以一个乡村男孩率直朴拙的第一人称叙事讲述不同寻常的"白公山的刺莓"的故事。这份由辛劳的父亲从"老远老远别人都不去的深山里"带回来的礼物，成为了"我"童年时代最珍贵的"财富"。小说笔下的乡间生活处处透着可以想见的窘困和拮据，但恰恰是从这负重的生活中升腾起来的幽默、欢乐和无言的温情，让我们看到了生命的韧性，更看到了比这韧性更珍贵的生命与生命之间的彼此相携。我想，在读到小说的结局之前，许多读者都会以为有关"白公山的刺莓"的传说仅仅是父亲为儿子虚构出来的一个神秘故事；但当"我"也长大做了父亲，也为儿子走上那条遥远的山道时，"我"与传说中的"白公"对弈的童话场景却以如此自然的方式进入到了小说的现实叙述之中。在这里，作者利用童年特有的幻想权利巧妙地打通了童年叙事的虚实界限。值得强调的是，小说中这一童话笔法的安排与其说是为了替故事增添任何情节上的奇趣，不如说是为了将故事中深藏着的一份情感推向高潮，因为直到"我"也像父亲那样从"白公"处赢得刺莓时，我才发现，这么多年，父亲是如何默默地守护着"我"童年时代的那份单纯而珍贵的幸福。

同样是叙写亲情，彭学军获得第二届大赛特等奖的《冰蜡烛》，以女孩秋秋的"十岁生日"作为故事悬念的核心，将三代人的亲情融入故事的叙述之中。生日的夜晚，出差在外的爸爸赶回家中，除了为"我"庆生，更是为了"让奶奶的故事更圆满一些"。小说中的"冰蜡烛"点亮的其实是生活的"童话"，对于这"童话"的领悟则是让孩子把童年的目光从自我中心的小世界带到了更宽广的生活关怀中。韩青辰的《送姐姐》，其叙事尽管同样局限在家庭生活的小圈子里，却善于从看似普通琐屑不过的生活事件和感受中发掘童年日常情感的厚度。通过朴素的生活细节赋写，小说将送姐姐到学校这样一件生活小事写得有滋有味，更将姐妹以及家人之间的日常亲情写得质朴真切而又令人动容。

在这里，情感的"日常性"并不意味着它不重要，但如何使这样的"日常"情感显出它独特的意义，则是交给儿童小说的艺术任务，也是作为艺术的儿童小说相对于作为现实的童年生活的独特价值。

（三）"小"童年与"大"书写

在一定意义上，我们可以说儿童小说不存在宏大叙事，因为童年本身即是一种微小的社会存在，要把握这一存在的感觉、体验和意义，小说的笔触就必须尊重童年真实的生理、心理和文化现实，它应该不惮于承认自己所关心的就是童年的"小"事情。但儿童小说的"小"笔触不意味着它不能传递"大"情感、"大"思想，相反，前者倒是为后者提供了独特的表现机缘。

常新港的《雪幕的后面》，讲述在曾经的艰难时代，困顿中的张中扬叔叔向"我们"家借走"三十块钱"所引发的"风波"。"三十块钱"在那个年代毫无疑问是一个可观的数字，我们因而完全可以理解小说中因这笔借款而触发的家庭生活矛盾。作者丝毫不回避这一生活的现实逻辑，从母亲态度的悄然变化到母亲对父亲的唠叨再到他们之间争执的爆发，"三十块钱"的世俗生活感觉被表现得淋漓尽致。但也正是从这样世俗的生活感觉中，我们看到了人性的日常光芒如何照亮着我们平凡的物质生活。小说以"我"为第一人称叙事，童年清澈的目光看似无偏颇地"记录"着这段曾经的往事，但在这一搁置了任何外在于生活的道德和价值判断的视角下，另一种孕生于真实生活和人性的朴素的道德和价值蕴涵，恰恰得到了充分的传达。

任永恒的《一下子长大》，同样以童年的小故事完成了一次关于人性的"大"书写。在一个指望奶牛出奶、挣钱的奶场上，人们自觉地奉行着"不出奶就打死"的原则，尽管他们分明从这样的杀戮中觉察到了某些不对劲的地方，但现实生活的功利性准则却又使他们对此习以为常。在如此沉郁的生活环境下，"我"一个人想尽办法偷偷保护下了一头新生的小公牛。少年出于本能的同情的一个举动，在某种程度上成为了陀思妥耶夫斯基所说的人性获得拯救的场所。这里，保留在童年心灵中的人性的种子，使小说的精神从充满人的私欲和功利的尘世生活中升举起来，获得了一种洁净的品质。

　　在我看来，这样的短篇作品不但以自己的方式展示了童年独特的叙事功能，更诠释了童年独特的叙事意义，也预示着童年所具有的无限叙事可能。能够通过比赛的方式将这些小说遴选出来，体现了"周庄杯"作为一场儿童文学赛事的根本意义。令我印象深刻的是，两届大赛的终评均以严格的作者匿名评审方式进行。它的用意很清楚，即希望摒弃陈见，使评审者针对参赛作品的专业判断完全集中在作品自身的艺术水准上。显然，不论是对主办方、评审者还是参赛者而言，这一赛制本身都意味着某种特殊的挑战。如果"周庄杯"能够将这一挑战的勇气坚持下去，这场赛事对于中国当代短篇儿童小说的艺术发展来说，还将意味着另一个更高的期待。

四 2013 年的短篇创作

综观 2013 年度的短篇儿童文学创作，令我印象深刻的是其叙事在历史和现实经验层面的进一步拓展，以及它在故事艺术层面的新探寻。

（一）历史经验的童年叙述

继 2012 年发表《我亲爱的童年》之后，作家常新港在 2013 年又发表了短篇儿童小说《高烧》。这两篇都是涉及"文革"题材的儿童小说。作家似乎想要通过这样的写作，把属于他们一代人的某种特殊的历史经验，引入到儿童小说的叙事领地。然而，对于儿童小说而言，最重要的还不是这一面向历史的写作姿态，而是小说在书写历史的过程中，以童年的目光、情感、精神等所传达出的独一无二的生命感觉和精神。这份体验探向了历史的更深处，它让我们看到了在那个虚妄的历史年代里还存在着的真实的历史体验与情感。

《高烧》讲述了在经历了抄家和焚书的恐慌之后，一个少年怎样怀着对书籍的难以抵御的饥饿感，寻找着可以"充饥"的书本。为了换取几个小时的看书时间，"我"像牛马般为陈东东干活，棉袄浸透汗水后又冻干，结出一身盐霜。小说中关于"我"在陈东东的指挥下干活的那段叙述，用墨至为简朴，却是其中最精彩的部分：一边是陈东东不声不响地给"我"加活，另一边是"我"不声不响地赶着干活，而时间一点一点地过去。这段叙述的时间感，像"我"的浸透汗水的棉袄一样，在无声的滴漏中浸透了童年生命的重量。

作品有着极精彩的细节，比如"我"和陈东东一起拉锯锯木头时，"我的动作快，他的动作慢，不太合拍。他说：'你稍微慢点！'我说：'锯完了可以看书'"。简单的叙述和对白中充满了情感表现的张力。当"我"对陈东东每一次新加的任务做出无声的妥协时，我们分明感到某种饿极了的动物被举着食物的猎人一步步诱引着走向陷阱的不适感，但因为"我"在"陷阱"里最后得到的"食物"是书，这一诱引的动作以及"我"的被诱引的事实，都带上了另一种复杂的滋味。小说中，那个"高烧"的时代以及那个时代里人性的病态仍在，但童年自己的生活摸索，童年本能的生命精神，却让我们看到了荒诞年代里某种本真的价值和意义。

相比于《高烧》，曹文轩的儿童小说《雪柿子》描写的是真正的饥饿感。小说虽然架空了时代，但其中写到的饥饿年代，显然是一种为过去的人们所熟悉的历史经验。这是一种早已远离了今天的童年的生活经验。

在一个被饥饿、干瘦和疲软的感觉所填满的冬天里，饥饿的孩子树鱼在人迹罕至的山坳发现了一树柿子。在饥饿的眼睛里，这是一树多么美丽而令人充满了幸福感的柿子！但紧接着，这个孩子也发现了一群忍受着饥饿漫山遍野地出来寻找他的孩子，这其中包括他最讨厌的对手丘石儿。树鱼真想一个人拥有这一树柿子，但他最后还是把这树柿子交给了所有的孩子。一整个冬天里，孩子们守着一树柿子的秘密，这让他们在饥饿中感到欢喜，感到踏实。随着 36 个柿子成为了大家的柿子，这一树柿子也从一种充饥的食物变成了一个精神的象征，它给孩子们带来了相互支撑和温暖的力量。一整个冬天，他们没有吃掉一个柿子。作家曹文轩总是善于以童话的方式来叙写生活的苦难，同时也试图从苦难的生活中创造童话的诗意。他的许多涉及苦难的作品，其主旨不是苦难，而是苦难烘托下的生活童话，正如《雪柿子》虽然描写了饥饿的感觉，但它的主旨不是饥饿，而是饥饿烘托下童话般缥缈美好的希望和情义。这个童话本身有一种不大现实的美感，但我们大概会为了它的美，而乐于拥抱它的不现实。

对于当代儿童文学来说，历史经验的叙写一直是一个特殊的题材领域。这一方面是由于历史经验的呈现本身充满了复杂的难度，另一方面，如何以儿童文学特有的简约而轻捷的方式处理这些复杂厚重的历史经验，比单纯地整理历史又显得更为困难。在处理历史经验的问题上，米兰·昆德拉对小说家的提醒值得我们重视："小说家既非历史学家，又非

预言家；他是存在的探究者"。因此，如何透过童年历史经
验的小书写来思考和发掘生命、世界等"存在"的大意义，
是这类儿童文学写作面临的一大课题。

（二）当代生活与当代童年

在 2013 年的短篇儿童小说和童话创作中，当下题材的
作品仍然占据了主要的份额。在写实的小说和幻想的童话
中，当代人以及当代童年的生活经验成为了最基本的表现题
材。这些作品中，值得一说的又有两类：一是以儿童文学的
方式表达对当代生活的反思，二是书写中国当代社会发展进
程（如城市化进程）中的童年生活和童年际遇。

张之路的短篇《拐角书店》，以一种糅合了童话和小说
艺术的表现手法，来讲述一个与书和书店有关的生活故事。
小说中，一只神奇的"学生猫"把人们带到了被高楼围困起
来的一个小小的拐角书店里，在高速的城市化进程中，这个
书店像所有老旧的东西一样，正面临着被拆迁的命运。"学
生猫"想要拯救书店的举动，最后演变成了一场全城性的宠
物猫"运动"。聚集在拐角书店的宠物猫们，把忙碌的人们
的注意力，重新带回到了这个不但从现实生活中、也从当代
人的眼睛和记忆里逐渐消逝的书店，以及它曾经带给人们的
温暖记忆。《拐角书店》的故事让我们想起西班牙当代儿童
文学作家法布拉的幻想体小说《无字书图书馆》，两位作家
以不同的方式，诠释着同一个珍贵的人类精神生活传统——
或许，它也是一个在当代生活中正在被遗忘的传统。

短篇童话《松木镇上的大烟囱》（杨笛野）和《摘星楼》（郭凯冰），延续和拓展了近年短篇童话的现代性批判传统。童话里的"大烟囱"和"摘星楼"，都是现代工业社会的两个典型象征。松木镇上，随着古古奇大老板的到来，对大人们来说，烟囱代替了松树，对孩子们来说，玩具代替了小鸟和松鼠。终于有一天，松树被砍伐一空，高大的烟囱也不再冒烟，松木镇的居民们忽然发现自己不知道该怎么生活了。面对这样，他们最后的决定，却是要把逃走的"古古奇大老板"再找回来，"让他给大烟囱重新冒起烟来"。最后，他们带着孩子，走出松木镇，去投奔了新的"古古奇大老板"。这个结尾，也是这则童话最出彩的地方，其彻底的讽刺指向着一种深刻的现代性批判，它使这则童话带上了一种现代寓言的思想气质。

相比于上面两则童话的批判和讽刺艺术，龚房芳的《注意女王》，是以写实的笔法表现城市化进程中随父母从农村流入城市的儿童的生活感受与生活际遇。与一般的城市流动儿童生活题材的作品相比，这篇小说有着十分别致的创意。同学眼中淡定潇洒的城市"路路通"苏茗烨，其实是跟随父亲从农村来到这座城市的暂居者。他一直小心地掩饰着父亲的下水道工人身份，并以父亲工作的便利，有意无意地强化着同学对于他是"地道的彭城人"的误解。作者并不刻意渲染一个农村孩子在城市生活中非常态的卑微感，而是在自然的生活氛围下表现一个孩子正常的尊严感。小说中的苏茗烨从未亲口向同学编织关于自己身份的谎言，他只是出于我们都非常理解的原因，将错就错地接受了同学的误解，而这并不妨碍他真诚、乐观地与朋友、与父亲相处、沟通，进而获得朋友们的理解和尊重。这使得这个城市流动少年的形象里包含了一种阳光灿烂的精神。这份精神对于当代流动儿童生活题材的儿童文学艺术表现来说，显得难能可贵而富于意义。

对于当代人和当代童年生活的表现、思考，是儿童文学叙事永远的主题。应该看到，这类儿童文学写作面对的远不只是一个题材的问题。一方面，它的确要从当代人和当代童年生活中发现那些需要和值得表现的生活对象，另一方面，它更要从这生活对象中发现和建构起那些值得表现的内容与内涵。

因此我以为，儿童文学的当下书写，不是一个现实临摹的问题，更是一个艺术创造的问题。

（三）故事的祛魅与复魅

青年作家陈诗哥的《一个故事的故事》，采用一种带有元叙事色彩的叙事笔法，向读者呈现了故事本身的魅力。童话以"一个故事"的自述视角，讲述了它从作家"陈诗哥"的世界里潜逃出来，去外面走了一遭，又重新回到作家身边的故事。作品起头对于找不着故事的作家"陈诗哥"的描写，以及中间关于故事意义的探讨等，带有明显的"元叙事"意味。我们知道，"元叙事"本身往往是对于"故事"神话的一种解构性的"揭穿"，作者却借用这一手法，反过来证明了故事存在的意义与价值。于是，故事里的这个故事的经历，本身也成为了"一则非常美丽的故事"。在儿童文学创作中，这是一种比较独到的写法，它在一个似乎是要给故事祛魅的叙事过程中，完成了对故事的复魅。

典型地体现了故事的这种"魅惑"性的，还有《看夕阳的两神》（褚育麟）和《看戏》（汤汤）两个短篇。这两则童话，一则叙神，一则说鬼。《看夕阳的两神》在一种带有中国远古神话气息的叙事氛围中，将神的世界与人的世界、神的法则与人的法则彼此映照，相互阐发。神管理着人的世界，但神的意志实现却仰仗于人的行动；神看护着人的世界，但神的力量又取决于人的作为。真正的神，既是要人类自己掌握和决定自己的命运，又是要人类在以自我为中心的各种功业中，永不忘却神的存在，也就是永不忘却一个更大世界的存在。我们看到，这则童话所表现的"神"，其实也是人类心中的一种敬畏感、悲悯感。

童话《看戏》延续了作者的"鬼故事"情结。聋哑女孩土豆在看戏时，结交了水塘里的女孩小葱。一个人，一个水鬼，在无声的世界里结成了最要好的朋友。汤汤笔下的鬼故事，总是改写着我们心中与"鬼"有关的各种传统心理感觉。那个在许多人印象中令人齿冷的"鬼"的名字，在她的童话里却被赋予了一种特殊的俏皮与温情。

在一个马克斯·韦伯所说的祛魅时代，优秀的童话试图通过它的自由幻想逻辑，在童年的心中保留我们对世界、对生活最原始的那种惊奇感与诗意。而它的天马行空的想象，它的物我统一的逻辑，天然地抵抗着工业化和后工业化时代里普遍的机器生活对生命感觉的吞噬。这种"复魅"的感觉也体现在 2013 年发表的一批短篇童话作品中，如《冬末深夜天空味道的蛋糕》（张景睿）、《唱一首歌才能下车》（流火）、《寻找天使的翅膀》（段立欣）、《夕阳的集市》（张牧笛）等。近年来，这类童话的创作在短篇儿童文学写作中一直保持着稳定的频率。从题材、结构到语言风格，《冬末深夜天空味道的蛋糕》都令人想起安房直子笔下那些与自然、动物有关的充满玄想的童话。一个"冬末深夜天空味道的蛋糕"，把我们的味觉从城市蛋糕店里弥漫的甜香，带向了一种久违的冬日、夜晚和天空的清新气息。在这里，生日不再是日历上由数字组成的一个标记，而是这样一些充满诗意的日子："每年最后一场雪停了以后，满月升到当空的时间"，"每年启明星照在第一个成熟的野生豌豆荚上的时间"，还有"春天第一朵花开的时间"。这是一种令人心动的童话诗意，也是这则童话在学习经典童话的过程中，发挥得最有创意的地方。

2013 年的短篇儿童文学创作，让我们看到了当代儿童文学在寻找和建构一种本土童年叙事艺术过程中的持续努力。不论是对历史经验、当下生活还是故事自身艺术魅力的书写与叙说，无不包含了人们对于儿童文学叙事可能的一种富于拓展性的思考。同时，从这些作品中，我们看到作家们关注的不但是中国式的童年生活，也是中国式的童年叙事，后者意味着，当代儿童文学的写作不应该只看到童年生活中发生的各种新状况、新问题，还应该具备将丰富的当代童年生活转化为儿童文学独特的叙事表现艺术的能力。我相信，这不只是属于短篇儿童文学的艺术问题，也是整个当代儿童文学创作要面对的艺术课题。

五 探寻儿童文学的艺术新境

（一）走进童年的广袤与深厚

当代儿童文学的艺术发展正面临新节点，这个节点与当代中国社会急遽变迁而空前多元的童年新现实密切相关。或许，历史上很少有像今天的中国这样，孕育、生长着如此辽阔、纷繁、复杂的童年生活现实和故事，它是伴随着技术和文化现代性的非匀速演进而形成的社会分化和差异图谱的一部分，其非统一性程度远超我们的想象。这些年来，对这一复杂现实的认识从各个方面溢出传统童年观的边界，不断冲击、重塑着我们对"童年"一词的基本内涵与可能面貌的理解。

第十届全国优秀儿童文学奖覆盖的创作时间为 2013 年

至 2016 年。从参评和获奖作品来看，以文学的笔墨追踪、记录、剖析、阐说这一童年现实，其迫切性和写作的难度，足以引起儿童文学界的新的思考。获奖的儿童小说《一百个孩子的中国梦》（董宏猷），其独特的价值正在于，将中国当代童年生存现状与生活现实的多面性及其所对应的童年体验、情感和思想的多样性，以一种鲜明而醒目的方式呈现于读者眼前。作家选择在脚踏实地的行走和考察中走近真实的童年，这个姿态对于当下儿童文学的现实书写来说，显然富有一种象征意义。面对今天儿童生活中涌现的各种新现实、新现象，要使作家笔下的童年具备现实生活的真正质感，拥有儿童生命的真切温度，唯有经由与童年面对面的直接相遇。

甚至，这样的相遇还远远不够。要着手提起一种童年的素材，作家们不但需要在空间上走近它，也需要在时间上走进它。而很多时候，尽管怀着关切现实的良好写作初衷和愿望，我们却容易看得太匆促浮漂，写得太迫不及待，由此削弱了笔下现实的真实度与纵深度。因此，以十年跨度的追踪写成的纪实体作品《梦想是生命里的光》（舒辉波），除了呈现困境儿童生存现实的力度，也让人们看到了现实书写背后观察、积累和沉淀的耐性。这也是《沐阳上学记》（萧萍）这样的作品以及它所代表的写作潮流带来的启示——作家笔下生动的、充满鲜活感的童年，只有可能来自写作者对其写作对象的完全进入和深透熟悉。

这样的进入和熟悉，在作品中直接显现为一种突出的艺术表现效果。《一个姐姐和两个弟弟》（郑春华），将当代家庭父母离异背景上低龄孩童的情感和生活，摹写得既真挚生动，又清新温暖。读者能清楚地感到，作家对于她笔下的孩子以及他们的生活，了解是深入的，情感是贴近的。《我的影子在奔跑》（胡永红）是近年以发育障碍儿童为主角的一部力作，其边缘而独特的视角、收敛而动人的叙事，带读者缓缓进入一个特殊孩子的感觉和成长世界，那种生动的特殊性和特殊的生动性，若非做足现实考察与熟悉的功课，几乎不可能为之。《巫师的传人》（王勇英），在亦真亦幻的墨纸上摹写传统文化的现代命运，却非空洞的感物伤时，而是站在生活的诚实立场，同时写出了这两种文明向度在人们日常生活和情感里各自的合理性，以及二者交织下生活本身的复杂纹理与微妙况味。这样的写作，更有力地彰显了"现实"一词在儿童文学语境中的意义和价值。

儿童文学不只是写童年的，或者说，儿童文学的童年里不是只有孩子。在细小的童年身影之后，我们同时看到了一面巨大的生活之网。在错综复杂的生活网络中理解童年现实的真实模样，而不是试图将童年从中人为地抽离、简化出来，这才是儿童文学需要看见和探问的现实。《小证人》（韩青辰）里，一个孩子的生活原本多么稀松平常，它大概也是童年最普遍的一种生活状态；但当日常伦理的难题从这样的平淡生活里骤然升起，当一个孩子身陷这样的伦理困境，她的感受、思考、选择和坚持，让我们看到了童年日常现实的另一种气象。《九月的冰河》（薛涛）写少年的不安，其实也是写成人的追寻。你想过的究竟是一种什么样的生活？这个问题对于一个孩子和对于一个成人，具有同等重要的效力和意义。于是，童年与成年、孩子与大人在镜中彼此凝望，相互塑造。在《大熊的女儿》（麦子）、《东巴妹妹吉佩儿》（和晓梅)、《布罗镇的邮递员》（郭姜燕）等作品里，作家借童年的视角来传递关于我们生存现实的某种生动象征、精准批判、深入理解和温情反思，也是以儿童文学特有的艺术方式和精神，为人们标示着现实生活的精神地图。在这样的书写里，作为儿童文学表现艺术核心的"童年"的广袤和深厚，得到了进一步的开掘与认识。

（二）塑造童年的力量与精神

近年儿童文学的童年书写，蕴含着童年观的重要转型。这种转型既反映了现实中人们童年观念的某种变化，也以文学强大的感染力推动着当代童年观的重构塑形。正在当代儿童文学写作中日益扩张的一类典型童年观，在《沐阳上学记·我就是喜欢唱反调》一书的题名里得到了生动的表达。在洋溢着自我意识的欢乐语调里，是一种对于童年无拘无束、张扬自主的精神风貌与力量的认识、肯定、尊重乃至颂扬。在更广泛和深入的层面上，它体现了对于童年自我生命力、意志力、行动力、掌控力的空前突出与强调。

在这一童年观下，一种充满动感和力量的童年形象在当代儿童文学的写作中得到了鲜明的关注和有力的塑造。它不仅体现在孩子身上旺盛游戏精力的挥霍与发散，还体现在这些孩子凭借上述力量去接纳、理解、介入和改变现实的能力。这些年来，当代儿童文学对童年时代的游戏冲动和狂欢本能给予了最大的理解与包容，尽管这一冲动和本能的文学演绎其实良莠杂陈，我们仍然相信，一种久被压抑、忽视的重要童年气质和精神正孕育其中。透过《大熊的女儿》等作品，我们看到了它在尝试促生一种真正体现当代童年独特力量和精神品格的艺术可能。在现实的困境面前，孩子不再是天生的弱者，表面上的自我中心和没心没肺，在生活的煅烧下显露出它的纯净本质，那是一种勇往直前的主体意识与深入天性的乐观精神。这样的童年永不会被生活的战争轻易压垮，相反，它的单纯的坚持和欢乐的信仰，或将带我们穿越现实的迷雾，寻回灵魂的故乡，就像小说中老豆和她的伙伴们所做到的那样。

一旦我们意识到童年身上这种新的精神光芒，一切与童年有关的物象在它的照耀下，也开始拥有新的光彩。包括如何看待、认识、理解历史上的童年。近年儿童文学创作的主要潮流之一，便是朝向历史童年的重新发掘和讲述。与过去的同类写作相比，这类探索一方面致力于从历史生活的重负下恢复童年生活固有的清纯面目，另一方面则试图在自为一体的童年视角下，恢复历史生活的另一番真实表情。第十届全国优秀儿童文学奖参评和获奖作品中，出现了一批高质量的历史童年题材作品。张之路的《吉祥时光》，在历史的大脉动下准确地把握住了一个孩子真切的生活体验和思想情感，也在童年的小目光里生动地探摸到了一段历史演进的细微脉搏，那运行于宏大历史之下的日常生活的温度、凡俗人情的温暖，赋予过往时间以鲜活、柔软的气息。黄蓓佳的《童眸》，亦是以孩童之眼观看世态人生，艰难时世之下，童年如何以自己的方式维护大人眼中微不足道的小小尊严，如何以弱小的身心担起令成人都不堪疲累的生活负担，更进一步，如何在贫苦的辛酸中，仍能以童年强旺的生命力和乐观的本能点亮黯淡生活的光彩。

或许可以说，在当代儿童文学史上，童年的个体性、日常性从未得到过如此重大的关注。但与此同时，这个自我化、日常化的童年如何与更广大的社会生活发生关联，亦即如何重建童年与大时代、大历史之间的深刻关系，则是这类写作需要进一步思考、探索的话题。在另一些并非以个人童年记忆为书写模本而包含明确历史叙说意图的作品中，有时候，我们能看出作家在处理宏大历史叙事与童年日常叙事之间关系时的某种矛盾和摇摆。史雷的《将军胡同》，从童年视角出发展开关于抗战年代老北京日常生活的叙说，尽显京味生活和语言的迷人气韵。小说中，一个普通孩子的日常世界既天然地游移于特定时代的宏大时间和话语之外，又无时不受到后者的潜在而重大的重构，两者之间的经纬交错，充满了把握和表现的难度。殷健灵的《野芒坡》，在对 20 世纪初中国现代化进程影响深远的传教士文化背景上叙写一种童年的生活、情感、命运和奋斗，文化的大河震荡于下，童年的小船漂行于上，大与小、重与轻的碰撞相融，同样是对文学智慧的极大考验。在这方面，可以说以上两部作品都贡献了珍贵的文学经验。

事实上，不论在历史还是当下现实的书写中，如何使小个体与大社会、小童年与大历史的关系得到更丰富多层、浑然一体的表现，仍是一个有待于探索的艺术难题。在充分认可、张扬最个体化、具体化的童年生命力量与生活精神的同时，发现童年与这个时代的精神、气象、命运之间的深刻关联，书写童年与这片土地的过去、当下、未来之间的血脉渊源，应是当代儿童文学不应忘却的一种宏大与深广。

（三）探索儿童文学的新美学

从童年现实的拓展到童年观念的革新，第十届全国优秀
儿童文学奖评奖意在肯定和强调的一个重要方面，是以儿童
文学艺术的阔大、丰富、厚重和深邃，抵抗商业时代童年文
学经验的某种模式化、平庸化进程。这也许是一个仅凭某些
畅销作品经验的快速复制便能赢得市场的时代，但没有一位
真正意义上的优秀作家会满足于这样的复写，他们会选择始
终走在寻找新的经验及其表达方式的路上。张炜的《寻找鱼
王》，提起的是儿童文学史上并不新奇的童年历险题材，写
出的却是一则新意盎然的少年启悟小说。这新意既是故事和
情节层面的，也是思想和意境层面的。少年时代的扩张意志
与东方文化的自然情怀，糅合成为中国式的寻找和成长的传
奇。彭学军的《浮桥边的汤木》，对于尝试向孩子谈论生命
与死亡的沉重话题的儿童文学写作来说，是一个富于启发的
标本。作家让一个孩子在生活的误解里独自与死亡的恐惧相
面对，它所掀起的内宇宙的巨大风暴，将童年生命内部的某
种大景观生动地托举出来。小说的故事其实是一幕童年生活
的日常喜剧，却被拿来做足了庄重沉思的文章，两相对衬之
下，既遵从了童年生活真实的微小形态，又写出了这种微小
生活的独特重量。《水妖喀喀莎》（汤汤）、《一千朵跳跃的花
蕾》（周静）、《小女孩的名字》（吕丽娜）、《云狐和她的村
庄》（翌平）、《魔法星星海》（萧袤）等作品，在看似几乎被
开采殆尽的童话幻想世界里另辟蹊径，寻求艺术的突破。

《水妖喀喀莎》见证了汤汤才情横溢的精灵式幻想终于降落在了她的长篇童话中，《一千朵跳跃的花蕾》则向我们展示了一个年轻、丰饶、充满创造力的幻想灵魂。对于幼儿文学这个极具难度，却也极易在艺术上遭到轻视简化的子文类来说，儿歌集《蒲公英嫁女儿》（李少白）、幼儿故事《其实我是一条鱼》（孙玉虎）等作品，代表了与这类写作中普遍存在的艺术矮化和幼稚化现象相对抗的文学实践。童诗集《梦的门》（王立春）、《打瞌睡的小孩》（巩孺萍），在儿童诗的观念、情感、语言、意象等方面，也有令人耳目一新的创造。

在新经验、新手法的持续探索中，一种儿童文学的新美学可能正在得到孕育。艺术上的求新出奇远非这一美学追求的终点，在新鲜的经验和艺术技法背后，是关于当代童年和儿童文学艺术本质的更深追问与思考。以第十届全国优秀儿童文学奖评奖为契机，当代儿童文学或许应该重新思考一个意义重大的老问题：在艺术层面的开放探索和多元发展背景上，儿童文学最具独特性、本体性的艺术形态和审美精神，究竟体现在哪里？或者说，儿童文学作为一种特殊的文学样式，由何处体现出它既有别于一般文学，又不低于普遍文学的艺术价值？

上述追问伴随着儿童文学的发展史而来，在持续的探询和争论中，我们也在不断走进儿童文学艺术秘密的深处。长久以来，人们早已不满于把儿童文学视同幼稚文学的观念和实践，因此有了充满文学野心和追求的各种新尝试、新探索。但与此同时，仅以文学的一般手笔来做儿童文学，仅把儿童文学当作自己心中的一般"文学"来写，恐怕也会远离童年感觉、生活、语言等的独特审美本质和韵味。我们的一些儿童文学作品，有精雕细琢的故事，有鲜美光洁的语言，但从童年视角来看，其故事的过于斧凿和语言的过于"文艺"，其实并非童年感觉和话语的普遍质地。如果说这样的"文学化"是儿童文学艺术从最初的稚气走向成熟必然要经历的阶段，那么当代儿童文学还需要从这个次成人文学阶段进一步越过去，寻找、塑造童年生活体验和生命感觉里那种独一无二的文学性。这样的写作充分尊重童年及其生活的复杂性，也不避讳生存之于童年的沉重感，但它们必定是童年特殊的感觉力、理解力、表达力之中的"复杂"和"沉重"。那种经受得住最老到的阅读挑剔的"复杂"之中的单纯精神，"沉重"之下的欢乐意志，或许就是童年奉献给我们的文学和生活世界的珍贵礼物——它也应该是儿童文学奉献给孩子的生活理解和精神光芒。

六　长篇创作中的童年美学

　　在我看来，童年构成了一切儿童文学艺术活动的逻辑起点与美学内核。换句话说，儿童文学创作都以特定的方式指涉着一种有关童年的叙事——这里所说的"叙事"是一个广义的概念，它不但是指传统的文学叙事理论中最受关注的叙事技法，更指向着文学艺术表现的内在精神，亦即作为一种童年叙事形态的儿童文学总是以特定的话语方式，传递并建构着我们关于童年的立场、视角、思维和价值取向等。

　　正是在童年叙事的后一种意义上，对于当代原创儿童文学的童年美学思考成为了一个重要和必要的话题。随着原创儿童文学的写作和出版事业日益得到来自社会环境、写作力量等各方面条件支持并得以迅速发展，这一文类对于童年的艺术理解和表现一方面实现了各种新的拓展与提升，另一方面也蓄积着一些深重的美学问题。考察当前原创儿童文学写作，我们会发现，对于童年生命、权利、价值的隔膜、偏见和误读，导致了原创儿童文学中童年叙事的诸多盲目和破绽。由于这类问题关涉到的是童年最根本的生命精神与文化价值，因而属于儿童文学领域基础性的美学命题，但也正因为这个缘故，它们往往容易被掩盖在题材、技法、观念等可见的童年叙事表象之下，从而未能引起人们应有的关注。

这里讨论的三部新世纪出版的长篇小说，分别出自三位知名的当代儿童文学作家之手。它们都获得过中国作家协会颁发的"全国优秀儿童文学奖"，并陆续获得了其他一些重要的奖项。对这些作品进行童年美学思考不是简单的批评，更是一种源初性的哲学和美学意义上的"辨正"，是希望通过具体的分析和探讨，将原创儿童文学的童年美学坐标，调整到一个更具童年美学生长性的方位上来。

（一）童年感觉与成长体验的错位

2008 年，作家彭学军出版了她的长篇小说新作《腰门》。小说以第一人称叙事讲述了名为"沙吉"的女孩在六岁至十三岁之间由父母寄养在一个边远小城的生活经历。在云婆婆家寄养的这些年里，"我"经历了许多事情，也从一个懵懂的小女孩逐渐长大起来，眼角眉间有了少女的美丽和忧郁。作为第八届全国优秀儿童文学奖小说类获奖作品之一，《腰门》获得了这样的评语："《腰门》以细腻、润泽的笔墨，表现少女的心理世界，勾画出了人物的心灵成长轨迹。作为动用童年经验的小说，作者智慧地采用了儿童—成人这一双重叙述视角，探求着儿童文学丰富的可能性，使作品获得了充盈的艺术张力"。①

在当代儿童文学界，彭学军的名字代表了一种童年写作的姿态和风格。自 1990 年代以来，彭学军以一种颇易辨识的富于"女性主义"色彩的笔法，为主要是少女的群体书写着她们的青春时光和成长体验。需要强调的是，她写的是尚在成长中的少女，用的却是大女性主义的底子，后者使得这些书写看似总未脱出少女生活的简单墙篱，却并未将女孩的世界局限在狭小的自我感觉中，而是自然地表现着她们与周围世界之间的生命关联。她的小说和童话笔法诗化，笔触细腻，擅长把握和描摹青春期婉约的少女情思。在我看来，彭学军的从不流于粗疏的文字质感，以自己的方式，坚持并传达着对于儿童文学纯艺术创造的某种坚守。

不过，《腰门》是彭学军写作中鲜有的一次从幼年女孩的生活经验起笔的尝试。小说的叙事保持着作家一贯的诗意笔法和精致文风，它的浓郁的湘西文化色彩更进一步为小说增添了一缕文化的魅力。但在实践上述诗性文学追寻的同时，作者却未能很好地将她所惯于书写的少女身心感觉，准确地迁移到一个六岁孩子的感知方式中。这导致了小说前半部分对于年仅六七岁的小女孩沙吉的感觉和心理表现，不时会发生一些"偏差"和"错位"。例如，小说起首处便以六岁沙吉的独白表现她玩沙子游戏的感觉：

---

① 第八届全国优秀儿童文学奖小说类：《腰门》获奖评语 ［J］. 作家通讯. 2010，（6）：31.

我喜欢对着太阳做这个游戏。眯起眼睛，看着一粒一粒的沙子重重地砸断了太阳的金线，阳光和沙砾搅在一起，闪闪烁烁的，像一幅华丽而炫目的织锦。

有时，我不厌其烦地将沙子捧起，又任其漏下，只为欣赏那瞬间的美丽。

我的神态庄重严肃，像一个七八十岁的老妪在做某种祭祀。①

毫无疑问，这段"自述"的修辞感觉大大地溢出了六岁女孩真实的感官边界，它很难让我们联想到这是一个年仅六岁的普通小女孩对身边物事的日常感受，而是透着青春期少女特有的精细与敏感。尽管小说开篇即言明"我从小就是一个有点自闭的孩子"，但类似的敏感对于一个"有点自闭"的小女孩来说，仍然显得太过脱节。与此同时，它也难以被理解为成人视角与儿童视角相交叠的产物。我们知道，在许多采用儿童—成人双重叙述视角的童年回忆类叙事作品中，尽管文本之下无时不存在着儿童和成人两种叙述视角，乃至两种叙述声音，但在正常情况下，能够支配特定叙述片段的始终只是其中一种视角或声音。大多数时候，如果成人视角要加入到对于相关童年回忆的后设叙述或评论中来，就应当有相应的叙述语言作为铺垫或提示，在这类叙述提示缺席的情况下，我们只能将它认同为童年视角的产物。因此，说《腰门》"智慧地采用了儿童—成人这一双重叙述视角"，恰恰是对于小说中并未能得到准确把握和呈现的童年叙述视角

① 彭学军. 腰门 [M]. 南昌：二十一世纪出版社，2008：6.

的一种错位的褒饰。

　　熟悉彭学军的读者都知道，她的儿童小说格外擅长把握青春期少女对于"美"的特殊敏感，而在《腰门》中，这种趋于精致、复杂的少女美感经验，也多次出现在了六七岁的沙吉的叙述语言中：

> 　　门口的一棵树挡住了我的视线，那棵快枯死的树在夕阳中熠熠生辉，有着无比瑰丽的色彩。①
>
> 　　夕阳透过一溜雕花木窗落在灰白的地板上，依着花纹的形状，刻镂出形形色色的图形，斑驳的地板便有了几许别致的华丽。②
>
> 　　叶子已被岁月淘干了水分，镂空了，只剩下丝一般细细的、柔韧的叶脉，疏密有致，贴在地砖上，如剪纸一般，有一种装饰性的美丽。③

　　从《腰门》前半部分的叙述中，我们可以找到许多类似的段落。这些文字令我们不时对沙吉的身份产生一种错觉，它不但影响了小说叙事的自然感、真实感，更阻碍着小说意图表现的"成长"主题的深入实现。从《腰门》的整体人物塑造和心理描写来看，沙吉从六岁到十三岁的感觉和心理，缺乏儿童成长过程中本来应有的变化和发展，或者说，作者将主人公的心灵历程做了扁平化和单一化的处理。与沙吉逐渐增长的年龄相比，她的生活经验的确有了较大的丰富，但

---

① 彭学军. 腰门 [M]. 南昌：二十一世纪出版社，2008：9.
② 彭学军. 腰门 [M]. 南昌：二十一世纪出版社，2008：54.
③ 彭学军. 腰门 [M]. 南昌：二十一世纪出版社，2008：62.

她的感觉和心理方式却似乎并未发生多大变化。这导致了小说中这一段贯穿始终的"六岁到十三岁"的成长，看上去仅仅成为了一种形式上的长大。

这当然并非作者的初衷。事实上，随着主人公沙吉慢慢长成十三岁的少女，小说的叙述也开始有意无意地触及"成长"的话题。当十三岁的"我"走进梧桐巷的木雕店，意外地与六岁时相识的"小大人"重逢时，作家为这两个有着忘年之交的朋友安排了一场特殊的对话。"我"告诉了"小大人""这些年来我攒下的故事和从我身边走过的人"，在默默地听完这一切后，已经长成大人的"小大人"这样说道："我明白了，沙吉，你就是这样长大的。"① 就在同一天，作者以少女初潮的降临为这段成长的岁月画上了一个标志性的记号。然而，在这里，有关"长大"的领悟是借小说中的人物之口直接"说"出来的，而不是我们从七年来沙吉的生活经历中自然而然地感受到的。对于一个成长中的女孩而言，"七年"的时间可能意味着巨大的身心变化，但这种变化感在《腰门》的叙事中恰恰未能得到充分的表现和展开。小说中，作者用她擅长的敏感、多情、多思的少女心理描绘，替代了对于主人公从幼年到少年时代心理和情感世界的长度和过程的描绘。

这一文本事实提醒我们，童年生命在生理或文化上的"长大"过程，并不如其外表所显现的那样易于描摹。在现实的童年生活中，儿童的成长是伴随着个体年龄的变化自然发生的，但在儿童文学的艺术世界里，仅仅是年龄的增长以

---

① 彭学军. 腰门［M］. 南昌：二十一世纪出版社，2008：202-203.

及伴随而来的生活见闻的变化，尚不足以构成成长的充分条件。相反，儿童文学所表现的真正意义上的成长体验，恰恰不是由简单的年龄或生活变迁来标记的。

彭学军本人的另一篇题为《十一岁的雨季》的短篇儿童小说，可以作为这方面很好的例证。在我看来，《十一岁的雨季》在书写和表现少女的成长感觉和成长体悟方面达到了某种令人称道的高度。小名驼驼的体校长跑运动员出于青春期少女对身体美的敏感而暗怀着一份体操情结。在训练场上奔跑和休息的她总会不由自主地将目光投向体操区，在那里，少女邵佳慧优雅的体操动作莫名地吸引着她全部的注意力和激情。当她得知对于体操运动来说，自己已经"太老了"的时候，身体里的某种美妙的东西好像随着这个梦想的破灭而消失了，直到有一天，她从邵佳慧口中意外地听到了她对于跑道上的自己的由衷赞美。[①] 透过两个少女远远地彼此观看和欣赏的目光交错，属于少女时代的那种如微电流般敏锐、精细而又捉摸不定的青春情感脉动，在小说的文字间得到了充分、生动和妥帖的呈现。小说只是截取了十一岁少女生活的某一段落，其时间跨度并不明显，个中角色的生活内容甚至没有发生什么变化，但这些"不变"的因素丝毫不影响作品成长题旨的表现。小说中，成长的意义在根本上不取决于童年生活环境的变迁，而是表现为生命意识的一种内在的感性顿悟与提升。在领悟到"我"和邵佳慧之间的彼此对望意味着什么的一刹那，少女生活中某个幽暗的角落忽然被点亮了。这样一种打开生命的光亮感，才是童年成长美学

① 彭学军. 十一岁的雨季 [J]. 读友，2009，(7).

的核心精神所在。

　　这并不是说童年成长的美学表现与时间无关。《腰门》表现时间的变化，这不是问题；问题是，在时间的变化中，我们却看不到童年自身的内在变化，因为从一开始，作者实际上就不自觉地将主人公的童年感觉定格在了青春期少女的视角上，而这一视角原本在作家笔下可能获得的表现深度，又在这样的感觉错位中遭到了消解。这才是这部小说所存在的最大艺术问题。

　　多年来，我对彭学军儿童小说的总体艺术品质一直怀有充分的信任，但实事求是地讲，《腰门》在童年感觉和成长体验书写方面的上述缺憾，使它在彭学军的作品序列中算不得是一部成功的作品，这与近年来它从相关评奖机构和评论界获得的诸多肯定、赞誉形成了另一种事实上的错位关系。这些赞誉大多集中在对于作品个性化的童年题材、独特的文化背景和诗化的叙事笔法的肯定上，却未能关注到其叙事展开在童年美学层面的深刻问题。我要说的是，这种错位，同时也传达出了当前原创儿童文学写作和批评在童年美学判断方面的双重缺失。

（二）童年苦难及其诗意的再思考

　　与显然带有童年回忆性质的《腰门》相比，曹文轩的长篇儿童小说《青铜葵花》，其写作包含了明确得多的童年精神书写的审美意图。在题为"美丽的痛苦"的代后记中，作者强调了儿童文学写作直面童年的苦难以及表现童年生命如何理解和承担这类苦难的精神意义与价值。作家的这一立场具有鲜明的现实针对性和批判性，他严辞批判当下流行的"儿童文学就是给孩子带来快乐的文学"的狭隘创作观念，认为"为那些不能承担正常苦难的孩子鸣冤叫屈，然后一味地为他们制造快乐的天堂"，同样是对童年不负责任的一种文化态度。他进而指出，在儿童文学能够提供给孩子的阅读快感中，理应包含另一种与苦难相关的"悲剧快感"，它比那类肤浅偏狭的快乐主义更能够丰富童年的生活体验，深化他们对于生命真正的美的认识。《青铜葵花》的写作"要告诉孩子们的，大概就是这个意思"。①

这一富于现实批判意义的创作立场，代表了一种鲜明的童年理解的精神姿态。无论是从当下童年的生存现实还是儿童文学的艺术追求来看，这一姿态的积极意义都是毋庸置疑的。不过在这里，苦难本身是一个具有高度概括性的名词，落实到文学表达的实践中，这一苦难的所指究竟为何，关于它的书写又以何种方式在儿童文学的文本内部得到确立，这才是我们用以确认苦难之于童年和儿童文学写作之意义的根本依据。

在《青铜葵花》中，曹文轩为他笔下的童年角色安排的"苦难"经历，大抵集中在两个层面：一是贫穷的生活，二是不幸的变故，二者以典型的天灾人祸的方式先后降临在童年的生活中。小女孩葵花跟随知青父亲下乡，不料父亲意外溺亡，葵花成了孤儿。举目无亲的时候，收养她的是大麦地最

---

① 曹文轩. 青铜葵花［M］//曹文轩. 美丽的痛苦（代后记）. 南京：江苏少年儿童出版社，2005：245－246.

贫穷的一户人家，这家里另一个同样不幸的孩子青铜，幼年时因高烧成了哑巴，再不能开口说话。两个孩子与家人在艰难的生活中相依为命，却又先后遭逢水灾、蝗灾，不但刚刚积蓄起来的一丁点儿生活的期待成了泡影，更要忍受饥饿、病痛和死亡的威胁。在所有这一切生存的现实"苦难"中，照亮青铜和葵花的生命的，是他们彼此间患难与共的兄妹情谊，以及一家人之间毫无计较的相互爱护、关怀、理解和温暖。

《青铜葵花》对于童年苦难事件的上述集中书写和呈现，足以使它成为童年苦难母题在当代儿童文学写作中的重要代言作品。然而，这样一种密集、"典型"的童年苦难叙事，与其说是对于那个特殊年代童年生活苦难的自然呈现，不如说透着更多人为的文学安排痕迹。这并不是指那时的孩子所经历的苦难不见得这样深重，而是指小说对于其中某些显然被界定为苦难对象的事件的文学叙写，似乎不自觉地离开了现实生活的自然逻辑，甚至赋予了它们某种脱尘出世的非现实感。这方面最典型的例子之一，是小说对于死亡意象的浪漫处理。例如，葵花的父亲，一位热爱葵花的雕塑家，是在一次意外的舟行中因落水而辞世的。对于女孩葵花来说，深爱着她的父亲的离去，是她在大麦地所遭逢的生活悲剧的幕起。然而，从小说的这部分叙述段落来看，雕塑家的溺亡更像是一场浪漫的"自决"。当时，他手中的一叠葵花画稿被旋风卷到空中，继而又飘落在水面上：

> 说来也真是不可思议，那些画稿飘落在水面上时，竟然没有一张是背面朝上的。一朵朵葵花在碧波荡漾的

水波上，令人心醉神迷地开放着。

当时的天空，一轮太阳，光芒万丈。①

这样一幅犹如天喻般的景象，使雕塑家如着魔般"忘记了自己是在一只小船上，忘记了自己是一个不习水性的人，蹲了下去，伸出手向前竭力地倾着身体，企图去够一张离小船最近的葵花，小船一下倾覆了"……②如此浪漫的意外很难使我们联想到与真实苦难相关的任何身体和精神上的强力压迫，反而像是一次超越生活的艺术表演。

事实上，这种对于"苦难"事件的浪漫呈现，是贯穿整部小说的一个基本手法。当老槐树下成为孤女的葵花面临着无依无着的命运时，青铜一家的出现令人恍惚感到了某种浪漫的侠士气息。"在奶奶眼里，挎着小包袱向她慢慢走过来的小闺女，就是她的嫡亲孙女——这孙女早几年走了别处，现在，在奶奶的万般思念里，回家了"。③尽管叙述者反复渲染这是一个多么贫苦的家庭，但一家人对这个陌生女孩的无条件的疼爱，使这种贫苦的艰难远远地退到了叙述的远景处。当家里只能供养一个孩子上学时，青铜一家以善意的谎言把葵花送进了学校，聪慧的葵花又私下教会了青铜识字写字。家里的房子被大雨冲垮后，为了节省灯油，葵花不得不跑去同学家里借人家的灯光做作业。青铜别出心裁地把捉来的萤火虫放进南瓜花苞里，做成了十盏"南瓜花灯"，让这

① 曹文轩. 青铜葵花 ［M］. 南京：江苏少年儿童出版社，2005：38.
② 曹文轩. 青铜葵花 ［M］. 南京：江苏少年儿童出版社，2005：38.
③ 曹文轩. 青铜葵花 ［M］. 南京：江苏少年儿童出版社，2005：60.

些"大麦地最亮、最美丽的灯"照亮了简陋的临时窝棚。①
新年将至，漂亮、懂事、功课"全班第一"，又是"大麦地
小学文艺宣传队骨干"的葵花被选中为学校的新年演出报
幕，由于借不到同学的银项链，青铜就敲碎冰凌，用芦苇管
在几十颗小冰凌上吹出小孔，拿红线把它们串在一起。演出
当晚，挂在葵花脖子上的这一串"闪着美丽的、纯净的、神
秘而华贵的亮光"的"冰项链"，"镇住了所有在场的人"。②

　　读到这样一些情节，我们分明感到，尽管生活的现实艰
辛一刻也不曾离开青铜和葵花的生活，但因此就说他们生活
在苦难之中，实在有些偏离小说叙事所真实传递出来的审美
经验。我的意思不是说，从苦难中还体验得到幸福的生活就
不是苦难了。我一点儿也不否认儿童文学对于苦难的书写，
其终点不是叙说苦情，而正是要借助于某些与童年有关的力
量来穿透苦难，抵达童年和生命的某种审美本质。然而，小
说的不少情节留给我们这样的印象：并非青铜与葵花一家的
善良和温情穿透了苦难，而是苦难本身就主要被设置为叙事
展开的某种衬托，它并不与叙事的内容紧密地结合在一起。
或者说，那种属于日常生活的真实切肤的苦难感，在小说的
叙述中并不明显。我们对于青铜一家艰难生活的想象，常常
是从叙述者的叙述语言中直接得到的。例如，大水过后，家
里得重盖房子，"可要花一大笔钱"，于是，"没有几天的工
夫，爸爸的头发就变得灰白，妈妈脸上的皱纹又增添了许
多"，③ 这样的叙述，本身即是一种生活现实和感觉的间接呈

---

① 曹文轩. 青铜葵花 ［M］. 南京：江苏少年儿童出版社，2005：103.
② 曹文轩. 青铜葵花 ［M］. 南京：江苏少年儿童出版社，2005：146.
③ 曹文轩. 青铜葵花 ［M］. 南京：江苏少年儿童出版社，2005：97.

现，它陈述了某种与艰难生活有关的事实，却并未传递出个体对于这生活的切肤经验。与此同时，小说中人物的情感和精神，有时也是透过第三人称叙述声音得到诠释的。例如，青铜跟随父亲出远门刈茅草，眼见得同伴青狗家的三垛茅草在火焰中化为灰烬，当他和父亲扯起风帆回家时，青狗父子不得不继续留在海边从头开始忙碌。"这一刻，他忽然明白了，原来他是这个世界上最幸福的一个孩子，一个运气很好的孩子"。① 这样的间接诠释同样越过了具体生活细节的经验感觉，而成为了一种多少有些游离的抒情。

这一切使得我们不能如此草率地将《青铜葵花》界定为一个童年苦难叙事的样本，换句话说，我们不应将艰难生活的题材简单地认同为童年的苦难。这就涉及我们如何在童年的美学视域内理解苦难的问题。对于童年而言，作为一个审美范畴的苦难究竟意味着什么？显然，苦难本身不应该成为被美化的浪漫对象，真正有意义的是包括童年在内的个体从这一苦难生存中感受到的充满审美力的生命意志与精神力量，它在根本上不来自于跌宕起伏的生活变故，而来自最真实、最朴素的生活细节。

在这一点上，《青铜葵花》与曹文轩另一部儿童小说《草房子》相比，显然是有落差的。《草房子》的一些故事，并没有刻意瞄准苦难的话题展开叙事，却以其对于油麻地人生活细节的某些真实而又质朴的书写，让我们看到了童年的精神如何以它自己的方式穿透苦难，映照出人性最朴素的光华。小说中有关男孩细马的故事，讲述细马如何被家底殷实

① 曹文轩. 青铜葵花［M］. 南京：江苏少年儿童出版社，2005：112.

却没有孩子的邱二爷夫妇领养，如何在男孩自尊心的驱动下策划着返回老家，又如何在邱二爷因遭遇天灾而家道中落的时候，从回家的途中无言地折返，回到养父母身边，默默承担起了支撑一个破败的家的重担。作家一点也不避讳艰难的乡间生活在大人小孩身上同时养成的势利习气。邱二妈不喜欢细马，因为她原本指望着丈夫领回来一个更大些的男孩，"小的还得花钱养活他"，"我们把他养大，然后再把这份家产都留给他。我们又图个什么"①？这是一个从贫穷中闯荡出来的乡间妇人真实的计较。对此，细马的回应也充满了一个乡间男孩真实的负气，他偷偷地攒起钱来，预备回到老家去。在与邱二妈的又一次冲突后，细马的回家成了确定下来的事情。然而，就在成行前夕，邱二爷的家产被大水冲毁。原本一心想要回家的细马，从出发的车站默默地又回到了油麻地。小说并未以叙述者的语言过多渲染一家子在这样的情形下重聚的感觉，而是以邱二妈反反复复的一句"你回来干吗"，以"第二天，邱二妈看着随时都可能坍塌的房子，对邱二爷说：'还是让他回去吧？'"这样简单而又蕴含张力的生活细节，传神地写出了这位要强的乡村妇人既无比爱重养子的归来，又因为这爱重而开始将孩子的生活考虑放在自己之上的细微情感变化。而"细马听到了，拿了根树枝，将羊赶到田野上去了"②。无须叙述人代为抒情表意，在这样一个无比简单的生活行动回应中，我们同样感受到了男孩沉默而又深重的情义。

---

① 曹文轩. 草房子 [M]. 北京：作家出版社，2003：174-175.
② 曹文轩. 草房子 [M]. 北京：作家出版社，2003：196.

　　相比之下，《青铜葵花》对于童年苦难经历的呈现显然缺乏这样一些微小而又厚重的真实生活细节的支撑，这使得它的文学浪漫和诗意很多时候停留在了对于苦难生活的某种艺术美化上，而最终没有越过苦难，揭示出生命和人性更深处的复杂而微妙的自我克服和升华力量。小说中，作为养女的葵花与青铜一家之间的彼此"牺牲"几乎是无条件地超越于现实生活的艰辛之上的，从小说开始到结束，这份仿佛不食人间烟火的情感一直保留着最初的状态和强度。从它的表现方式来看，这份情感是现实生活的一部分，但从它与生活之间缺乏彼此孕生关系的事实来看，这两者之间又是绝缘的。这使得作家所倡导的"面对苦难时的那种处变不惊的优雅风度"①，在小说中更像是一种浪漫的艺术表演。

　　毫无疑问，苦难的话题对于日趋"娱乐化"的当下儿童文学创作来说，具有重要的现实和艺术意义，但苦难题材本身尚不足以构成一种有意义的审美价值的理由。在原创儿童文学的当代语境下，除了关注童年生活的真实"痛苦"之外，如何更深入地理解作为一种文学表现对象的童年苦难意象，以及如何在这一意象的叙写中凸显童年日常生活和生命的审美内涵，还是一个有待进一步思考的艺术问题。

（三）"现实"的童年与"真实"的童年

　　原创儿童文学在 1980 年代以来的艺术发展，是伴随着

---

① 曹文轩. 青铜葵花［M］//曹文轩. 美丽的痛苦（代后记）. 南京：江苏少年儿童出版社，2005：245－246.

童年表现题材的迅速拓展同时发生的。在新的社会文化中得以孕生或被推到公共视野下的现实童年的各种生活境遇，从不同的方向激发着新时期儿童文学作家们的创作热情。乡土的、城市的，校园的、家庭的，男孩的、女孩的，不同社会文化背景和不同年龄层次的，等等，这些多角度的童年生活表现既建构着当代儿童文学丰富的写作面貌，也传递着人们对于童年现象的一种更为宽广的文化理解与生存关怀。

从这个意义上说，黄蓓佳以一个罹患唐氏综合征的智障孩子为主角的儿童小说《你是我的宝贝》，代表了当代儿童文学在上述童年理解和关怀层面的一次重要的创作拓展。而我更看重的是，在创作动机上，作家并未将这一写作定位于"弱势群体关怀"这样一个带有自上而下的文化同情色彩的一般命题，而是有意要借助一种特殊的童年视角，来尝试拓展儿童小说的艺术表达形式与表达能力，而这种表达的目的，最终又落实在一种更为普遍的生命关怀上。"我写这样的一本书，不是为了'关注弱势群体'。绝对不是。我没有任何资格站在某种位置上'关注'这些孩子们。我对他们只有喜爱，像喜爱我自己的孩子一样。我对他们更有尊重，因为他们生活的姿态是如此放松和祥和"。[1] 这意味着，小说写作的第一出发点不是任何社会性的功利意图，而就是小说自身的艺术考虑。换句话说，作者之所以采用这样一个特殊的题材和视点，乃是为了实现另一些独特的艺术表现目的。

概括地看，《你是我的宝贝》讲述了这么一个不同寻常

---

[1] 黄蓓佳. 你是我的宝贝［M］//黄蓓佳. 后记·每一个孩子都是我们的宝贝. 南京：江苏少年儿童出版社，2008：252 - 253.

的故事：六十岁的奶奶与患有唐氏综合征的小孙子贝贝相依为命。为了让孙子今后能够胜任一个人的生活，奶奶想在有生之年努力培养起他基本的日常生活自理能力。这个过程无疑充满了艰辛，希望看来也十分渺茫，但奶奶的这份自尊换来了小区周围人们的敬重，善良的贝贝也成为了大家乐于随时照顾和关心的对象。奶奶因突发心脏病过世后，贝贝先是被送进福利院，后又由素不相识的舅舅、舅妈带回奶奶的房子生活。在这个过程中，贝贝既遭到过亲戚的苛待，又得到了包括自力更生的"富二代"吴大勇等人在内的成人朋友的帮助，并最终以他的善良、宽容感化了舅舅一家。小说因此有了一个"顺风顺水"的团圆结局。

看得出来，作家在贝贝这个角色身上的确倾注了由衷的喜爱之情，这份情感无时不寄托和融化在小说中那些发自内心地关心和帮助贝贝、同时也被孩子深深打动着的成年人的身影中。然而，这份"喜爱"显然是太过浓重了，以至于小说中，叙述者不惜以文学想象的方式来为贝贝小心地"规划"出一个合宜的生活环境。这方面最典型的体现之一，是在小说中，贝贝周围的人群基本上只有两类：一类是关心、照顾和帮助他的多数人；另一类则是轻视、利用或欺负他的少数人，而后一类人最后又融入了前一类的队列中。从这个意义上说，小说处理童年生存环境的方式显然带有简单化的嫌疑，在这里，童年生活本有的复杂性，以及童年生命与其生活之间的复杂互动，都被一种观念化的童年关怀意图"清洗"掉了。这一意图在作者的一段创作自述中得到了较为明确的揭示：

一个智障的儿童，就是一块透明的玻璃，一面光亮的镜子，会把我们生活中种种的肮脏和丑陋照得原形毕露。在纯洁如水晶的灵魂面前，人不能虚伪，不能自私，不能狭隘，更不能起任何恶念。善和恶本来是相对的东西，一旦"善良"变成绝对，"恶"也就分崩离析，因为它无处藏身。①

这段话中的一系列"不能"被表述为一种绝对的道德命令，它意味着，童年的这种纯洁和善良是以绝对的姿态超越于人性与生活之恶的。这样一种被过于简单地理想化了的童年观念，在小说中造成了一些显然不那么真实的现实场景。很多时候，作家笔下的整个世界仿佛都自然而然地迷醉在了贝贝的"善良"中。例如，小说第一章这样表现贝贝捕捉蝴蝶的场景："在屏紧呼吸的花店老板看起来，不是小男孩在捕蝶，是蝴蝶要自投罗网，它心甘情愿被贝贝捉住，跟他回家，成为标本"，与此同时，被捕的蝴蝶也是十分配合地"落在网中，仰面跌倒，一副舒适闲散的姿态"。② 在这样的叙述中，童年自身被表现为一种近于佛陀般的存在，它的主要意义在于感化世界，而不在于实现它自己。小说中，承担全知视角的叙述人不时发出这样情不自禁的抒情："这个让人心疼的小东西"，"对于如此纯洁和简单的孩子，任何的欺骗都是亵渎"，"碰上这么善良的孩子，恶魔也要收了身上的

---

① 黄蓓佳. 你是我的宝贝 [M] //黄蓓佳. 后记·每一个孩子都是我们的宝贝. 南京：江苏少年儿童出版社，2008：253.
② 黄蓓佳. 你是我的宝贝 [M]. 南京：江苏少年儿童出版社，2008：16.

邪劲儿"……①类似的过度抒情出现在小说的叙述语脉中，其表意能力显然是十分单薄的。

这种对于童年生活的简单化理解，也体现在作品对于智障孩子教育方式的理解和表现上。例如，小说中有一段文字，叙述培智学校的程校长如何顺当地"收伏"一个个让父母们感到无比棘手的智障孩子的情景。在其中一个场景里，名叫吴小雨的智障女孩由于辫子上的蝴蝶结落到地上并被同学不小心踩污，开始狂怒地揪打她的母亲：

> 程校长走过去，从背后别住小女孩的手："我看看这是谁呀？谁在做坏事？一定不是我们学校的吴小雨。"
>
> 叫小雨的女孩子手不能动了，就原地跺着双脚，口齿不清地叫："辫子！辫子！"
>
> 程校长笑眯眯地："好，老师来给你扎辫子。小雨要扎个什么花样？还珠格格那样的，还是白雪公主那样的？"
>
> 女孩子破涕为笑，一头扎到程校长怀里撒起了娇："要还珠格格啊！"
>
> 程校长趁势教育她："还珠格格从来不打人，吴小雨也不应该打妈妈。"
>
> 吴小雨立刻就认错："妈妈，对不起。"②

通过类似的一系列场景赋写，作者的本意在于凸显小说

---

① 黄蓓佳. 你是我的宝贝 [M]. 南京：江苏少年儿童出版社，2008：28、129、194.

② 黄蓓佳. 你是我的宝贝 [M]. 南京：江苏少年儿童出版社，2008：56.

中理解并懂得如何与智障孩子相处的程校长作为成人典范的
形象，以及来自成人世界的这种理解对于智障孩子的生活意
义。但从小说的叙述事实来看，这些场景本身显然带有某种
缺乏真实感的"公开课"性质，也因此难以给予我们内心深
处的触动。程校长的教育方式还包含了隐在的居高临下的权
位感，她处理孩子们的问题的姿态，更多地表现为一个做出
亲切神态的教育者驯服学生的样子，而不是大人与孩子之间
真诚的交流。

　　另一方面，尽管小说所表现的智障童年关怀显然缺少现
实生活内容与关系的丰富依托，但这种关怀的目的，却又似
乎局限于现实生活功利的层面。或者说，人们关心和帮助贝
贝这样的孩子的最终目的，是为了让他们在生活能力上尽可
能地向正常人靠近。为此，小说着意渲染了贝贝在生活中所
面临的普通人难以想象的各种现实艰难，进而表现了贝贝周
围的人们一心想要帮助他克服这些困难的努力。譬如奶奶在
世时的主要生活内容，除了照顾贝贝，就是训练贝贝。为了
让贝贝学会数字，她要求孩子在吃包子前，必须先准确地说
出包子的数目：

　　　　曾有一次，居委会主任洪阿姨到贝贝家里送一份人
　　口登记表，亲眼目睹了奶奶训练孩子的过程。那时候贝
　　贝还小，还没有上学校，被奶奶圈在餐椅上，一边颠三
　　倒四地数数目字，一边瞄着桌上的小笼包，抓头发，咬
　　手指，憋红了脸，蹲起来又坐下去，烦躁得像一头关进
　　笼子好几天的小狼崽。

　　　　洪阿姨于心不忍地想：马戏团里驯狗熊识数字，怕

也没有这么难吧？①

　　尽管这一系列训练的苦心无疑饱含了老人对贝贝的爱，以及她内心深处不愿让贝贝将来成为别人的负担的"刚强"与"自尊"，但对于一个智障孩子来说，以这样的方式来表现他的生活障碍和"尊严"感，到底是不是一种合适的做法？由生活向孩子提出的各种学习要求，当然是智障童年无时不面临着的困难，但在对于这些童年的艺术表现中，是不是还存在着另一些比功利性的生存预备更有价值的审美内容？优秀的儿童文学作品不仅仅是以特定的方式反映着现实中的童年，也是对于现实童年的一种哲学、美学上的提升。这并不意味着关于童年的文学表现与童年的生活现实之间是彼此分离的，而是说，在诚实地书写童年现实的基础上，我们还需要思考，这一现实中最能打动我们的生活之美，到底在哪里？

　　我想，它是在童年生活的日常精神对于这现实的某种审美提升和照亮中。正如黄蓓佳在她 2010 年出版的长篇儿童小说《星星索》中，写出了 1960 年代的特殊政治环境下，童年游戏和欢乐的日常精神如何自然而然地越过政治生活的现实，传递出那个年代里唯一真实却被压抑着的普通生活的温情。小说的叙事没有落笔于那时同样充斥各处的童年的仇恨、恐慌与苦难之上，却以童年的单纯对于生活苦痛的天然过滤，以及童年的"小视角"对于细碎的日常生活的自然凸显，将一种珍贵的生活暖意赋予了那个缺乏温度的年代。这

---

① 黄蓓佳. 你是我的宝贝 ［M］. 南京：江苏少年儿童出版社，2008：32.

是童年对于现实的一种重要的审美意义，是童年自身成为一种具有独特价值的审美对象的基本前提。

然而，这种童年立场与生活现实之间彼此的审美提升，在《你是我的宝贝》中并未得到很好的实践。小说中，智障童年的生活一方面被表现为一种游离于现实的脆弱的"至善"状态，另一方面又受限于现实生活向这些孩子提出的功利要求，而未能写出这一真实的童年生命状态相对于真实生活的诗性价值——这份价值才是我们向这些特殊的孩子表达"喜爱"与"尊重"的最好方式。因此，尽管作者的初衷是要超越"弱势群体"的文化主题，创作出一个视角独特的童年艺术文本，但严格说来，小说确乎只是在"弱势群体关怀"的层面上，完成了一次有价值的文学尝试。

（四）童年美学与原创儿童文学的艺术可能

本节从童年美学的视角针对以上三部长篇儿童小说展开的讨论，不只是为了完成一次个案性的儿童文学批评实践，更是为了借助这样的批评，探讨原创儿童文学写作应该进一步关注的童年美学问题。这个问题关系到儿童文学写作对于童年生命的审美认识、价值判断以及对童年命运的理解，究竟是否真实地体现了童年自身作为一种独立的生命和文化存在的"尊严"，以及在此基础上，它是否真实地传达出了童年内在的审美精神。对于这一审美精神的文学表现，既是一个技术层面的问题，同时也超越了文学的技法，而指向着童年写作最根本的审美关怀。

在我看来，童年美学的话题已经成为原创儿童文学实现新的艺术突围和提升所不得不予以郑重考虑的基本问题。从20世纪初中国现代儿童文学诞生至今，在文学自身的规律尚能获得一定尊重的时代里，儿童文学界对于童年的审美理解也随着这一文类的艺术发展而得到了持续的推进。尤其是1980年代以来，原创儿童文学在童年美学层面实现了诸多富有价值的探索与拓展。然而，从总体上看，尽管许多当代儿童文学作品旗帜鲜明地以童年作为其审美表现的核心，但在对于童年的生活、文化及其命运的审美理解、呈现和诠释上，这些写作却并未进入童年感觉、生命和关怀的最深处。很多时候，童年看似成了一部作品毫无异议的艺术主体与标识，实际上却仍然是服务于特定故事叙述和观念诠释的一个中介。这并不意味着这些作品不关心童年，而是更进一步，意味着它对于童年的文学关切，最终并未真正落在童年的审美本体之上。

这让我们想起法国童书作家艾姿碧塔曾发出的感悟："我认为有必要区别以下的这两种情况：一是把自己当作孩子，来为其创造一个想象的情境；二是相反的，使用孩子自己也能运用的媒介工具来捕捉真相的方式和他接触"。① 在前一种情况下，写作者的任务只是为孩子们提供在其感知和话语能力范围内的想象作品，而在后一种情况下，这种想象不只关系到童年的内容，还关系到世界和存在的"真相"。艾姿碧塔肯定的是第二种创作姿态。这里，"真相"的所指，

---

① ［法］艾姿碧塔. 艺术的童年［M］. 林徽玲，译. 合肥：安徽教育出版社，2005：183.

是一种通过儿童文学的媒介方式得到传达，却与一切优秀的文学作品一样触及我们的生活与人性深处的审美质素。这种透过童年来书写人性与生命的"真相"的能力，或许也正是目前原创儿童文学创作所普遍面临的一个艺术瓶颈。

迄今为止，原创儿童文学的童年美学问题尚未引起批评界的足够关注，这种关注缺乏的表征之一，即是批评界对于儿童文学作品中各种显在的童年美学问题的忽视。本节选择分析的三部儿童小说均获得过一系列重要的儿童文学奖项。如果说在今天的文化语境下，文学奖项本身往往并不必然决定和代言着作品的艺术层级，那么它至少构成了对于作品艺术的某种公共范围内的机构性认定。这就向这一认定行为本身提出了艺术判断方面的要求。对于童年写作的实践而言，这种认定不应当只局限于单纯的文学主题、题材、技法等因素，而应该包含对于作品童年美学问题的充分考量。也就是说，除了艺术的语言、个性的题材、趣味的故事之外，一部儿童文学作品的优秀程度，同样多地取决于它所表现出来的童年美学立场和姿态。实际上，我更想说的是，这一童年美学理解不是外在于技法的存在，它本身就参与建构和塑造着儿童文学作品的语言、题材和故事，它的美学层级内在地决定着作品的艺术层级。

在这个意义上，有关原创儿童文学童年美学问题的关注与探讨，应该成为当代儿童文学艺术思考的一个核心命题。

七　商业文化精神与童年形象塑造

　　现代商业文明是中国当代儿童文学发展所依托的一个基本文化语境，它不但构成了当代儿童文学艺术实践的重要现实背景，也对儿童文学所致力于书写的当代童年面貌与精神施加着内在的深刻影响。近二三十年来，中国儿童文学中出现了大量与商业经济时代和商业文化精神密切相关的儿童形象（主要是在都市或准都市题材的作品中）——与更早出现的儿童形象相比，这些孩子身上表现出一种鲜明的主体身份意识和较强的社会行动能力。当代儿童文学中出现的这类富于时代感和代表性的儿童形象在一定程度上得益于现代商业文化精神的滋养，它承载了当代儿童文学童年精神的重要变革，并有力地推动了新时期儿童文学的艺术革新。

（一）童年形塑的话语变迁：从意识形态到商业文化

从 1949 年直至"文革"期间，中国儿童文学的写作和出版始终受到国家意识形态的制约，其基本的表现题材、形象塑造和价值观等均受制于意识形态话语的规训。自 1970 年代末至新世纪初，随着中国社会政治、经济和文化生活的整体变迁，中国儿童的生活环境以及儿童文学的创作环境也随之发生了巨大的变化，与此相应地，中国当代儿童文学的写作同样经历了文学话语方式的重要转变。这其中，当代商业文化精神对于儿童文学审美话语新模式的建构产生了显而易见的影响。1980 年代初，商业文化元素已经开始进入儿童文学写作的关切范围，但由于受到既有童年观和传统审美趣味的影响，许多作品在触及这一题材的同时，也对它保持着特殊的敏感和警惕。至 1990 年代，一批具代表性的都市儿童文学作家率先开始将商品经济时代新的童年生活内容和童年文化精神纳入到儿童文学的艺术表现领域。自此往后，商业文化的元素在儿童文学中逐渐呈现出一种扩张之势，并最终参与了当代儿童文学新的文学知觉和审美形态的艺术建构进程。

1980 年代初，在当时特定的历史情境与条件下，一些儿童文学作家开始敏锐地觉察到了逐渐形成的商业文化环境对于当代童年及其生活的影响，同时，他们对商业文化给儿童生活带来的"侵蚀"和可能的负面影响，也保持着天然的警惕之心。因此，这一时期的儿童文学作品在处理这类题材时，常常自觉或不自觉地倾向于将商业之"利"与道德之

"义"对立起来，舍利取义也被表现为一种理所当然的童年生活伦理。很自然地，这类作品中的儿童主角也在理智和情感上保持着一种对商业文化的批判和排斥态度。

1983 年，江苏作家金曾豪发表了一篇题为《笠帽渡》的短篇儿童小说。这篇小说的主角是一位名叫阿生的 13 岁水乡少年。出身摆渡之家的阿生继承了水乡孩子心灵手巧的特点——除了高超的泅水本领之外，他还会做竹编，摆渡船。暑假来临，阿生承担起了摆渡的工作，以此挣钱补贴家用。这篇小说发表后引起了评论界的一些争议，争议的焦点在于，小说中阿生的摆渡行为明显带有已在当时乡村社会萌芽的商业文化的痕迹，而阿生为"钱"摆渡的行为则有悖于一般情况下我们对于童年"纯真"精神和价值的理解。

那么，儿童文学中应不应该表现这种不够"纯真"的商业意识和商业行为？实际上，从今天的视角来看，这篇小说对于少年形象的塑造仍然小心地停留在传统儿童观的边界内。首先，阿生摆渡的收入十分微薄，但他并不因此而懈怠，而是十分负责地对待这项临时的工作。为了不耽误别人的事情，他冒着大雨为人摆渡，还提供自家的笠帽给客人遮雨。这一文学上的处理给读者造成了这样一个印象：虽然阿生的摆渡是一项有偿的工作，但在这一过程中，他为别人提供帮助的意愿似乎远远超过了他所得到的经济报偿，这就冲淡了摆渡工作本身所具有的经济意味。

其次，除了微薄的摆渡收入之外，阿生拒绝通过其他明显的商业行为获取更多"利润"。小说中，做小买卖的陈发总要坐阿生的渡船去河对岸的工厂卖冰棒，慢慢地，他和摆渡的阿生交上了朋友。但当陈发建议阿生不妨在笠帽上动些生意脑筋，在摆渡的同时兼卖笠帽时，却遭到了阿生的严辞拒绝：他的笠帽可以借用，但绝不售卖。在这里，"借"与"卖"之间的区别，正代表了"义"与"利"之间的对立。

再次，少年阿生在情感上对盈利性的商业行为怀有鄙视的态度。因此，当他听说陈发将冰棒悄悄地涨了价，便认定他是个"见利忘义"之徒，不再把他视为朋友。显然，小说中阿生摆渡赚钱似乎只是一种不得已而为之的传统谋生行为。细究起来，不但小说的少年主角对商业文化持一种拒斥的态度，小说的作者对于儿童卷入商业行为的现象，也持一种总体上保守甚至质疑的态度。

在《笠帽渡》发表差不多十年之后，1990 年代，一种对于当代商业文明的更为正面的价值观和文学表现方式开始在儿童文学创作中逐渐得到确立，传统观念中商业文化所指向的"利"与"义"之间的天然对立逐渐消解，甚至一些明确带有"盈利"意图的经济交换意识也成为了当代童年现实生活表现的正当内容。这一时期，上海作家秦文君广有影响的都市儿童小说《男生贾里》①、《女生贾梅》（1993），就频繁涉及、描写了少年主人公的商业意识。该系列小说的主角贾里和贾梅是一对生活在上海一个中产阶级家庭的双胞胎兄妹，现代都市商业文化氛围在兄妹俩身上留下了鲜明的时代烙印。与《笠帽渡》的故事相比，在这两部小说中，不但贾里、贾梅等少年主角表现出了对于盈利性商业活动的积极认同，作家对于这种认同的判断也显然是更加正面和积极的。

---

① 《男生贾里》的故事从 1991 年开始在少年儿童出版社的杂志《巨人》上连载，于 1993 年由少年儿童出版社正式结集出版。

例如，下面这段来自《女生贾梅》的对话发生在这样的情境下：贾梅为了能买到自己喜欢的歌星左戈拉的演唱会门票，决定寒假里去一家餐馆干活，以获取五十元钱的酬劳。于是，她在家里宣布了自己的这一决定：

> "我要上班去了！"贾梅在饭桌上发布新闻，"国外中学生假期里也打工，所以你们别拦我！"
>
> 爸爸妈妈听了那事的来龙去脉，都愣在那儿。只有哥哥贾里不无嫉妒地挑毛病："干一个寒假才给五十元？剥削人一样！"
>
> 贾梅说："可我在家帮着做家务一分钱也拿不到！"
>
> "喂，你怎么变成小商人了，"贾里说，"我将来要赚就赚大钱，像我这种高智商的人，月薪至少一千元，还得是美金！"
>
> 妈妈插言道："每天早上七点到十一点，大冬天的，你能爬得起！"
>
> "那倒是个问题，"贾梅说，"能不能买个闹钟赞助我？"
>
> "买个闹钟就得几十块。"贾里霍一下站起来，"完全可以找出更节约的办法，比方说，每天由我来叫醒你，然后你每天付我些钱，五角就行。"[①]

在这段短短的对话中充斥着与都市商业文化有关的各种意象，包括"上班""打工""赚大钱""赞助"等，"月

---

① 秦文君. 女生贾梅［M］. 合肥：安徽少年儿童出版社，1995：28 - 29.

薪"的高低也成为了衡量个人"智商"、价值的重要因素。更重要的是，与《笠帽渡》中的阿生摆渡以补贴家用不同，贾梅"打工赚钱"的目的是为了换取一场心仪歌星的演唱会门票，也就是说，她的"工作"乃是为了满足另一种比日常生活更为奢侈的爱好。贾里最后提出的讨价还价建议透着商业时代儿童特有的精明，并直指向获得报酬的目的。而在小说中，贾里和贾梅的上述"精明"表现并未受到叙述人的任何责备，相反，他们的种种言行倒因其凸显了都市少年积极的主体意识而得到了叙述人不露声色的赞许。

从《笠帽渡》中的阿生到《男生贾里》《女生贾梅》中的双胞胎兄妹，童年艺术形象的变革已经在中国儿童文学界悄然发生，而这种变革与商业文明之间的特殊联系则提醒我们关注这两者之间的现实逻辑。儿童文学创作中商业文化话语的介入及其影响的凸显，不仅仅意味着一种简单的写作题材或表现内容上的拓展。与这一话语变迁伴随而来的，是当代儿童文学创作观念的整体变迁。对于当代儿童文学的艺术发展来说，这其中蕴含了十分积极的美学变革讯息。不可否认，在商业经济的物质逻辑与文学艺术的精神逻辑之间也许存在着某种天然的隔阂和矛盾关系，然而，在新时期中国儿童文学的艺术发展进程中，正是商业文化元素的内外参与，使儿童文学的艺术表现迅速冲破了长久以来所受到的意识形态话语的制约，从而为自己打开了一个更为真实、广阔和自由的表现空间。

（二）当代儿童文学中的商业文化元素

如前所述，现代商业文化开始日渐普遍地渗入和影响人们的社会生活，是新时期以来中国社会发展的一个基本背景。尤其是在商业文化较为发达的城市地区，它对于童年生活的影响也在日益突显。这一影响同时体现在现实和虚构的童年生活空间中。进入新世纪以来，随着商业文化在人们日常生活中影响的不断扩大，儿童文学中的商业文化元素也在不断铺展，这些元素不但极大地丰富了当代儿童文学的表现内容，也内在地影响着儿童文学的童年美学建构。

商业文化元素在儿童文学中的体现主要表现在以下三个方面。

一是各类商业消费意象在作品中的频繁出现。

今天的许多以都市生活为背景的儿童文学作品（特别是小说作品）中，充斥着商业文化的各种意象，阅读这些作品，我们几乎总是会跟随着故事中的少年主人公穿梭在各式各样的商业消费场所，很多时候，这些场所也为许多作品的情节展开提供了基本的空间背景。例如，郁雨君的小说《提拉米苏带我走》（2003），其中反复出现的一个贯穿情节发展的核心场所，便是一个名为"橡木桶"的风格独特的都市甜品店。在这部小说的叙述过程中，我们可以摘取出涉及日常生活衣、食、住、行等领域的大量商业经济意象。这类意象在当前的少年和青少年小说中尤其具有普遍性，它们在小说中营造出了一种浓郁的商业文化氛围，以及一种精致、轻松、欢快和不无享乐主义色彩的消费文化感觉。"每天徜徉在可可天使蛋糕、香肠洋芋小蛋糕、鲔鱼面包布丁、轻乳酪蛋糕、蓝莓椰子蛋糕、柠檬塔、蓝莓松糕、洋梨舒芙蕾中间，在玻璃纸的透明声音里，在不同气味的交织簇拥里，时间带着甜香窸窸窣窣地过去了"。① 我们不妨说，正是商业经济在大众生活中培养出来的这样一种不无奢靡感却又充满了令人身心舒缓的诱惑的氛围，为操劳的生命带来了令人难以抗拒的"甜香"气息，它教我们学会倾听和尊重自己最真实的身体感觉，并且学着没有负疚地去追随和爱护这些感觉。正如小说主角舒拉充满小资情调的生活感喟："自恋有点像生命里的甜品，没有它，生活不成问题；有了它，生活特别多姿多彩"。② "生命苦短，让我们吃甜品吧"，③《提拉米苏带我走》中引用的这一句甜品店广告词，道出了商业消费相对于我们身体的某种解放意义。对于长久以来受到文化压抑的童年生命来说，商业消费的自由带来了另一种身体体验的自由，它极大地肯定了童年肉身的欢乐。在合适的度的把握下，这种欢乐对于童年的美学建构无疑具有十分积极和可贵的价值。

二是商业经济意识在作品情节中的普遍渗透。

今天，一种与商业文明紧密相关的生活方式已经渗透到童年世界的方方面面，与此同时，一种鲜明的商品经济意识也日益获得了它在童年生活中的合法性，后者包括对于以货币价值为首要特征的商业经济价值观的认可，以及对于等价交换等商业经济原则的认同。许多儿童文学作品不再将货币

① 郁雨君. 提拉米苏带我走 [M]. 济南：明天出版社，2007：58.
② 郁雨君. 提拉米苏带我走 [M]. 济南：明天出版社，2007：67.
③ 郁雨君. 提拉米苏带我走 [M]. 济南：明天出版社，2007：55.

价值与童年生活的道德感必然地对立起来，相反，其中的儿童主角不但充分认识到了货币在当代社会的价值意义，而且开始堂而皇之地在日常生活中表达对这一价值立场的认同。当然，这一切并不意味着当代童年生活必然会堕入"金钱至上"的物质圈套之中，而是意味着，只有通过这一对于现代商业经济的迎合而非回避的姿势，儿童才有机会在这一经济生活的现实中获得主动权。由此衍生而来的"等价交换"意识在当代儿童文学艺术中的表现，同样不是任何形式的拜物主义，而是其中的儿童角色被更多地赋予了精明的文化"算计"和自卫的能力。经过商业经济观念洗礼的儿童显然不再像过去那样容易被成人或其他年长者欺骗和欺负，他们开始懂得在适当的时候为了自己的合法权益奋起反抗；通过这种方式，他们向外在世界争得了许多过去常被剥夺或忽视的权利。我们不妨说，合理的商业经济意识使儿童文学中的主角们获得了一种"健康的自私"，它并不在深层意义上违背任何生活的道德，而是童年生命力建构的一种健康的需要。

三是商业文化精神对于儿童文学童年精神塑造的影响。

有关儿童文学中的商业活动意象和商业经济意识的分析，事实上已经涉及了商业文化的特殊精神。我们知道，商业文化是与商品经济相伴而生的一种文化形态，尽管其发展与商业活动的历史本身一样漫长，但一直要到现代社会，当市场经济逐渐成为一种普遍性和主导性的社会经济体系时，商业文化的影响才进入到了社会生活的各个方面。市场经济是商业文明赖以生长的现实环境，它也因此主导着商业文化的基本精神。长期以来，商业文化的声名不佳，正是因为它所倚赖和为之服务的市场经济体系，其第一驱动力是市场的盈利，作为其中心符号的商品和货币更是直接导致了现代社会人的"物化"。但与此同时，从历史上来看，商业经济又是一种相对公平的经济体系，它尊重和肯定个体努力的价值，促进和推动与此相关的社会流动，与传统的等级制文化相比，商业文化具有更为大众、开放和自由的特征。落实到儿童文学的审美表现领域，商业文化精神促进了儿童的自立意识、主体意识和权力意识。在儿童文学中，拥有独立的消费能力和敏锐的经济意识，不只是对商业时代儿童形象的客观表现，也常常意味着与童年亚文化相关的一种独立精神。受到商业文化精神显在影响的当代儿童文学在童年形象的塑造上明显区别于过去儿童文学作品的地方，即在于儿童主角自我意识和自决能力的显著加强。

例如，2010 年，黄蓓佳出版了一套名为"5 个 8 岁"系列的儿童小说，该系列中的五册小说分别塑造了生活在近百年间 5 个不同时代的 8 岁中国儿童，以此记录了一个多世纪以来的中国童年生活变迁。与前四册相比，主要以 21 世纪初为时间背景的第五册小说《平安夜》，其商业时代气息最为浓郁，而其中的儿童主角也显示了比其他时代的孩子更具主动性的生活理解和掌控能力。《平安夜》的主角是一个生活在都市中产阶级单亲家庭的 8 岁男孩小米。生活中的小米像爸爸一样扮演着家里的"主管"角色，与他一起生活的爸爸倒常反过来显得像个孩子。这是小说中小米的一段自述：

> 实际生活中，我的确照管着我和爸爸两个人的家……想想看，我放学怎么可以不回家，不费心照料我的爸爸呢？如果不给他把晚饭买回去，他要么叫外卖，

要么抓两筒薯片混日子。

······

我熟悉小吃店里每一样面点的价钱：肉包子一块二，菜包六毛，烧卖一块，发糕五毛，豆沙包七毛。我也熟悉菜场里每一种生鲜食品的价值：鲫鱼七块八，西红柿一块六，青椒三块三，后腿肉······不过我没有买过菜，我只是习惯了路过时瞥一眼标价牌。我想总有一天，到我再长大几岁之后，我会代替外婆和新奶奶，承担为爸爸买菜洗煮的任务。[①]

整部小说中，8岁的小米显示出了一种常常不逊于周围成人，有时甚至比他们更为成熟的情感和心理素质，但与此同时，他又保持着一个孩子真诚自然的心性。他的成熟的精明与他作为孩子的单纯毫不冲突，反而相辅相成。准确地说，是商业文化的精明"算计"使童年的纯真变成了一种有力量的纯真。

从商业活动意象到商业经济意识再到商业文化精神，商业文化对于儿童文学的影响也从表层的题材、形象延伸至更深层的艺术精神。浸润于商业文化之中的童年身体很快吸收了这一文化的营养。而当代儿童文学中富于商业文化气息的童年形象不仅是对于现实生活中童年文化变迁的及时回应，而且受这一文化变迁形势的推助，形成一种新的儿童文学美学。它使童年的生命尽可能地向着身外的日常生活世界和身内的欲望感觉世界同时打开自我，随着这一"打开"，童年

---

① 黄蓓佳. 平安夜 [M]. 南京：江苏人民出版社，2010：2 - 6.

独特的生命力和创造力也得到了空前的凸显。这并不是说，在商业文化与当代儿童文学的美学革新之间存在着直接的因果关联，毕竟，从文化的环境变迁到文学的艺术变革，中间仍然隔着许多复杂的因素，同时，在前者对后者实施影响的过程中，文学本身要面对和处理的问题也远远超出了简单的现实反映论的逻辑；但回顾近二三十年间的中国儿童文学，不可否认，对于当代儿童文学的童年精神革新来说，建立在商业经济基础上的商业文化精神显然发挥了不可或缺的助推作用。

（三）商业文化精神与儿童文学的艺术革新

从 1990 年代到新世纪初，愈演愈烈的商业文化在外赋予了现实中的儿童以更大的经济和文化自主权，在内则赋予了儿童文学中的孩子以更独立的思想和文化主体性，这两个层面彼此既互为表里又互相推进，共同参与着现实和虚构语境下当代儿童的身份塑造。[①] 伴随着儿童形象和童年精神的变革，当代儿童文学迎来了一次重要的艺术革新契机。

这一艺术上的革新趋向首先表现在儿童文学写作对于儿童"大众"的肯定及其儿童形象的"日常化"趋势上。

现代商业文化在文学艺术领域所激起的一大变革，在于它将市场经济的规律成功地安插入文艺创作的方寸之地，

① 方卫平，赵霞. 商业文化深处的"杨红樱现象"——当代儿童小说的童年美学及其反思 [J]. 当代作家评论，2012，（5）：142.

并很快在这一领域内唤起一种强烈的大众消费者意识。它一方面造成了文学艺术创作中的某种媚俗潮流，另一方面，正如美国学者泰勒·考恩在其《商业文化礼赞》一书中的研究所显示的，它却也使众多普通民众的文艺需求越来越受到文艺创作和生产的关注，在这个过程中，一般生活世界的情状、普通人的情感、愿望等越来越多地进入了文艺作品表现和关切的范围，由此促成了现代文学艺术发展更为多元的面貌。①

在儿童文学领域，它表现为作品对于庞大的普通儿童群体及其最为日常的生活、情感的关注。我们看到，从 1990 年代到新世纪初，越来越多的"普通人"成为了儿童文学的主角，他们在同龄人中远不是最优秀的那一个，他们的身上有着日常生活所烙下这样那样的真实缺憾，但这些"普通"的孩子恰恰反映了现实生活中大多数儿童真切的生存状态。从秦文君笔下的"贾里""贾梅"到杨红樱笔下的"冉冬阳""马小跳"，这类普通而又真实的儿童形象特别能够激起儿童读者的共鸣，也因此特别受到儿童读者的欢迎。至 21 世纪初，它已经成为城市题材的儿童文学作品中最为常见的一类形象。

与此相呼应，这一时期的儿童形象塑造越来越告别传统的时代英雄模式，而进入了内心英雄的书写，亦即对于普通儿童心灵世界的关注。我们很容易注意到，在近二十年间发表和出版的各类都市生活题材的儿童小说作品中，占据着作

---

① 方卫平，赵霞. 商业文化深处的"杨红樱现象"——当代儿童小说的童年美学及其反思 [J]. 当代作家评论，2012，(5)：141.

者们和读者们目光的主人公几乎是清一色的普通儿童。在大量作品中，不但童年主角往往是那些日常生活中最普通的孩子，而且相比于过去的英雄式主角，作者们显然更关注这些孩子在日常生活中的自然状态，并倾向于对那些在过去的写作中通常被认为是缺点的童年真实心性予以积极的肯定。在这类书写中，童年的"成长"被更多地表现为一种寻常的生活体验和一个日常的心理过程，而不必然要承担童年生活之外的更多外在的道德负重。

其次，商业文化精神带给当代儿童文学的艺术革新也表现在儿童文学写作对于儿童"私欲"的肯定及其儿童形象的"肉身化"趋势上。

商业文化精神包含了对于人的当下时间和当下身体的格外关注。受到这一精神氛围的影响，当代儿童文学创作不再回避儿童的各种真实的欲望和想法，而是反过来肯定和尊重其合理的身心欲求。与此相应地，儿童文学中的儿童主角，其"肉身性"特征也愈益得到突显。比如，对于自我利益的主动维护，对于自我愿望的坦然遵从，以及在应对各类生活问题时表现出的某种不无自私的狡黠，等等。这种作为人之常情的"自私感"在儿童文学创作中曾长期处于被道德清除和屏蔽的状态，却在当代儿童文学的童年形象塑造中得到了格外充分的表现和格外高调的肯定。在这样的背景下，儿童作为主体的身份愈益得到突出，儿童文学界也开始致力于探寻和表现儿童个体真实的生活感受和欣赏趣味，而非因循多年来常由成人为儿童制定的文学口味。

近年来，儿童文学创作对于儿童"私欲"的表现尺度一直在不断放宽。例如，在新世纪最为畅销的儿童小说之一

"淘气包马小跳"系列（杨红樱）中，儿童的一些看似出格而又在情理之中的虚荣、自私和趋利避害心理，都从积极的一面得到了表现和理解。比如，小说中的马小跳乖乖地读完了幼儿园小、中、大班，是因为他喜欢上了漂亮的幼儿园老师，为了让他心甘情愿地升入小学，他的父亲马天笑亲自去找校长，希望他能够把儿子安排在一位漂亮的女老师的班上，虽然这个愿望当即被校长否定了，但马小跳总算是被一位比幼儿园老师更漂亮的女老师牵着手，才走进一年级教室的。① 这样的儿童形象在传统的儿童文学写作中是很难见到的，或许也只有在开放的现代商业文化语境下，我们才能看到对于童年形象的如此率真的书写。

再次，与商业文化精神有关的当代儿童文学艺术变革，也体现在大量儿童文学作品对于童年"理性"的肯定及其儿童形象的"成人化"趋势上。

这里所说的"成人化"有别于尼尔·波兹曼在《童年的消逝》中所批判的"成人化的儿童"现象，而是指儿童在现代生活中日渐获得了原本通常被限制在成人范围内的一些能力和权益，并日益表现出一种成人式的社会生活参与和行动的积极愿望与热情。发生在童年形象身上的这一变化，也与现代商业文化有着微妙的内在联系。从特定的角度来看，商业文化包含了一种积极参与和精于算计的健康的理性精神，而在新世纪儿童文学的许多角色身上，我们都能看到这一理性精神的影子。它表现为小说中出没于商业文化环境下的儿童主角往往被赋予了较为成熟的文化辨识力、社会判断力和

---

① 杨红樱. 贪玩老爸［M］. 南宁：接力出版社，2003.

主体行动能力。在这些作品中，长期以来处于文化弱势位置的儿童不但开始成为自我世界的主人，而且开始凭借自己的力量积极地介入、影响乃至改变社会生活，其中的少年主角们不但在与成人的各式互动中迅速学着在自己的世界里掌舵，而且也以其行动对身边的成人世界施予着实在的帮助和影响；换句话说，他们的身上越来越表现出原本仅属于成人的许多正面的理性素质。与过去常以家庭和社会问题的受害者形象出现的儿童角色相比，这类充满社会行动力的儿童形象带来了一种格外清新的美学气息，也特别受到渴望在现实中掌控生活的当代儿童读者的欢迎。

1980 年代以来，越来越多的儿童文学写作表现出对"顽童"形象的情有独钟，这一趋势显然在很大程度上受到相应的西方儿童文学传统的影响。不过，与西方儿童文学传统中的"顽童"们相比，近二三十年间出现在当代儿童文学作品中的许多顽童主角，其特征远不仅仅表现为一种天性的顽皮，更多了一份与发达的城市商业文明密切相关的自立感与自主权。自小受到商业文化精神熏陶的他们对于自己所身处的这个世界、对于周围发生的一切，都有着强烈的参与意识和自主的应对能力，他们以一种孩子特有的方式观察、把握并处理身边世界的各种问题。他们不但将童年充沛的剩余精力肆意挥洒在家庭和校园生活的各个角落，同时也开始积极介入童年自我赋权的行动，运用童年自己的力量和意志来干预现实生活。这些形象呼应了现实生活中童年地位的显在变化，正如一位英国的儿童媒介研究者所说，在今天，"尽管父母仍然牢固地拥有干涉和管理的权利，现在的儿童已经开始能够和有意愿说出他们的需要和想法"①。从这一视角来看，儿童文学中频繁出现的具有掌控力的童年形象，也可以视作当代儿童所怀有的文化自主愿望的某种理想化表达。

当代童年艺术形象变迁与商业文化之间关系的一个重要见证在于，迄今为止，上述儿童形象基本上仅出现在以都市生活为背景的儿童小说作品中；相比之下，在许多乡土题材的作品中，占据着主角的仍然是一些传统的儿童形象，他们往往被塑造为乡村生活中某些艰难、不幸的承受者或温情、关怀的受惠人。与前面提到的具有自我意识和行动力的儿童形象相比，这些通常与农耕文明相关联的形象往往是沉默的、被动的，对自我的命运缺乏掌控能力的。在这里，许多儿童角色的思维和情感体验方式仍然依循着儿童文学最为传统的写作理路。

考察当代儿童文学中典型的都市和乡土儿童形象，我们会发现以下一些引人思考的特征对比：

乡土儿童形象	都市儿童形象
沉默的	能言的
感伤的	娱乐的
沉重的	洒脱的
敦厚的	狡黠的
被动的	主动的
情感性较强	行动力较强

---

① Chas Critcher，等．中国儿童文化（第五辑）［G］．杭州：浙江少年儿童出版社，2009：21－36．

身体感觉易被忽视	身体第一性的
社会参与度较低	社会参与度较高
常被生活所压抑	善于掌控生活

　　值得注意的是，同样是在乡土题材的儿童小说中，那些已经步入城市商业文化的进程或者与这一文化形态联系更为紧密的儿童形象，往往也会表现出城市题材儿童小说中童年形象的某些特征。比如王勇英的乡土题材儿童小说《弄泥木瓦》（2011），其中的主要角色是两个客家乡村孩子弄泥和木瓦。弄泥是个天性活泼又有些蛮气的客家女孩，她生活在大车村的一条名为它铺的商业小街上；她的父亲是一名医生，除了开张看病之外，又和母亲一起经营着村里唯一的一家药铺。我们可以说，弄泥所生活的环境事实上介于传统的乡土村落和现代的商业文明环境之间。而小说的另一个主角木瓦则是在客家乡村环境下长大的男孩。作品中，"野性足足"的弄泥与沉默坚执的男孩木瓦之间因为生活中的误解而产生仇隙，不过几番"交战"之后，两个孩子最终冰释前嫌，并建立起了深厚的友情。小说中，这个从大车村唯一的商业聚集地长大起来的女孩弄泥，比男孩木瓦这样纯粹的乡土儿童形象，更多了一份与商业文化相关的自由、洒脱、轻快、积极的童年气象。① 这或许也从另一个侧面印证了商业文化与当代儿童文学之间内在的美学关联。

　　中国当代儿童文学中出现的富于商业文化气息的童年形象，一方面迎合了商业社会儿童生存状况的现实变化，另一

① 王勇英. 弄泥木瓦 ［M］. 福州：福建少年儿童出版社，2011.

方面又迎合了具有自主消费力的儿童读者对于自我形象的想象与期待，这两点在很大程度上促成了这类作品的市场畅销。可以想见，随着商业文化影响的持续深入，这类童年形象在今后的儿童文学创作中将占据越来越重要的角色份额。在我看来，这是对于传统儿童文学童年美学的一次积极和意义重大的解放，但与此同时，它所代表的这场美学探索目前也还未及深入，它对于现代商业文化精神的美学吸收、运用，在总体上还停留在儿童形象和故事的表层，而没有能够转化为对于当代社会童年命运的更为深刻的思考。这里面存在着这样一个悖论性的命题：商业文化的精神既促成了儿童文学艺术探求的美学丰富，但它自身的资本逻辑也可能会阻碍这一探求的深入。事实上，这种阻碍已经初露痕迹，它表现在童书业在收到来自市场的积极回馈之后，对于这类儿童形象和童年美学资源的急切攫取上。显然，如果仅以市场为标的，这类儿童形象可以无休止地复制自身，而不必去思考包含在这一形象中的更深层次的艺术内容。而如果任何这样的情形持续下去，那么当代儿童文学从商业文化中汲取到的那些珍贵的艺术革新的能量，最终将转变为商业时代对于儿童文学整个文类的艺术束缚。

我想，这一由现代商业文化带给当代儿童文学的创作迷思，显然无法由商业文化本身来给出答案，而需要儿童文学界自己来破解。

八　扫描与思考

（一）图画书的兴起

2006 年 9 月，在中国澳门特别行政区召开的国际儿童读物联盟（IBBY）第 30 届世界大会上，我做过一个报告，题目是《图画书在中国大陆的兴起》。

进入新世纪之前，在中国的出版界和儿童文学界，图画书还没有成为一种受人关注的出版类型和创作热点。尽管人们通过各种途径，或多或少地了解了一些国外图画书创作、出版、阅读的繁盛状况，但是，在中国，对图画书创作、出版和推广的自觉关注与实践，无疑是新世纪以来才逐渐兴起并越来越引人注目的。

我在上述报告中曾经认为，图画书在中国的兴起，有着多方面的原因。

首先，近三十年来中国经济的迅速发展，中产阶层的逐步形成，城乡居民收入的普遍增长，使相对处于印刷读物消费高端的图画书市场拥有了较大的具有一定购买力的潜在消费群体。

其次，随着中国图书出版和印刷业等的逐渐发育和成熟，人们也在不断寻找新的印刷品种和图书市场。大约在2001年六一国际儿童节前夕，一些报刊在谈论中国出版业的前景时，就曾用了类似的标题——《图画书：中国出版业的最后一块蛋糕》《图画书：出版业的新宠》。

第三，"读图时代"降临的社会共识的形成和阅读心理支撑。据说，1998年，广州花城出版社的一位编辑在推广其策划出版的一套漫画丛书时，第一个提出了"读图时代"的概念。"令策划人自己都未想到的是，这一次并不成功的商业运作却促成了一次成功的'概念推广'"。① 图画书的兴盛，无疑是图形、图像成为这个时代阅读的主体内容之后，发展出的一个合乎逻辑的创作、出版和阅读结果。

第四，从中国儿童文学界内部看，图画书概念及其创作的整体性缺失，在新的文学视野和创作背景下，也已经到了必须面对和补救的时候了，何况图画书本身还拥有独特的美学魅力和巨大的艺术空间。

从中国图画书兴起的内部原因看，进入新世纪以来，中外童书出版界的不断沟通和交流，特别是有越来越多的中国少儿出版界人士出国参加各种儿童书展、进行版权交易，还

———————————

① 孙晓燕. 解读"读图时代"[J]. 编辑学刊，2004，(3)：19-22.

有中国海峡两岸儿童文学界的频繁交流，都使中国大陆的少儿出版人、创作者、发行人等对图画书的艺术特性和商业潜质有了日渐清晰和深刻的认识。越来越多的中国出版社，将国外图画书的翻译和出版作为自己的出版重心之一。这一出版策略的确定和实施，使外国及中国台湾地区的不少优秀图画书作品在数年间以十分密集的方式在中国大陆得以出版。

1999 年，春风文艺出版社出版了德国雅诺什文图、皮皮翻译的十本图画书，其中包括《噢，美丽的巴拿马》《小老虎，你的信》《我会把你治好的》等。这套书的首印数量在 8000 套左右，出版后似乎并未引发预期的市场反应。但是对业内人士来说，人们在稍感失望和抱怨的同时，也开始领略到了图画书的艺术魅力。在稍后的一段时间里，至少在专业人士那里，雅诺什的作品成了人们反复谈论和玩味的图画书范本。

此后，明天出版社、二十一世纪出版社、中国少年儿童新闻出版总社、少年儿童出版社、人民邮电出版社童趣出版公司、新经典文化有限公司、人民文学出版社、接力出版社、河北教育出版社、海燕出版社、贵州人民出版社、浙江少年儿童出版社、长江少年儿童出版社、安徽少年儿童出版社、北京联合出版公司、广西师范大学出版社等大批出版社在引进国外优质图画书方面争先恐后。人们发现，在新世纪以来一个不算太长的出版周期里，中国的儿童文学界和出版界对国外图画书的译介和出版显示了极高的热情。对于读者来说，他们不仅有机会接触到一大批优秀的图画书作品，而且开始逐渐接受了图画书的现代概念，初步培养和积累了图画书的阅读习惯与经验。

对于创作者们来说，这些优秀作品也给他们带来了诸多的刺激和启迪。人们从中感受到了图画书最经典的艺术形态和魅力，发现了文图结合所带来的最独特的想象力和趣味性，换句话说，对于中国的图画书创作者们来说，阅读这些优秀的图画书，不仅仅只是一种"欣赏"，更是一种"学习"。

作为一种出版和创作门类，图画书或准图画书的创作与出版在中国儿童文学的历史上并非始于世纪之交。但是，作为一种自觉的、成规模的创作和出版行为，作为一种受到读者普遍关注的文学现象，原创图画书的兴起显然是世纪之交的一道新的创作和出版风景。在"读图时代"社会文化氛围的诱惑和国外图画书作品的启发下，中国的创作者和出版者们对图画书的艺术领地充满了跃跃欲试的好奇和冲动，于是，一批原创的图画书作品，也以前所未有的密集度进入了人们的阅读视野。

为了推动中文原创图画书创作、出版和传播，近十年来出现了一些图画书奖项，其中已经形成较大影响的是"丰子恺儿童图画书奖"和"信谊图画书奖"。前者面向全球原创华文图画书征奖，由香港陈一心家族基金会、陈范俪瀞女士赞助、丰子恺儿童图画书奖组委会主办、书伴我行（香港）基金会有限公司协办，自 2009 年至 2017 年已经成功举办了 5 届评奖。后者由台湾信谊基金会设立，自 2010 年至 2019 年，已经成功举办了 9 届评奖。2016 年 11 月，由时代出版传媒股份有限公司旗下安徽少年儿童出版社与北京师范大学中国图画书创作研究中心共同发起设立的"图画书时代奖"也在上海颁发了第一届的奖项。

近十余年来陆续出版的余丽琼著、朱成梁绘图的《团圆》（明天出版社），周翔编绘的《一园青菜成了精》（明天出版社），麦子著、朱成梁绘图的《棉婆婆睡不着》（明天出版社），姚佳著绘的《迟到的理由》（明天出版社），于虹呈著绘的《盘中餐》（中国少年儿童新闻出版总社）等成为中国原创图画书的具代表性的作品，其中《团圆》《盘中餐》，分别获得了第一届、第五届"丰子恺儿童图画书奖"大奖。从这些图画书作品中，我们可以感受到一种相对成熟的图画书创作理念和创作手法，甚至，能够体察到一种切实体现现代图画书设计、装帧和印制观念的图画书文本形态正在中国逐渐形成和日益明晰。

近年来中国原创图画书蓬勃发展进程中一个引人注目的现象，是一批知名儿童文学作家、学者进入了图画书的故事和文字创作领域，他们与中国及外国插画家合作创作的一些图画书作品，在业界产生了较大的影响，如曹文轩著、巴西插画家罗杰·米罗绘图的《羽毛》（中国少年儿童新闻出版总社），高洪波著、李蓉绘图的"快乐小猪波波飞系列"（中国少年儿童新闻出版总社），金波著、西班牙插画家哈维尔·萨巴拉绘图的《我要飞》（中国少年儿童新闻出版总社），彭懿著、九儿绘图的《妖怪山》（连环画出版社），秦文君著、英籍华裔插画家郁蓉绘图的《花木兰》（中国少年儿童新闻出版总社），梅子涵著、满涛绘图的《麻雀》（接力出版社），张之路和孙晴峰著、阿根廷插画家耶尔·弗兰克尔绘图的《小黑和小白》（明天出版社），朱自强著、朱成梁绘图的《会说话的手》（连环画出版社），萧袤著、李春苗和张彦红绘图的《西西》（海燕出版社），等等。

毋庸讳言，中国原创图画书在创作、出版、推广等各个环节上，都取得了很大的发展，同时也还存在着一些不能令人满意的地方。例如，在图画书创作的题材、创意等方面，平平之作还不少；由于缺乏兼具文学和绘画才能的创作人才，原创图画书在图文结合，尤其是在实现图画的叙事功能方面，还有许多有待提升的地方。

（二）"系列化"的困境和可能

1."系列化"的过去与现在

新世纪儿童文学创作和出版正在进入某种程度上的"系列化"时代，其标志性特征是大量"系列化"儿童文学作品的出现。这里所说的"系列化"，是指由一位作家（或几位作家合作）创作的基于同一题材、角色等元素衍生的系列儿童文学作品。当这一"系列化"日益成为儿童文学创作与出版的常态时，它构成了一种我们可以称之为"系列化"现象的儿童文学发展现实。

儿童文学的"系列化"现象是童书商业出版环境下的自然孕生物，它体现了现代童书商业出版的链式效应。在现代儿童文学史上，许多经典儿童文学系列作品的诞生，正是因为其中第一部作品的出版激起了读者和市场的热情回应，从而促使作家创作出一系列后续作品。美国作家鲍姆的"奥兹国"系列、英国作家C. S. 刘易斯的"纳尼亚"系列、英国作家托尔金的"魔戒"系列等，其系列创作的缘起都与上述商业链式效应密切相关。在这里，作家的"系列化"创作是在读者和市场的召唤下得以开展和完成的。从这个角度看，"系列化"的合理意义在于：第一，它证明了儿童文学作品的商业价值，这一商业价值的实现反过来促进了现代儿童文学的繁荣发展；第二，通过上述商业价值的实现，它也有可能以自己的方式，有力地证明优秀儿童文学创作的艺术价值。比如加拿大作家露西·莫德·蒙格玛利最初创作著名的《绿山墙的安妮》时，根本没有想到它会成为一部如此受到读者欢迎的儿童小说。实际上，她于 1904 年完成小说后，四年间，一直没有出版社愿意出版这部作品。直至 1908 年图书正式出版后，一时读者如潮，销售业绩大好，蒙格玛利也由此进一步创作出了《少女安妮》等一系列续作。

今天，"系列化"越来越成为当代儿童文学创作、出版的一种常见现象。与过去相比，儿童文学的系列写作和出版也越来越成为了创作者和出版方的一种自觉、主动的行为。许多儿童文学作品在创作和问世之时，就已具备"系列化"的形态，或者已经内含了"系列化"的设想。我们看到，这一从起点处就已进入儿童文学创作考虑的"系列化"因素，不但塑造着当代儿童文学的外在文本形态，也影响着当代儿童文学的内在艺术表达方式。

随着这一"系列化"现象的铺展，它所带来的一些问题也日益引起了人们的关注和思考。这其中，人们最关切的问题有二：一是如何保持"系列化"写作的文学质量，二是如何突破"系列化"写作的艺术困境。前者针对的现象是，由于受到商业利益的过度驱使，一些系列写作行为只注重作品数量的增加，而轻视作品质量的追求，由此导致"系列化"

作品质量的每况愈下。后者针对的现象是，随着"系列化"创作实践的持续探索，这一创作形态本身面临着艺术突破的困境，也就是如何借助"系列化"这一特殊的写作形态，进一步扩容儿童文学的艺术空间，拓展儿童文学的书写可能。

2. "系列化"的两种艺术逻辑

我相信，关于上述两个问题的思考，正是任何对儿童文学怀有良好期望的创作者、出版者、阅读者和评论者在"系列化"问题上的核心关切所在，亦即如何在带有显在市场目的的"系列化"创作与出版举动中，保持和提升系列儿童文学作品的艺术质量。

这个话题的涉及面很多。我想从一个直接关联儿童文学艺术创作实践的角度，结合"系列化"写作的两种基本艺术逻辑，来探讨这类写作的更多艺术可能。

我们知道，在同一部系列作品内，各分册之间保持着既相对独立又前后联结的关系。从目前的系列儿童文学创作来看，有两种主要的"系列化"联结逻辑：一种是并列式的，一种是递进式的。依照并列式的逻辑，系列各分册之间的人物、故事等是相对独立和并列的，如"冒险小虎队"系列、杨红樱的"马小跳"系列、秦文君的"小香咕"系列等，各分册讲述的故事间并无紧密的前后因果勾连，在知悉其基本故事背景、主要角色关系的前提下，如果将各册顺序打乱，常常也并不十分影响阅读的进程。而在递进式的逻辑下，各分册之间既有一定的独立性，更存在着情节内容、角色性格上的前后递进、承接关系，其中人物性格有大发展，故事情节也有前后的铺垫和呼应，如"魔戒"系列、"39条线索"

系列等。该系列的逻辑是突出故事和人物的"发展"性，分册内容如链条般前后相衔，互为因果。

在上述两种系列的逻辑之下，都有可能出现优秀的系列儿童文学作品。一般说来，并列式逻辑常见于读者年龄段偏低的系列作品中，递进式逻辑则更多地适合读者年龄段较高、阅读能力也较强的儿童读者。同时，不论何种逻辑，在系列铺展的过程中，要始终保持较高的文学质量，也都有很大难度。系列链条添加得越长，写作的疲劳、重复及创造力的退化等越是在所难免。因此，在具体的创作实践中，这两种逻辑的艺术力量是相当的。然而，"系列化"儿童文学作品的独特艺术分量，尤其离不开后一种递进式故事逻辑的支撑，因为后者最为典型地体现了"系列化"儿童文学作品相对于单本儿童文学作品所具有的独特的艺术表现空间与能力——在这里，系列的延伸打开了单本儿童文学作品难以实现的艺术表现广度与深度。在拓展了的叙事空间内，不论是故事还是人物的纵深度，都获得了极大的开掘可能。

3. "系列化"写作的当代课题

因此，在系列儿童文学的写作中，递进式逻辑的充分展开，有可能带来一种比单本儿童文学作品更为丰富、复杂、多样的叙事可能。在这一"系列化"的逻辑下，从一个分册到另一个分册的写作，其任务不是从头构思一则或一批新的故事，而是在原有的故事基石之上进一步搭建叙事的楼层，其叙事构成因而不是屋屋相邻的一列平房，而是层层加叠的一幢高楼。

这一艺术逻辑的充分展开，将有助于促进"系列化"写作的自我艺术突破。我们知道，在许多并列式的儿童文学系列作品中，最优秀和最知名的通常是第一部打头的作品，因为这"第一部"往往倾注了作家最强烈的本能创作冲动，其创作天分和才华也往往能够得到最为自然、充分的挥洒，随后的并列故事续写则很难避免创造力的自然惰性。然而，在递进式逻辑的要求下，作家被迫探向故事和人物的更深处，这一探寻有可能促发更为成熟、深入的艺术思考和书写。例如，作为"魔戒"系列前传的《霍比特人》，本是作者托尔金为儿子写的一部幻想题材童书。该书在市场大获成功后，促发了托尔金创作"魔戒"系列。然而，尽管"魔戒"系列写于首部《霍比特人》之后，却更进一步，写出了比霍比特人中的奇幻世界和历险更壮阔、更惊险、更深刻的故事。"魔戒"系列也因此成为了少有的后续之作能够超越第一部畅销之作的系列儿童文学作品。与《霍比特人》相比，"魔戒"系列不但开辟了一个神奇的幻想世界，而且借助环环相扣的叙事过程，借助故事主人公及其他角色的复杂而矛盾的性格演变，步步深入人性扎根的灵魂深处，最终揭示与我们每个人相关的深刻精神命题。在系列写作的大空间里，以下深刻的意义得到了充分的传达：人是渺小的，有缺点的，他从来不可能告别人所固有的欲望之恶，因为没有了这种欲望，没有了这恶，人就不再是肉体的人了。但正因为人不可能以何种方式永远地告别"恶"，他对于自我之"恶"的理解、接纳以及从这"恶"中最终选择"善"的道路的思想和行为，才显出渺小之人乃至一切渺小生命的了不起之处。

目前看来，我们的系列儿童文学作品在前一种"系列化"逻辑上尝试得更多，也出现了不少值得一提的佳作，而在后一种"系列化"逻辑上则还缺乏更多探索。在少量的一些采用递进式逻辑的"系列化"作品如陈柳环的"萝铃的魔力"系列中，故事、性格等方面的发掘还缺乏更具原创力的深度。如何在一个较长的系列空间内组织一个连贯、丰富、精密的故事发展进程，表现一种生动、复杂、真实的性格发展进程，对于许多儿童文学的写作者而言，还是一个有待探索的艺术课题。系列儿童文学的创作如能在这一艺术逻辑层面加强用力，不但有助于成就一部儿童文学系列作品的厚度与重量，也有助于儿童读者阅读经验和能力的提升。尤其是对于年龄较长的少年和青少年读者来说，这样的系列阅读不再是信手拈来的轻松娱乐，而是需要他们运用更成熟的文学注意力、理解力和感受力，来进入、把握和理会故事的内容与内涵。对当代社会的孩子来说，这样的阅读挑战和提升，也是精神成长的一个重要跨步。

新世纪儿童文学的"系列化"写作，需要更多地考虑如何借助"系列化"的表现空间，进一步拓展儿童文学的表现可能，提升儿童文学的表现层级。如果儿童文学在其"系列化"进程中能够尝试探索、实践这方面的艺术突破，那将是"系列化"现象带给当代儿童文学创作和出版的福音。

（三）作家工作室：如何才能赢得这个时代

当童书创作者的身影迅速地被市场化发展笼罩的时候，人们看到，童书作家工作室纷纷应运而生。

据有关业内人士介绍，目前童书作家工作室的组织形式及功能多种多样，但主要有两种。

一是由出版社发起、投资，作家以版权入股，占有工作室部分股份并享受股份制分红，如曹文轩儿童文学中心、汤素兰工作室等。这是在市场化发展中，出版社为占领重要作家资源，围绕核心作家进行全版权运营而催生的经纪性出版机构。这种作家工作室以某一个出版社为依托，由出版社与作家签署协议，在出版社内部成立独立核算的作家经纪部门，工作室工作人员多由出版社内部抽调、组合，专门从事核心作家的图书品种开发及全版权（影视、数字、海外代理、周边产品等）运营。

二是由作家发起、投资，自主运营，是独立的法人机构，专门从事作家的版权经纪、活动整合、媒体推广、跨界合作、周边拓展等业务。与多家重点出版社建立合作关系，代作家对出版资源进行管理和整合，工作人员则由工作室独立聘用。伍美珍儿童文学工作室属于这一类型。

从作家与出版社（或文化发展公司）之间的合作关系看，既有一对一的关系，即特定作家与特定出版社之间的合作，如福建少儿出版社成立的商晓娜工作室、郑春华与杭州大头儿子文化发展有限公司合作成立的郑春华儿童文学工作室，也有一对多的关系，即多家出版社各自在社内成立专门为同一作家服务的编辑团队，开发该作家的特色图书产品，如杨红樱在长江少儿出版社和明天出版社的工作室。

很显然，作家工作室的成立，是在新的文化与商业环境中，作家与出版者联手，文学创作与市场化经营接轨的产物。从创作者的角度看，传统上，人们看到并不断强调的是文学创作活动的创造性、封闭性，作家生存方式的个体性、自足性。今天，一个优秀作家所要面对的，远远不只是键盘或稿纸，还有童书作品的延伸开发，如作品影视剧本、游戏、漫画的改编与设计；作品的版权经营，如作品影视版权、数字版权、海外版权的经营；作品的运营推广、市场营销，如与此有关的各种文学推广活动，等等。从这个意义上说，作家工作室其实承担了作家经纪代理的角色。

从出版者或相关文化企业角度来看，成立作家工作室，是从过去的侧重包装图书品牌向重点包装作家品牌的转换。在出版业市场化程度不断提高的今天，童书出版作为少有的"香饽饽"，童书作家，尤其是优质童书作家已成为一种稀缺资源。在版权意识、合作机制等尚不完善的今天，作家工作室也就成为了出版社与作家之间感情培养、稳定合作、深度拓展、争取共赢的一种形式和载体。

由此可见，作家工作室使作家与出版者、文学与市场结成了一种同盟关系，成为了相互依存的利益攸关方。从某种意义上说，它使文学写作同时延伸、拓展为一种经营行为，使文学创作同时成为一种生产活动。我以为，这带来了两个值得我们深思的问题。

一是文学目标与市场目标之间的相互龃龉。

一般说来，作家工作室的主要目标是促成文学产品在市场终端的成功，也就是说，它常常以作品的是否畅销为重要工作目标，却并不一定必然负责一部优秀或经典作品的生产。当作家的创作作为工作室整体运行的一个环链时，创作者的文学目标也常常不可避免地会受到这一"工作"而非"创作"机制、目标的影响和左右。这种文学目标与市场目标之间的相互龃龉，是我们打量作家工作室发展、运作方向时必须思考的一个问题。

二是文学创作规律与市场化经营规律之间的相互背反。

众所周知，文学创作是作家的一种艺术和精神创造活动，有着自身的心灵运作规律和独特工作节奏。作家的创作灵感、构思、想象及其文学表达，作品的孕育、成熟和最终呱呱坠地，与市场化运作的规律和节奏之间，并不存在着一种同步、呼应关系，在大多数情况下，它们甚至常常是相互抵触与相互背反的。而在作家工作室的运作框架下，市场化的经营节奏和要求，常常可能对作家的创作形成一种刚性的产品要求和节奏挤压，这就很可能对创作带来艺术上的漠视和伤害，并最终导致儿童文学作品品质的丧失和艺术性门槛的降低。事实上，人们已经看到，今天的童书出版，竭泽而渔式的资源掠夺与耗用，已经对整个童书市场造成了一定的打击和侵害。

提出这样的思考，并非是想否定作家工作室这一创作和生产机制。相反，作为今天文化时代的产物，我认为作家工作室的涌现，代表了这个时代童书创作发展的某种必然性、合理性。现在我们面临的问题，是如何建设好、运作好这样一种童书经营的机制与模式。创作者与出版者、艺术性与市场化的双赢无疑是一个诱人的目标，要达成这样的目标，需要双方具有更多的理想、耐心和智慧。只有真正驾驭好文学与市场的双翼，今天的童书创作与出版，才能真正赢得读者，进而最终赢得我们这个时代。

（四）电子媒介环境与少儿文学期刊

电子媒介环境对于当代少儿期刊发展的影响和意义，目前还没有引起人们足够的重视。这里所说的影响和意义不仅是指电子媒介作为少儿期刊的一种外部环境的支撑功能，而且是指它介入少儿期刊内容和形式革新的潜能。

近一个世纪以来，现代人所经历的媒介环境变迁无疑是巨大的，尤其是近几十年间各种"新媒介"的出现，对于社会生活的影响是全方位的，其中自然也包括儿童的生活。今天的孩子正处在一个以电脑、手机、互联网为代表的新媒介时代，与此前的印刷文字、电视、电影等媒介相比，这类新媒介的一大特点在于，它们的使用者不仅仅是被动的讯息接收者，同时也能随时成为讯息的提供者和制造者。比如，从个人主页、博客到微博，对使用者来说，讯息的主动生产、接收、交换正在变得越来越方便迅捷。因此，很多情况下，这类媒介更倾向于成为加拿大传播学家麦克卢汉所说的积极鼓励和吸纳接受者参与的"冷媒介"。

新媒介技术不但改变着儿童的生活方式，也重塑着他们的主体感觉。当代电子媒介或许是到目前为止最不介意成人与儿童之分的一类媒介，它不但支持最大数量的成人使用者参与到各类讯息生产和交换中，同样支持儿童成为讯息的获取、掌控和生产者。事实上，少儿期刊也具有一种来自读者的"参与性"特征。如果我们意识到当代电子媒介的高度参与性特征与传统少儿期刊的参与性诉求之间的合拍，那么针对当代少儿期刊的未来拓展，我们便有许多文章可做。

首先，电子媒介的互动性可以为少儿期刊与读者之间的互动提供最广泛迅速的媒介支持。

文学类少儿期刊可以将传统的互动模式拓展到电子媒介层面，借助有活力的电子媒介平台来激发儿童读者关注期刊动态，参与读者反馈与对话，参与刊物组织的各类活动，以此建立期刊读者的虚拟社区，强化其身份认同。比如，通过组建网上虚拟社区，借各类相关活动来巩固和扩大其读者群。近年来，国内一些少儿文学期刊如《儿童文学》、《中国校园文学》、《少年文艺》、《少年文艺》（江苏）等都已经开始运用这一媒介策略，但主要是将它作为一个普通的刊物宣传渠道，而没有形成对于这一媒介平台的更具创意的运用。

其次，强调参与性的电子媒介可以为少儿期刊的内容和形式革新提供新的素材。

近年来，国内外童书出版界都开始了数字化童书的出版探索。这里的"数字化"不仅是指把印刷文字编码成为相应的电子文本，还包括寻求一种将纸质文学读物与电子媒介产品（包括电子游戏）融为一体的新的童书形式。

例如，近年在美国连续出版的少年小说"39条线索"系列，随书夹带有不同的解密卡，读者获得卡片后，通过在相应的社交或游戏网站输入卡片提供的信息，便可参与到以小说故事线索为基础编码而成的网上游戏活动中。纸质小说与网上游戏之间既相对独立又构成一种互文互补的关联，儿童对其中一方理解得越多，他对另外一方的意义读取也就越不一样。在一些运用纸质与电子双重媒介的儿童图书中，读者从纸质图书中读到的只是其中一部分情节，另一部分情节则藏在相应的电子媒介产品中，需要读者循着书中给出的一些线索自己去发现，甚至去创造。在这样的阅读中，儿童读者所面对的不再是一个已经确定的文学文本，而是一个需要他们去参与、去书写的故事，故事的结局也会因参与者的选择而发生变化。这类图书利用了电子媒介的交互和参与功能，将电子媒介的形式能量引入到文学的织体之内，为儿童提供一种有别于传统文学阅读的故事体验。借鉴这一探索，文学类少儿期刊可以通过在期刊中开设特定的栏目，尝试通过纸质媒介和电子媒介的交合，使儿童读者不但能够通过印刷文字读到故事，而且能够通过电子媒介体验和参与故事。在很多方面，少儿期刊比少儿图书更宜于进行这样的早期探索，因为前者始终关注刊物与儿童读者的持续对话，从而能够通过征集和分析少儿读者的即时反馈，更有效地推进这类新作品的探索。

再次，从新媒介的发展趋势来看，电子少儿期刊必定会是未来少儿期刊的一种重要形式。

电子少儿期刊的特色不在于将纸质少儿期刊数字化，而是借助电子媒介的平台，赋予少儿期刊以纸质媒介所不能相比的表现功能。电子少儿期刊可通过超文本技术对文字、声音、图像、移动画面等多维内容进行富于创造性的多样重组，可提供远远超过单本纸质刊物的讯息广度，还可方便儿童读者根据自己的需要和兴趣主动选择相应的讯息。对于文学类少儿期刊来说，这种电子化探索不但能够极大地丰富文学阅读的传统体验，甚至可能改写一代人对于文学阅读的理解。特别是，少儿文学期刊一般拥有比其他类型期刊更强的文学优势，这一优势能够为少儿期刊的数字开发提供基础性，同时也可能是决定性的艺术支撑。我们应该看到，新媒介时代一方面对传统的文学阅读构成了前所未有的冲击，另一方面却也空前地凸显了传统文学艺术的魅力。随着现代人对于新媒介技术的态度从早先的惊奇日益趋向理性的反思，人们越来越意识到，很多时候，不是技术而是文学，才是电子媒介产品成败的决定性因素。可以说，新媒介时代让我们领略了文学所具有的十分强大的迁移和发散功能——如果说任何一种先进的媒介技术本身都不可能将一个低级叙事作品变成一种好的叙事，那么真正优秀的文学作品则有可能赋予任何一种媒介技术以引人入胜的叙事能力，从而在精神上激活这一技术。因此，文学类少儿期刊在当代的电子化探索需要从两个层面展开思考：一是在文学的层面上，如何发现和提出有价值的文学创意；二是在技术的层面上，如何使上述文学创意与电子媒介独特的表现力相结合，并使二者之间相得益彰。

当然，探讨少儿期刊的"电子化"未来，绝不意味着轻视其传统的纸本形态。正如在文学发展的历史上，尽管口传文学的时代早已为印刷文学时代所取代，文学的主流阅读方式也因此发生了根本性的变化，但口传叙事仍然遍布于我们每个人日常生活的细节，口传叙事的魅力也仍然保留在人们的阅读生活——尤其是童年期的阅读生活中。今天，尽管电子媒介也在不断占领印刷媒介的传统地盘，但纸质阅读的体验早已经沉淀为我们文化的一个部分，也不会轻易从我们的生活中被取消。不论当代电子媒介带来了多么新鲜和强大的表现机制，作为文化人，我们总是无法抗拒来自纸张和印刷文字的叙事的魔力，事实上也不应该轻易放弃它。因此，我从内心深处敬重在电子媒介的影响力甚嚣尘上的今天和将来，那些坚持致力于为孩子提供最优秀的纸质阅读体验的少儿期刊。说到底，我希望电子媒介时代带给文学的是阅读体验的一次新的丰富，而不是粗暴地以一种体验取代另一种。

（五）当代话语和当代体系

1. 一种意识，两个关键词

我以为，中国当代儿童文学理论界应以一种高度的自觉意识，努力构建儿童文学理论批评的当代话语和当代体系。

这一意识里有两个关键词：一是"当代"，二是"中国"。前者强调时间性、历史性，后者强调空间性、地域性。如果说很长一个时期以来，这两个关键词始终是当代儿童文学理论批评建设所面对的双重要求，那么，在新世纪至今中国儿童文学发展的现实语境下，在新的儿童文学现象不断向理论批评提出新要求的状况下，这一双重要求的意识，也应得到新的审视和思考。

近一二十年间，中国儿童文学的发展现实，也许超出所有人的预期和想象。只需想一想本世纪初以来，儿童文学如何从传统出版相对低迷的情势中逆势而上，持续攀升，在一二十年间成为整个图书市场炙手可热的宠儿，便足以令人感受到现实本身的莫测与神奇。今天，这一现实无疑构成了人们谈论新世纪以来儿童文学发展进程的最基本的背景，而它自身也被敲上了"当代"和"中国"的鲜明烙印。

当代儿童文学的发展愈是演进，我们愈是感到，不论来自域外的资源提供了多么重要和巨大的参照，中国儿童文学注定要在自身特殊的政治、经济和文化语境中探寻它的发展路径。正是这种独一无二的当下性和本土性，向儿童文学理论提出了新的诠释力和有效性的要求。仅以作为现代儿童文学思想起点的童年观为例。中国当代儿童文学无疑继承了整个 20 世纪东西方现代童年观的重要精神遗产，但与此同时，它在今天所面对的中国当代童年的分化程度，以及童年现实的复杂状况，又都是空前的。对于当代儿童文学来说，它该以何种方式解开当代童年生活的文化密码，又以何种方式与中国童年的现状、命运和未来之间相互影响、彼此塑造，正是一个充满难度和潜力的新的理论课题。再如，也许是受到域外儿童文学艺术的影响，中国当代儿童文学逐渐培植起了一种对于现代儿童文学艺术发展至为重要的中产阶级美学。然而，这个过程中，我们也在不断发现这一西式中产阶级美学与真实的中国童年体验之间的某些裂缝，以及它所导致的当代儿童文学艺术表现的一些潜在问题。如何重新思考、塑造中国儿童文学的典型美学，同样是一个极具"中国"性和"当代"性的理论话题。总体上看，在儿童文学的文化观念、艺术创造、阅读推广、教学实践等各个领域，对于一种切合中国当代儿童文学发展特殊性的批评话语和理论体系的需求，既普遍，又迫切。相比之下，当前的理论和批评本身，则还未能跟上这一现实要求的步伐。

2. 三类话语资源的吸收与借鉴

一种贴近当代和本土状况、契合当代和本土需求的儿童文学理论批评，不是简单的理论演绎或莽撞的实践概括的产物。针对新兴、复杂的文学现象，理论的解释力和批评的判断力，必然有赖于它自身的积累和见识。

因此，中国儿童文学理论批评话语的当代建设，应当重视三类话语资源的借鉴。

一是历史资源。中国儿童文学理论批评的历史话语资源对于其当代建设的价值，不但体现在一切历史相对于当下的某种共通的借鉴和提示意义上，也体现在透过对这一历史话语资源的清理与追究，我们有可能发现与当代儿童文学理论批评的发展困境和趋向密切相关的文化根源。与西方现代儿童文学的状况有所不同，现代意义上的中国儿童文学理论建构，是以某种早慧的形态与现代儿童文学几乎同时诞生。在这个过程中，它兴起的初衷、关切的问题、批评的聚焦、理论的命运等，对于我们今天思考中国儿童文学理论批评的价值、意义，探问当代儿童文学理论批评的困境、问题，仍然深具启发性。

我一向持有这样的观点：一部中国儿童文学理论批评史给我们留下了巨大的思想和文化遗产，针对这份遗产的当代整理和接收的工作，还远没有彻底完成。甚至，从现代儿童文学的诞生到今天，一个多世纪过去了，关于儿童文学的艺术规律，关于儿童文学的实践活动，在某些方面，我们并没有比前人走得更远。历史留给我们的资源，还有着巨大的探讨和反刍空间。对于当代儿童文学理论批评的进一步建构和发展而言，更充分地清理、收纳、消化这一历史资源，应是不可或缺的一件工作。

二是域外资源。我在《中国儿童文学理论批评史》一书中曾经谈道：中国现代儿童文学理论批评在很大程度上起步于面朝域外资源的学习和借用，直至今天，儿童文学界仍然保持着这一姿态。当代西方儿童文学理论批评的发展，让我们看到理论和批评如何将儿童文学由一个最初仅在儿童阅读服务领域得到关注的边缘存在逐渐提升至一般文学研究对象的行列，以及一批新锐、前沿、开阔、深厚的理论批评著作的问世如何逐步开掘出儿童文学自身的广度和深度。在一个开放的文学和文化交流时代，这一域外资源尤其吸引着国内青年一代儿童文学研究者的关注，它的更丰富的理论面貌，也在这一进程中得到新的认识和揭示。近些年来，我在应约为长江少年儿童出版社编选年度中国儿童文学论文集的工作中，对这一现象尤有感触。

不过我也认为，针对域外资源的借鉴，第一，应以了解和吸收本土资源的学术养分为基础；第二，同样要学会识长辨短，去伪存真。尽管当代欧美儿童文学理论批评的确展示了强大的创造力，其中不乏重要的经验，但也要避免机械照搬的拿来主义，更要警惕理论武器的滥用、误用。了解域外资源，是为拓展眼界，增长识见，从中汲取有助于当下儿童文学理论与批评建设的借鉴。面对这一资源，我们自己的视点，应该落在更高更远的地方。

三是普遍的文学与文化资源。这些年来，我在《新世纪儿童文学的文化问题》《儿童文学作家的思想与文化视野建构》等文章里，在不少会议上，反复谈到儿童文学作家要不囿于儿童文学的小圈子，要在更大的文学和文化视点上思考儿童文学的艺术问题。这一点对于理论批评来说，同样重要。很多时候，令儿童文学界感到迷茫、胶着的一些当下问题，若从普遍文学和文化的大视野来看，常有重要的启迪。例如，近年儿童文学界关注的儿童文学应该表现什么样的"童年现实"的问题，一旦我们意识到，它其实也是人类文学史上关于文学可以和应该"写什么"的久远争论在当代儿童文学界的投影，那些已有的思想成果，就会成为我们从一个相对成熟、深透、完善的角度讨论、思考、解开这一艺术问题的重要理论支持。当然，普遍文学和文化的问题，不能简单地移植为儿童文学及其文化的问题，但它们所揭示的文学和文化的经验、教训等，应该成为我们思考儿童文学问题的基本起点。

关于儿童文学的一切特殊问题的思考，都离不开一种文学和文化的普遍视野的参照。从后者出发，能够有效地帮助儿童文学理论和批评摆脱它常易陷入的某种狭隘境地，既有助于现实问题的剖析，也有助于理论批评的推进。

3. 两大理论体系的设想

对于当代儿童文学理论的发展而言，是否有必要、有可能建立一套相对系统、完善的当代儿童文学理论体系？对于"体系"这样的用词，我一向抱有警觉，因为它太容易给丰富、细密、多样、复杂的文学观念、现象等带来不当的限制和武断的裁决。但在文学艺术发展的特定阶段，体系也有它不可替代的意义。建立在系统、全盘的现象考察、分析基础上的理论概括、总结、洞察和前瞻，对于我们摆脱身在局中的片面迷思，探向现象背后的深层问题，也有独到的意义和价值。同时，一个相对科学、系统、富于解释效力的理论体系的确立，对于作为一个学科的儿童文学研究来说，更是一种意义重大的支撑。

当代儿童文学界应当有意识地规划、启动两大基本理论体系的建设。

一是基础理论的体系。这是指围绕着儿童文学的观念、文体、艺术、文化及其他基本理论问题建立起来的理论体系。这一体系在当代儿童文学研究史上有其一贯的传统。新时期以来一直在陆续出版的一大批教材和教程性质的基础理论著作，上承现当代儿童文学的基础理论传统，同时也结合当代语境和状况，对这一传统做出必要、恰当的补充、完善。不过，这些著作的教材性质在客观上限定了其理论展开的广度和深度；同时，许多新兴、特殊、重要的当下文学现象带出的理论话题和理论思考，也难以在其简明的体系构架中得到充分体现。事实上，发生在当代儿童文学现场的大量新兴文学现实，以及这些现实带给传统理论的冲击和要求，它们所对应的理论话题，需要大量专题研究的介入和支撑。这一体系的建设，总体上应有一种统筹意识，如何有效深化既有的理论课题，如何准确开辟新的理论场域，如何使它足以构成一个对当下中国儿童文学的历史和现实具有充分覆盖力、诠释力的话语体系，等等。

二是应用理论的体系。相比于基础理论，当代儿童文学的应用研究远未跟上其应用实践的现实，这或许是因为相比于欧美社会源远流长的儿童阅读服务体系和传统，中国儿童文学的应用实践原本就远落后于艺术创作的实践。近年来，国内儿童图书馆服务网络的快速建立和发展，儿童文学阅读推广实践的迅速铺展和加快成熟，以及学校、社会对于儿童文学教学实践的关注和重视，既让人们看到了儿童文学的应用实践带给整个社会的巨大文明福利，也进一步揭示了针对这一实践的理论需求与理论现状之间的巨大差距。与基础理论相比，中国儿童文学的应用实践更直接地受到它所处社会、文化、体制等特殊条件的影响和形塑。针对这一现实，儿童文学理论界亟须思考、规划、启动建立在科学调查与研究基础上的专业探讨和理论建设工作。这一理论体系的科学规划，以及基于理论成果的有效批评实践，将有助于我们在儿童文学的应用实践中辨清乱象，克服盲目，也将为当代儿童文学理论批评的发展带来重要的新成果。

还应当说明的是，上述观念、话语和体系的建设，终点并非理论和批评本身，而始终是当代儿童文学和童年生活中展开着的无比丰富、生动的现实。面对这一现实，理论和批评的最高意义往往也并不体现在为其指明出路、规划蓝图的能力上——对于文学而言，这样居高临下的指示和规划，很可能是空洞乃至危险的——而在于运用理论和批评特有的观察力、概括力、判断力、洞见力，随时为行走在其中的我们提供尽可能准确、必要的方位参考。在文学的阔大深林里，理论和批评扮演的是地图和指南针的角色。前路的未知景象始终有待探索，但辨清身在其中的基本方位，总能帮助我们不致迷失在毫无方向的杂沓错步中。对于中国儿童文学而言，它正在经历的或许是当代儿童文学史上前所未有的艺术和文化变革的时代。从这空前激烈的革新和变迁里，寻找和确认其中"不变"的文学经纬和文化坐标，是一个时代有所追求的理论和批评应该担负起的职责。

（六）面向世界的中国儿童文学

2016 年 4 月 4 日，意大利当地时间 14 时 50 分许，第 53 届博洛尼亚童书展新闻发布会现场，国际安徒生奖评委会主席帕齐·亚当娜宣布，中国作家曹文轩和德国插画家苏珊·贝尔纳分别获得 2016 年国际安徒生奖作家奖和插画奖。

几分钟后，这一消息已经通过各种媒体，传遍了中国儿童文学界，包括新华社、《人民日报》、中央电视台在内的许多重要媒体，相继报道了曹文轩获奖的消息。

我也与许多心怀喜悦的朋友一样，用手机给正在博洛尼亚颁奖现场的曹文轩先生发去了一条祝贺短信。

对于中国儿童文学界来说，那是一个难忘的夜晚。

众所周知，中国儿童文学的现代自觉，是在 1919 年发生的"五四"新文化运动前后启动的。伴随着这一自觉进程的，是中国儿童文学界渴望看见和认识世界儿童文学的实践与努力。从 20 世纪初对欧美儿童文学的译介，到 1950 年代对以苏联为主的社会主义国家儿童文学的引进，再到"文革"结束后改革开放近四十年来对世界儿童文学的大规模、全方位的翻译、研究、出版和推广，可以说，一部百年中国儿童文学发展史，也是一部试图与世界儿童文学对话、交流的历史。

这一历史的许多篇章是由对于异域儿童文学的译介构成的。尤其是近四十年来，中国儿童文学界对世界儿童文学及其理论的翻译与出版，令人眼花缭乱。进入公版领域的儿童文学名著，其版本之多已经难以精确统计。2000 年前后，各种翻译出版的儿童文学以及儿童文学理论大型系列作品令人目不暇接。"纽伯瑞儿童文学金牌奖"丛书（中国少年儿童新闻出版总社）、"世界经典童话全集"（明天出版社）、"国际大奖小说"丛书（新蕾出版社）、"彩乌鸦系列"（二十一世纪出版社）、"全球儿童文学典藏书系"（湖南少年儿童出版社）、"世界奇幻文学大师精品系列"（明天出版社）、"国际安徒生奖大奖书系"（安徽少年儿童出版社）、"启发精选美国凯迪克大奖绘本"系列（北京启发世纪图书有限责任公司）、"信谊世界精选图画书"系列（明天出版社）、"风信子儿童文学理论译丛"（少年儿童出版社）、"当代西方儿童文学新论译丛"（安徽少年儿童出版社）等，将这种译介的激情和努力，演绎得淋漓尽致。

与此同时，中国儿童文学界融入世界的步伐也一直没有停顿。最典型的例子也许是国际儿童读物联盟中国分会（CBBY）的成立，及其与国际儿童读物联盟（IBBY）的接触与合作。1986 年，第 19 届 IBBY 世界大会在日本东京举办。会上第一次出现了中国人的身影。1990 年，中国正式成立了国际儿童读物联盟中国分会（CBBY），首任主席为时年75 岁的老作家严文井先生，秘书处设立在原国家新闻出版署。1994 年，经国家新闻出版署和中国版协批准，CBBY 秘书处又转至中国版协少儿读物工作委员会，总部设在中国少年儿童新闻出版总社。

继严文井之后，出版家海飞、李学谦先后接任 CBBY 主席，出版家刘海栖长期担任 CBBY 常务副主席。此后，CBBY 与 IBBY 交流合作不断加深，包括为中国作家和插画家获得国际安徒生奖做出了不懈的努力。

历年来，由 CBBY 提名参加国际安徒生奖评奖的中国作家有孙幼军、金波、秦文君、曹文轩、张之路、刘先平、杨红樱 7 名作家，中国插画家有裘兆明、杨永青、吴带生、王晓明、陶文杰、熊亮等 7 名画家；2002 年，时任福建少年儿童出版社社长黄建斌当选 IBBY 国际执行委员，成为有史以来首位中国籍执行委员；2006 年 9 月，由 CBBY 承办的 IBBY 第 30 届世界大会在中国澳门渔人码头国际会议中心成功举行；2008 年开始，张明舟先后 4 次担任国际儿童读物联盟执委；2015 年 3 月，北京外国语大学教授吴青获选为国际安徒生奖评委；2018 年，张明舟当选为 IBBY 主席。

中国儿童文学融入世界的另一个例子，是世界各地的童书展上，人们见到了越来越多的来自中国的身影。2018 年，中国作为主宾国参加意大利博洛尼亚童书展。可以预见，作为国际童书大家庭的一员，中国儿童文学界与各国同行的交流与合作，将更趋务实并富有成效。

从这个意义上说，曹文轩在 2016 年春天的获奖，不仅是一段历史发展的结果，还可能是一个关乎未来的明亮的预言。

（七）如何给予孩子们一个更好的童年

一切历史的回溯和整理，都必然包含了对未来的某种想象和期望。同样，当我们谈论当代中国儿童文学发展的时候，我们关切的不只是它的历史和现状，也是它未来的方向和可能，是儿童文学如何才能塑造、给予孩子们一个更好的童年。就此而言，我们看到的是，这个时代造就了当代儿童文学发展前所未有的优势和机缘，同时也造就了它所面临的前所未有的挑战和难题。正视后者与善用前者，对儿童文学的未来有着一样重要的意义。

首先，在一个以市场为轴的童书经济时代，围绕着儿童文学而发生的创作、出版、推广、批评等文化行为，在与经济利益的彼此促进和小心博弈中，如何坚守和保持其文学的标杆与文化的操守。

这些年来，我们目睹空前庞大的童书市场化进程给中国当代儿童文学带来了层出不穷的新现象、新议题。比如，畅销童书的出现，改变着传统文学生态链上创作、出版、接受、批评等环节的内涵与关系。过去的作者大多是独立的文学撰稿人，今天的作者则成了童书商业运作中的一个重要链环，还需要在新书发布会、读者签售会等包含商业推广意图的各类活动中承担相应的职责。过去的出版者坐镇一方，往往掌握着一部作品的生杀大权，它在这样的位置上培养起一种挑剔的眼光和严苛的标准，而如今，它在不断学习新的趣味和标准的同时，面对畅销作品和作者资源的激烈竞争，常常也不得不放下一种有高度的眼光和标准，迁就市场的要求。

过去的儿童读者远不如今天的孩子见多识广，后者清楚明白自己的阅读喜好，更倾向于把儿童文学的阅读当作一种娱乐。但这样的娱乐倾向的阅读喜好，也最容易导致阅读的偏食和贫血。今天的儿童文学批评如何在纷繁的文学现象和诱人的商业招安面前，寻找、坚持一种有效的艺术判断力和文化责任感的可能？对于儿童文学作家、读者、出版人和批评者来说，这些新话题实际上对应着自我当代身份的重新建构。我们最终将迎来一个什么样的儿童文学新秩序，这个秩序的文化含量和文化层次如何，作家、读者、出版人和批评者的抉择和行动，都在其中扮演着不可或缺的角色。

其次，在中国儿童文学的艺术面貌和生态变得空前多元的时代，如何理解、把握这一生态的丰厚度，如何在庞大的作品数量基础上，实现更进一步的质的艺术突破。

众所周知，一个时代的文学成就，既离不开作品数量的基础，更是由一些体现经典品质和艺术高度的作品来支撑的。而新的时代向"经典"和"高度"提出了新的要求。如果说很长一段时间里，我们为争取儿童文学在文学世界里的独立一席而努力，那么今天，是到了思考这些问题的时候：对儿童文学来说，除了为儿童而写的特殊身份之外，是什么使它作为一种文学屹立于世界优秀文学之林？当代中国儿童文学的开放语境能否催生一批这样的经典作品，即使将它们放到经典文学的一般课堂上，仍然经得起挑剔的品读？从当代儿童文学艺术的基本状貌来看，我们对于儿童文学的独特艺术和美学的理解，既取得了相对于过去的重大进步，也存在着某些影响其走向更远未来的重要缺陷。

例如，儿童文学的艺术发展如何走出"唯儿童主义"（即"只要孩子喜欢的，就是好作品"）的狭隘视野，不是仅仅将简单地娱乐儿童大众作为艺术的目标，而是深刻地认识到，在儿童大众的现实趣味和儿童文学的审美趣味之间，同样存在着一种辩证的关系，前者提醒后者不要忘记"孩子喜欢什么"，后者则以"孩子应该喜欢什么"的思考和体验提升前者。当代儿童文学需要审思什么是童年生活中真正具有高度文学表现价值的趣味，而不仅仅是简单录制或仿造童年生活的某些现实。发现这种独属于童年的、同时又蕴含价值高度的审美趣味，也许是当代儿童文学走向经典的必由之路。

再次，在中国当代儿童文学阅读普及达到空前程度的现实下，一方面，如何通过儿童文学及时观察、探测、反映童年的当下现实，进而引起人们对这一现实的关注；另一方面，如何借由儿童文学深化我们对童年的当代理解，进而参与重塑当代童年的身体与精神。

经历了历史的教训和经验的积累，当代人、当代社会对童年的理解有了进一步的深化，那么，儿童文学如何体现这种童年观的深化，如何以文学特有的洞见和力量，持续推动这种深化？同时，当代生活的巨大变迁度和复杂性，带来了当代童年的巨大变迁度和复杂性，它不但体现在童年生活面貌总体上的转型，也体现在它日益分化出中国式童年的各种新现象。在各类媒体中被反复提起、谈论的留守和流动儿童仅是其中的面向之一。面向和关切这些现实，是当代儿童文学的伦理职责，也是它的文学职责。

但我们也认识到，仅仅把新的童年生活纳入自己的题材边界，只是实践了儿童文学童年书写的前一半职责，如何以文学之力洞穿这种童年生活的新现实，如何从这种现实中写出当代童年及其困境的力度和深度，更进一步，如何发现这个童年的现在、未来与它背后的更广大的社会生活、文化的现在和未来之间的深度关联，才是这种童年现实书写作为儿童文学能否在文学的世界得到尊重和认可的关键。这方面，当代儿童文学书写面临着两种对应的困难。一些能够相对贴近地书写童年生活现实的作品，其现实的观察和反映尽管不乏生动真实，却因缺乏对现实的穿透力、提升力而易流于童稚娱乐和搞笑的浅薄；而一些怀着深切的关怀意识进入特定童年生活书写的作品，却因缺乏对童年现实的准确把握和尊重而易落入某种过于虚构、不够真实的窘境。两种困境的突破，都需要足够的文学勇气和智慧。

这样的思考和追寻是值得的，如果我们意识到，几个世纪以来，儿童文学的阅读不但参与塑造着社会公众的童年观，也潜在地塑造着作为读者的儿童大众。而我们今天选择把童年带向何处，那么最终，童年也将把我们所有人带向那个地方。

第四编

 个案

一　刊物

(一)《儿童文学选刊》

1

　　提起一个文学时代，人们首先想到的常常可能是代表着那个时代文学最基本面貌和特征的那些作家和他们创作的文学作品。的确，作家和作品是人们回顾、描述、研讨任何一个文学时代时所面临的基本对象和中心议题。但同样显而易见的是，作家和作品并不是构成一个文学时代的全部因素；任何一个具体的文学发展过程，总是意味着一整套各式各样的观念、事物、事件的协调或不协调的碰撞、互动和运作。就具体的文学历史过程而言，这些围绕着作家作品所产生、展开的观念、事物和事件，才现实地丰富、充实并推动了文学发展的具体进程。因此，有些时候，当我们割断了作家作品与特定文学时代的其他文学"物件"之间的千丝万缕的联系时，我们便难以真正了解和认识一个文学时代的活生生的艺术走势和历史内涵。我以为，文学刊物便是这样一个值得我们关注的文学"物件"。

对 20 世纪的中国文学来说，文学刊物不仅是作家作品的主要载体之一，同时还是许多文学事件和现象酝酿、发生、发展、完成的基本场所。文学刊物的存在及其表现，常常在很大程度上影响着文学发展的具体进程和历史面貌。例如，离开了《新青年》，离开了《小说月报》，"五四"新文学将会是一种什么样的风貌呢？又如，1980 年代初期出现于西北文坛的理论刊物《当代文艺思潮》，不正是后来席卷南北的文学研究新方法热潮的最初的呼唤者和最有力的推动者吗？也许，不论是"五四"新文学的诞生还是 1980 年代文学新方法热的兴起，都有着更内在、更深层的社会历史文化方面的原因，然而我还是想说，正是上述这些文学刊物的出现和存在，才现实地决定了相应的文学现象是这个样子而不是另外一个样子。

对于 20 世纪中国儿童文学来说，情况也颇为相似。我们很容易想起"五四"时期那些成人报刊对儿童文学及其理论批评的重视和照拂，想起稍后创刊的《儿童世界》和《小朋友》的文学贡献和历史地位。进入 1980 年代，儿童文学刊物在我们文学生活中的作用可以说是有增无减，只要稍加留意和观察我们就可以得出结论：1980 年代中国儿童文学报刊在数量上毫无疑问是空前丰富的。当然，每一份刊物都在为整个儿童文学事业做着"添砖加瓦"的工作，但是，至少就我个人而言，曾经长期吸引着我的阅读注意力，刺激着我的审美知性，激发起我的理论思考和批评冲动的刊物却只有一家，这就是我这里要谈论的《儿童文学选刊》（以下有时简称《选刊》）。

我曾在一篇文章中写下了这样几句话："经历过 1980 年代中国儿童文学发展历程的人们，都会对当时那些生气勃勃、激动人心，甚至是惊心动魄的历史事件和细节记忆犹新。而人们也会承认《儿童文学选刊》在此间所扮演的角色是举足轻重的"。实际上，对《儿童文学选刊》在 1980 年代文学进程中的历史作用的这种认识和把握，至少在 1980 年代中期就已朦胧地浮现于我的脑海中了。许多年来，我一直隐隐感觉到，《选刊》的个性、功能和价值，是一个值得研究和评说的话题，而且很显然，它也应当是了解和研究 1970 年代末以来中国儿童文学发展历程的一个独特而现成的切入口。

以文学刊物为论说对象的"刊评"，在中国儿童文学批评史上并非没有。早在 1930 年代，茅盾就写过《几本儿童杂志》这样的篇幅不短的刊评文章。不过，我对《儿童文学选刊》的研讨兴趣和初衷并非意在倡导刊评这样一种评论形式，而实在是因为我深深感到，《选刊》联系着一个曾经是那样激动人心的文学时代，在她那里沉淀、存留着一个刚刚逝去的文学年代里所发生的艺术史实及其所拥有的艺术精神。是的，我有一种欲望，一种重返 1980 年代、重新解读《儿童文学选刊》的冲动和欲望。

2

一场几乎耗尽我们民族元气的浩劫结束了。在整个神州大地，人们在抚平伤痛的同时，开始战战兢兢地憧憬着未来。尽管时令乍暖还寒，但是精神的复苏和解放进程的到来比人们预想的要快得多。在这场民族精神、理智的恢复和重建过程中，曾经饱受重创的文学无疑成了时代要求的最灵敏的感应者和最坦率的表达者。我们不会忘记，在整个 1970 年代后期，文学曾经是那样引人注目地成为社会精神生活的中心之一，文学以毫不谦虚的姿态争夺、扩展着自己在社会生活中的用武之地。其中一个重要方式便是文学期刊的大量恢复和创办。这一势头是如此迅猛，以致即便是那些阅读精力旺盛的人们也很快就产生了一种面对铺天盖地涌来的文学期刊时的无所适从感。于是，一种最初也许是权宜之计，而后来被证明是十分有效和必要的文学办刊创意出现了：先是在天津，后来是在北京，先后出现了《小说月报》《小说选刊》这两家以精选、荟萃新作、佳作，提供赏览、研讨便利为宗旨的文学刊物（其后还有《小小说选刊》《中篇小说选刊》《散文选刊》等刊物面世）。

1970 年代后期，整个儿童文学创作的恢复和发展比起成人文学来要相应地慢了半拍或一拍。但是，在整个文学发展的带动下，儿童文学也得到了全方位的发展。进入 1980 年代，光是全国性和各地有一定影响的少年儿童文学报刊就不下二三十种。这种印刷文化的初步扩张，既显示了儿童文学创作在数量上的逐渐丰富，同时也在客观上为创办一份儿童文学创作的精选、荟萃性刊物提供了可能和条件。

　　不过，历史提供了可能性是一回事情，把握这种潜在的可能性并将其转化为一种客观现实这又是一回事情。就《选刊》的创办而言，它还有赖于出版人的眼光、胆识和"说了就干"的行事风格。据说，不止一家少年儿童出版社曾议论过创办选刊的事，但这份刊物却仿佛宿命般地由广有影响的老牌出版社——上海的少年儿童出版社推到了读者的面前。

　　创办这份刊物的倡议者是著名作家任大霖先生。从动议到正式创刊出版为时仅四个月。当年参与《儿童文学选刊》创办工作的人们身上表现出了巨大的职业热情和高度的敬业精神。我一直觉得，《儿童文学选刊》的编者们从一开始就显示出来的职业风格，与这份刊物日后逐渐形成的个性、品位等之间，有着一种深刻而必然的因果联系。

　　不言而喻，《儿童文学选刊》编选风格、艺术品质的锤炼及其呈现是有一个过程的。但是，《选刊》从她面世之日起就不是一个单纯地以"展示"为目的的荟萃性刊物。在"展示"的同时和背后，《选刊》也显示了自己独特的艺术"发现"眼光和内在的美学思维品质。也就是说，《选刊》不是客观的儿童文学现象的简单的缩影和拷贝，她同时更是一个时代的文学过程的积极参与和建设者。当我们今天回顾和思考《选刊》与一个文学时代的关系时，意识到这一点是十分重要的。坦白地说，我甚至常常喜欢做这样的设想：如果当初不是把目光定位在与1980年代文学的那些最前卫的艺术动向保持基本同步的话，那么，她会呈现出一番什么样的面貌呢？她与那个文学时代的关系又将如何呢？

3

1970 年代末、1980 年代初期的儿童文学界正处于两个完全不同的文学过程的转换期。一方面，一个拥有世界上最庞大的少年儿童读者群的国度正面临着浩劫过后的精神饥荒期。人们在茫然四顾、痛心疾首之余，不免生出一缕伴着浓浓惆怅的怀旧感——1950 年代被称为当代儿童文学的第一个"黄金时期"，它仍然向 20 年后的文坛放射着它光荣的余辉。另一方面，被传统熏陶和调教出来的人们也已经隐约意识到，一个正在到来的文学时代期待的是新的文学想象力和创造力，而传统文学规范的许多方面，首先是它所负载的价值观念，将被一一重新检测，其中相当一部分将发生根本的动摇和瓦解。

例如，继《班主任》引起整个社会广泛的震动和公众普遍的焦虑感之后，《谁是未来的中队长》相隔一年多以后在儿童文学界引起了另一场轩然大波。争论的焦点集中于小说的人物个性和品质上。这一事件虽然不是起因于一个单纯的艺术争议，但它的出现仍然是富有挑战性和象征意味的：它从价值观念的层面上开始向传统儿童文学的艺术规范发难，并且多少意味着一个新的儿童文学艺术里程的到来。

因此，至少在 1970 年代末，后来儿童文学的一些新的艺术动向和品质就已经初露端倪了。这些艺术动向和品质的逐渐酝酿和展现，最终汇聚成了一个令我今天一旦回想起来便会怦然心动的文学时代。

毫无疑问，《选刊》从创刊之日起就以敏锐的眼光和艺术知觉，关注和感应着一个新的文学时代潜流的最初涌动。

创刊号上"发刊的话"中有这样一段编者表白编选方针的话："本刊将坚持百花齐放的方针，选载各地报刊近期内发表的各种体裁儿童文学中较优秀的作品，着重选刊开拓题材新领域，主题思想有新意，风格、手法独特，有儿童特点的作品。在选刊具有较高思想艺术质量的作品同时，对一些虽还不够成熟但有某种艺术特色的作品，我们也将适当选载。"

联想到后来儿童文学界所发生的许多深刻变化，我确实为《选刊》编者在 1980 年代初所表现出的对儿童文学未来艺术走向的洞悉和预见力而深感叹服。

然而，更重要的是，上述编选方针的确立和实施，直接决定了刊物的艺术面貌、品质和格调。

首先，《选刊》总是以相当锐敏的艺术感知能力去搜寻、捕捉儿童文学创作发展中所出现的最新动向和进展，及时地将这些新的艺术发展片断提取出来并呈现在读者面前。可以说，《选刊》概括了 1980 年代儿童文学艺术发展的基本面貌。正是通过《选刊》独特的编选眼光，新时期儿童文学的发展历程得到了富有个性的勾勒、提示和展现。因此，《选刊》事实上已成为 1980 年代以来儿童文学发展面貌的一份珍贵的历史记录和档案，具有一种文学发展的历史索引价值。

其次，《选刊》在自己生存发展的过程中，逐渐形成了一种稳重而绝不僵化迟钝，新锐而绝不走火入魔的艺术分寸感，表现出一种严肃认真深思的理性品格与灵敏迅捷开放的编辑策略融合为一体的办刊品质。

对于 1980 年代的儿童文学来说，太阳确实每天都是新的。新的观念、新的作者，一不留神就会撞到你的眼皮子底下。一个个题材禁区、观念禁区的突破，一个个新的文学手法、技巧的尝试和运用，儿童文学界跟整个当代文学界一样，被"创新"这根魔棒指挥得团团打转、热闹非凡。不过，对这些现象，儿童文学界的反应并不一致。一些艺术思考和探索从一出现就受到了种种公开或私下里的非难和抵制。在这种情况下，《选刊》以其执着的艺术关怀，对那些零散的、自发的、起初并不为公众所瞩目的艺术倾向和动迁投以特别的关注，并且借助自己逐渐形成的无形的"权威感"，将那些基本上是来自民间的、个人性的（或小群体性的）艺术倾向和探索予以明朗、突出和定格化，使之纳入主流儿童文学的艺术视野，甚至逐渐上升为这个文学时代的具有代表性的艺术现象和潮流。仅就这一点而言，《选刊》锐敏、开放的编选策略也可以说是表现得淋漓尽致了。

当然，《选刊》关注的是整个儿童文学现状。她总是试图关注老中青不同年龄层作家的各自的创作动态，总是试图关注不同题材、不同体裁创作领域的新近发展。但是我也坚持认为，《选刊》之所以富有个性和活力，并不是因为她多么周全地顾及了整个儿童文学的方方面面、角角落落，而是因为她始终感应、关注、配合了一个时代文学发展中的几乎每一次重要的艺术动迁。相反，如果不是这样的话，如果《选刊》只求四方平安、息事宁人的话，那么，她在一个时代文学发展中的位置、作用、影响力等，都将大打折扣。

同时，我还想指出，《选刊》对任何一种艺术新质的格外关注，并非表现为一种偏执的迷狂和玩赏态度。她的编者们清醒地知道，文学探索必然具有一种实验性质，它不仅需要被关注和鼓励，而且更需要一种理性的分析、衡估和现实的检验与仲裁。因此，任何一次艺术争议和理论上的短兵相接，在《选刊》的安排下常常会成为一场充满理智和学术气氛的切磋商谈。接近《选刊》，你会激动但绝不是浮躁，你会思索但绝不是钻牛角尖。而这一切，与《选刊》既充满激情而又保持谨严的办刊品质显然是不无联系的。

再次，《选刊》以其不同凡俗的文学趣味和格调在1980年代以来的中国儿童文学界展示了她独特的魅力。在我看来，《儿童文学选刊》在一个相当长的时期里始终维护、保持了作为一份文学意味纯正的儿童文学刊物的矜持、高雅和尊贵。许多人因此而敬重她：许多作家为自己的作品能够被选入《选刊》而感到鼓舞和振奋，并视之为一种荣誉；一些刊物把自己发表的作品入选《选刊》的数量和比例看作是衡量办刊水平的尺度之一；许多读者和研究者则习惯以《选刊》刊载的作品为依据来了解和研讨一定时期儿童文学的发展状况。我认为，《选刊》纯正、严肃的艺术格调，是足以支撑读者对她的信赖的。

这就是《儿童文学选刊》，一个活跃而充实的文学时代催生的文学"产儿"！令我深深动情的是，《选刊》及其编者们也以自己的全部热情和才智回报了这样一个时代。我想，在一定意义上我们可以说，不仅仅是一个文学时代创造了《选刊》，而且，《选刊》也以自己的存在，参与并促成了这样一个文学时代的到来。

4

当我又细细地把多年来收集的《选刊》重新翻读一遍之

后，我意识到，记忆中的辉煌并不是历史的全部。一部《选刊》，不仅在很大程度上记载了一个文学时代，而且也留下了许多有待清理和探究的、联系着一个文学时代的话题。

《儿童文学选刊》的办刊历史同整个与之相伴的文学时代的发展过程一样，并不是一段平稳的线性过程。起伏和困惑常常不离左右地伴随着她。就我本人来说，我一直是《选刊》的一名忠实的读者。我不想讳言，在相当长的一个时期里，我的理论思维激情的一部分在某种程度上是由《选刊》牵引和控制的；我曾经在自己的内心里和文章中毫不犹豫地为《选刊》的艺术个性和文学品位辩护、叫好。然而今天，当一个曾经是充满了紧张的探索和激昂的突进的文学时代业已偃旗息鼓，暂告一个段落，文坛进入相对沉寂的发展阶段的时候，当我们对那些曾经是令人激动和亢奋的儿童文学艺术现象早已感到不再陌生，甚至变得熟视无睹的时候，我的心情也变得平静了。此时此刻，我更愿意在心里向自己发问：我们该怎样拾起和面对《选刊》这个沉甸甸的历史"文本"留下的话题？我们该如何认识《选刊》与一个时代的艺术纠葛和联系？还有，我们将如何看待《选刊》对过去、今天，以及未来中国儿童文学艺术进程的深刻而复杂的影响？

（二）再论《儿童文学选刊》

重读《儿童文学选刊》，在那些林林总总记录在册的儿童文学现象和事件中，最引起我关注和思考的仍然是多年来儿童文学创作所发生的一次又一次的艺术变迁。我以为，正是这些艺术变迁的不断"接力"和延续，才逐渐更新、重塑了当代儿童文学的话语品质；同时，也正是基于这一点，《儿童文学选刊》建立了她与一个文学时代的最重要的艺术联系。

1

十年"文革"结束后的一段时期中，儿童文学界曾发生过一种文学表达上的"失语症"。有的作者坦率地说："破除了'三突出'，扔掉了'主题先行'，离开了写路线斗争、阶级斗争，我几乎不会写了。"的确，对于那些自觉或不自觉地习惯了"文革"文学话语的作者们来说，在一个社会历史转折时期出现这种文学表达上的困难和失语焦虑现象并不足怪。在我看来，这种文学表达上的"失语症"不仅意味着各种既有话语系统的日渐消解，而且更可能意味着一个新的文学表达时代的来临。

今天，我们可以十分轻松地谈论 1980 年代儿童文学的艺术发展。但是，重返 1980 年代，重新置身于 1980 年代儿童文学的文学语境，我们将会深深地感受到：那些依次发生的文学事件组成的是一幕幕充满艰辛的文学突围表演。众所周知，这场文学突围的起因是多方面的，而《儿童文学选刊》则无疑是这场艺术突围的一个有力的策反者和鼓动者。

这里，《选刊》创办之前所拟定的办刊原则对于后来发生的事情显然是深有影响的。据介绍，在听取了各种意见之后，又经过充分研究，《选刊》终于制定了下述原则：在为读者提供集中阅读的便利的前提下，《儿童文学选刊》应该及时反映新时期儿童文学发展的面貌；主要供儿童文学工作者、习作者、爱好者阅读，同时兼顾少年读者的需要。

这样的办刊定位和编选姿态无疑是意味深长的。它使《选刊》的编者们从一开始就脱掉了厚重的传统之靴，轻捷地登上了新时期儿童文学的艺术瞭望台，并以自己独特的眼光搜寻、监测、报告着儿童文学界的每一次新的艺术动向。事实上，《选刊》的编者不止一次地表达了自己的编选旨趣和艺术关怀之所在。早在创刊之初，编者就在"发刊的话"中表示，将"着重选刊开拓题材新领域，主题思想有新意，风格、手法独特，有儿童特点的作品"；"对一些虽还不够成熟但有某种艺术特色的作品，我们也将适当选载"。进入1980年代中期，当儿童文学界的艺术探索热情不断蓄积，儿童文学的艺术话语不断转型之际，《选刊》的编者们更是一再表示将"特别以更大的热情向读者推荐思想与艺术有所突破和创新之作"（《选刊》1985年第1期"编者的话"），并特设了"探索性作品"栏目。因此，在整个1980年代，《选刊》以自己的方式成为传统儿童文学阵营的艺术策反者，成为1980年代各种儿童文学艺术话语得以进一步传递、扩张、流布的权威媒体和场所——艺术革命的烽火也因为有了《选刊》的接力和传递而向整个儿童文学界蔓延，多样化的艺术探索以不可遏制的态势遍及整个儿童文学领域。从这个意义上说，正是《儿童文学选刊》的精彩运作，才使1980年代儿童文学界旷日持久的突围表演变得有声有色、底气十足。

有两个例子或许能说明问题。1982年，当时在农村小学任教的丁阿虎写出了一篇题目叫作《祭蛇》的儿童小说。这篇从内容到形式都令当时的人们大吃一惊的小说，曾先后出入于多家有影响的儿童文学编辑部，不少编辑表示了私下里的认同或偏爱，但却没有刊物愿意或敢于发表它。后来，据说是得到了著名作家刘厚明的首肯，《祭蛇》才侥幸得以在1983年第1期《东方少年》上揭载。另一件事是，1986年青年作家班马的小说《鱼幻》寄到了浙江《当代少年》编辑部。据我所知，《鱼幻》也是在历经曲折之后才发表在这一年第8期的刊物上。

但是，《儿童文学选刊》却毫不犹豫地做出了迅速而强有力的反应。《祭蛇》发表后不久，《选刊》即于当年第3期以头条位置给予选载。《鱼幻》面世之后，《选刊》则在1987年第1期首次开设的"探索性作品"栏目的领头位置上将它推入整个儿童文学界的视野。几乎与此同时，《选刊》又分别组织了相应的学术争鸣和研讨，使这些原先可能会"自生自灭"或被传统话语所遮蔽的具有某种"先锋"意味的文学语汇获得了更响亮的表达。可以说，《选刊》的关注、重视和研讨，在相当程度上调动、刺激了一代儿童文学作家的艺术创造潜能，并进而引发、制造出了各种各样的新的艺术事变——这就是贯穿于整个1980年代的儿童文学界对新的艺术话语的探索和寻求。

2

1980年代，儿童文学艺术话语的探寻、实验、更新，大体上是在"说什么"和"怎么说"这两个层面上进行的。

1980年代初，在整个儿童文学界，"说什么"曾经是一个令人感到困扰的创作难题。受传统艺术思维定势的影响，儿童文学作家们自觉或不自觉地在心理上存在着许多话语禁忌和表达障碍：许多题材不能涉足，许多主题被理所当然地放逐了。

当然，在迅速变革发展的新时期文学观念的影响和带动下，一股儿童文学话语革新的潜流也在艰难之中悄悄地开始涌动。先是出现了诸如《谁是未来的中队长》《吃拖拉机的故事》《失去旋律的琴声》等一批"一反虚饰和陈套"的少儿小说作品。这些作品就其直面现实的艺术思想而言，无疑也受到了当时整个文学创作发展趋势的强大影响，但是在儿童文学界，它们的出现仍然是富有震撼力的。儿童文学作品还能这样写？有人因此而兴奋，有人感到困惑，也有人则发生了疑问甚至表示出抵制的态度。不久，《儿童文学选刊》通过自己的拣选和取舍表明了自己的态度。《选刊》创刊之初，在注重选载各类不同题材不同风格的佳作（如历史题材小说《扶我上战马的人》、热闹夸张的童话《"哭鼻子"比赛》、诙谐幽默的独幕剧《"妙乎"回春》等）的同时，也特别关注了那些在话语内容和品质上有所突破和更新的作品，例如小说《阿兔》《妹妹的生日》《烛泪》《彩霞》《一个颠倒过来的故事》等。这些作品不满足于用传统的、相对单一的目光来审视和描述少年儿童的精神世界和生活状况，而开始了一种相对新颖的尝试，即从不同视角、不同方位来展示当代少年儿童与整个社会生活的复杂联系。《选刊》的这种编选眼光和姿态，当时曾引起过不少公开或私下里的议论，其中包括尖锐的批评性意见。一位批评家撰文说，"当我仔仔细细读完该刊所选的小说"之后，"产生了许多疑问，归结起来就是儿童文学究竟应该写什么，怎么写"。他认为，儿童文学"是否只是为了把这类社会现象和社会问题展现出

来，或者只是让人感到希望的渺茫，以至发出绝望的叹息呢"？儿童文学"不能满足于仅仅是真实地反映生活，而该反映出生活的本质，通过作者笔下的形象和思想照亮前进的方向"（见《儿童文学究竟应该写什么》，载《儿童文学研究》1982 年总第 10 辑）。

今天重温这段历史，引起我注意的并不是当时论辩各方见解上的具体分歧，而是《选刊》编者身处这些纷争所构成的艺术旋涡中时所表现出来的清醒、执着的编选个性和艺术追求。可以说，这种个性和追求贯穿在《选刊》的整个历史之中。对于那些散落于四处却纷纷显出某些新意的作品，如从早先的《我要我的雕刻刀》《祭蛇》《今夜月儿明》《独船》《"邪门大队长"的冤屈》《长河一少年》，直到 1990 年代中期的《想见米男》《Mao Mao》等一大批从不同视角、不同层面来反映和表现更为丰富的自然、人生、社会、历史、文化、宇宙等内容的作品，《选刊》一直表示了自己极大的热情和持久的关切，从而切实地实现了创刊初始编者所做出的"着重选刊开拓题材新领域，主题思想有新意"的作品这一郑重的承诺。

如果说，对于儿童文学"说什么"的探索和尝试主要实现了文学认识和社会价值观范畴的演进和突破的话，那么，对于儿童文学该"怎么说"的关注和实验，则更多地从儿童文学艺术本体的角度更新了儿童文学的传统话语品质。在这方面，《选刊》的编者同样表现出了相当的艺术敏感和热情。以《勇敢理发店》《祭蛇》《白色的塔》《吉堡》《独船》《鱼幻》《那神奇的颜色》《长河一少年》《双人茶座》《空箱子》《四弟的绿庄园》《门神》等为代表的一大批从语言、情节、结构、象征、神秘、哲理、幽默、荒诞、文化感、游戏性、悲剧意味等不同艺术关节点切入进行尝试、创新的少儿文学作品，几乎是以毫不犹豫、"毫不讲理"的方式便撑破、搅乱了传统儿童文学相对收敛的艺术格局和相对单一的话语方式。而这一切，也几乎无一例外地被《选刊》所摄取和记录在案。

因此，许多活跃于 1980 年代的儿童文学作家们都有这样的感受：自己在艺术上的一些尝试、一点创造，都常常会得到《选刊》的及时关注和扶持。既是作家又是编辑的秦文君曾在一篇题为《几点随想》的笔谈文章中写道："作为编辑，有时我编发了一篇有新意的稿子，就会隐隐约约带着种期待，过了段时间，《选刊》果然选了，那时我总会暗含着一种与《选刊》合拍的喜悦"；"我的一些自己较喜欢的短篇小说，《选刊》大都选了"（《选刊》1990 年第 6 期）。作家梅子涵具有独特的文体意识和叙述才能，他自称"我属于一个可以得到不少评论的作家，但我不属于一个可以得奖的作家"（见《〈林东的故事〉和别的》，载《选刊》1995 年第 3期）。但梅子涵的创作却一直受到《选刊》的关注，从 1980年代的《走在路上》《双人茶座》等，到 1990 年代的《我们没有表》和《林东的故事》。

儿童文学新的艺术表达形态和话语方式的形成，是一个不断探寻、逐渐完善并由作者和读者双方约定俗成的过程。这是因为：一方面，任何一种新的话语方式的出现都是作家在未知文学领域探索和实验的结果；另一方面，读者对这些新的艺术话语的了解和接受也必然需要一个逐渐适应的过程。在经历了一系列紧张的探索和尝试之后，新时期儿童文学的艺术发展也悄悄地发生了某些变化。早在 1987 年秋天，我在一篇文章中回顾和描述了此前少年小说艺术探寻的轨迹后认为，新时期儿童文学的艺术探寻已经完成了一个周期，即从起初借助外围观念的突破来更新儿童文学的艺术品格，到后来对儿童文学文体审美形态本身的实验。不言而喻，从那以后，特别是进入 1990 年代之后，当代儿童文学创作逐渐进入了这样的艺术状态之中：在经历了一次又一次的新鲜的话语刺激之后，创作似乎在一种相对平静甚至是平淡的气氛中机械地向前推进着。是的，已经没有了莫名的亢奋，没有了满城风雨——但是，当今儿童文学界的相对沉寂，决不意味着我们又回复到了从前。多年来的开拓和探寻，已经把许多新的文学语汇和声音融汇、整合到了当代儿童文学新的话语体系之中。返顾来路，我们不禁要追问：《儿童文学选刊》所做的一切，对于当代儿童文学持续不断的艺术建构过程，究竟意味什么？

3

从 20 世纪中国儿童文学的宏观历史发展过程来看，我以为，《儿童文学选刊》的生存、发展史，就是响应了时代的艺术召唤，在自身影响力所及范围内促成和实施了"五四"以后儿童文学界最广泛、最激动人心，或许也是最深刻的一场话语革命的过程。我感到，在这场话语革命中，《选刊》至少在以下这些方面产生了重要的影响和推动作用。

从自在话语到自觉话语——

许多在读者看来极富新意的作品，每每作者在具体创作时却未必总是出于一种确定的、自觉的尝试和创造意识。例如，丁阿虎应该说是一位 1980 年代前期极富有创新意识的作家，但具体到某篇作品，例如他的《祭蛇》，就很难说都是自觉的、刻意为之的产物。丁阿虎自己曾在一次创作座谈会上谈道：外国小说的影响和生活本身的触发，是他创作这篇小说的主要动因。其次，即使是那些有着自觉的艺术理想和追求的作家，其个人化的自觉探求对于整个文学界和公众来说也可能仅还是一种个人性的偶然行为，也就是说，个人性的自觉话语在公众化场合便成为一种不易被接纳的私人性话语。

于是，《选刊》便承担起了这样一种责任：通过审慎的甄别和截取，通过理性化的探讨和分析，把那些自在的文学话语归纳、上升为人们普遍理解和意识到的一种自觉性的文学话语。

儿童文学的发展总是不断地表现为对既有观念、态度、模式、秩序的突破和超越，而任何新的文学因素和文学形态的出现，又常常都是一种最个性化的精神探索和创造的结果。而这种个性化的精神创造活动一旦纳入文学活动的广阔背景，与整个儿童文学发展相伴随、相呼应，它就可能成为儿童文学发展总进程中具有普遍意义的事情。

《选刊》在 1980 年代以来所做的正是这种"纳入"的工作：她把那些个性化的文本和表达倾向推荐给了更多的读者，使这些起初常常令人目瞪口呆的个人性话语，渐渐地为公众所熟悉，甚至最终渐渐成了一种公众性或集体性的话语。例如，正是通过《选刊》的努力，才使得曹文轩小说的"塑造"意识、常新港小说的悲壮气质、班马小说的文化感悟、韩辉光小说的幽默品格、梅子涵小说的文体意识，以及现代童话的艺术品格等，变成了儿童文学界的更为广泛的自觉性话语。

从实验话语到常态话语——

艺术探索所具有的与既有传统相分离的倾向及其创新品格，使它常常表现出一种超越常规常态的实验性质。从这个角度看，儿童文学的发展也总是呈现为一种艺术常态与一种艺术偏态之间相互推动、更替、转化的过程。随着时间的推移，一些起初以"先锋"身份出现的实验性文学话语逐渐成为新的常态话语。比如张之路，他的相当一些少年小说作品往往不拘泥于传统的写实手法的限制，而大胆地借鉴了某些童话式的结构和表现手法，从而形成了"大框架怪诞而细节真实"或"大框架真实而细节怪诞离奇"的"怪诞小说"。在语言层面上，张之路的叙述口气是适度收敛而又"侃味儿"十足的，表现出较高品味的语言智慧和幽默才能。当这种怪诞小说在儿童文学领域出现时，它们新奇的表现手法和诱人的叙事效果却是令人惊叹的，它们也很快获得了读者的接受和喜爱。同样，梅子涵的小说最初出现在少儿文学刊物包括《选刊》上时，读者曾为其独特的文体和语感而感到陌生和困惑。但是，当梅子涵的《林东的故事》入选《选刊》时，人们几乎已经感到习以为常。耐人寻味的是：《林东的故事》进入《选刊》，正是因为读者的喜爱和推荐。

另一方面，一些以"超偏态"面貌出现的文学话语则未能完成向常态话语的转化，而是作为儿童文学进程中的一个"突变"事件和艺术环节，在文学史的发展环链中确定了自己的历史位置和意义。

我觉得，面对实验话语和常态话语的互动过程，《选刊》

一直保持了一种辩证的艺术眼光：她关注实验性话语，同样也不放过那些在实验话语基础之上形成的新的常态话语。我自己就曾应约为《选刊》撰写过《走向新的艺术常态》一文。可以说，正是《选刊》所显示的这种编选眼光，既推动了新时期儿童文学艺术话语的不断探索，又避免了片面求新而走火入魔。

从一元话语到多元话语——

传统儿童文学的艺术话语模式当然并非"铁板"一块，但该话语模式的基本语汇和语调却是十分单一的。《选刊》在跟踪、报告当代儿童文学的艺术踪迹时，不断对儿童文学艺术的多元探索做出积极的鼓励和倡导。她的编者曾一再指出："当代儿童文学的创作路子应该越走越宽广，题材、风格应该多样化，欢快、明朗或深沉、低回等不同的格调，新的创作方法的尝试，等等，都应该得到鼓励、支持和帮助"（《选刊》1985 年第 4 期"编者的话"）。应该说，在 1980 年代以来当代儿童文学从一元话语向多元话语的艺术嬗变过程中，各地的儿童文学报刊都以自己的方式为此做出了"添砖加瓦"的贡献，但是，具有独特影响力的《选刊》的支持、鼓励和倡导是功不可没的。事实上，正是通过《选刊》的不懈努力，我在前面所提到的那些个性化的文本和多元化的表达倾向，才获得了更为集中的展示，才产生了更为广泛的影响。

4

《儿童文学选刊》以其鲜明的选择个性和刊物风格在 1980 年代、1990 年代儿童文学艺术话语的变革历程中产生了深刻的影响，同时，这种个性和风格也使它与当代儿童文学发展之间的联系和纠葛变得错综复杂。就刊物自身而言，《选刊》自然也免不了在诸如选稿面、栏目设置、编排章法、印刷质量等方面存在着一些技术性的遗憾。但是在这里，我想着重以儿童文学艺术发展为背景，谈谈《选刊》的某些局限或不足。

首先，我感到《选刊》在对儿童文学艺术发展的关注和追踪过程中，重视了从时代和作家的角度去看待和把握儿童文学的艺术本体，而相对忽视了从少儿读者的角度去把握。事实上，儿童文学作为一种相对独立的文学话语体系，其美学上的质的规定性是在时代、作家、读者三者的动态联系和交互作用中产生的。1980年代以来儿童文学的发展显示了强烈的艺术回归倾向，但今天回顾起来，我感到这种回归更多地反映了时代和作家的愿望，而相对较少顾及少儿读者的审美需求。在此进程中，《选刊》也一直主要是以作家的艺术动向和追求作为自己的跟踪目标的。毋庸讳言，当代儿童文学在艺术话语方面所取得的进展，并未相应地导致儿童文学在整个社会生活和当代少儿读者阅读视野中的地位的加强。出现这种情况的原因十分复杂，但从文学流程的实际运作来说，在总体上相对忽视了读者的审美个性和需求，是否也是造成上述情况的一个原因呢？

其次，与上述情况相联系，《选刊》在对具体儿童文学现象的择取过程中，也存在着一种失重现象：即在读者年龄层次上，《选刊》在一个相当长的时期里重视了少年文学而比较忽视幼儿文学、童年文学；在文学门类上，《选刊》重视了童话，尤其是少年小说，而相对忽视了对其他文学门类作品的选择和扶持。造成这种局面固然也有不同年龄层次、不同门类儿童文学发展不平衡的客观原因，但是反过来，被《选刊》这样一份富有影响力和感召力的刊物的相对忽视和冷落，是否也在某种程度上加剧了各种层次和门类的儿童文学艺术发展的不平衡现象呢？

当然，《选刊》的上述局限几乎在当初确定办刊宗旨时就已经命中注定是不可避免的了。一份刊物的生气勃勃的个性和富有远见的办刊定位，同时也造成了自己无法回避的缺陷，这也算是一种奇特而又合情合理的两难现象吧。同时，我还想说的是，对于上述局限和不足，《选刊》的编者也已经意识到并在工作中有了改进。例如，1990 年代的《选刊》就加强了对幼儿文学以及诗歌等门类的佳作的选载和评论。

(三)《幼儿画报》与《儿童文学》

1990 年代初，在经济转型浪潮的面前，中国文学刊物的发行量大幅下滑，儿童文学类刊物也未能幸免。一些知名儿童文学期刊或者办办停停，或者关门大吉。《朝花》《未来》等曾经很有影响的一些刊物都退出了读者的视野。人们曾用一句颇为无奈的顺口溜来描述这些纯文学刊物的命运和现状：《朝花》谢了，《巨人》倒了，《未来》不来，希望在《明天》。在文学刊物发行量骤减的时候，很多儿童刊物都转型了，变成作文类或者综合性刊物。据说当时全国 30 多份儿童文学类刊物，坚持下来的只有 10 多家（徐德霞主编：《时光传奇：〈儿童文学〉创刊 50 周年纪念文集》，中国少年儿童出版社 2014 年版）。

从 1990 年代进入到 21 世纪，中国的儿童文学期刊也见证了市场经济环境下儿童文学的浮沉与发展，见证了儿童文学市场命运的起落与腾飞。反过来，一些儿童文学期刊的发展，也支持了人们对新世纪儿童文学市场命运的乐观判断。其中一个典型的例子，是中国少年儿童新闻出版总社（下文简称"中少总社"）主办的《幼儿画报》和《儿童文学》杂志。

《幼儿画报》是一份定位于 3—7 岁读者的幼儿刊物。2000 年，在一线编辑部门工作了十多年的张晓楠接任该刊主编，当时，《幼儿画报》的发行量为十几万册。张晓楠带领同事们，根据《学前教育纲要》的要求，通过重新设置刊物栏目和内容板块、集中名家资源、塑造读者喜爱的刊物形象、努力拓展打通刊物发行渠道等多种方法，使《幼儿画报》的发行量和影响力不断提升。2006 年，《幼儿画报》月发行量突破 100 万册，2016 年，月发行量超过 220 万册，成了中国幼儿读物"第一刊"（海飞《张晓楠：如何把"小低幼"做成"大事业"》，《中华读书报》，2016 年 3 月 30 日）。

《儿童文学》这份纯文学刊物创办于 1963 年，"文革"时期停刊，1977 年 8 月复刊。它一直是中国儿童文学期刊的一面旗帜。在经历了 1980 年代的辉煌之后，这份老牌刊物的发行量从 1990 年代初开始下滑，最低点是在 1996 年，月发行量只有 6 万册。

在最困难的时候，中少总社时任社长海飞对《儿童文学》编辑部做出了这样的承诺："中少社不靠你们赚钱，你们想要坚持文学品位，就坚持下去。"时任《儿童文学》杂志主编徐德霞意识到，新的出版格局正在形成，她做出了一个重要的决定：《儿童文学》仍要坚持精品意识，做纯而又纯的文学，不搞通俗文学。但是，市场和读者不是不请自来的"客人"，《儿童文学》做出了一系列的努力，除了坚守纯文学的"品位"这一支撑《儿童文学》办刊的核心价值，编辑部还对刊物进行了不断的升级改版并拓展发行渠道。尤其是1997年以后，《儿童文学》逆市而动，通过调整栏目、加大开本、增加印张、提升装帧品质等举措，让刊物的品质迈上了一个新台阶。同时，《儿童文学》还在儿童文学新作家的培养方面下了许多功夫，例如组织了多期儿童文学讲习班；从2003年以来，每年举办"《儿童文学》擂台赛"，先后举办了"中青年儿童文学作家小说擂台赛""中篇小说擂台赛""全国省区儿童文学擂台赛""写实小说与幻想小说擂台赛"等。发表赛事作品的栏目已经成为《儿童文学》的品牌栏目，也成为了新世纪中国儿童文学作家，尤其是青年作家交流对话的文学平台。

2006年，《儿童文学》发行量达到56万册，然后增长开始减速，于是，刊物继续升级打造内容，变更为了半月刊。2008年7月，《儿童文学》的月均发行量已经超过80万册，刊物变更为旬刊，到2009年1月，每月总发行量冲过百万册，最高点是2010年，曾达到过117万册。

2007年，中少总社确定了"以刊带书，书刊互动"的发展战略。当年11月，总社将《婴儿画报》《幼儿画报》《嘟嘟熊画报》《中国儿童画报》还有低幼图书编辑室整合到一起，成立了低幼读物出版中心，一个全新的"大低幼"传播格局应运而生。2009年12月，《儿童文学》月发行量过百万发布会在新闻大厦召开。会上，中少总社社长李学谦宣布在《儿童文学》编辑部的基础上，成立儿童文学出版中心，既做期刊，又做图书。从此，《儿童文学》也走上书刊并举之路。李学谦希望这些刊物利用自己积累的作者优势和读者优势来打开一片出版的新天地。因为《幼儿画报》《儿童文学》等刊物在编辑过程中，和作者联系很紧密，由刊物编辑部来紧抓中少总社的原创幼儿图画书、原创中长篇儿童文学图书，具有得天独厚的条件。

由于对原创纯文学出版理念的坚持，对出版资源和市场情况的了解，《幼儿画报》《儿童文学》等刊物在团结、整合作者资源，推动原创儿童文学创作方面都做出了成功的尝试。例如《儿童文学》在做原创儿童文学图书出版的时候，全力倚重、扶持中青年作家群，让黑鹤、汤汤、陈诗哥、李秋沅、翌平、顾抒、徐玲、牧铃、黄春华、王巨成、吴洲星等作家脱颖而出，成为中国原创儿童文学的实力作家。其中汤汤的《到你心里躲一躲》、陈诗哥的《风居住的街道》、李秋沅的《木棉流年》获得了中国作家协会主办的全国优秀儿童文学奖。

值得一提的是，面对新的出版环境，《幼儿画报》《儿童文学》等杂志十分重视数字化建设。在中国少年儿童新闻出版总社数字出版的整体构架之中，《幼儿画报》《儿童文学》等刊物自创刊以来的所有纸质期刊已全部数字化，新出版的期刊，每期均将数字文本提交数字出版中心，为数字化产品的开发打下了良好基础。近年来，《幼儿画报》《儿童文学》等在中少总社的整体部署下，谋求新媒体的生长空间，不断探索媒体融合的途径和方法，正在建立以期刊、图书、新媒体三足鼎立的全新出版格局。在中少总社由单一纸质读物出版，向以纸质读物为基础的全媒体复合出版转变、全力打造全媒体编辑出版平台的背景下，这些刊物在做好纸质出版的同时，也努力运用好全媒体编辑出版平台，满足读者分层次、多样化、个性化的需求，进一步实践数字产品的市场化、商品化。

二　作家

（一）冰波

按照 1980 年代童话评论界通行的"热闹派"和"抒情派"的划分法，冰波无疑是属于抒情派童话作家之列的。冰波先前的一些作品给我的印象大抵都是明丽温馨、柔情绵绵的。

自然，对于抒情体童话来说，重要的不是展现一个故事情节，而应该是一种流贯全篇的情绪波动。冰波自己曾经坦白地说过："我这个人大约不善于编故事，与有情节的幻想不太有缘。我的幻想常常处在一种朦胧的状态下。通常，幻想里总有某种捉摸不定、游动的、轻盈飘逸的'东西'，那'东西'很神秘，会勾引我去寻找一种气氛，捕捉一种感觉，体验这种气氛和感觉里所产生的情绪。我喜欢做这种努力。"于是，我们在读他的作品时，也常常会进入到一个独特的感觉世界里，并进而感受到一种紧紧包裹着你的情绪氛围。

统摄这种情绪的主题是"爱"。抒纯情、写至爱，这几乎是冰波前期童话作品的全部主题。在《夏夜的梦》和《窗下的树皮小屋》这两个姐妹篇里，他写了一位善良的小姑娘与蟋蟀吉铃及其伙伴萤火虫和小蚂蚱之间奇妙的情绪碰撞和交流。这里有希望和快乐，也隐隐交织着凄清和忧伤。《秋千，秋千……》中那只生来就看不到光明的小白兔本身就让读者油然而生怜爱之情，但小白兔对秋千的天真幻想、美丽憧憬，兔妈妈和小猴子给小白兔的爱和帮助，又多少稀释、缓解了故事中的沉重感。这种美好得令人鼻子发酸、心里发紧的爱，便是带来冰波前期童话整体情绪特征的主题契机。

1987年年底，我在杭州遇见冰波。他告诉我，他正在创作中做一些新的尝试。我找来了他当时发表的许多作品，遍读之后发现，冰波的童话有明显的情调变化：早先作品中那种一以贯之的温婉恬淡、平和明朗的情绪基调不见了，取而代之的是一种躁动不安的心绪，一种抑郁沉滞的情感，乃至一种悲凉凝重的总体氛围。

从表层即语象层面看，首先是清丽淡雅的色调减少或者消失了。原先，冰波喜欢写大海"把雪白的浪花推上金黄的沙滩"；喜欢写"月亮，把柔和的、银色的光，洒在大地，也洒在这一片小小的草丛上"；喜欢写"漫天飞舞的雪花，飘下来了"；还喜欢写"小兔白白有一身美丽的白毛，白得像雪一样"，"兔妈妈坐在藤环秋千上，她那白色的身体，在星空下划出一道道白色的弧线"。如今，他却更愿意写雄狮那一头的鬃毛"仿佛太阳在燃烧",目光"像火一般炽烈";写那使一只小螃蟹如醉如痴的红颜色,写"平静而炽烈的夕阳",写海鸥嘴尖那一小块如血的红斑。令人心绪不宁、激情涌动的暖色调置换了平和冲淡的冷色调。这种色彩变化给予读者的审美感受差异是十分明显的。它是否最先向人们暗示、传递了作品情绪特征的某些变化?

其次是童话形象的变换。先前冰波笔下常常出现一个美好而善良的小女孩的形象,由这个小女孩又牵引出一连串动人的形象。或者,他就写小黄鸟、小白兔和小猴子。这些形象大多是秀美可爱的。而现在,冰波却写威武、孤独的雄狮,写迷狂、激愤的螃蟹,写寂寞、悲凉的毒蜘蛛,写凄惨、不幸的海鸥。伴随着这些形象所展示的事件,也不复是轻松明快的了。

而情绪,也终于变得热烈而又滞重,缓缓流动,渐渐蔓延,终于化为沉郁而又不安的艺术氛围,一种让你亢奋,更引你思索的艺术氛围。

这种情绪基调的变换,同样也隐含着一个深刻的主题契机。冰波似乎不满足于仅仅在传统艺术主题圈定的领域内回旋运笔,他开始试图把抒情体童话同某种更纷扰繁复、更丰厚沉重的艺术主题结合起来。他说:"我希望,'现代化'的童话,不但给少年带来轻松、快乐,同时,也带来深沉、严肃,带来思想的弹性,带来对人生、对世界的思考。"正是一种深沉、严肃的思考,带来了一种新的艺术主题,也正是由于作品深层即意味层面所蕴含的主题本身的发展变化,才带来了冰波童话整体情绪特征和基调的变化。

且让我们对作品本身做一番透视。冰波暂时放下了他所钟情的"爱"的主题，而思索起一些显然让人觉得更冷峻、更繁复而沉重的主题。在《狮子和苹果树》里，冰波写了一头在荒凉的原野里感到孤独的雄狮，"他希望这里再出现一头狮子"，于是他徘徊，他寻找。一头母狮终于出现了，而雄狮在消除孤独感的同时，却感到往昔那种寻觅没有了，那种祈望没有了，那种躁动没有了。恼怒之下他赶走了母狮。母狮变成了一棵苹果树，她的心变成了一个鲜红的苹果。这棵树搅得雄狮六神不宁。最后，他用真诚、耐心和不寻常的目光，使母狮恢复了原形。是的，孤独是可怕的，然而不孤独也并不总是那么美好，需要的是相互之间的真诚和沟通。在这里，两头狮子的"合—分—合"的过程，似乎寄寓着作者对人与人之间除了"爱"以外的另一关系维的思考。可是蓦地，我的思维又被导入了这样的轨迹：当我们苦苦追求的目标一旦实现的时候，迎接我们的不光是欢乐，还可能有新的失望和烦恼，然而属于自己的，就应当珍惜。哦，哪一种理解更贴近作品呢？或许，作者的思考本来就不是单一单义的，而需要读者相应地具备一种灵活和开放的接受和阐释态度。

《那神奇的颜色》中的那只生活在一片青色的山谷里的螃蟹被新娘头上扎着的一只大红蝴蝶结的颜色所吸引、所激动。他如痴如醉，终致迷失了自我，失去了自我。他死了，在火焰的炙烧下，他身上也发出了那种神奇的颜色。作者写道："螃蟹的身上，本来就深藏着这种颜色。"这里，主体意识失落的不幸，对自我价值缺乏认识的悲哀是作者所要揭示的深层题旨，而螃蟹与新郎、新娘的心灵阻隔，又丰富、拓展了这一题旨。就情绪氛围而言，螃蟹的痴迷和激动，螃蟹与新郎新娘的"冲突"，显然不可能再给人一种平和宁静的感觉。

如果说上述两篇童话由于写了一种不安的躁动而带来一种亢奋和凝重的情绪氛围的话，那么，《毒蜘蛛之死》《如血的红斑》的情绪基调则由于写了一种令人惊叹的"死"而显得抑郁和悲凉了。毒蜘蛛临死前产下了后代，是否昭示着生命的世世代代连绵不断的延续？毒蜘蛛对后代的无私的奉献，使人联想到人们对"母爱"的永恒的歌颂；毒蜘蛛身上被自己所产的后代注进了毒素并被麻痹了神经，然后又被吞噬，这是否意在揭示一种"异化"现象？而毒蜘蛛与老树的关系，是否隐喻着人类与其生存环境特别是与大自然之间的密切联系？如此等等，也许都是，也许都不是。人们的审美知觉在这里遇到了阻碍，也获得了机会。

看来，这些童话确是向我们显示了1980年代中后期冰波艺术情致的某些变化。他的早先偏向于纯情柔美的艺术气质逐渐添加了理性的成分。"情"与"理"的交织缠绕、融合互渗，使冰波的艺术世界显得开阔起来了。而当他试图用那些富有弹性的艺术主题来提高作品的艺术深度，用弥漫全篇的哲理意味来加强作品的艺术力度的时候，一种凝重的艺术情绪也就被灌注到他1980年代中后期的童话作品之中去了。

对于冰波的这种追求，我是感到高兴的。我一向觉得，童话乃至整个儿童文学要提高自己的艺术品位，就不能不首先扩展自己的艺术气度和胸怀。试想，《皇帝的新衣》如果没有那种力透纸背的社会讽刺和批判意味，《丑小鸭》假定少了那些艰辛而深刻的人生内容和生活哲理，安徒生还会是现在的安徒生吗？黑格尔说，童话"是一种关于人的事情……按照其内在意义，来启示给人"，"抽绎出一种道德格言，告诫教训和箴规"。这不妨也可以理解为童话不应满足于语象层的构造，而应该追求语象层和意味层的立体构筑和有机叠合。当然，从艺术生态学的角度看，我们需要各种各样的童话，任何风格和特色的童话作品都有自己在艺术世界中的不可替代的位置。然而同样勿庸置疑的是，只有那些深刻的艺术品，才可能在艺术世界中占据着重要的地位。

这里，我还得坦率地承认，我读冰波的这些童话作品不仅有一种情绪上的凝重感，还常常有一种阅读本身的疲劳感。我想，少年朋友们读来大概不会比我轻松。这一方面固然可能是因为冰波的执着探索使他的作品给人以强烈的陌生感，使我们已有的视读经验一时感到难以适应；另一方面，当冰波执着地把他的思考融解到那种凝重的情绪氛围中去的时候，他的情思似乎完全沉浸到一种深层的意味层面而显得无法更从容地构筑语象层面。因此，读者感受到的不仅仅是沉重繁复的意蕴，还有带着些艰涩突兀的表层形象和事件。这些形象和事件作为符号和工具，其功能似乎局限于把作者的思考传达给读者，而缺乏自身的艺术逻辑和有机联系。撇开意蕴层，这些符号自身的审美价值就相形见绌了。冰波的这些童话由于追求深沉和凝重而失去了早先作品中语象层面的机巧和练达，这不能不说是一个遗憾。冰波似乎陷入了创作上的两难困境：按照既有的创作路子，他难以突破、超越自己；探索新的艺术可能，他又未能构造从容、自然而且富有艺术魅力的语象层面来传达意味层面。

尽管如此，我仍然期待着冰波拿出更加厚重而精美的童话艺术品来。

（二）班马

2010 年 10 月中旬，借助主办者身份的便利，我把此前十余年来极少参与儿童文学界活动的儿童文学作家、学者班马，请到了在浙江师范大学举办的"第十届亚洲儿童文学大会"的会场上，并安排他在会议的第一场做题为"中国儿童文学精神：批评与构想"的大会发言。记得主持那一场大会发言的曹文轩教授说：班马在这里的出现，令我们产生一种"王者归来"的感觉！

是的，我想，对于我们来说，那个曾经深深地影响了1980 年代、1990 年代我们儿童文学艺术生活的作家、学者班马，值得我们重新走近和解读。

1

班马在当代儿童文学界有"鬼才"之誉。仔细想来，非"鬼才"一词的确不足以形容其丰沛、奇绝的才华和个性。

1980 年代初，班马的名字像一股旋风般刮入中国儿童文学的创作和研究领域，并在这两个领域同时激扬起具有极大牵引力的思想和艺术气流。在那样一个以充满了吸收、创造、思考和探求的激情为基本特征的文学时代里，儿童文学的写作和思考也迎来了其当代史上最具爆发力和震撼性的一个发展阶段。这个阶段的主要文学史表征之一，是一个有积累、有想法、富于艺术冒险和创新精神的青年儿童文学作家与批评家群体的出场。

那是一个几乎要被思想在沉寂之后的格外热闹和喧哗所"撑破"的时代，许多儿童文学写作者致力于将文学表现的触角伸向童年生活的各个新的艺术角落，而年轻的研究者们则满怀激情地投入到儿童文学观念和理论体系的当代建构进程之中。班马是这个群体的核心成员和意见领袖之一，他兼有儿童文学作家与批评家的双重身份，并在这两个身份中同时显示了强大的艺术和思想气场。在那个年代的儿童文学先行者中，班马的身影不是唯一的，但无疑是最独特的。他的创作涉猎之广博、理论思考之新锐、现实践行之蛮勇，都令人深为惊叹、感佩。更重要的是，他在上述每一个领域都取得了令人惊讶的业绩。在我看来，他的一些儿童小说和散文应属于当代中国儿童文学最顶尖的一部分作品；他的《中国儿童文学理论批评与构想》，则是这么多年来我在每一届儿童文学研究生的理论课程上必定要单独、郑重推介的一本研究著作。这部十万字的著作仅有薄薄的一小册，却包含了作者有关儿童文学的许多富于洞见而又高度浓缩的思想。班马在这部著作中所提出的"儿童文学的游戏精神""学习大于欣赏""儿童反儿童化"① 等美学命题，既包含着作者本人丰富的文化和理论积淀，又越过理论，穿透了儿童文学文类的某种本质。在当时的文化语境下，作者想要"创造"和"言说"的愿望太强烈了，以至于他的思考几乎是以一种喷涌而非缓缓流出的方式在文本中呈现出来的。我有时想，今天，

---

① 班马. 中国儿童文学理论批评与构想［M］. 武汉：湖北少年儿童出版社，1990：2.

我们恐怕很难再看到这样的每一寸文本都浸透着如此高浓度思想的儿童文学理论著作了。

班马的理论思考始终与他的写作实践融合在一起。这种融合的方式很奇特。我们可以说他的理论思考在一个很高的思想平台上支撑着他的创作，但与此同时，他的写作又远不只是观念的一种落实，相反，我们会发现，那些理论恰恰是从这些充满生命感的文字中生长出来的观念物，正因为这样，班马的儿童文学理论思考与他的儿童文学写作实践一样，总是带有一股强大的裹挟人的力量。从这个意义上说，班马首先是一位作家，更确切地说，他首先是一个诗人，他的文字和思想中充满了美学意义上的诗的魔力。《风之少年》中收录的班马的一些儿童诗作，其意象和语言都挟带着极强的情感冲击力；而他的以李小乔为主人公的一些儿童小说片段，则是现在回头来读仍然令我感到热泪盈眶的文字。2009年，我在编选《中国儿童文学分级读本》时，在不同年级的分册为班马的作品单独设立了三个单元。重读择入这三个单元的班马的儿童诗、短篇散文和儿童小说作品，我的阅读感受中依然包含了一种强烈的被卷起、被吸入、被融化的体验。我想，班马的一些儿童文学写作，真的在呈现儿童文学独特的美学世界的同时，把这一文类的写作起点放到了与一般文学一样的艺术水准线上。

这或许是因为班马所吸收的文化营养，原本就大大越出了传统儿童文学的狭义边界。在他还远没有与儿童文学结缘的时候，他的身上已经储备了一腔蓄势待发的才华。从他的散文集《孤旅迷境》中，我们可以隐约读出一个始终在尽情地体验、用力地吸收、开阔地思考并且不断追寻着生命上升状态的年轻的班马。这个班马与他的同时代人分享了 1980 年代特有的一种精神状态，那是一种试图向着身体之外最阔大的自然宇宙和身体之内最深刻的生命意识打开自我，并试图以自我来容纳这二者的时代精神。它赋予了后来成为儿童文学作家和研究者的班马以一种开放而又深透的文化视野，以及一种面朝现实的珍贵的理想主义情怀。这使他的作品在触及各种童年和儿童文学的话题时，总是能很"鬼"同时又很准确地切入到它们的精神深处。比如，在《六年级大逃亡》这样的儿童小说中，他能够在把童年的游戏狂欢和叛逆行径书写到极致的同时，恰如其分地写出这游戏和叛逆中无处不在的童年的真诚，他也能够在淋漓尽致地表现边缘童年所遭遇的种种压抑和误解的同时，在看似不经意间为童年的"不幸"点染出生活的温暖底色。

所以，阅读并触碰班马笔下的儿童生活和童年世界，我有时会不由自主地激动起来。我觉得，他的叙说不仅在把童年带往生活的更深处，而且常常在把我们带往我们所不知道的童年更深处。

2

班马的儿童文学写作常常指向着这样一些具有特殊的精神意味的关键词：旅行、远方、荒野、太古、幽秘，以及野蛮。仔细探究，我们不难发现，这是一些在班马个人的儿童文学艺术图谱中相互关联的词汇，它们共同传达了班马对于当代童年精神、童年美学以及童年教育的独到见解。这些词语无一例外地与一种时间或者空间上的绵延感、辽阔感有关，与此相应地，他的许多作品都倾向于选取大海、太空、密林、高原、长江、峡谷、沙漠、荒原这一类充满时空苍茫感的场所来展开故事的叙述。收录于《夜探河隐馆》的四则幻想故事（《池塘之谜》《暑假的野蛮航行》《沙漠老胡》《夜探河隐馆》），场景和叙事的调子各不相同，其文本却都弥漫着一股与人类时空移换有关的沧桑感和幽秘感，不论是池塘底下刻满古文字的千年老龟，黄浦江水底的古城传说和两岸的古镇古园，还是被称为"老胡"的沙漠气旋和埋在沙漠下的远古森林与古城，以及不甘于在时间中沉寂的明代藏书楼，都带有一种悠远、开阔的历史时空的气息。收录于《幻想鲸鱼的感受》的十六则短篇作品，所叙的故事上至太空、下至大海，远至沙漠、深至古林，大到宽背巨鳍的蓝鲸，小到一只不起眼的招潮蟹，都被赋予了的历史时间与思考的重量。长篇童话《沉船谜书》则是将远古的巫术、传说、历史和文化糅入幻想的情节，为古蜀国的"鱼凫"部族构想了一段浪漫的历史。这些作品的取材和情节往往包含了丰富、生动的历史知识和凝重、厚实的文化内容，它们也显示了作家本人在这方面扎实的底蕴和长期的积累。在儿童对于现实的体验正变得日益单薄的今天，班马似乎着意要在当代童年的身心里恢复一种对于真实、厚重的历史时间和空间的深刻印象。

而这种时空感并不仅仅关乎现实，更关乎我们内在的生命感觉。在《孤旅迷境》中，他反复强调着"行游"对于童年的特殊意义："你感觉到了吗，在这个'世界'之上能够不把自己'弄丢'，这其实是一件很大的事呀！""'旅行'其实是一件很有意思的事，我们不但在外面玩，事实上也是在暗暗培养起关于在一个世界中的'方向'、'位置'、'辨识'

等等的能力。"（《福州路口迷失记》）这里，收在引号内的
"世界"、"弄丢"、"方向"、"位置"和"辨识"等词，在班
马的叙述语流中都有着丰富的复义内涵。它们首先指向着旅
行的一种当下功利性的现实意义，亦即通过旅行的锻炼，使
个体获得应对现实生活的强大能力，这里面包括在特定的空
间场域内进行寻找和发现的能力、做出判断的能力、解决问
题的能力等。与此同时，它们也是指旅行对于个体存在的另
一种更具隐喻性和哲思性的意义——如果说生命正如一场
"旅行"，那么个体在茫茫的世界乃至宇宙空间中，如何认识
和理解自身存在的位置，以及在纷繁复杂的生活中，如何寻
找和确定自己灵魂的位置，正是这场旅行的要务。假使缺乏
"旅行"中的方位感和远见，眼前的日常纷扰和一地鸡毛会
很容易地阻断我们的视线，限制我们的视野，进而遮蔽我们
对于这世界和人生的认识与把握。而"旅行"正是童年向着
世界的打开，是童年身体和精神的双重拓展，个体正是通过
这样的拓展才慢慢培养起对于世界和生活的掌控能力。

　　因此，班马的写作格外关注童年的力的美学。在他看
来，对于"力"的吸收和释放的渴望是童年的天性，而这个
天性在今天并没有得到很好的唤醒和培育。为此，他有时是
故意在用野性的东西去滋养童年。他的一篇令我印象深刻的
儿童散文，题目就叫《野蛮》，那种游荡在文字间的强劲、
蚀骨的童年蛮力的气息，一直鲜活地留在我的阅读记忆里。
我常常想，这里面是不是包含了作家对于身体和精神压抑之
下整个当代儿童群体"力量感"消退的一种隐忧？有时候，
读班马的作品，我会觉得他的文字里燃烧着一种内在的企
盼，即期望儿童能够以一种更强力、更博大的姿态，学着成

为他们自己世界和生活的主人。他为少年朋友们而写的《世界奇书导读》，其中百科式的选目和导读，就充分传达了他对于童年成长的这种期望。

但这也是一种不无危险的力量，在过度"喂食"的情况下，它很可能会膨胀为对身外世界的一种傲然的凌驾和自私的占有。因此，在张扬这种主体力感的同时，班马也一直在寻求着来自另一种力的平衡——如果说前者是个体的一种意欲把握世界的能量感，那么后者则表现为世界自身对于这种把握的抗拒。我们发现，班马的那些充满"旅行"和冒险精神的生活和幻想故事，一方面致力于张扬和表现人的探求和把握世界的精神，另一方面，在人与自然蛮荒的对峙中，始终存在着人所无法克服的某种力量，它是古林里的"绿色太阳"，是没来由的"野蛮的风"，是幽灵似的"沙漠老胡"。它使我们在与自然面对面的时候，从心底里升起一种与敬畏有关的崇高感，也使我们在为人类文明的功业感到自豪的同时，懂得心怀谦卑地思考这文明的限度。在童话《星球的第一丝晨风》中，作者借"外星人"之口道出了这种限度的其中一个方面："我们可根本不是为这些人类而来地球的，我们不曾认识他们，我今天来，才看到他们这种两腿的生物突然冒出在地球上，很陌生。"在古老的地球史上，人类只是占据了其中的一个时段，这意味着，人并非世界的主宰，而只是这宇宙时空里的过客和成员，是万千生命形态中一个特定的类型和伙伴。这样的认识在我们心里孕育起一种对于世间万物的敬畏和尊重之情，以及对于地球的一种家园感。

这种家园感，其实也就是班马所说的"星球意识"。在《星球的细语》中，班马用另一种深情的笔法细细描摹着

"一花一世界"的宇宙景象。在这里，个体想要探询和把握世界的欲望与力量，自然而然地转化为了与世界的一种平等、友善的相互理解和对话。作者告诉孩子，这才是人类真正得以打开世界的方式。正如在《沉船谜书》中，第一次在湖底见到"瑰丽而又明净"的古沉船景象，老木舅舅的第一反应竟然是"呀，对不起"。这位考古学家从这静默的古沉船中读出了一种庄重的意绪、一种生命的邀请，这句莫名的道歉所表达的正是他内心因此而生的敬重之情。同样，面对古沉船的"考古疑案"，老木舅舅不是单凭考古学的专业知识，而是通过与古沉船的穿越时空的心灵交会，也就是作品中多次被提到的"仿古心理学"，才解开了沉船之谜。这个在班马的其他故事中同样被阐说过的"仿古心理学"，正可以理解为一种开阔的生态和生命意识。

阅读班马，我常常惊讶于他能够把一种如此急于自我扩张的童年生命状态和一种如此平和自持的自然生态意识，完好地融合在他的写作里。从他的创作和理论阐述来看，作者似乎倾向于用男孩的形象来传达前一种状态，而以女性的符号来表现后一种意识，但这两者同时又是互融的，它们促成了作品中童年生命能量的一种放肆而又持重、轻盈而又有力的流动。从这个意义上说，班马的儿童文学写作具有一种积极的双性气质，它既充分肯定了主体对于世界的扩张和把控，又强调这种扩张的目的不是对世界的占有或征服，而是去进入它，理解它，并与之形成生命的交融。这当然是一种理想中的童年精神，然而，哪怕是关于可能存在这样一种精神的怀想，也令人对我们今天这个世界的未来充满了遐想。

3

　　"鬼才"之"鬼"代表了一种越出常规的想象力、洞察力和创造力，我们或许可以说，这种"鬼"也代表了班马对于他所格外关注的童年生命状态的一种理解。长篇儿童小说《李小乔这个李小鬼》中，被老师称为李小鬼的李小乔，看上去顽劣多动得令老师和家长头疼，但也正是从这个"鬼"般精灵的孩童形象身上，我们看到了现代教育体制的压迫之下童年身上所难以驯服的那些自由和创造的力量。作者希望我们看到，对于童年来说，这种表面的"鬼头鬼脑"之下，可能包含着强烈的自尊和自爱，包含着丰富的思想和情感，同时，还包含着深不见底的文化吸收和创造的能力。事实上，教育最应当看重和珍惜的，我以为正是这些童年灵魂深处的内容。

　　《李小乔这个李小鬼》最早是班马的一部名为《没劲》的中篇小说，后来曾由作者续写为长篇小说《六年级大逃亡》。这部小说可以看作是班马对于他所极力倡导的童年和儿童文学的游戏精神的一次艺术诠释。在中国当代儿童文学界，班马是在创作和理论的双重维度上主张和实践游戏精神的第一人。他关于游戏精神的理解吸收了来自西方哲学、美学、人类学、教育学等学科的相关资源，同时更体现了他本人对于儿童文学艺术功能与精神的深刻体认。

　　班马的"游戏"不是简单的"玩"。在他的那些张扬游戏精神的儿童文学作品中，一种酣畅淋漓的游戏快感始终与另一种对待游戏的严肃感、庄重感结合在一起。比如，李小乔的故事中，有一章讲述了这么一次"'多米诺'骨牌的游戏"：在柳老师的安排下，全班同学从家里搜罗来许多只麻将牌，在教室里上演了一场声势浩大的"多米诺"骨牌游戏。大家在课桌拼成的大台上分组搭建各自的骨牌阵式，这些阵式最后将汇成"一个庞大的阵群"，以制造一次骨牌连锁效应。游戏越是展开，全班同学就越是紧张，因为到了最后阶段，"大家都不是只关心自己的这一摊了，而是紧张地关注别人的动作，一个弄不好，全体就碰砸了"。

随着第一张骨牌的推倒，一场盛大的"多米诺"骨牌游戏在所有人的关切下开始了。眼看着"我们的小龙身手不凡，翻山越岭，穿透迷宫，一路乘风破浪"，全班都兴奋不已。然而，当骨牌形成的"小龙"由于两张牌之间的距离"大了一点点"而在王榴之的"超级立交桥"上停滞不前时，一种前所未有的共同感攫住了大家的心——"我们真的从来没有这样感到全班是连在一起的。再做一百次报告也不会有这种感觉"。

这个故事包含了班马关于童年游戏精神的两个基本理念，一是玩的精神，二是操作的精神。这里的"玩"既是一种释放和宣泄，又是一种参与和创造；"操作"则是强调游戏中的身体参与和身体体验，它是一种有目的的身体实践。"玩"的精神赋予游戏以想象和创造的自由，"操作"则使游戏的自由创造具有了某种特殊的目的性，这个目的的最终意图并不在于完成某个要求，而是对于游戏能量的一种汇聚，是对于游戏快感的一种升华。由李小乔作为第一人称叙述者的这个故事洋溢着童年游戏的快意，但它并非涣散或随意的快感，而是来自于童年不同寻常的聚精会神和全力以赴。这个游戏的形式操作终点是骨牌接龙的大获成功，但其操作的意义则在于一种融汇了独创性与合作性的创造精神，以及对于那从最深处把我们联结在一起的生命共同感的体验。

这就是班马对于游戏精神的理解。游戏精神不是简单地倡导"玩"的快乐，而是通过"玩"来拓开童年的生活感觉，丰富童年的生命体验，充实童年的文化蕴含。同样地，儿童文学的游戏不是童年剩余精力的肆意挥霍，而是在自由的游戏中将这精力自然地导向对世界、对自我的身体和精神的双重把握。因此，班马笔下的童年游戏可以是快活的、放肆的、张扬的、狂野的，却从来不轻浮。这些童年游戏的翅膀拥有内在的力量的骨骼，它们使得翅膀的飞翔能够驭风而行，从而获得真正的自由。

也正因为这样，作家笔下李小乔们"没心没肺"的游戏里，总有一种从心灵深处撼动我们的力量。在与柳老师告别的那场足球赛上，"我"在同学们的嘘声中疯狂地踢球，一次次攻破柳老师的防守。整场比赛变成了"我"一个人的表演。只有柳老师明白，"我"的"疯狂"是向这位唯一理解"我"、鼓励"我"、给"我"自信和尊严的老师的一种特殊的告别：

> 我拉住球门稳住身体，喘着气，在太阳光下用手甩着脸上的水，不知是汗水还是泪水……我觉得我向柳老师跳完了一场伤心的舞。伤心的跳舞就是这样不要命的。

每次读到这里，我的眼眶都会难以控制地湿润起来。这段文字里面有太多不曾道出的厚重的情感内容，它的突然的静止感与此前"我"的疾风骤雨式的动作和叙述形成了鲜明的对比，在叙述时间的暂歇中，所有的情感凝聚在一起，蓄而不发却充满了力量。这是属于一个男孩的独特的道别，它以游戏的方式，承载了属于童年时代的真诚的感怀、深切的眷恋，以及深刻的悲伤。

在儿童文学的游戏精神越来越多地被误解为娱乐快感的今天，班马关于游戏精神的文学演绎和理论阐说把我们带向了关于游戏精神的艺术反思。作为中国当代儿童文学界倡导游戏精神的先行者，班马笔下的童年游戏恰恰展示了游戏自身的精神重量，它不是在嬉笑中飘忽而过的童年的某种快感体验，而是沉淀着童年对于生活和世界的至为丰富的感受、领悟，它们以游戏的方式成为童年面向世界的一种庄严的表情。班马笔下那些狂野至极、幽默至极的童年游戏之所以令我们有发自内心的感动，正是因为在这野蛮和幽默之中，包含了童年对待自我和世界的最赤诚、最认真的态度。

4

班马的创作中有着当代儿童文学写作最缺乏的东西，那是一种建基于人类文化的大视野之上的深刻的童年理解，以及从这童年理解出发而抵达的对于人类精神的深入解读。这与他身为儿童文学理论家的专业学养密切相关，但在根本上更与他自己内心深处长期以来的精神思考和追寻有关。我一直觉得，班马作品中丰富的文化指涉并不来自于一般的写作素材准备过程，而就是作家自己多年来的知识兴趣和人生积累，同样，这些作品中所传达的对待世界和生活的观念、信仰等，也不只是出于童年教化的意图，而同时是作家本人的生命思考所指。阅读《孤旅迷境》中的散文，我们能够感受到这些思考在班马生命中所占据的位置。换句话说，作家是在把自己的灵魂写出来给孩子们，这样的写作是认真的、诚恳的，把孩子们看作平等的交流者和对话者的。因为这个原因，班马早期的一些作品（比如《鱼幻》）显得太过凝重了些。但在李小乔的故事里，他寻找到了将这种思想的凝重感与童年最轻灵的身体和精神姿态相结合的方式。小说中李小乔的叙述是对于一种地道的当代童年幽默精神的演绎，但这幽默中又无时不透露出童年备受压抑、不被理解的深刻悲伤。它写出了当代童年生存的某种渺小而又巨大的悲壮感，这"悲壮"不只是与童年有关，也关系到我们全部文化的问题和未来。

班马想要改变这种童年的悲壮局面，不仅仅是通过写作，也是以亲身参与儿童教学实验的方式。1995 年，他在自己任职的广州儿童活动中心建立了"快乐作文课程教学实验基地"。这个乍听上去像是今天名目繁多的儿童补习课程之一的"基地"，其实是班马借以实践其儿童教育理念的场所。我没有亲见过课堂上的班马，但从他发表的文章以及与他这些年的交谈中，我能感受到他的激情和创造力在这个领域的新的延续和挥洒。一直以来，班马都很强调童年的身体操作和学习，进入教育现场二十年里，他的这一观念还在朝着更开阔的文化方向发生新的拓展。在他看来，儿童的身体操作越来越不局限于桌面上、屋子里或者某一户外场地的游戏，而是指向着身体的广义"行游"，亦即一种由身体感觉全面参与的"行动"、"探索"、"发现"与"创造"。他在活动中心主持的儿童游学活动项目、少年旅行者俱乐部、作家 DV

工作室等，鲜明地体现了他的这一有关身体操作和实践的教育理念。我隐约觉得，他的这些教育实践是有意迎着现代教育体制的大弊端而上的。现代学校普遍的轻身体而重知识的教育传统在抑制当代儿童身体能力发展的同时，也在导致儿童精神的萎缩，而要挽救和培育这种儿童精神，其起点和契机恰恰在于儿童的身体。对于儿童来说，身体与思想、与智慧是融为一体的；某种程度上，关注童年的身体，正是因为"我们更在乎的是一个中国当代孩子的气质与思想"（《我叫班马》）。

在现代教育体制的反衬下，班马的努力带着他笔下"柳老师"式的悲壮感，但也因其悲壮而令人心生敬重。我佩服班马的勇气，也衷心祝福这位倔强的理想主义者。

（三）常新港

1

常新港出生在渤海岸边一个温暖的港口城市。九岁那年，他随父亲到了北大荒。十多年以后，当他提笔为少年朋友们写小说的时候，北大荒这片粗犷的带有野性和原始魅力的土地为他的文学想象提供了独特而辽阔的艺术空间。命运的磨难终于成为文学生命的一笔财富，这不能不说是生活对一位作家的最好的回报和补偿。

是的，常新港的艺术激情和灵感来自对北大荒生活的眷恋。在作者的笔下，北大荒不再遥远，不再陌生——这实在是因为常新港太熟悉那片土地了。有人称北大荒是神奇的土地，常新港却说："我认为它不神奇。我常把森林比作院墙，把湖泊比作院中的一口小井，把沼泽地比作后院的一块荒地，那里存在着许多说也说不完的梦。"（《未来》第 12 辑第 104 页）而当常新港如数家珍地把北大荒的梦和故事说给我们听的时候，他也带给了我们一个独特的、属于他自己的艺术世界。

2

在常新港的小说世界里，北大荒首先无疑是一个特殊的地理环境，一种具体的自然背景，但是，北大荒同时也塑造了常新港小说的艺术个性和精神特征，因而，它更是一种艺术气质的感性呈现，一种文学境界的形象提示。

这是一种忧郁沉重的精神气质，一种宏阔悲凉的艺术境界。诚然，童年时代对生活、对大自然的诗意的感觉曾经带给常新港以无尽的幻想和欢乐。苏联作家康·巴乌斯托夫斯基说过："在童年时代和少年时代，世界对我们来说，和成年时代不同。童年时代阳光更温暖，草木更茂密，雨更丰沛，天更苍蔚，而且每个人都有趣得要命……对生命，对我们周围一切的诗意的理解，是童年时代给我们的最伟大的馈赠。"（《金蔷薇》第 22 页）但是，当常新港回首往事时，他的情感是复杂难言的。生命记忆深处泛起的更多的是早熟的孤独感和艰辛的生活体验，尽管其中也隐约沉淀着儿时的天真的快乐和稚气的梦幻。因此，他的笔锋常常是冷峻、凝重的，他的小说世界常常笼罩着一种阴郁、凄苦、苍凉甚至悲壮的艺术氛围，而在这个世界中生存、摔打、活跃着的小主人公们，也就把一种北大荒式的粗犷而刚强的性格展现给了读者。在人们感叹当代少儿文学甜美、阴柔有余而雄健之风、阳刚之气不足时，这股"常新港冲击波"显然是具有特殊的意义和力量的。

常新港小说中最早引起读者普遍注意的，恐怕是他那篇首次被选入《儿童文学选刊》的《回来吧，伙伴》。小说中全子为了换钱给妈妈抓药治病，与两个伙伴一起上山采榛子。他们遇到了马蜂的侵袭、迷路的困扰，黑夜、饥渴、寒冷也交替威胁着他们。终于，在凶狠的黑熊面前，在生与死的临界点上，全子把被马蜂蜇得眼睛已经什么也看不见的同伴推上了树，自己却葬身熊腹！这篇小说峻洁的艺术质感和浓郁的悲剧气氛，几乎成为常新港后来全部作品的基调。我们看到，他笔下的小主人公们面对的是生活的贫困与磨难，他们稚嫩的双肩过早地挑起了沉重的生活担子。因为穷困，潘根兄弟远走他乡去淘金子（《第一百零一座草棚》）；为了筹一笔爷爷奶奶的迁坟费，霍东跟着粗野而可怜的父亲进山打猎（《儿子·父亲·守林人》）；还有彭大手、"破笛子"们（《有这样一个村庄》）……艰苦的磨难让他们早早地踏上了人生之路。他们活得艰难，甚至足够悲壮和惨烈。"破笛子"的父亲将村上人托他卖黄烟所得的钱全部吞下，一去不回头；母亲后来也疯了。可怜的"破笛子"在人们的冷眼和欺侮下苦苦挣扎，"一个人放羊，还种着地"，只有一根不知从哪儿捡来的破笛子终日陪伴着他。当其他孩子因玩鞭炮引起火灾而吓哭了时，"'破笛子'出现了。他奔跑过来，瞪着一双大眼，左右一看，飞跑到一个脏水坑里，跳进去，扑腾了几下，带着一身湿漉漉的水，扑到火跟前，将身子一横，像放倒了一根木桩，就躺在火里了，石碾子似的，在火上滚了起来……"火扑灭了，"他从地上捡起笛子，看见笛子的半边已被火烧焦了，发黑了，心疼地擦了一下，默默地转过身去……"一个几乎不被人们放在眼里的孩子，又有多少人能理解和看重他那惨烈的举动呢。"破笛子"的境遇因而更透露出几分沉重和悲凉的意味。最后，这个渴望有正常的父爱和母爱（或许还有一个正常人应该获得的全部的人间之爱）的少年为了给病中的"土豆大叔"打一条鱼，跑到了几十里外的湖里，却不幸在寒流的侵袭下冻死湖上。在常新港的小说里，这种悲壮凝重的描写不时出现，正如有的研究者所说，伤残死亡在常新港的作品中已不再是偶然的因素，而成为他反复抒写的主题。可以说，正是这些笔墨，典型地凸显了常新港小说忧郁、悲凉的精神气质和艺术情调。

在常新港笔下，北方少年表现出诚实、直率、倔强、彪悍、勇敢、豪爽的品格，尽管北大荒同时也把某种粗鲁、蛮野的习性赋予了他们。当霍东发现父亲在打猎而无收获的困窘之下偷了好心的守林人那张珍贵的狐狸皮时，他毫不犹豫地把真相告诉了守林人；"我"不顾一切从那些想吃牛肉的人们的刀口下救出了老牛"尤特兹"，表现出对一切生命的怜爱同情之心（《黑色的"尤特兹"》）；他们也不时会有一些粗野的行为，会来那么一些恶作剧……所有这一切，构成了一幅笔触冷峻凝重而又充满生机和情趣的艺术画卷——这便是常新港向我们展示的艺术世界。

3

常新港小说不仅表现出一种特殊的精神气质和境界，而且也潜藏着作者对生活、对命运、对人生的理解。这种理解是内在的、不露声色的。我以为，这些作品中有两个最基本的主题，这就是：从生存的困顿和艰辛走向精神和性格的成熟，因精神和心灵的阻隔而渴望沟通和理解。这两个主题成为常新港小说人生内涵的两个基本的支撑点，并为他的作品带来了一种内在的力度。

如前所述，常新港的小说世界常常笼罩着一种悲凉的气氛，少年主人公的生存状态充满艰辛。然而，对于作者来说，他更着力表现的是他笔下的小小男子汉们顽强的生存意志和在生活的逼迫、启悟下走向成熟的艰难过程。在《一个普通少年的冬日》里，这种过程描述得很耐人寻味。"我"15 岁时，父亲给"我"下了一个定论："你 15 年白活了！"那么，这 15 年里"我"干了些什么呢？三年级时，"我"把妈妈要"我"买的一斤醋一口一口地喝完了，然后拎着空瓶子回家跟妈妈说："钱丢了！"六年级时"我"学会了挑剔自己的老师；再后来"我"连最后一次加入少先队的机会也失去了；"我"爱打架，尽管常常被人打得鼻青脸肿；"我"为了报复他人一连气点火烧了三家的柴草垛，其中两家竟完全是代人受过，为的是不让被报复者怀疑是"我"干的……然而，在异常繁重而严酷的共同的体力劳动中，"我"同父亲的相互敌视和情绪对抗渐渐消融，"我"第一次真正地被父亲打动了：

> 我忘不掉，空旷的雪野地，父亲缩在豆秸垛里的身影。

也许，就在这无言的感动中，一种对沉重生活意义的彻悟，一种从未有过的责任感就悄悄地爬上了少年的心头。当他的伙伴再来找他，大喊"打野猪真没意思"的时候，他却不再叹息"没劲透了"，而是狠狠地说道："你如果只会说没意思、没劲透了的屁话，就不要再来找我！"

这是来自生活自身的令人铭心刻骨的感悟，一种让人辛酸、让人沉思的少年式的成熟！

学会生存、走向成熟，这是常新港带给我们的一个沉甸甸的命题。

渴望沟通、渴望理解，这是常新港钟爱的又一个主题。他常常不惜用最残酷的方式来表现不被理解的少年心灵的极度痛苦和由此造成的悲剧性结果。那篇曾经得到过广泛瞩目并获得中国作家协会首届全国优秀儿童文学奖的小说《独船》，描述的便是这样一个令人揪心的故事。少年石牙渴望合群和友谊，也渴望父亲能理解他的内心要求和愿望。然而，在生活中变得异常自私、冷酷、狠心、孤僻的父亲张木头却宁愿离群索居，在小河边厮守着独屋、独船、独子度日。他粗暴而专断地拒绝了石牙的合理要求。在张木头的影响下，石牙遭到了同学们的误解和羞辱，被逼上了孤独、与同学隔阂的境地。为了摆脱孤独，获得同学们的友谊和尊重，石牙顶住了父亲的训斥和痛打，尽了最顽强的努力。最后，这位少年孤独者毅然划船去搭救落水的同学，并在这最后的渴望和努力中献出了自己的生命。而痛失儿子的张木头这才幡然悔悟，但悲剧终究已经发生了！为了寻求沟通和理解，石牙做出了最悲壮的努力，付出了最惨痛的代价。类似的不幸还发生在许多孩子的生活中。《他和他永恒的朋友》

中那个失去了双眼和双腿的孩子多么渴望与外面的世界交流啊，但是残疾切断了他通向世界的一个又一个通道。终于，鸽子"小白"成了他永恒的朋友。可是，好心而不知情的陈大爷和妈妈却把"小白"做成了一道好菜给他吃。这好意的举动带给残疾孩子的却是巨大的伤害！作者用这种令人震颤的方式呼唤着心灵的沟通和理解。在少年儿童的心灵和精神世界还常常被误解、常常遭委屈的社会里，这种呼唤难道不应引起人们尤其是大人们的警醒吗？

4

常新港小说油画般凝重、冷峻的笔触常常令我们想起北大荒那深沉的黑土地和同样深沉的北国少年。毫无疑问，这是常新港艺术世界的基本色彩。不过，在另一些时候，常新港也会变一种色彩，换一副语调。这就使他的小说世界在保持其内在气质和情绪的统一的同时，还呈现出一种外在表达方式上的变化与灵活性来。

例如，在《一个普通少年的冬日》中，当"我"叙述自己无聊、荒唐和恶作剧的经历时，作者就更多地使用了一副戏谑、调侃甚至有些滑稽的自嘲腔调：

> 我的对手如果是比我壮的孩子，我们一交手，我的双腿就不听使唤，而脚常常被对方抢得离开地面，然后姿式难看地摔躺在地上……
>
> 我那次被打得极惨，衣服扯烂了不说，门牙被硌掉了半个，使我这颗牙拔不得也镶不得，影响我一生的美观……

而在《他和他永恒的朋友》中，作者则用了那种温婉、抒情的语调来讲述那个残疾孩子的渴求、幻想、欢乐和忧伤："声音越来越近，那是鸽群在天空用翅膀扇出的音乐。鸽群里有他离不开的好朋友、永恒的朋友。他尽管看不见，可他还是把脸仰向天空，苍白的脸上露出等待和深情的笑意。"在《麦山的黄昏》里，"我"深深怀念着那个金色的黄昏里所感受到的友情和欢乐，也忘不了那粗暴的呵斥和盘问。于是，作者的叙述笔调是峻洁而富有生气的，又不时透露出动人的忧郁和失落后的感伤："那个黄昏过去，我不再爱讲故事了。"留给读者的，则是淡淡的愁怨和悠长的回味。

于是，我们也可以说，常新港的艺术世界是独特的，它的色彩也并不是单一的。

而且，谁能料定今后常新港不会把他的艺术天地开拓得更开阔一些呢？

（四）张婴音

1

1970 年代末、1980 年代初，中国儿童文学界逐渐孕育和生长着各种丰饶而又芜杂的艺术欲望。很快，在这些艺术欲望的膨胀和推动下，中国儿童文学以罕见的盛装扮相，开始了一个以"突围"和"实验"为主要内容的艺术出演时代。张婴音也是在那个时期悄然加入那场令人忘情和激动的盛装演出的。登载在 1982 年第 2 期《小学生》杂志上的《发生在星期天》，是她发表的第一篇儿童小说。

今天回头来看张婴音最初的文学亮相，我们不难看出其艺术"动作"和"表情"还带有某些稚嫩的痕迹。张婴音自己在给我的一封信中也曾坦率地认为这篇小说"现在看起来实在太幼稚"。小说叙述的是一个孩子的愿望与长辈的愿望发生冲突的日常故事，主题发掘并未见出惊人之处，情节设计和故事讲述也相对平实。总之，与当时一些出手不凡的文学新人比较起来，张婴音的文学出场和亮相并不引人注目。

不过，这篇小说也隐隐向我们预告了作者后来创作中所逐渐显露出来的一些重要而独特的文学思考和艺术气质：关注"错爱与抗争"的家庭（学校）关系结构，表达代际沟通与理解的人文化、民主化的教育理念，青睐幽默、流畅的轻喜剧式的叙述风格，重视丰富而生动的细节设计和叙事策略的运用……从这个意义上说，《发生在星期天》仍然是作者值得我们重视的一次艺术出场。

2

1984 年和 1985 年，张婴音先后在上海《少年文艺》上发表了两篇引人注目的小说《后脑勺》和《计划之家》。其中《计划之家》很快就入选当时极具影响力的《儿童文学选刊》。可以说，这两篇小说呈现了典型的张婴音式的文学感知空间和叙事偏好。

《后脑勺》中的李小彤是一个在父母亲和班主任心目中老实听话、守纪律、负责精神好、集体观念强的乖孩子。老师的"偏袒"和父母的"严格"不仅使李小彤的天性受到极度的压抑，而且也导致了同学们对他的不满和嘲弄。作者用轻巧而流畅的故事讲述，塑造了一个惹人发笑又令人同情的灰色的"小人物"形象。小说中关于"后脑勺"这一绰号来历的描述是极其精彩而传神的。学校组织大家去参观小学生画展，回来后孙老师让同学们谈谈都看到了什么，有什么感想。轮到李小彤时，他支吾了半天才说："我，我看到了后脑勺。"在大家莫名其妙的时候，李小彤可怜巴巴地解释说："出发时，老师说，叫我们不要东张西望，后面的人要看着前面的人的后脑勺，我就看着陈小芳的后脑勺，其他什么也没看到。"这一细节夸张、诙谐而又不失其冷峻的现实感、灼痛感，是当代儿童小说中最令我难忘的细节设计之一。

《计划之家》也是一篇流畅好读的小说。暑假就要到了，伙伴们开始制订美妙的暑假计划。那么"我"呢？"我"的爸爸"是一个工厂的计划科科长，擅长订计划。在家里，他也全给我们订了计划。妈妈有'学习电子技术'的计划；外婆有'学习烹调'的计划；我有作息计划、复习功课计划；他自己有读书计划、读报计划、家务计划；每个人还有如何订计划的计划，如何督促各人执行计划的计划"……结果，爸爸帮我制订了一个暑假计划，外加一个如何执行计划的计划。而孩子们渴望自由而丰富的暑假生活，他们按照自己"没订计划的计划"，凭借他们的天真和智慧，度过了一个多彩而又富有收获的快乐的暑假。

我们注意到，作者的文学知觉空间常常设置在"学校—家庭"这一规定情境之中，长者们的错爱与孩子们的无奈以及有趣的小小揶揄和抗争，构成了作品基本的情节结构方式和发展线索。应该说，这样的题材呈现或主题表达，在儿童文学中也是比较常见的。张婴音的独特之处在于，她以丰富饱满的细节、生动流畅的叙事，来展现由于缺乏对孩子们的理解而在生活中普遍存在着的教育迷思和关爱迷误，来揭示在"关怀""疼爱""呵护"等正当名义的掩护之下，我们的家庭教育和学校教育中普遍存在的对于孩子们的生活践踏和精神灼伤，来表达孩子们对于沟通、对于自由成长的期盼和渴望。我们会发现，在孩子们弱小而无奈的心灵和肉体之中，其实也潜藏着阵阵精神的旋涡与风暴。也许，正是作者对儿童精神真相的这种持续关注和揭示，我们被日常生活揉搓得有些麻木和迟钝的感官，才会受到一次又一次轻巧而又精确的撞击和震动。

如前所述，张婴音发表这些作品时，正值当代儿童文学进入了一个盛装出演的年代，儿童文学的观念翻新、能指革命正如火如荼地迅速突进。与那些激奋而昂扬的文学同侪相比，张婴音的出现算不得最引人注目。但是我想说，她仍然是那个时代的儿童文学所不能缺少的。她从儿童成长角度所进行的文学思考，她以细节串联成的轻喜剧式的叙事风格，在那个热烈而激昂的文学盛装年代，显示出一份相对平静、沉稳的美学心情和态度。

张婴音的这份美学心情和态度的形成，显然与她自己的成长体验和文学理想有着密切的关系。在她早期所写的一篇题为《进入孩子的心灵深处》的创作谈中，她自述"小时候是个非常淘气的姑娘……经常会做出在大人看来是十分可笑的事……后来长大起来了，我发现周围几家邻居也是这样。大人喜欢孩子，希望孩子有出息，往往把只有大人才会想出来的东西硬塞给孩子，而剥夺孩子自己的想象力和创造力。

久而久之，孩子在心灵上与大人似乎隔了一道厚厚的堤坝，而大人全然不知。这是多么可悲又可怕的结果"！在写作策略上，她认为"给孩子写东西，要多一点情趣，少一些理念。因此，抓住符合儿童情趣的细节是很重要的，用细节来充实人物形象，人物才能活灵活现。我动用了平时的生活积累，在情趣和细节上多花笔墨"。在另一篇题为《让我也在春天里微笑》的创作谈中，她谈道："儿童文学对我的诱惑，起先也不外乎是可以获得快乐，可以大笑，可以获得梦幻般的满足……童年应该是快乐的，美丽的，应该把那份属于孩子们的快乐还给他们。这就是我写小说的本意，并且在小说中贯穿的思想。"显然，这些个人经验和创作理想也还算不得有多么独特或惊世骇俗，但是，当我们把作者的写作自述与作者的写作实践相互进行印证时，我们会强烈地感觉到，在张婴音的自述中，的确包含了她对于生活、对于童年、对于儿童文学的一份源自心底的独特体验和感悟。

3

张婴音不属于那种高产作家，她以差不多平均一年发表一篇小说的进度，平静而从容地行进在儿童小说的创作路途上。在很长的一段时间里，张婴音恪守着她自己对于生活、对于童年、对于儿童文学的那份体验和感悟。她的小说题材绝大多数都来自她所熟悉的城市少年儿童的日常生活；主题则以关注儿童的生存和成长状态为主，用她自己的话说就是，发出的"都是为儿童争取自我的呼吁"；在写作的修辞策略上，则表现为不断丰富的幽默和戏剧化的叙事风格。例如《聪明爸爸》《变色口红》《留守父女》等作品，都透露着张婴音式的清新和诙谐——尽管生活中有着诸多的缺陷和无奈，但生活的流动依然不乏生趣和快乐；虽然思考中夹杂着灼人的焦虑和痛楚，但故事的展开还是充满了情趣和笑意。

另一方面，张婴音在坚守自己的艺术旨趣的同时，也在逐渐拓展着自己的文学视阈和感知范围。例如，在发表于1995年的《留守父女》中，"我"因妈妈出国，只好与爸爸相依为命，偏偏爸爸是一个夫子气十足的书呆子："从我懂事到现在，爸爸好像从来没有笑过，看小品、看相声、看王景愚表演哑剧，我和妈妈笑得滚作一团，爸爸却一点不笑。有一次，我心血来潮，自己创作了一种熊猫舞，举手投足，憨头憨脑，滑稽极了，我故意去摸摸爸爸的胡子，去呵他胳肢窝，他一点反应也没有，就是不笑。他除了写论文、查资料、做卡片，就是看书、买书。书柜装满了，便堆到柜顶上，柜顶承受不了，书都掉下来，掉在过道上，爸爸走路就要跨过许多'书山'。他漠无表情，很耐心地一一跨过"。小说表现的不是父母与子女间的错爱式的关系与冲突，而是彼此的心性、志趣、阅历相去甚远的两代人如何在特定的家庭生活情境中相互支撑、调适、温暖的情感故事。我曾在一篇评论文字中认为，《留守父女》中的幽默的细节、风趣的叙述，同样显示了张婴音小说所具有的叙事个性。

从整体上看，张婴音后来的作品在总体艺术风格不变的情况下，也在做着局部的艺术充实和拓展。在《葱灯》中，作者涉足了她从未表现过的山村儿童生活题材，作品中散发着缕缕乡土文化的清纯气息。《问题女孩》则融汇了一些紧张和惊险的美学元素。作者迄今唯一的一篇中篇小说《罗老师的月亮》，在情节构架上进行了新的尝试，同时触及了今天中学生的情感生活层面。从艺术思考看，张婴音的作品中表达了较为丰厚的人文思想。例如，《葱灯》中关于公正对于孩子心灵成长的重要性的问题的提出，《快乐妈妈和快乐女儿》里对当今教育现实中对学生的评价体系的质疑，对多元智能观、成长价值观的呼唤等，都表明作者试图给读者提供一些新的现实感知和现实探索。对于我们来说，作者的这份努力也是值得珍视的。

说到这里，我想，我们已经可以触碰到张婴音儿童小说创作的一个最基本的情感内核了，这就是，在轻快的文学表情之中隐藏着的一种对于童年、对于成长的悲悯情怀。我以为，对童年的理解和悲悯意识，几乎是驱动和滋润张婴音艺术情感的全部心理动力和精神养分。正是这样执着的情怀，才促使她几十年如一日地迷恋于承担一个真正的儿童世界的艺术关爱者、呵护者的角色，并且乐此不疲。

也许有人会怀疑，把"悲悯"这样一个沉甸甸的词语用在张婴音小说上是否会显得不那么协调？那么我想说，当一位作家用她 30 年的文学生命表达着她对于童年、对于成长的疼痛和无奈、忧伤和呼吁的时候，所传递出的不正是一种伟大悲悯的情怀吗？

尽管，作者显示给读者的文学表情是快乐的。

4

从文学履历看，张婴音属于新时期成长起来的第一代青年作家。她在一个文学的盛装年代出场，并始终以自己的个性化的文学表达呈现给读者。但是，数十年的岁月流转，我相信，到了今天，张婴音创作上所面临的困惑和苦恼，肯定要大于她内心的愉悦和满足感。毕竟，这是一个充满了变数的时代。对于张婴音来说，她无疑也面临着在如何坚守个性表情的基础上拓展创作面貌的课题，例如，怎样在新的社会生活表象中去发现新的生活细节和故事，如何更深地切入隐藏于存在背后的真相或本质……

在我看来，一种叙事方式总是体现着、暗示着一种具体的生活形式或态度。生活之流在不经意中带给了我们许多新的认识可能和表现可能。这是生活给予作家的一份恩赐，更是生活对作家的一种挑战。

我相信，张婴音会有一种新的继续，或者，会有一个新的开始。

三 批评家

（一）陈伯吹

1

坦率地说，许多年来，我一直对那些含义贫乏或被强行添加上种种含义的"仪式性"活动和事件存有某种戒心。因为在那样的"仪式"中，不仅形式常常大于内容，而且实际上，空洞的"仪式"里可能根本就没有什么内容蕴含其中。

但是我相信，对陈伯吹先生的缅怀，将不会仅仅只是这样一种"仪式"。

因为，这是一个与 20 世纪中国儿童文学的历史进程携手相伴穿越了漫长而广阔的文学和人生时空的名字。从 1927

年 3 月在商务印书馆出版中篇小说《学校生活记》算起，到 1997 年 11 月与世长辞，陈伯吹先生的儿童文学生涯持续了整整 70 个春秋。在 20 世纪的中国，以毕生的心力投身于儿童文学的创作、翻译、研究和编辑工作，心无旁骛，百折不挠，以最坚韧执着的人生方式与一个国家和民族的儿童文学事业相伴终生，陈伯吹先生堪称第一人。对于中国现当代儿童文学的历史发展进程而言，陈伯吹这个名字的出现和存在或许是一个偶然，但是，对于陈伯吹先生来说，这种相遇就不仅仅是一种偶然性的人生际遇，更是一种基于天性、本能、责任和犟性而造就的命运安排了。

陈伯吹先生一生曲折漫长的儿童文学生涯，为我们提供了一种重返 20 世纪中国儿童文学历史及其许多重大时刻、重要现场的可能性。尤其是在例如 20 世纪二三十年代儿童文学的创作和编辑实践方面，1950 年代儿童文学的批评和理论思考方面，1970 年代、1980 年代儿童文学的文学重建方面，陈伯吹先生都以其独特的文学经验、智慧参与了那些历史的创造和书写进程。而且，由于陈伯吹先生兼具作家、翻译家、学者、编辑等多重职业身份，他的职业生涯与所辐射的历史内容及其意味也就变得格外丰富，也格外厚重起来。从这个意义上说，陈伯吹先生及其一生的儿童文学活动，事实上已经构成了 20 世纪中国儿童文学发展进程的一个鲜活而典型的历史标本。通过对这一标本的分析和解读，我们会在相当程度上触碰到一段历史的真实脉动，发现 20 世纪中国儿童文学艺术进程中隐藏着的丰富奥秘。

毫无疑问，就陈伯吹先生一生的文学经历而言，他并非总是处于被历史聚光灯映照着的文学舞台的中心位置。换句话说，并不是其所有的历史片断放在中国儿童文学史的背景上来看都具有同等的意义和价值。尽管如此，我仍然要说，陈伯吹这个名字在 20 世纪中国儿童文学发展的许多时刻和许多现场，都是一个重要的历史名词。例如，在 1950 年代中国当代儿童文学理论及其批评的建设进程中，陈伯吹先生的思考和声音，就曾经是一个令人难忘的历史存在。

我在《中国儿童文学理论批评史》一书中曾经认为，儿童文学理论虽然是一个相对独立的研究领域，却同样要受到它所依附的特定社会历史条件的制约，受到它所处的那个时代整体学术文化思潮的影响。1950 年代中国儿童文学理论批评的建设也是这样。"随着五十年代中期以后'左'的思潮的萌发和蔓延，环裹着儿童文学研究的大气候逐渐使理论自身正常探讨和良性发展的可能性受到影响和制约，这种情形到 1957 年以后便突出地显现出来"（《中国儿童文学理论批评史》，江苏少儿出版社，1993 年 8 月版，第 300 页）。那是一个一切儿童文学专业知识都被意识形态格式化的年代。可是，陈伯吹先生却以其天真的心性和对儿童、对儿童文学的最质朴的认识，做出了不为那个时代的意识形态话语和专业知识系统所兼容的理论思考，发出了在那个时代注定要被认为是"另类"和"异端"的声音——他提出了儿童文学作家、编辑要怀有一颗"童心"的著名观点。在《谈儿童文学创作上的几个问题》一文中，他这样写道："一个有成就的作家，愿意和儿童站在一起，善于从儿童的角度出发，以儿童的耳朵去听，以儿童的眼睛去看，特别以儿童的心灵去体会，就必然会写出儿童能看得懂、喜欢看的作品来。"在《谈儿童文学工作中的几个问题》一文中，他写道："如果审读儿童文学作品不从'儿童观点'出发，不在'儿童情趣'上体会，不怀着一颗'童心'去欣赏鉴别，一定会有'沧海遗珠'的遗憾，那些被发表和被出版的作品，很可能得到成年人的同声赞美，而真正的小读者未必感到有兴趣。"

这些观点和言论的意义和价值，我们显然只有将其还原到特定的历史语境中，才能比较客观而准确地掂量出来。在一个左倾思潮不断酝酿、膨胀、肆虐的年代，陈伯吹先生却以其纯粹而率真的理论直觉和知识勇气，脱离了大一统的意识形态和公共经验的控制，说出了被当时许多人遗忘或丢弃了的文学经验和常识。事实上，这些经验和常识本来未必是属于某一个人的，但是，在特定时代特定的话语环境中，它们却在一定程度上变成了陈伯吹先生个人的经验，成为他个人坚守的儿童文学知识——这其中蕴含了多少具体的历史内容啊。

由此我们可以发现，在 20 世纪中国儿童文学发展的某些历史时刻，陈伯吹先生的存在意义是十分重要的。他以纯真的知识理性和微弱的一己之力抵抗强大的意识形态暴力和特定的学术潜规则，他所带给中国儿童文学历史的不仅仅是一些可能更接近事物真相的专业知识，更是一种在特定时代极为稀缺的学术道德和人格品质。法国哲学家列维·斯特劳斯曾经这样说过，一种纯粹和整体的知识不能从特定的政治现实以及时代状况中获得，而只能借助于追本溯源，回到"尚未损害、尚未败坏的自然"来获得。撇开陈伯吹先生在儿童文学诸多领域里的贡献不论，仅以他在理论批评领域所做的工作来说，他在一个漫长时代里所进行的理论博弈，的确留下了许多宝贵的历史果实。而我想说，在那样一些时刻，陈伯吹先生一定是在某种程度上摆脱了"特定的政治现实以及时代状况"的操控，回到了一种"尚未损害、尚未败坏的自然"状态中——是否可以说，他的天然质朴的性情，在很大程度上使他保持了对童年的理解和理想，而这也许正是一种"尚未损害、尚未败坏的自然"状态吧。

2

1985 年 7 月，在昆明的全国儿童文学理论研究规划会议上，我第一次见到了陈伯吹先生。陈伯老儒雅谦和，一派大家风范。会上会下，我的眼神常常会情不自禁地追随着陈伯吹先生的身影。此后，几乎每一年，我都会有机会在各种会议上见到他。我也曾数次到位于延安西路的少年儿童出版社，到位于瑞金路上的陈伯吹先生家中去拜访他。当然，在我的记忆中，最令我个人难忘和感到震撼的是 1988 年前后与陈伯吹先生的那场"笔战"。

1987 年夏，我在上海的《解放日报》上读到了陈伯吹先生言词犀利的《卫护儿童文学的纯洁性》一文。这一年的岁末，我在阅读了陈伯吹先生近期的其他一些文章后，写下了《近年来儿童文学发展态势之我见——兼与陈伯吹先生商榷》一文。该文不久以后发表在了 1988 年第 3 期的《百家》杂志上。几乎与此同时，《儿童文学研究》也在 1988 年第 4 期上发表了刘绪源的《对一种传统儿童文学观的批评》一文。两篇文章分别从儿童文学思潮发展、儿童文学观的建构等角度，对陈伯吹先生的观点进行了讨论。拙文发表后，发行量颇大的《报刊文摘》以《方卫平与陈伯吹针锋相对》这样一个颇有些夸张的标题摘登了其中的一些观点。影响很大的

《新华文摘》则转载了刘绪源的文章。这场"笔战",一度成了1980年代末儿童文学界一个不大不小的"事件"。

留在我记忆中并让我今天仍然感到震撼的并不是那场"笔战"中的观点及其碰撞,而是陈伯吹先生面对青年人的质询和商榷时所表现出的学术宽容和前辈风范。当时,《新民晚报》曾对这一"事件"有过一次综述性的报道。报道中特别提到,陈伯吹先生对年轻人的批评抱持一种欢迎的态度。不久,该报又发表了杂文家林放(赵超构)先生的文章《向伯吹老人致意》。以林放先生的阅历,我知道他的"致意"举动背后,一定是携带着许多历史内容和感慨的。

对我来说,那场争鸣事件也已经成为我个人在1980年代后期一次难忘的学术经历,成为我个人在缅怀陈伯吹先生时,心底深处必然要泛起的一种特殊的经验和记忆。当我在历史的长河与背景中去回顾这一事件时,我真的会有一种记忆的震撼。因为,在漫长的儿童文学生涯中,陈伯吹先生曾经不止一次地成为不幸社会生活的蒙难者,或者成为学术暴力事件的被冤屈者。然而,在1980年代后期,当他以八旬高龄,宽容地回应和对待年轻人的挑战和商榷时,他已经以自己的仁爱和大度,为一段漫长的儿童文学历史,为改善我们偏狭的学术意识形态,为一个可能的学术清明时代的到来,给出了一个别致的注脚,提供了一个诱人的方向。

3

还有一些或许比纪念性仪式本身更实在的事情等着人们去做。少年儿童出版社的朋友们很早就想到了这一点。由王宜清撰写的《陈伯吹论》就是在他们的筹划、帮助和督促之下完成的一部评传性的研究著作。

评传性著作，资料的收集和研读工作无疑是最基础、最关键的。这部《陈伯吹论》在以往人们研究成果的基础上，在某些史料的收集方面，又有了一些新的发掘和推进。同时，作者对这些史料的解读和阐释也颇有新意，显示了独特的历史把握能力。例如，作者认为将陈伯吹的儿童文学观定义为"保守的""静态的""狭义（狭隘）的"，事实上并不准确。作者认为，"陈伯吹的儿童文学研究，在纵向上看，明显地显示着几个阶段的变异。二十年代的激进与开放，三十年代的奋进与积累，四十年代的沉淀与激发，五十年代的审慎与缜密，八十年代的回顾与坚持，那么，这个变异的过程便不是保守、静态、狭隘这些话语所能涵盖的"。应该说，这样的把握和分析，是更接近历史真相，因而也是更具有说服力的。

读王宜清这本著作，我能深切地感受到作者对研究对象及其所处的历史环境所怀有的一种尊重和理解的学术理性。是的，即使是缅怀，我们也不能仅仅抱着一种仰视的心情将对象偶像化、神圣化；反过来，即便不是为了缅怀，我们也不能脱离历史，对研究对象采取不负责任的随意涂抹态度。从这个意义上说，年轻一代研究者所显示的学术理性，或许正是一个漫长世纪的经验和教训，留给我们的一份宝贵的历史馈赠。

这部《陈伯吹论》的出版，就可能不仅仅只是具有一种仪式性的意义，我希望，它也将是一个新的世纪里，中国儿童文学历史的知识性转化进程中的一次有意义的尝试，因而，最终也将是其中的一个有效的组成部分。

（二）周晓

1

在我的印象里，儿童文学批评似乎总是少了些真正的批评的意味和品格，多了些甜甜蜜蜜或不痛不痒，"今天天气哈哈哈"一类的俗套和平庸，而除了"棍子"式的所谓批评之外，再也没有比这种俗气、平庸的批评更令人反感和难以忍受的了。

批评应该如何确立自己的文学位置，批评应该具有怎样的职业品格，这种对批评自身的发问和索解，成为 1980 年代整个文学批评界十分重要的现象。在我看来，批评不是对作家的盲目而廉价的致意，也不是对作品的笨拙而平庸的解释，批评首先应被看作是主体的一种创造性的精神活动，作品只有进入批评家的主观视野，成为这种创造所赖以展开的素材或原料，它才能成为真正意义上的批评对象。实际上，"批评即选择""我所评论的就是我"，以及诸如此类的批评观念，都表达和强调了批评作为一种精神活动所具有的主体意味和独立品格。英国学者安纳·杰斐逊和戴维·罗比在谈到文学批评时认为，"它往往可以是个人的和主观的，虽然批评本身无疑能够做到既客观又严谨"（《西方现代文学理论概述与比较绪论》）。或许，一种独立的个性化的严谨风格，一种渗透着主观情绪和色彩的客观态度，便是批评应当具有的品格和风度。

是的，批评是对文学现象的一种描述，一种判断，一种选择。而无论是描述、判断还是选择，都离不开批评家的精神参与，都是一种主体的描述，主体的判断，主体的选择。在这个意义上，我们不妨认为，批评所剖析和揭示的与其说是对象，还不如说是批评家自我；一旦批评家失去独立而自由的心灵，那么他就不可能创造并拥有真正的批评。

因此，当我想到儿童文学批评中还有许多与真正的批评活动相悖的肤浅、平庸和俗套时，心底便不免泛起一阵怅惘和悲哀。

当然，也有一些例外令我感到安慰。我想说，《少年小说论评》便是它的著者面对 1980 年代儿童文学现象时的独特感受和思考的记录；尽管这份记录还留着某些仓促、匆忙的痕迹，然而它机智、它锐敏，更重要的是，它独特而坦诚。

著者周晓是我的老师（虽然不是在课堂上为我授过课的老师）。1980 年代初，当我抱着上大学时念过的几本哲学、美学、文艺学、心理学等方面的书籍开始接近儿童文学时，署名"周晓"的许多评论文章就曾给我以颇为深刻的印象。那些文章中所充溢着的生气和流动着的活力，使我未加思索便认定这些文字是出自同龄人的手笔，因为我与许多人一样有着一种尽管不无道理却未必总是正确的看法：年长者为文必然从容而平稳，年轻者为文必然锐敏而热情。有意思的是，有过这种感觉的不止我一人。我的学长汤锐第一次遇见周晓老师时，也曾惊讶地说："我还以为您是年轻人呢。"而在一次全国性的儿童文学会议上，他被有的发言者称为"青年评论家"——其时，这位"青年评论家"已经年过半百。

虽然文章无法使人的自然年龄变得年轻，然而人们的这种感觉倒是实实在在地说明了文章本身所具有的理论活力和青春气息：它们显示了独特的论评眼光和胆识，它们飞扬着新鲜的理论悟性和热情。我相信，这是作者评论个性和品格的自然流泻和外化。

2

在《少年小说论评》之前，作者已经出版过一本名为《儿童小说创作探索录》的评论集。这两本集子收录了作者1979年至1989年间有关儿童文学的大部分评论文章：或回顾历史，或评论现状，或宏观把握，或微观分析。总之，他描述，他判断，他选择，而且，对那十余年乃至更长的一段儿童文学发展历程，他有自己独特的描述，独立的判断，独到的选择。

他描述。文学现象的丰富与驳杂，迫使人们只能从某些特定的视角、范围，借助某种特殊的工具、方式来接近、探测、概括和描述它们。在批评对象与批评主体的特殊联结过程中，那些与批评家自身素质和准备有着微妙联系的文学现象最易触动和激发批评家的思维热情。周晓对少年小说有着特别的偏爱，他的批评的兴奋区总是首先被少年小说创作的演进变化所牵引和激发起来。产生这种偏爱的原因，或许可以追溯到童年时代的阅读经验。他曾经说过，他的童年是没有童话的童年，作为一个孩子，在乡间他能找到并读得入迷的第一本文学作品是小说《三国演义》；而记忆最为深切的，则是少年时代进入城市后开始充分体味生活的辛酸时读到的第一部外国小说《苦儿流浪记》。这种童年时代的阅读经验，作为远因无疑会在一定程度上影响甚至决定着他在日后的批评活动中所可能具有的某些兴趣和偏爱。另一方面，从文学发展的客观实际来看，少年小说确实是 1980 年代儿童文学创作中最富有活力的部分，儿童文学创作中发生的许多具有深刻意义的变革和突破，往往是由少年小说创作首先实现和提供的。因此，对于一位关注整个当代儿童文学创作发展进程的评论家来说，对少年小说创作投入特别的热情，并且常常抽取少年小说作为样本来向人们提示、说明儿童文学创作中那些或隐或显的停滞和躁动、演进和裂变，便是十分自然的事情了。在《回顾与探讨——关于三十年来的儿童中长篇小说创作》《儿童文学的报春燕——一九八〇年以来儿童短篇小说创作管窥》《儿童文学与时代激情——一九八三年〈全国优秀儿童小说选〉序》等文章中，他把少年小说放在儿童文学发展的历史和现实共同构成的艺术背景上去曝光、去描述（顺便说明一下，由于用语方面的习惯原因，书中的许多文章仍沿用"儿童小说"的称谓，而正如人们已经指出的那样，"儿童小说"实际上是供少年阅读的小说，因此，书中所收的一些文章逐渐采用了"少年小说"的提法）。随着作者的勾勒、叙述，模糊纷乱、变幻莫测的儿童文学现象变得清晰而富有条理，看似紊乱无序的涌动变迁逐渐显示了它的历史发展逻辑和艺术变革线索。我甚至隐隐有一种感觉：对于许多关心儿童文学的人们来说，不是现象本身，而是上述勾勒、描述，直接影响乃至构成了他们对儿童文学发展的理解和认识。对于一位从事评论的人来说，这即便不值得他自我夸耀，也足可以被认为是相当的成功了。

他也判断。批评的主体意味不仅表现在批评家对客观文学现象的主观描述上，而且更表现在他对这些现象所做的理论分析和价值判断上。这种分析、判断对批评者的理论修养和价值观念有着更显而易见的依赖性，同时也是更具有挑战性的考验。周晓有他自己成熟而稳定的价值尺度和美学观念，这决定了他在评析和判断儿童文学现象时的价值取向。例如，他很早就对非文学的"教育工具"说提出了直截了当的批评，尔后又在批评活动中长期"锲而不舍"。在 1980 年 6 月发表于《文艺报》的《儿童文学札记二题》（见《探索录》）一文中，他就"主张对儿童文学的社会功能理解上要宽，就是说，在儿童文学小百花园里，既可以有'急功近利''立竿见影'的作品；也可以有教育作用不明显但对陶冶滋润孩子性情、愉悦孩子身心有益的作品；当然更需要努力创作具有很强的思想性和艺术性，因高度概括生活而社会教育作用深远的作品。唯其对儿童文学社会功能的理解宽了，创作思想才有可能从以往越走越窄的旧轨道上解放出来"。事实上，这一观点已经成为一个"理论原型"（我姑且这样称之）而不断出现、活跃在他的评论文章中，成为他分析、判断儿童文学创作发展的最基本的尺度之一。在《儿童文学的报春燕》《〈弓〉与〈祭蛇〉的启示》《儿童文学创作发展途径之我见——从当前的儿童小说创作谈提高儿童文学的文学素质问题》《儿童小说的创新与探索》《上海儿童文学纵横谈》等许多文章中，读者都不难感受到这一"理论原型"的存在及其作为一种价值尺度的意义和作用。尽管你不一定完全接受，但你不能不承认这些见解的存在与成熟。

他当然更不忘记选择。无论是贬是褒，他都充满了坦诚的激情，而对于那些带着新的艺术气息的作品，他更有抑制不住的激动；一缕新意、一点突进，都会强烈地触发他的学术灵感和理论热情。他认为，"一篇真正出类拔萃的佳构的问世，对于那个时期的创作，不应仅仅是优秀作品数量的增加，而应该是创造，是新质的萌发"（《儿童文学与时代激情》）。因此，他总是机敏地搜寻、选择这样的作品，及时地予以评说和扶植。他几乎从未想到如何遮蔽一下自己选择时的固执与偏袒，而总是一往情深地为具有创新意识的新人新作鼓吹和呐喊。在我看来，这种固执与偏袒正是批评所特有的公正的表现，因为所谓公正绝不等于四平八稳、一团和气，批评的公正不是来自不言自明的理论常识或不得罪人的理论懦夫行为，而是来自批评家出自心灵的真知灼见。法国诗人波德莱尔说："公正的批评，有其存在理由的批评，应该是有所偏袒的，富于激情的，带有政治性的，而这种观点又能打开最广阔的视野。"（《1846 年的沙龙》）是的，比起不冷不热的平庸的所谓批评来，"偏袒"的批评无疑具有独立的创造意味，因而也更是真正意义上的批评，更能起到批评应该有的作用。我觉得，当时许多中青年儿童文学作者如丁阿虎、曹文轩、刘健屏、常新港、范锡林、张之路、陈丹燕、韦伶、孙云晓、梅子涵、韩辉光等，正是由于进入了他的评论视野，才变得更加引人注目并为人们所熟知。不过，并不是谁都能沾上周晓评论的"光"的，因为他要用自己的眼光来遴选和择取，他要在这种选择中来写下自己的评论文学，来构筑自己的批评世界。

周晓的批评文章对许多读者尤其是青年儿童文学工作者来说，有着一种特殊的亲切感和说服力，我自己也常常从他的文章中获得教益。当然，不能指望一种声音在任何情况下都能被接受或产生回响。一些读者对周晓的评论感到不可理解甚或拒绝接受，都不是什么奇怪的事情。我想，只要人们对真理怀有共同的诚意，那么一切分歧和对立就都不会是毫无意义的，而彼此暴露的破绽或者不足，也就会得到平静、善意的理解和对待。周晓的评论无疑也不是无懈可击的，他在选择和形成自己的批评优势和特点的同时，也就造成了自己的局限或者是不足。正像谨严难免呆板、活泼难免浮泛、凝重常欠空灵、犀利易显尖刻一样，周晓的批评文章往往显示出锐敏、热情、坦率的论评风格，但有时也难免有缺少些沉淀和升华的遗憾。譬如，他常常善于撷取或大略抓住作品的题旨、特色或倾向，从创作发展的角度作评，或做借题发挥的论辩，因此，他的评论文章记载了他面对儿童文学现象时的独特见闻和感受，但也往往未及展开更深入周详的理论思考。就具体的论评技术和风度而言，当他辨析"左"的和偏狭的文学观念、捕捉萌发状态的艺术新芽、评说儿童文学发展进程时，他显得机智、老练、自信和得心应手；而当他面对丰富的艺术现象时，他所习惯的思维方式也在某种程度上限制了他的艺术感知范围和批评思路，因而在剖析艺术现象时难免会有令读者感到不能满足的时候。这或许也是一种两难局面：没有自己的思维风格和特色，便不可能有创造性的批评；而一旦形成了自己的思维习惯，就难以越出这种思维定势所规定的思想空间。创造的艰难，在批评中同样是一种无情的现实。

尽管如此，优势和局限毕竟都是构成周晓批评品格的不可或缺的因素。在儿童文学批评还相当缺乏个性和主体意味的时候，这种批评品格是极为可贵的，因为它虽有不足却绝不平庸。

3

1987 年春天，我与周晓老师开始了直接的通信联系；那年初夏，他应邀来浙江师范大学为第三期全国中幼师儿童文学教师进修班讲学，我们更有了见面长谈的机会。后来，在西子湖畔，在烟台海滨，在黄浦江畔，我们又有过许多让我不时怀想的晤谈。他的热情、坦率和机智，他与青年朋友之间那种相互的理解、信任和心灵的和谐、默契，使我温暖，也令我感动。两代人心灵的沟通，能够消弭岁月带来的隔膜和距离，这其中既包含着长辈对晚辈的爱护和扶持，也包含着晚辈对长辈的尊重和理解。在与周晓老师的交往中，我深感他对年轻一代儿童文学理论工作者怀有特别的感情和期望，对青年人的成长他有一种发自心底的真挚的喜悦。而理解总是相互的，许多青年朋友也对他怀有尊敬和信赖的感情。我想，两代人之间的这种心灵的感应和交流，带来的是属于两代人的幸福，也是属于批评的一种幸运吧！

（三）刘绪源

1

1995 年的夏天，在上海的一个关于儿童文学的小型研讨会上，刘绪源先生把他刚刚出版，还带着油墨清香味儿的《儿童文学的三大母题》一书赠送给与会的几位朋友。我还清晰地记得当时我和几位朋友拿到书后的兴奋之情。对于当代中国儿童文学理论界来说，像这样设定了独到论域、具有鲜明个人眼光和独特研究风格的学术著作，实在是太稀缺、太为人们所渴求了。

许多年来，我的儿童文学概论课堂上，总是有"母题"这样一讲的。自那以后，绪源的这本书就成为我在课堂上要对每一位修课同学介绍、论评的一部重要著作。在我看来，《儿童文学的三大母题》一书在许多方面，都是值得当代儿童文学研究界重视的。

首先是紧贴古今中外经典儿童文学作品和现象、以丰富的儿童文学审美和鉴赏经验为研究基础和出发点、由感性品味升华为理性剖析、架构的学术理路。

从某种意义上说，刘绪源是一位读书方面的杂家。他的阅读兴趣十分广泛，文史哲经、古今中外，丰富驳杂的涉猎，培养了他独特而又精准的鉴赏眼光。同样，当他以"儿童文学的三大母题"为论域进入此书的写作之时，他在中外儿童文学经典作品甚至更大范围里的阅读积累和鉴赏心得，为书稿的写作提供了坚实的文本分析基础和文学事实支撑。书中关于伊索寓言、贝洛童话、《明希豪森奇游记》、安徒生童话、《爱丽丝漫游奇境记》、《木偶奇遇记》、《彼得·潘》、《大林和小林》、《洋葱头历险记》、林格伦童话、黎达和汤·西顿以及椋鸠十的动物小说（故事）等大量经典作品的分析，既使作者的理论思考和分析获得了来自儿童文学文本事实和历史进程的支持，展现了抽象的学术构架与鲜活的文学生命之间的血肉联系，同时也使作者的文学鉴赏经验和知识库存得到了自然、生动的展示。而对于读者来说，阅读本书，也许因此就平添了许多从文学生命的细微处去发现和思考儿童文学学术问题的惊喜和乐趣。

其次是在纷乱的儿童文学现场和多样化的文学思想话语的杂陈中，独出机杼，对儿童文学的三大母题做出个人化阐释的学术勇气。

《儿童文学的三大母题》一书在概述了中外历史上儿童文学、美学等研究领域的分类学状况后认为，《简明不列颠百科全书》中关于儿童文学"教育性"与"想象性"的论述，可以理解为一种类型研究。虽然中外儿童文学作品大都能归入这两种类型中去，但毕竟存在不少例外。黑格尔的"历时性"研究与普罗普的"共时性"研究，都难以避免自身的缺陷。中国现代的儿童文学分类也存在明显的缠夹。刘绪源在肯定了许多大师们的研究方法与研究成果对于我们今天研究的借鉴意义之后提出，我们也不妨打破体裁、题材、风格、流派这些通常用以划类的界限，打破"历时性"与"共时性"相分离的研究格局，把内容与形式放在一起进行观照，力图做出那种虽或相对朦胧但却尽可能完整的把握。由此他尝试着用一种新的方法进行类型学的研究，这就是从三个最基本的"母题"出发，对儿童文学作品进行新的划分。这三个母题是，爱的母题、顽童的母题、自然的母题。作者对"母题"概念，做了自己明确的界定：

> 本书所运用的"母题"概念，居于一个更高的层次。它超越了"题材"概念所包含的具体性和明确性，因而它是一个更笼统的概念。它不再拘泥于作品主人公的身份、作品展开的环境以及故事情节等具体事物。我

们说到一个母题，那其实就是指一种审美眼光，一种艺术气氛，一个相当宽广的审美的范围。

他进一步认为，爱的母题"所体现的，是成人对于儿童的眼光——一种洋溢着爱意的眼光"；顽童的母题"则体现着儿童自己的眼光，一种对于自己的世界与成人的世界的无拘无束、毫无固定框架可言的眼光，充塞着一种童稚特有的奇异幻想与放纵感"；自然的母题"所体现的则是人类共同的目光，只是这目光对成人来说已渐趋麻木，儿童们却能最大量地拥有它们"。

不管我们对他的界定和论述持何种观点，必须承认，他的研究态度、学术勇气，都是值得赞赏的。

最后是由三大母题的文学梳理和理论探索触发，探究、阐述当代儿童文学研究的许多重大的、前沿性理论课题的学术锐气。

爱、顽童、自然无疑是刘绪源这本书论述的理论重心，但是，细心的读者会发现，在他理论思辨和探索的展开过程中，他不断地从正面触及并直截了当地发表着关于儿童文学的一些重大而基本的美学问题的看法。例如，关于儿童文学的教育性与审美性之间的关系问题，他认为有三种与此相关的理论：一、儿童文学是教育的，艺术作为手段完全服务于教育目的；二、艺术既是手段同时也是目的，作为手段它运载教育内容，作为目的是指载体本身也有审美的价值；三、艺术不是手段，而是审美整体，对艺术品来说艺术审美就是它根本的和最高的目的。儿童文学理论界过去大都赞成第一种观点，这与中国文化"文以载道"的观念有着根深蒂固的联系，只有极少数例外，如周作人。近年来，许多作家、理论家开始信奉第二种观点，而刘绪源则明确表示，他力倡第三种观点。针对以往儿童文学研究中将"教育性"狭隘地理解为"理性因素"这一缺陷，刘绪源则把"教育性"称为"审美中的理性"，并认为，离开审美它们就是作品的外在因素或破坏因素；只有当它们自然流露于作品这一审美整体之中，成为审美情感运行过程的有机部分时，才会在文学中获得自身的价值。他还认为，不是文学的概念大于审美，而是审美的概念大于文学。坦率地说，当我跟随他在展开关于"三大母题"的思考时，不断读到这样一些关于儿童文学的更为基本的理论问题的论述，我得到的是一种十分过瘾的阅读上的满足感。

2

2008 年年底的一天，绪源给我打来电话说，《儿童文学的三大母题》一书新版将由华东师范大学出版社出版；他希望我为这一版写一篇序。"希望是一篇进行自由的学术批评的序，"他强调说，"这样会很有趣的。"

说真的，我有一点被他的话所感动。在这个廉价的好话盛行而真正的批评往往缺席的时代，在普遍的人性中，更多涌起的是喜听奉承之辞的习性的当下，绪源的提议表现出的无疑也是一种十分稀有的精神和个性。同时，我也有一点被他的话所吸引。的确，我认为，《儿童文学的三大母题》一书也存在着某些可以讨论的学术缺陷。

如前面的引文所明确表达的那样，关于"母题"这一概念，刘绪源认为，它比"题材类型"等概念居于一个更高的层次，是一个更笼统的概念，"我们说到一个母题，那其实就是指一种审美眼光，一种艺术气氛，一个相当宽广的审美的范围"。

这可以说是该书论述的核心观点和基础，也是这部以"母题"为基本论域的著作思想展开和构建时所设定的理论半径和学术支柱。但是，我认为，这一定义违背了民间文学、民俗学理论界对于"母题"一词的基本界定，因而在学理上的可靠性和思维上的严谨性方面就都被打上了问号。

"母题"（motif）这一术语主要来源于西方民间文学、民俗学研究的理论表述系统。关于母题研究的发展情况，根据刘魁立先生介绍，20世纪30年代中期前后，由于世界各国民间文学原始资料的大量发掘和整理，对这些资料的系统分类问题一时成为民间文学研究中的重大课题。当时曾举办过一系列的国际会议，专门或主要讨论这一问题。在这一背景下，美国学者斯蒂斯·汤普森从1932年到1936年对芬兰学者阿尔奈的《故事类型索引》一书进行增订，编著了六卷本的《民间文学母题索引》。在编写该书的过程中，汤普森常常感到，以情节为单位对民间文学故事进行分解编制索引，仍不能满足检索和研究的需要，他认为应该把情节进一步分解为更细小的单位——母题（motif）。母题这一概念的中文译名，大约是20世纪30年代下半期开始使用的。这一译名一半音译，一半意译，符合我国翻译的传统习惯（参见刘魁立《世界各国民间故事情节类型索引述评》）。所谓母题，汤普森曾在1928年出版的《民间故事分类学》一书中指出："一个母题是一个故事中最小的，能够持续在传统中的成分。要如此它就必须具有某种不寻常的和动人的力量。"休·霍

尔曼在《文学手册》一书中认为："母题是叙事得以展开的基本单位；宽泛地说，它是民间故事中所使用的某个常规化的场景、功能、旨趣或者事件。"刘魁立在《世界各国民间故事情节类型索引述评》一文中认为，母题"是与情节相对而言的。情节是若干母题的有机组合而构成的；或者说，一系列相对固定的母题的排列组合确定了一个作品的情节内容。许多母题的变换和母题的新的排列组合，可能构成新的作品，甚至可能改变作品的体裁性质。母题是民间故事、神话、叙事诗等叙事体裁的民间文学作品内容叙述的最小单位"。由此可见，母题是文学作品中最小的单一要素，是叙事情节展开的基本单位，这是中外民间文学研究者的理论共识。

因此，汤普森在《民间文学母题索引》一书，广泛搜罗口头流传的神话、传说、寓言、故事、笑话和叙事诗歌，以及像《五卷书》、《一千零一夜》、中世纪小说等，从中提取母题不下2万个。该书母题分类排列的顺序是以作者提出的"从神话和超自然到现实的幽默内容的演化"为依据的，首先列出的是神话母题，继而是动物形象、禁忌、魔法、奇迹、妖怪以及其他关于超自然力的观念，最后才列举有关人类社会、人与人之间的矛盾关系等方面的母题。其中大的母题索引部类有：神话母题（共3000号），动物（共900号），魔法（共2200号），奇迹（共1100号），等等。在这些大的部类之下，又分为若干分部和更小的细类，每个母题均各归其类，并有一序码，每一细类和每一母题下大都列引了文献书目（参见刘魁立《世界各国民间故事情节类型索引述评》）。

汤普森编制的索引系统，一方面为民间文学的分类研究做出了重要的贡献，另一方面，后来的民间文学研究者们也曾指出，它过于繁复、庞大的体系，也给研究者带来了许多不便，同时也很难完全尽如人意。因此，由泛杂而重返相对的简约和适用，应该是母题研究的拓展方向之一。

刘绪源在《儿童文学的三大母题》中所提出的分类法也许是符合上述母题研究寻求简约的发展趋势的，但是从总体上看，我认为他的论述和研究可能存在着下列这样一些问题：

其一，母题的本义是指文学叙事中最小的单一要素，所以才有汤普森庞大、细致的索引系统，并且为文学的分类研究提供了基础。而绪源在书中将"母题"标上了英文"motif"，这表明他所运用的母题概念与西方学者的母题概念是同一的，但是，他同时却将母题定义为一种笼统的概念，一种审美的眼光、气氛、范围，而又未能说明他的母题概念与民间文学的母题概念之间的联系和区别，我以为，从论述的学理基础上来看，这不能不说是一个明显的漏洞。

其二，母题作为最小的叙事元素，可以通过不同的排列组合、转换、发展出无数作品，因此，母题的功能研究、叙事研究等应该是母题研究的重要领域。而按照这本书的界定，母题只是一种笼统的眼光，于是，母题研究所可能具有的无比具体、丰富的内容，反而可能被限制和缩小了。

其三，母题作为最小的叙事元素，它同时总是生成、活跃、保存在特定的文化和叙事传统之中，因此，母题常常也是特定文学的一种叙事"原型"。从这个意义上说，母题往往表现着人类共同体（例如不同部落、民族、国家等）的文化心理或集体无意识，而母题在不同文化母体和群落之间的传播、变换、交融，也构成了文学传播史、交流史和比较文学研究的重要内容和切入视角，而绪源的研究设定，也在相当程度上缩小乃至忽略了这些重要的研究内容和视角。

事实上，绪源所说的三大母题，严格说起来，我以为他讨论的更像是儿童文学的三大题材领域或三大主题领域。在绪论中，他将儿童文学的各种作品划为16种题材类型，并认为"只要对上述这十几种类型反复揣摩，那么，很自然地就会摸索到儿童文学的几个最基本的母题。而且我们将会发现，'题材类型'一旦转换成'母题类型'，被上述十几个种类所排除或遗漏的作品（包括那些民间流传的'自然的童话'），都将纷纷归到这些基本母题的麾下"。显然，题材是完全无法归入"母题"（motif）麾下的，那是两个不同的文学能指，其所指、层次、范围等均有不同。更准确地说，他在这里是把16种题材类型归并成了三大题材领域（类型）。书中的第4章"自然的母题"第1部分为"'三大永恒主题'与儿童文学的母题"，讨论的是文学艺术中"爱与死以及自然"这三大永恒主题与儿童文学三大母题之间的对应转换关系。这里，他在引入成人文学进行联系和对比讨论时，已经在不知不觉间将"母题"概念置换成了"主题"概念，这是否也在某种程度上透露了他理论思虑和表达上的某些疏漏和尴尬呢？换句话说，关于儿童文学的所谓三大母题，事实上指的也就是儿童文学的三大永恒主题呢？

3

我还想谈谈绪源先生在该书写作前后所展现给我们的一

种恭敬、包容的研究心态和学术伦理。

从中国当代儿童文学研究已有的学术积累看，《儿童文学的三大母题》无疑是一部显示了一定的理论原创能力的著作。令我感到印象深刻的是，在这部书的写作过程中和写作完成之后，刘绪源始终对自己的观点和著述抱持着相对理性、谨慎、低调和恭敬的学术心态。这不仅表现在他的著作中时时流露出的对他人研究成果既谨严论析，同时又保持尊重的研究立场，而且更表现在著作完成之后，他对于真正的学术批评的渴望和期待。1997 年 11 月，该书被收录于"跨世纪儿童文学论丛"由少年儿童出版社再次印行出版时，他在第二版后记中写道："对我来说，这次重印的最大好处，也许是能因此而听到一些批评意见。即使是十分尖锐的质疑或驳难，我也是求之不得的。以前虽也曾听到几句批评，但大多轻描淡写，零散而不系统。我以一种愉悦的期冀的心情，等着对我的理论的沉重乃至致命的一击。"

了解中国当代儿童文学批评现状的人们一定都知道，刘绪源是一个特殊的批评个体存在。这种特殊性表现在，当真正理性、犀利、率真、充满个性感悟和体验的批评成为当代儿童文学批评中的稀有现象时，绪源以他的执着、坦诚和天分，成为儿童文学批评现场中那个不时发出真实而锐利尖叫的"孩子"。他自 2000 年开始在《中国儿童文学》杂志上坚持了多年的批评专栏"文心雕虎"，已经成为当代中国儿童文学理论界的一道独特的学术批评风景。因此我相信，他对以自身为对象的学术批评的期待，是真诚而又急迫的，而其间所透射出来的研究心态和学术伦理，则更为当代儿童文学理论界提供了一种有益的专业启示，一笔无形的伦理资产。

（四）汤锐

在我们这个相对孤寂清冷的思想舞台上，汤锐以她轻盈而又坚实的思想舞步和几乎可以说是流光溢彩的思想舞姿，赢得了众多学术上的知音和喝彩者。对此，汤锐似乎没有太在意，更没有陶醉其间。这当然并不意味着她的孤傲和冷漠——我觉得，这正好标示了汤锐为人为文沉稳内敛、学术心灵清静大气的特质。

1980 年代初期，汤锐和一批跃跃欲试的理论新手们一起，挤进了儿童文学研究的学术领域。这批新人的知识结构、思想背景等，显然与他们的思想前辈们有了颇多的不同。这使得他们的研究工作几乎从一开始就显露出了某些不同于其学术前辈们的天真而又执拗的学术心性和志趣。相比之下，汤锐在儿童文学研究舞台上的最初亮相显得小心翼翼。1980 年代前期，她在攻读硕士学位期间，曾在《浙江师院学报》发表过一篇题为《一束小葩——读孙幼军童话近作》（1984）的论文。文章的选题、标题和论述格局，都表现得十分谨慎低调。她在这一时期发表的理论批评文字大体都表现出这样一种学习策略：不是急于摆开某种学术架势，而是更致力于理论感觉的培育和学术底气的积蓄。1984 年，当她以研究张天翼前期儿童文学创作的学位论文顺利通过毕业答辩时，人们才从那篇扎实流丽的研究论文中，隐隐感觉到了作者优秀的理论素质及其蕴藏的学术潜能。

不过，汤锐理论才情的真正喷发，是从 1980 年代中后期开始的。那个时候正是中国当代儿童文学创作思想最为活跃、创作面貌最为斑斓的时节。这既为儿童文学学术界提供了思想开发的机会，也提出了不容置疑的现实挑战。在众多学者的理论描述、分析、判断、争鸣所构成的喧哗声中，汤锐的声音曾经引起我的格外注意。她的《不断丰富的童话创作》（1987）、《印象：一束浪漫主义者的心灵之光——〈曹文轩作品选〉序》（1987）、《酒神的困惑——近年儿童文学速写之一》（1988）等文章的陆续发表，构成了一个具有独特灵性和才情的感悟世界。可以说，正是这些文字的发表，人们才开始清晰地辨识出汤锐理论批评的独特气质。

许多人都描述过那个时代的儿童文学身影。汤锐的独特之处在于，她对那个时代的思想跟踪和理论勾勒表现出了一种纯净、机敏、缜密的感悟品格；与这种品格相联系，她的理论表述也常常是简约而灵动的。她仿佛不用什么特别的气力，就为我们描画了一幅幅简洁漂亮的文学发展图景。在《不断丰富的童话创作》一文中，她以三千字的篇幅，高屋建瓴，勾画了1980年代中国童话发展的基本艺术眉目。在《酒神的困惑——近年儿童文学速写之一》一文中，她同样以三千字左右的篇幅，对"悄然漫入儿童文坛"的"一股新的创作潜流"做了十分传神的勾勒："仿佛给人这样一种印象：1980年代中国的儿童文坛诞生了一个酒神，它先是以婴儿般的活泼、新鲜、稚气和大胆的喧闹震动了世界，继而又逐渐有了个性的另一面，开始沉浸于神秘、多思、忧郁的青春早期的困惑之中。从喜剧走向历史剧、从明朗走向神秘、从单纯走向复杂，这或许是酒神在走向成熟的兆示"？她的那篇篇幅稍长，自称是"一堆印象"的"杂陈"的《印象：

一束浪漫主义者的心灵之光——〈曹文轩作品选〉序》一文，堪称是1980年代儿童文学评论界在作家研究方面提供的具有某种经典品质的批评文本之一。这篇清幽而又俊爽、华美而不失典雅的批评文字对曹文轩笔下的艺术世界的精微、绵密、独到的感悟和分析，曾经引起过我不小的阅读兴奋。譬如她对曹文轩二维交叉的文化心理结构的点评，她对曹文轩创作中忧郁情感体验的分析，等等，都是十分细腻、精妙而又坚实的。请看她对作家独特气质和心灵的揭示："从他对莫名激情和内心感受的偏爱的描写，从他对少年坚韧性格的夸张般的骄傲，从他对色彩的敏感以至近乎滥用，从他热衷于为自己作品织染的浓烈氛围中，他已经清楚地勾勒出了自己的心灵图像：激情、天真、神秘感、梦幻和忧郁，甚至还有些神经质。这些，都是浪漫主义者的典型心态特征。他可能不具备诗人的技巧，他的才华可能仅属叙事性的，但在本质上，他是个诗人……这种鲜明的浪漫气质，使他无法将自己拘禁于统一规格的理想主义，却越来越快地走向个性的、心理的空间"。

有一次，我跟汤锐在一起谈论彼此学术写作的某些习惯时，汤锐告诉我，她不太喜爱写长篇大论，而喜欢写作三千字左右的文章。我知道，这种显现于写作篇幅或者说是写作秩序上的偏好，其背后隐藏的正是汤锐认知习惯和学术心性上的某些特性。通常，当她面对纷繁涌动的文学现象时，她更习惯的是深入文本，含英咀华，借助心灵的会通领悟来鉴赏、把握儿童文学的艺术神采和发展潮流；而当她试图通过文字阐述自己的艺术感觉时，她常常放弃了过度的铺陈，还有殷勤而多余的说明，而将思想浓缩在尽可能简约玲珑的文

字表达之中。所以，虽然她经受过良好的属于学院派一路的
学术训练，但她的学术研究与通常意义上的学院派有了很大
的不同。简单地说，她保留了学院派庄重的研究气度，但少
了些凝重、拘谨和呆板，多了些灵动、轻巧和洒脱。

对于当代中国儿童文学理论批评界来说，汤锐学术活动
的价值恐怕首先就在于她为我们提供了一种良好的、独特的
艺术感觉。坦率地说，当代儿童文学批评曾经经历过一段相
当长时期的感觉麻木期，甚至是感觉剥夺期。因此，在同样
是相当长的一个时期里，儿童文学批评界的艺术感觉能力是
相当迟钝和紊乱的。从这个背景上看，可以说，汤锐带给我
们的清新、通脱、精妙的艺术感悟是独特而宝贵的。

这种感悟品格的形成，除了汤锐自身的悟性和修炼之
外，与她早期所倾心和接受的学术滋养也是分不开的。她曾
经充满感念地这样回忆道："记得在念大学四年级时，读到
了丹麦著名文学评论家勃兰兑斯的《十九世纪文学主流》，
顿时像被磁铁吸引了一般，爱不释手，它是我那时唯一能像
读小说读诗一样如痴如醉的理论著作。尤其是其中的第二册
《德国的浪漫派》，译者刘半九漂亮得令人炫目的译文更衬出
原著的充满灵性。稍后接触了尼采的《悲剧的诞生》，方叹
知'理论'这东西原来也能够拥有如此流光溢彩的面目。像
勃兰兑斯、尼采、宗白华、刘小枫等人的著作，读来真是一
种艺术的享受，枯燥的理论宛如生出了鲜活的翅膀，那生命
的活力分明闪烁在理论的外观与结构之中。"① 当然，1980 年

---

① 汤锐. 现代儿童文学本体论［M］. 南京：江苏少年儿童出版社，1995：270 -
271.

代的批评界也是一个开始张扬批评个性的时代。汤锐学术个性的逐渐生成，与时代氛围的滋养和包容，也是密不可分的。

进入 1990 年代，汤锐的学术活动也随之进入了一个新的时期。在已有的研究基础上，她选择了一些更为厚重、更具创造性的研究课题，陆续出版了《比较儿童文学初探》（1990）、《现代儿童文学本体论》（1995）、《北欧儿童文学述略》（1999）等引人注目的学术专著。这些著作，确立了汤锐在中国当代儿童文学理论批评界的学术地位。

《比较儿童文学初探》是一部尝试构筑中西儿童文学比较研究新体系的理论著作。我们知道，中西儿童文学比较研究在中国现代儿童文学研究起步时期就是由于西方人类学派研究方法等的影响而出现的，周作人、赵景深、郑振铎等人均有涉猎。但由于种种可以理解的原因，当时的比较研究"应该说还是粗浅、零散的，有很大局限性"①。更令人遗憾的是，自 1930 年代中期以后，比较儿童文学研究就因为各种社会文化方面的原因而基本中断了。因此，《比较儿童文学初探》一书实际上承担了恢复和振兴比较研究这一儿童文学研究分支领域的理论重任。而人们知道，中西儿童文学发展存在着巨大的历史时差和文化位差，比较研究谈何容易。但是，汤锐认为："当我们将中西儿童文学各看作一个有机生命体时，便能发现，虽然二者之间有明显的时间差，虽然后者对前者产生过并仍产生着重要影响，它们毕竟各有其从幼年走向成熟的完整而独立的发育过程，二者最根本的可比

---

① 汤锐. 比较儿童文学初探 [M]. 武汉：湖北少年儿童出版社，1990：3.

性特征正在于斯。"由此出发，《比较儿童文学初探》一书"将中西儿童文学的发展各理出一条线索，来研究各自的发展轨迹和特色"①。因此，该书不是对中西儿童文学发展的枝节和局部的比较研究，而是以历史为经线、以理论为纬线构筑了一个史论结合的中西儿童文学比较研究的新体系。早在1990年代初，我在撰写拙著《中国儿童文学理论批评史》时就认为，汤锐"这部著作的出现为重建儿童文学比较研究这一分支领域的理论殿堂，举行了一个漂亮的奠基仪式"②。

《现代儿童文学本体论》是汤锐迄今为止十分重要的一部理论专著。该书将学术触角伸向了现代儿童文学的本质、功能、美学特征、创作机制等一系列重大而基本的理论问题。汤锐试图突破以往仅以儿童（读者）为单一逻辑支点的封闭式的儿童文学理论框架，而努力以"成人—儿童"双逻辑支点为基础，建构新的、开放式的现代儿童文学理论体系。她指出："由'成人—儿童'为逻辑支点，这就必然会将思考的焦点引导到成人与儿童（作者与读者）两种审美意识的相互协调、双向交流上来，而这正是具有双向结构的现代儿童文学理论体系的关键环节。一旦我们把握住这一环节，现代儿童文学观念与实践中的一切主要问题都将迎刃而解。"③

从成人、儿童或作者、读者的双重视点来认识探讨儿童文学的特殊性问题，汤锐也许不是第一人。早在1980年代，

---

① 汤锐. 比较儿童文学初探［M］. 武汉：湖北少年儿童出版社，1990：34.
② 方卫平. 中国儿童文学理论批评史［M］. 南京：江苏少年儿童出版社，1993：412.
③ 汤锐. 比较儿童文学初探［M］. 武汉：湖北少年儿童出版社，1990：18.

不少研究者对此已先后有所涉猎。例如，班马在写作于 1985 年的《对儿童文学整体结构的美学思考》一文中提出，应突破儿童文学原有美学观念上的"自我封闭系统"，走向一种儿童与成人（社会）之间有机对话的双向结构。吴其南的《从系统结构看儿童文学的创作思维》（1986）、杨实诚的《是奴隶，也是主宰》（1986）、黄云生的《简论儿童文学创作的读者意识》（1988），以及笔者的《儿童文学：在创作者与接受者之间》（1987）、《儿童文学本体观的倾斜及其重建》（1988）等文章，都分别从不同角度论述过这个问题。但是，以"成人—儿童"双逻辑支点为理论核心和基本出发点，构建系统严整的理论体系，并使之具有巨大的社会历史感和广泛的理论涵盖力，汤锐无疑是完成此项学术工程的第一人。

《现代儿童文学本体论》展示了一个弥漫着良好悟性的精致、绵密的理论构架。在此书中，汤锐除保留并发展了她充满感性色彩和优美品格的研究个性外，还显示出了相当出色的理性分析和逻辑演绎能力。曹文轩教授曾经评论说："这本书使人感觉到，一位女性只要她愿意去构建一种体系，且又得到了良好的知识武装，那么她在理性上所显示出的力量，足以使那些在逻辑中进行智力游戏，在构建大规模体系之中获得理智快感的男性感到震惊并觉得望尘莫及。"[①] 写到这里，我突然意识到，在较早的那些学术短章和《比较儿童文学初探》中，我们其实已经领略过汤锐那些从容流丽、不紧不慢的文字中所辐射出的坚实的逻辑力量和灼人的理性气

---

① 曹文轩. 女性与理性——读《现代儿童文学本体论》[J]. 儿童文学研究，1997，(3)：11.

息。事实上，她始终是一名在感性和理性交互相融的宽广舞台上徜徉起舞的思想者。感性和理性，思想和情感，在她的学术思考和学术文本中，得到的是轻巧而美妙的配合。

我们当然仍然能够在后来儿童文学思想舞台的一些不同位置上看到汤锐的舞姿。例如她对儿童文学年度发展态势的精到点评，例如她对多媒体时代儿童文学发展的独特观察，都是儿童文学思想舞台上上演的漂亮节目。汤锐似乎并不乐意在这个舞台上抢风头，直到今天，她仍然是这个舞台上一名小心翼翼的舞者，至少在她的主观心性控制中，她是低调而谨慎的——尽管她的声音和身影一旦出现，便常常会招来她无法躲避的关注甚至喝彩。

人们不一定会同意汤锐的所有思想和观点，但是我相信，人们会无保留地欣赏汤锐的思想舞姿和风采，因为她的确是我们思想舞台上一名优雅的舞者。

附编

 对 话

原创图画书发展的艺术瓶颈在哪里

——2016 年 8 月 11 日答《文学报》记者金莹问

问：中国的原创图画书尚在起步阶段，与相对成熟的国外优秀作品相比，自然有不少的差距。与呼唤图画书的中国元素相比，您觉得我们与国外优秀图画书的最根本差距是在哪个方面？（可否举个具体的例子？）学界更应该呼唤原创作者在哪些方面加强原创图画书的创作？

答：对于原创图画书的发展来说，谈论"中国元素"的同时，我们还应更多地关注一种更具普遍性的"图画书元素"，我认为，后者对于原创图画书目前的发展来说，显得更为紧迫，也更具基础性。这里的"图画书元素"，也可以说是一本图画书最具文体标志性和区分性的艺术要素与特质。应该承认，现代图画书的艺术本身是多种多样的，但作为一种在当代儿童文学版图上受到特殊重视的文体，图画书在其不长的发展时期里形成了它最典型、最独特的艺术，即文字与图画之间的创造性合作造成的独特表意可能与表达效果，这种合作使它超越过去的配图童书，成为了一种在艺术上具有独特魅力的儿童文学文体。

原创图画书要走向世界图画书艺术舞台的中心，就需要先仔细学习、琢磨，进而发展图画书的这种独特的艺术能力。在做足"图画书元素"功夫的基础上，我们再来同时谈论"中国元素"如何以一种充分"图画书式"的艺术方式在图画书作品中得到表现。在我看来，就像任何成熟的运动员在形成、展现自我独特的风采、风格之前都必然要经历最基础的体能和动作练习一样，原创图画书（任何图画书都一样）一定要走过这个奠基性的艺术成长阶段，才能以成熟的艺术身躯去创造、追求并实现一种更自由的图画书美学。

也可以这样说：如果我们要谈论原创图画书的"中国元素"，它就不是一个简单的题材问题，而首先是一个艺术问题；书写中国题材、表现中国童年对原创图画书来说只具有创作素材层面的意义，而能否以及如何以高级的图画书艺术来书写和表现，才是原创图画书的中国书写最需要关注的问题。未来，原创图画书能否在世界图画书领域得到更高艺术地位的认可，能否为这一艺术门类做出不可替代的艺术贡献，关键也在这里。

问：提到中国的原创童书，我们必然会想到中国童年。中国作者讲中国故事，是自然而然的选择，那么，中国原创图画书可以如何体现图画书与中国故事、中国元素的对接和贯通，让中国表达具有面向世界讲述的高度和格局？（原创童书中颇受好评的《团圆》《牙齿牙齿扔屋顶》等作品表现

的都是中国故事，它们之所以获得认同，是否具有一些共同
特征？或者，它们也仍存在一些可以改进的地方？当下的图
画书创作中是否存在简单地用中国符号刻意表达中国元素的
情况？）原创图画书对本土童年的体现，是否做得令人满意？
中国原创可以在哪些方面进行改进？

答：中国当代童年有它自己的独特性、丰富性与复杂性。
原创图画书对此予以关注，是很好的现象。目前最迫切的议
题，是如何使原创图画书在讲述中国童年故事时，能够将它
放到图画书独特的艺术语境中，使之在图画书的整体艺术上
（而不只是题材、文字编织或文字与插图的简单搭配上）抵
达更高层级。

我在一些谈论原创图画书的场合，常会介绍到余丽琼著
文、朱成梁绘图的《团圆》。这是获得第一届丰子恺儿童图
画书奖首奖的作品。在这本图画书中，除了有着浓郁中国生
活滋味和生动童年生活感觉的"中国故事"，我还看到了对
于当时的原创图画书来说格外珍贵的画面叙事和图文合作。
《团圆》的不少画面，其构图、色彩、细节等，很值得做叙
事上的细致解读，这就使它像许多优秀的现代图画书一样，
在画面叙事方面具有了与优秀的文字叙事一样丰富生动却又
独一无二的表达力。其实，即使是在看似简单的"文配图"
模式中，图画书的艺术都很考验创作者的智慧。面对一串文
字的叙述，对应的画面可以有很多，因为文字的语言方式就
是连续性的，是一连串画面的连动，但最终却只有一个或有
限的几个画面会落在图纸上，这么一来，你选择画什么，怎
么画，都有图画书艺术上的讲究。

比如《团圆》里，毛毛陪爸爸去剪头发的那个段落，

"我坐在椅子上等爸爸"。想象这段文字对应的画面，大概是一个理发师拿着剪子正给爸爸剪头发，小女孩等在一旁。但这个画面除了解释文字内容，其独特的叙事力又在哪里呢？我们看到，作品中，画家选择了一个很具表现力的场景，即理发师将理发布给毛毛爸爸围上的瞬间，此刻理发布在理发师的手中飞展开来，尚未完全落到毛毛爸爸身上。蕴于这个画面中的那种充满动感的生活气息，那种将落未落的小小悬念，将孩子感觉中的世界表现得格外生动，也巧妙地铺垫着理发前后坐在一旁等待的毛毛的心情，这些都构成了对于文字叙事的隐在而重要的补充。这只是一个小小的例子，但它说明图画书的画面不只是画得好、画得美、画得特别就可以了，它还承担着对整个作品来说不可或缺的叙事功能。相比之下，目前我们看到的许多原创图画书，在画面叙事的发掘上还远不够成熟。

问：图画书有着不同于文学文本的创作规律，它不是简单的图文结合，应该是文本与图像之间产生奇妙的化学反应。中国文学的传统是强调文学性，所以我们也可以看到专家对图画书文学性的呼吁。图画书的文学性，与大众理解的文学性是否存在不同？在重视文学性之外，我们是否相对忽略了图像与文字之间的张力关系？如何理解图画书的图像叙事（能否举个具体的例子）？在这一方面，我们可以建立什么样的认识？图画书中的图与文应该处在怎样的关系之中？两者以何为重？

答：图画书既然是文字与图画共同叙事表意的特殊文体，我们理解它的文学性，也应该是一种同时包含文字与画面艺术的文学性，是文图合作中的文学性。这也是图画书特殊的文学性。受到传统文学观的影响，我们容易把图画书的文学性理解为文字部分的文学性，而把插图部分作为非文学因素，这其实是不全面的，某种程度上，这也是图画书艺术观不够成熟的表现。

在我的图画书讲座上，我曾经举过荷兰图画书《奇怪的一天》作为文图合作叙事（尤其是图像叙事）的一个典型例子。这本图画书的文字部分讲了一个简单的故事：大风天里，男孩杰克在等一封信，这封信将告知他绘画比赛的结果。他没有等到信，沮丧地在外面走了一圈，回到家里，发现获奖的通知在信箱里等着他，同时还有一大群带着礼物来看他的人们。这是怎么回事呢？谜底藏在画面的叙事中。我们看到，就在文字部分讲述杰克没能等到信件的内容时，画面上，有一封信从一个邮差手中飞了出去。邮差由此开始了在大风天里追逐一封信的"艰难"过程。由于邮差的奔忙，在这一带导致了各种"事故"，这些事故又恰好被沮丧路过的杰克下意识地挽救了，这才有了最后的场景。我们看到的是，图画书的文字与画面各讲出了故事的不同部分，同时又巧妙地彼此衔接，并最终统合在一个充满意外的温暖结局里。这是典型的文图合作的艺术。书中插图还有许多值得一提的细节，它们为整个叙事进程增添了巧妙的伏笔与可爱的趣味。

但同时，我也要特别强调，对图画书的艺术来说，文字与画面是一样重要的，优秀图画书的艺术魅力存在于它们彼此的有机配合中。只是因为我们今天相对欠缺的是插图方面的启蒙，所以经常看到对于这一部分的格外强调。谈到图画书的文字创作，我以为有两个与文字有关的问题值得思考：

首先，作为文学作品，它本身在文学上的质量怎么样？其次，作为图画书的文字，它给画面叙事留出充分的创造空间了吗？它与画面之间的合作是否能够碰撞出远比只有文字或只有画面丰富得多的表达内容与效果？把这两个问题合在一起，我们就能更好地理解图画书独特的文字艺术。

问：您曾提到我们应该重视图画书中的童年意识。也有专家认为，当下的图画书创作中存在儿童视角缺失、创作题材单一的问题。这种儿童视角的缺失体现在哪些方面？中国创作者在图画书创作中在这方面的不足，是基于什么原因产生的？是对儿童文学理论的不了解，还是创作心态上以成人视角俯视儿童？学者又可以提供哪些方面的建议，让创作者在这些方面进行弥补和改进？

答：有一点要先明确，儿童文学作品（包括图画书）中的童年意识，是一种基于童年观念、理解而诞生的关于这类文学应该如何表现童年以及应该把什么样的内涵交给童年的意识。在具体的作品中，并不是写了儿童就代表有童年意识，也不是不写儿童就没有童年意识。我在这里所说的童年意识的缺失，是指作家对童年的理解出了问题，也就是我们常说的作家"笔下没有童年"。有的作家也许会委屈地说，我写了童年啊，也表达了我对童年的理解啊。但对于优秀的儿童文学作品来说，有童年和对童年的理解，与这种童年及其理解符不符合现代童年生命的精神，符不符合现代童年文化的要求，完全是两码事。我们今天需要加强关注的正是后者。一些作品尽管写了孩子乃至孩子现实的生活，但我们读它，却感到缺乏童年应有的生动趣味，缺乏童年自己的生命力量，缺乏对孩子的发自内心的尊重与理解，等等。这就是缺乏童年意识的典型表现。图画书的道理也是一样。它的问题根源和最终的解决办法，还是在作家自己身上。多读优秀的儿童文学作品，也尽量精读一些儿童蒙养、教育的经典著作，从中了解什么是真正的童年情味，什么是对童年生命的真正尊重，什么是今天的儿童文学应该给孩子的，等等。

（原载于 2017 年 6 月 1 日《文学报》）

坚持文学"批评"的初心和本义

——2017 年 7 月 16 日答《文艺报》记者王杨问

问：我注意到，近期，您在德国慕尼黑国际青少年图书馆主办的《图书城堡》杂志上发表了《中国儿童文学三十年：1980 年代以来的历史概貌》的英文特稿，您认为中国当代儿童文学近四十年来的发展成果如何？

答：近四十年来，得益于社会生活、文化环境、艺术探索、对外交流等多方面条件的支持与推动，中国当代儿童文学取得了一系列重要的发展成果，也迎来了当代儿童文学史上最蓬勃的一个发展阶段。这期间，儿童文学不但以自己的方式全面参与了 1980 年代的文学探索与艺术革新，并在这一过程中获得了童年观、艺术观的重要拓展，特别是进入新世纪以来，在传统的书籍阅读在人们文化生活中所占比例总体日益下滑的时代，反而逆势而上，大为盛行，其掀起的儿童文学阅读和出版大潮，成为当代出版界乃至当代文化领域一个引人注目的现象。

在这个过程中，我认为当代儿童文学取得了几个突破性的进展。

一是童书商业的活跃及其日渐走向成熟。我想我们毋庸讳言，在当代儿童文学的发展进程中，商业位列首要的驱动力之一。这个力量推动着当代童书出版规模的迅速拓展，也使儿童读者自身的趣味得到前所未有的广泛关注。尽管商业童书模式本身存在一些亟须反思的问题，但不可否认，在童书商业提供的经济利益保障下，艺术的探索得到了更宽容的许可，作品的文学质量与其市场命运之间的内在关联也得到了更理性的认识。

二是儿童文学艺术探索的持续多元和深入。这一点，儿童文学界的体会最为深刻。这些年来，儿童文学在写作题材、艺术手法上均经历了多元拓展，其中既包括关于如何书写历史、战争等重大题材的新思考和新探索，也包括关于新的文体可能（幻想文学、动物小说）、表现手法（如后现代）等的探讨。我们从当前活跃的年轻作家中，看到的是非常丰富的艺术生态和写作面貌。

三是全民性的儿童文学阅读圈的建立。我有一个判断，经过新时期以来的全方位发展，当代儿童文学正在迎来一个重要的全民启蒙普及期。儿童文学阅读圈将以儿童为核心，波及更广大规模的教师、阅读推广人、保育工作者和一大批中产阶层家庭的父母。这个儿童文学阅读圈的建立，对于当代儿童文学的发展可能产生深远的影响。

四是儿童文学对外交流的拓展与突破。这些年来，中国儿童文学对外交流的有效性、双向性不断加强。2016 年曹文轩获得国际安徒生奖，是这一对外交流突破瓶颈、进入新阶的重要信号。在这个过程中，域外同行对中国儿童文学的专业了解在逐渐增加，这种专业了解的愿望也更加迫切。你提到的这篇文章，便是我应德国慕尼黑国际青少年图书馆的专门约请所写。

问：其中，儿童文学理论批评的发展和革新，对我国当代儿童文学的发展起到了什么样的作用？

答：在当代儿童文学的发展史上，儿童文学理论批评扮演过非常重要的角色。以最为典型 1980 年代为例。那是整个文学界都被新的艺术开放和革新的氛围所笼罩的时代，儿童文学也不例外。当时，儿童文学理论批评对于新的童年观念的敏锐感应，对于新的艺术动向的及时洞察、对于新的艺术问题的热烈探讨等，不但对儿童文学的当代发展起到了推波助澜的作用，甚至在某种程度上导引了那个年代的儿童文学艺术拓展和革新。

问：您近年来一直致力于原创图画书的研究，出版了《享受图画书》等专著，同时也参与或主持过丰子恺儿童图画书奖等的评审工作。小小一本图画书，可能包含着丰富多彩的世界，在您看来，优秀的或者说能成为经典的图画书，需要具备哪些要素？

答：图画书的形态是很多样的，今天，它还在发展出越来越多的样式和艺术面貌。今天我们经常阅读和谈论的一批世界优秀图画书作品，其面貌也十分多元，难以一语概括。但我一直强调，对于图画书这一文体的发展来说，充分认识什么是图画书的典型艺术形态，充分探索这一典型艺术形态的叙事可能，在这一典型形态下创造、奉献一批具代表性的优秀作品，是原创图画书在艺术上走向成熟的必经之路。

所谓图画书的典型艺术形态，就是体现图画书不能为其他文体所替代的独特表现方式和表现力的艺术方面，用最简约的话来说，即是文图配合叙事。图画书中当然不乏主要以文字承担叙事任务的作品，也有纯以图画叙事的无字书，但最典型的还是文字与图画分担叙事。在文与图的配合叙说中，图画书的叙事打破了传统线性叙事和解读的基本模式，文字与插图之间一方面呼应着彼此的表意，另一方面又为彼此留出表意的空间，从而造成图文间互为补充、巧妙配合的效果。这样的图文配合，不是如同两璧相叠，而是有若一璧的两半，彼此相合，从而构成一面完美的玉璧。理解了这一艺术的特点，我们才能深入理解图画书的文字艺术和插图艺术，比之一般的创作和绘画，究竟有何不同。而把握了这一点，原创图画书将在文字和插图的无止境的搭配可能中，发现丰富而独特的创意书写空间。

在图画书的文字语言和画面语言中，我们相对不熟悉的是后者。所以，就图文合作的艺术而言，不论文字还是插图创作，都应有充分的图画叙事意识。对文字作者来说，知道图画如何叙事，就会更明白文字中充满张力的留白对图画书意味着什么。对插图作者来说，知道图画如何叙事，也就会更明白如何将文字的张力演绎得淋漓尽致，以及如何以独特的画面语言进一步拓展这种张力。

当然，对于儿童图画书而言，文图合作的创意仅是要素之一，这种配合里是否体现了创作者对童年的贴近理解或深透思考，则是要素之二。在原创图画书走向经典的路上，两种考虑缺一不可。

问：您如何看待某些儿童文学作品的"低幼化"以及"儿童文学不应是抹杀复杂性的幼稚"这种观点？

答：我想你说的"低幼化"，是指一些儿童文学作品将世界、生活和儿童都写得过于单面、稚气，不够真实，它所对应的童年观念，实际上是将儿童看作不更世事、容易哄骗（包括文学上的哄骗）的小孩子。这种"低幼化"是儿童文学入门写作最易犯的一种毛病，如果仔细琢磨的话，它实际上也是生活中许多成人面对儿童、与儿童对话的时候最易犯的一种毛病。但我其实不很赞同"低幼化"这个说法，因为这个称谓在潜意识里，是以低幼儿童为次一等的读者，似乎这样的作品给低幼的孩子读，就没有问题了。我想说的是，即便在低幼儿童文学作品中，这种不知如何尊重一个孩子的认识和鉴赏能力、不知如何真实而单纯地处理童年现实的写作，同样是一种劣质的写作。

儿童文学不应回避童年生活中的复杂性。当代优秀的儿童文学，从不避讳这样的复杂性。但认识到童年生活本身的复杂性，并不等于把生活的复杂原样搬到儿童文学的写作中，更不等于要把儿童文学写得复杂。

这里，更进一步的问题是，什么是童年生活的复杂性，如何认识、表现这种复杂性？生活的复杂落在孩子眼里，不只是在一件听上去崇高的事情背后多了个功利的目的，也不只是一个看上去单纯的孩子内心多了些世故的内容。有关复杂性的书写比这样的设计要复杂和有难度得多。它首先是充分认识到生活本身的生动性，或者说，生动的生活本身即充满了复杂性。而一切借着儿童文学的名义"简化"生活、

"假化"生活的写作，恰恰都缺乏这样的生动性。童年是置身于成人世界中的童年，它不但受到这个世界的温柔关照，也常常觑见或面对这个世界之"恶"；而它自身，同时也是一个缩微的小世界，也有一个世界的丰富性和复杂性，好与坏，善与恶，难以简单划出界线。

但是其次，儿童文学还须对这样的生动性加以文学的提取和提炼，不如此，它就很可能脱出儿童文学的边界，成为以童年为题材的一般文学作品。提炼的基本标准，我以为就是童年的目光和童年的精神。透过童年的目光，一个孩子看见的生活，其生动性应该达到什么样的程度，这种生动性就应得到充分的尊重。透过童年的精神，一个孩子看见的生活不论多么复杂，童年生活本身不论多么复杂，仍有一种单纯的本能运行于其内，并成为这种生活的核心精神——这份童年特有的单纯的精神和力量，是儿童文学向它所属的大文学世界呈上的一份独特、珍贵的文学财富。

问：儿童文学理论批评对于创作的重要意义毋庸置疑，理论与创作是文学的两翼，您觉得目前我们在儿童文学理论批评方面是否还存在短板？如何更好地使理论和创作相融合，互相促进？

答：这些年来儿童文学理论建设的大环境其实不错，儿童文学界对理论的关注和认可也在加深，越来越多的儿童文学作家和相关从业者意识到了理论和理论素养的重要性。

但是，从原创儿童文学理论的更高发展来看，它面临的主要瓶颈可能有这么两个。一是理论的创造力还不够强大。这倒不是说儿童文学研究缺乏新的理论成果，而是指缺乏体现重大创造性的理论成果，比如一些既富前瞻性又切中当下儿童文学发展现实的、足以引发整个儿童文学界关注讨论的重大理论命题。实际上，在今天这个充满变革的时代，儿童文学的发展特别需要理论的前沿目光和有力洞见，换句话说，这其实是一个呼唤重大理论命题的时代，但我们的理论似乎暂时还没能跟上这一现实的吁求。

二是缺乏一个较为系统的原创理论体系。一种文学理论成熟的标志之一，是能够形成一套相对完善的概念、命题和话语体系。其实，反观 1980 年代，一批充满激情的中青年学者针对一系列儿童文学基础和前沿理论话题的探索，已经呈现出某种体系化的趋向，但在今天，这一理论体系的可能反倒淹没在了大量一般话题的分散研究中。在我看来，推进本土儿童文学理论的建设，这一体系化的考虑可能要放在一个比较突出的位置。

相比于理论，创作与批评的关系要更密切直接。但我一直认为，一位优秀的儿童文学作家应该也必然具备相当的儿童文学理论素养。实际上，最优秀的作家往往都有自己的一套文学阐释理论，这理论的形态可能是感性的，散漫的，但其内容一定是深刻的，富有人生和艺术洞察力的。这是因为在具备文学创作能力和才华基础的前提下，一位作家对其创作的对象理解得越是深入，对其写作艺术把握得越是透彻，其创作所能够抵达的艺术高度也就越引人注目。儿童文学创作也是同理。反过来，儿童文学理论也应努力贴近创作的实况，并善于读出、清理进而确立作品中有价值的学术话题和理论生长点。

问：从 2008 年起，您所在的浙江师范大学儿童文化研究院开始举办"红楼儿童文学新作系列研讨会"。您曾谈道：举办研讨会的初衷是为了倡导真正的儿童文学批评，恢复"批评"在儿童文学评判和鉴赏中的基本功能。十个年头过去了，红楼研讨是否还在继续坚持，您认为它是否达到了初衷？这十年中，红楼研讨有没有发生什么新的变化，或者您有没有发现什么新的问题？

答：是的，红楼的系列研讨会还在继续。今年五月刚举办了第 24 场。记录前 20 场研讨会实录的两辑《红楼儿童文学对话》已于 2014 年、2017 年分别由明天出版社、广西师范大学出版社出版。

近十年的红楼研讨，我们坚持的是文学"批评"的初心和本义，即通过坦诚、细致、深入的文本批评，借以探讨具体的文学问题，促进当下的创作实践。让我格外感动的，一是多年来，每位被研讨的作家亲身在会、听取批评的亲切、睿智和大气；二是我们师生对红楼儿童文学批评实践的天真、坚韧的守护；三是许多同行朋友对红楼批评实践的关注、认可和支持。研讨会上时有批评的交锋，也有批评者与作者的对话，一些文学问题在这样的交锋中得到了更为开放、深入的探讨。

红楼的"批评"没有"吓退"被批评者，这些年来，不断有作家、出版社向我表达携新作品到红楼来研讨的愿望。我在想，红楼研讨的持续开展，除了一种批评精神的坚持，也证明了一个重要的事实，即对于当前的儿童文学界、对于任何一位有文学追求的儿童文学作家而言，坦率、认真、切中文本且有见地的批评，是受到真诚期待和欢迎的。

目前，红楼儿童文学研讨会的研讨对象覆盖了儿童文学的各个主要文体，如小说（包括幻想小说、动物小说）、童话、童诗、散文、图画书等。我一直在考虑，要不要将批评本身也纳入研讨对象的范围。

问：关于"学院派批评"有很多不同的说法，在儿童文学理论批评中，您认为学院派批评的优势有哪些？在学院派批评发展过程中，又有哪些方面需要加以注意？

答：我所说的"学院派批评"，主要是想强调一种独立、纯粹、有思想、有积淀的批评传统，恰如学院本身应有的样子，立身一隅，洞观世界，抱持理想，关切现实。当然，今天的学院比之过去，与周遭社会之间的关系已有较大变化，"学院派批评"在过去和今天，人们对它的理解也有新变。但学院传统中的独立精神和理想主义，我以为是学院文化中不能遗失的命脉与核心。

一切学院派批评都需警惕理论至上和理论主义的问题。而儿童文学的学院派批评除了紧贴创作的现实，还需保持对当下儿童文化现实、包括儿童阅读现实的密切关注。我以为，儿童文学在某种意义上是以读者为中心的文学，儿童的愿望、兴趣、需求、精神等直接影响着儿童文学的创作和出版，而儿童本身又是一个充满文化活力和变革力的群体，尤其是在今天急剧变迁的媒介和社会生活语境中。因此，学院派批评除了关注儿童的文学，也应密切关注儿童的文化，以及这一文化在儿童文学中的投射、表现和塑造、建构。另有一些与儿童文学关系紧密的童年生活现实，比如对于当代儿童文学的接受、发展至为重要的亲子阅读现象，依传统学院派批评的标准，已经属于越出理论围墙的实践话题。但对于儿童文学来说，学院派批评如能依托其专业积淀和理论优势，加强对这类话题的专业介入，则其理论的活力和效力都将在这样的研究中得到进一步检验、印证和发展。

（原载于 2017 年 7 月 19 日《文艺报》）

如何评价新世纪中国儿童文学
——2018 年 9 月 10 日答《中华读书报》记者陈香问

少儿出版"黄金十年"旺盛的市场需求，催生了儿童文学纷繁复杂的创作和出版现象。新世纪以来，对儿童文学评价标准的重塑，批评尺度的重建，对类型、通俗、幻想、图画书、启蒙益智读物等新儿童文学写作形态如何评价，其中的哪些文本可纳入经典写作范畴的讨论，各方话语始终烽烟四起、鏖战频频。

应该说，目前的中国儿童文学与一个新的中国儿童文学场迎头相遇——这里不仅意指作家的创作环节，而且意指出版人的出版、发行人的发行和消费者的消费所构成的复杂文化场域；批评者和理论者需要披荆斩棘，在混沌多面的创作出版现实中，为儿童文学生态重塑价值体系；同时，中国的儿童文学理论建设和文学批评，需要贴近和关切文学现实，需要与童书多元的出版面貌相结合，更需要建立在开阔的社会文化的视野基点上。所以，这对新世纪中国儿童文学的理论建设和批评建设注定是一个复杂的挑战，然而，这既是挑战，也是理论者的机遇。

那么，究竟应该如何评价新世纪中国儿童文学？我们欣喜地看到，学者方卫平、赵霞新近出版的《儿童文学的中国想象——新世纪儿童文学艺术发展论》一书，以一种宏阔的姿态，书写了新世纪中国儿童文学这一场波澜壮阔的自我演进历程，更对新世纪中国儿童文学发展的文学文化语境、艺术美学突破、批评尺度与批评理论建设等大家关注热议的话题，给予了深度的创新性的表达。

显然，进入新世纪的中国儿童文学，正在展现它完全不同以往的气息和面貌，而这种气息和面貌，将深刻影响中国儿童文学的未来走向。

如何评价世纪中国儿童文学

中华读书报：进入新世纪以来的儿童文学，呈现出了一种多元共生、蓬勃但却庞杂的发展现状及走向，试图为这一阶段的儿童文学做出全面的评价包括理论上的深度总结，成为对儿童文学评论家和理论工作者的一大挑战。那么，在您看来，如何全面客观地评价新世纪以来原创儿童文学的总体艺术面貌？

方卫平：新世纪以来中国儿童文学的发展，首先是 1980 年代初至 1990 年代那场意义深远的儿童文学艺术探索和创新潮流的延续。但这一延续的广度、深度和新变的程度，或许不断越出了人们的预期和想象。从总体上看，新世纪儿童文学代表了当代儿童文学史演进至今最为开放、多元、深入的艺术探索和发展阶段。例如，除了传统文学类书籍的增长与进步，近年来我在为《中国新闻出版广电报》撰写畅销书榜评时也发现，知识类读物正呈现量与质的双重井喷——是的，我用的是"井喷"这个词；除了贴近儿童大众的写作受到普遍重视，先锋性的艺术探索也仍然保持着一定的势头。从数量到质量，从文体到类型，从题材面的拓展到读者面的覆盖，均有一些新的、富有意义的开拓和发展。

当然，一切发展都可能是两面的。对新世纪以来的儿童文学而言，一方面是儿童文学写作与出版事业的不断拓展，以及随之而来的当代儿童文学美学引人注目的自我建构进程；另一方面则是在日渐庞大的出版规模之下，商业因素对童书产业的全面渗透，以及由此导致的童年写作和出版的商业化、模式化，甚至是粗鄙化的现象。这一切提醒我们，在新世纪儿童文学蓬勃发展的态势下，关于儿童文学文类生存与艺术发展的传统命题，正在新的文化语境下分化出一些新的艺术问题。

认识中国儿童文学的新文化语境

中华读书报：这样的一种艺术面貌，是在怎样的新文化语境下产生的？与以往的儿童文学价值坐标相比，它展现出了怎样的不同以往的气息，带来了怎样的全新艺术话题和理论话题？

方卫平：我认为新世纪儿童文学的发展与它所处的新文化语境密不可分。变迁中的当代童年文化、商业消费文化和新媒介文化，有力地推动、影响了新世纪儿童文学的艺术发展。

儿童观与童年文化的变革，直接影响、塑造了新世纪儿童文学的童年观念和面貌。近二十年来，在一切儿童文化领域，儿童的主体性及其文化权利都得到了进一步肯定和张扬，与此相应地，原创儿童文学对于儿童自己的生活、世界、精神等也给予了更丰富的关注和更深入的思考。在新变与传统的双重作用下，儿童文学界逐渐形成了一种既坚持传统的儿童保护原则，又愿意充分尊重童年自由的童年观念，并试图在这两者之间建立恰到好处的平衡。在我看来，这一观念和趋向的形成，典型地体现了新世纪中国儿童文学发展的新趋向。

相较于童年文化，商业消费文化和新媒体文化看似更多地属于外部环境因素，却由外而内深刻地参与了新世纪儿童文学艺术面貌的塑造。新世纪儿童文学发展至为重要的一个现象，是随着国内儿童图书消费量的急剧攀升，儿童文学类童书在整个中国图书出版版图地位的不断提升。尽管早在1990年代，人们就开始意识到了市场经济下儿童文学出版所暗藏的巨大消费潜力，但进入新世纪以来的十余年间，针对这一消费潜力的出版发掘与利润争夺，几乎成为了席卷中国出版界的一个醒目现象，不但一批老牌的少儿出版社加大了各类儿童文学出版项目的策划、宣传与施行，另有一批原本并不专门涉足少儿图书的出版机构，也纷纷设立专门的少儿出版分支，加入到了这一文化担责和利润分羹的队列中。经济上的巨大驱动不但极大地推动了原创儿童文学的创作和出版，也内在地重塑着当代儿童文学的美学风貌。

来自童年文化与商业消费文化的，与当代儿童身处的新媒介文化语境相互激荡，其影响不断渗入儿童文学的艺术肌体内部，进而给新世纪儿童文学的艺术发展带来许多新的问题和思考。我以为这些问题和思考主要包括：如何认识新媒介时代儿童观念与童年文化的新内涵、新面貌？儿童文学应当如何把握这一童年观的新方向，更进一步，如何导引这一童年观的新趋向？如何理解商业经济、消费经济与儿童文学艺术逻辑发展之间的复杂关联？如何使儿童文学在商业和消费逻辑不可避免的裹挟下，仍然能够实现其更高的艺术作为？在中外儿童文学的深入交流和碰撞中，如何理解、追寻原创儿童文学的世界性与本土性？

中华读书报：在此一全新的文化语境下，如何看待新世纪儿童文学的艺术突破和存在着的创作问题？

方卫平：新世纪儿童文学取得的艺术突破是多方面的，其中最引人注目的一点，或许是一种更具儿童本位性的童年生活趣味得到普遍的认可、张扬和建构。就像我们刚才说的，这种趣味的上升直接受益于商业文化、新媒介以及与此相关的儿童观念发展的推动，但从文化、观念到儿童文学的文本艺术，还要经历一个充满曲折的文学探索和创作的过程。这一过程今天还在继续。新世纪以来的原创儿童文学，既越来越看重儿童生活自身的独特趣味和美感，以及与这趣味和美感相连的童年自我的生命尊严，同时也越来越意识到，童年生活的这种趣味远不像我们想象的那样简单、浅表。童言稚行只是儿童生活最表层的趣味，更进一步，在儿童不同于成人的观察、思考、想象、行动之下，是什么使得童年成为我们人生中无可替代的重要阶段，使得我们不再能够用轻慢的方式看待、对待儿童，使得我们愿意以肃然起敬的态度对待"童年"这个词语？

这些问题，既反映了新世纪儿童文学取得的重要美学突破，也揭示了它亟待深思的重要创作问题。我甚至认为，新世纪儿童文学写作的一切题材、类型，都面临着这一更深刻的"趣味"之问。对于商业和畅销类型的童书而言，在为儿童文学带来前所未有的娱乐趣味的同时，如何发现、建构这一趣味的重量与厚度？对于先锋和边缘性质的写作而言，如何在试探、寻索儿童文学的题材与文本边界的努力中，保持与真切、鲜活、生动的童年审美感觉和趣味之间的血肉联系，而不致陷入与真正的童年趣味相背离的"文艺腔"中。总而言之，如何在儿童生活的普遍书写中，认识、寻求一种独特、纯正、高级的童年文学趣味。"独特"指其无可取代，"纯正"指其童年艺术和精神的气象，"高级"则是指它与一般文学艺术同等的审美高度。我以为，这种趣味的提升，将把新世纪儿童文学的艺术实践推向一个新的阶段。

评价儿童文学的根本标准

中华读书报：市场热捧的儿童文学作品，与评论界认可的艺术形态儿童文学作品，存在着一定程度的错位和断裂。如何看待这种断裂？评价儿童文学的根本标准应该为何？

方卫平：这种"错位和断裂"，既是一种不可避免的存在，也有它积极的价值和意义。市场选择和专业判断，看待儿童文学的标准既有重合，也有分歧，两者的共同存在，提醒我们始终关注儿童文学艺术的多样性，关注儿童文学标准的复杂性。我想，从积极的方面看，真正专业的评价，其独特价值在于对文学品质和艺术精神的清醒认知、把握和揭示；市场选择的独特价值则在于对大众趣味的肯定和凸显。在中外儿童文学史上，不乏专业评论以其判断力、公信力参与纠正和调整市场风向的例子，也不乏市场以其强大的选择能力反过来冲破保守评论、进而推动儿童文学艺术新变的例子。但这一有效互动的前提是，在评论与市场之间保持着良好的沟通和交流的关系：一方面，市场愿意信任评论，或者说，评论让市场感到足以信任；另一方面，评论界也愿意认真对待市场发生的一切，认真思考其背后的意义或风险。

在这个问题上，儿童文学有别于一般文学的地方在于，对前者来说，只有市场追捧而无专业认可的作品，很可能难称佳作，但是，也不存在只有评论肯定而完全没有市场回应的所谓佳作。儿童文学的价值，始终要落实在最具体的儿童阅读的实践中。我认为，儿童文学真正的文学性，往往也是一种在儿童读者中具有普遍的接受力和吸引力的文学性。这种文学性，常常容易被市场的假象遮蔽，此时，评论的任务就在于拨开迷雾，正本清源。在最理想的状况下，市场和评论之间不是构成两套标准，更不是一场一方试图取代另一方的战争，而应是一场始终不中断的关于真正的儿童文学艺术性的追问与探寻。

这种碰撞的价值支点，就是你说的"评价儿童文学的根本标准"。这个标准既非评论的权威，也非市场的业绩，而是可以清楚地看见和谈论的儿童文学的文本艺术。它的儿童观念的现代与进步，它的童年趣味的真切与丰厚，以及它将这种观念和趣味付诸文学演绎而造成的富于独特魅力的语言艺术，大概构成了可用来评判一部儿童文学作品的基本标准。

三类文体的创作突破

中华读书报：梳理新世纪以来原创儿童文学的创作轨迹，可以看到，儿童小说、图画书、童话成为了焦点创作文体。结合相关的代表作品和更为广泛的文化场域，您认为，是什么成就了这三类文体的创作突破？

方卫平：一直以来，儿童小说和童话都是儿童文学的两大主要文体。借新世纪儿童文学的文化和艺术平台，它们获得了各自艺术上的长足发展，也在情理之中。至于图画书，确可视作新世纪儿童文学的新收获。我指的不是一般的插图读物，而是具有典型的现代形态的图画书。若从关注的广度看，图画书大可称为新世纪最引人注目的儿童文学文体。从家长、教师、阅读推广人到作家、编辑、出版社，再到学术评论界，对图画书文体的热情都是与日俱增。就在这些年间，全国各地，以推广、销售图画书为主要目的的各类绘本馆大量设立。另一个显而易见的现象是，近年来，越来越多知名的一线儿童文学作家被卷入图画书的文字创作。我用了"卷入"这个词，不但是为了突出这一潮流之强势，还因为有些长期专注于传统文体写作的作家是在缺乏对图画书艺术完全了解的前提下，受到这一阅读、出版风潮的裹挟，匆忙进入这个新的创作领域的。我想，近年内，国内所有一线儿童文学作家可能都会有图画书作品出版或即将出版。新世纪的儿童图画书热，它的创作高潮正在来临，而要使这一创作潮流催生最丰硕的艺术成果，包括文字和插画作者在内的图画书艺术启蒙，仍然不容忽视。

中华读书报：与之同时，新世纪以来，处于较为边缘状态的儿童文学其他文体，是应更为理性地看待其边缘位置，还是可以期待它们的创作突进？

方卫平：边缘或中心，或许也是一组相对的概念。比如儿童诗，在专业领域激起的普遍关注和话题探讨可能相对较少，但在大众阅读领域，尤其是在小学语文教学实践中，很长一段时间以来都是热点。再如儿童散文，与一般散文一样，它的性质、特点决定了它不可能成为儿童文学的核心文体，但这种传统的边缘位置实际上并不影响它自身正常的艺术发展。

我的看法是，在文化的事情上，很多时候，"边缘"之为边缘，不见得是件坏事。对于一些传统边缘文体的发展而言，最重要的不是呼唤他人的关注重视，而是提升自我的艺术品质。或许，没有了各种外来因素的诱惑与催逼，它倒可以在一个相对安宁、自足的创作空间里，缓慢而有效地推进自身的艺术探索。去年下半年以来，我应出版社之邀编了两个儿童诗读本，对于这些年来当代儿童诗取得的艺术进步，深有感触。我想，我们对于所谓的"边缘"文体的期待，与我们对于其他位居主流文体的期待应该一样，首先不是量的多少，而是质的高低。

如何书写中国童年

中华读书报：近年来，您做了大量的国外一流儿童文学的引进和评介工作，如国际安徒生奖获奖作家的作品梳理和译介。那么，放眼世界范围，中国原创儿童文学是否有其鲜明的艺术特色？如何客观评价中国原创儿童文学在世界儿童文学范围内的创作水准？

方卫平：原创儿童文学的名称即意味着一张鸿篇巨制、错综复杂的创作图谱，其中风格类型之多，样式面貌之杂，难以一言概要之。但有一点，不论原创儿童文学的艺术如何演绎，这些写作，始终是生长在中国童年的大地上。这一现实不可避免地统摄着原创儿童文学的写作。不过，要真正理解、写出、写好中国的童年，仅仅站在一个视点是不够的。这就是为什么我们需要去阅读、认识、欣赏、探究世界上一切优秀的儿童文学作品。理解世界，就是更好地认识和理解自己。

若就总体而言，新世纪原创儿童文学不论在量还是质上，都比过去更具备与世界儿童文学对话的气象。近年国外儿童文学获奖作品大量引进，撇开对奖项的盲从或迷信，客观地看，我们的一些优秀作品，并不输给一些国外获奖之作。但是，在艺术发展和实现的更高层面，我们的目光决不会放在那些终于被比下去的作品之上，而会望向世界范围内最经典、最高级的那些儿童文学作品。在这样的视点上，我们才会更多地看见原创儿童文学向前演进的差距和方向何在。这个差距，不代表国内作品与国外作品的差距，更不是中国与世界的差距，而是一种为靠近更诱人的艺术世界而做的永无止歇的努力。中国儿童文学早已是世界儿童文学的一部分，但它还要用自己的方式，像世界上一切优秀的儿童文学作品所做的那样，为儿童文学这个名字添加新的艺术荣耀。所以，在世界儿童文学的背景上谈论原创儿童文学，不是出于任何竞争的虚荣，而是原创儿童文学为寻求更高自我实现途中的必经之路。

问题与破解

中华读书报：要实现新世纪原创儿童文学进一步的艺术突破和提升，您提出了三个亟须突破的重要命题：童年精神、文化内涵和现实书写。怎样的观察与思考，使您得出了以上的判断？

方卫平：新世纪以来的原创儿童文学实现了艺术上的不少提升，但有些问题是隐伏在下，长久未能得到解决的。儿童文学的艺术越是发展，这些问题带给其艺术进步的阻碍就越突出。我认为这里有两个非常关键的问题：一是儿童观的问题，二是文化观的问题。

在儿童文学的写作中，我们用什么样的姿态对待童年，用什么样的方式理解童年，最终，通过文本，我们交给孩子的又是什么？我以为，这些问题在原创儿童文学的写作中值得一问再问。很多时候，在文学和文化的强大影响下，作家对于自己作品中存在的儿童观的问题，可能是缺乏自觉和敏感的。我曾以曹文轩、黄蓓佳、彭学军三位优秀作家的三部获奖儿童文学作品为例，细致分析了其中的儿童观问题，涉及的话题包括：我们对于童年的想象究竟在多大程度上足够贴近童年？面对幼小和弱势的童年，什么样的尊重才谈得上是真正的尊重？如何在童年生活的表现中真实而充分地体现童年自己的力量？之所以选择这三部作品，绝不是因为它们不够优秀，而恰恰是因为它们是当代原创儿童文学艺术成就最典型的代表之一。童年观的问题在原创儿童文学中其实非常普遍，但又不易觉察。提起人们对这个问题的关注和敏感，对于原创儿童文学接下去的艺术进步，我相信是具有根本性的促进意义的。

文化观的问题，其实也是我一直强调的，不论创作还是研究，做儿童文学，不要眼里只看见儿童和儿童文学。那样的话，我们理解中的儿童和儿童文学，一定会有不可避免的狭隘之处。不要以为，把文学的焦点对准儿童，写一个关于儿童的故事，这就是进入儿童文学的门道了。真正有"野心"的儿童文学作家，眼里心里一定不会只有儿童，在儿童身上，他会看见丰富得多的内容，关于人性，关于我们的生活和世界，关于一切文化的价值，关于存在的意义……所以，写童年，首先是写出独属于它的动人情味，其次，在这种情味里，还有没有耐人琢磨、寻思的丰富和厚重？当然，两者其实不是你先我后的关系，而是同时发生、进行的。一旦作家意识到童年背后那张巨大的文化帘幕，他笔下的童年情味，也一定不可避免地会变得丰富起来，厚重起来。

我相信，童年观和文化观的推进，也将把关于新世纪儿童文学对于中国童年现实的思考和书写带向新的境界。

中华读书报：从事儿童文学批评和理论建设数十年，作为中国儿童文学第四代学者中的代表人物之一，您见证并推动了中国儿童文学的发展，我相信，您心中应该也包含着对儿童文学饱满而复杂的感情。儿童文学的创作和理论建树，应该说，新时期以来取得了长足的进展，展现了一种饱满的气象，然而，它始终未能进入中国的主流学术视野，到目前为止，还没有一份可以纳入学术评价体系的儿童文学理论刊物，即是一例。这是一种"学术的偏见"吗？您如何看待此一现象？

方卫平：作为一名儿童文学研究者，当然非常期待看到一份有重量、有影响的当代儿童文学理论刊物的诞生，期待它获得主流学术评价体系的认可。不过也要看到，尽管儿童文学作为边缘学科的身份不言自明，这些年来，国内学界对于儿童文学的创作与研究还是给予了相当的关注，相关的理论和研究文章也常见诸各类重要的报刊和学术刊物。或许，对于新世纪儿童文学学科的发展，除了自身学术体制的建设，同样重要的是如何以自身的理论探索赢得更大范围内公众与批评界的高度认可，如何凭借理论研究从当下儿童文学的现实中发现洞穿其现状的重要学术问题，提出关乎其未来的前沿学术话题。不论对于个体还是一个文学的种类，真正的焦虑从不来自外部的"偏见"，而是自身之内，不断朝着新的进步和突破前行的渴望。

（原载于 2018 年 10 月 10 日《中华读书报》）

以儿童文学的力量塑造更好的童年

——2018 年 11 月 7 日 答《文艺报》记者行超问

记　者：最近，中国少年儿童新闻出版总社出版了您的新著《中国儿童文学四十年》。这本书的制作非常精美，而且采用中英双语对照的方式呈现文字内容。是否有意于让外国读者和研究者了解中国儿童文学发展的历史和当下？

方卫平：这本书的写作缘起是这样的，2014 年 11 月上海国际童书展（CCBF）期间，中少社总编辑张晓楠女士与编辑朋友专门找到我，约我撰写一部介绍中国当代儿童文学发展历程和面貌的小书，由该社组织专业人士译成英文，约请国外专家做英文审校，并以中文、英文双语形式出版。这本书篇幅无需太大，但希望能有助于国内外关心中国儿童文学的读者朋友和专业人士了解其在当代发展的艺术特点和历史轮廓。

今年 3 月份博洛尼亚童书展期间，这本书首次露面，受到一些国外同行的关注和欢迎。我回国后还先后收到了英国、美国等国的学者、翻译家和高校师生的邮件，希望得到这本书，同时也表达了了解中国儿童文学的愿望。记得大约五六年前，德国慕尼黑国际青少年图书馆曾约我撰写一篇介绍中国儿童文学现状的文章，我写了一篇《中国儿童文学三十年：1980 年代以来的历史概貌》。此文后来由该馆专家译成英文，发表在该馆主办的学术性丛刊《图书城堡》上。据我了解，这类讲述、介绍中国儿童文学的文字，对于推进中外儿童文学交流，应该是十分必要的。

记　者：为什么选择这 40 年作为观察中国儿童文学的范围和角度？

方卫平：考虑到这本书的预设读者和英文翻译工作量、中英文双语出版等因素，出版社希望《中国儿童文学四十年》一书的规模控制在 5 万字左右。在这样的篇幅里，如何截取中国儿童文学的历史长度，我的选择有：自古至今，"五四"以来，1949 年以来，改革开放以来，新世纪以来。之所以最后选择了改革开放 40 年这一叙述时段，一是因为这一时段，中国儿童文学发展波澜壮阔，所涉及的童年与意识形态、儿童文学的艺术美学、童书与市场传播等方面的历史内容、理论话题足够丰富、有趣、富有深意；二是因为，我本人 1977 年考入大学念中文系，刚好见证了 40 年中国文学特别是中国儿童文学的当代发展。讲述这样一段历史，我不仅相对熟悉，而且字里行间，可能还会带入一些亲历者的见闻和情感；其三，也是因为我想在给定的篇幅里，尽可能既简洁又舒展地讲好一个关于中国儿童文学的故事。用小说创作打比方，这本书也许大体相当于一个中篇小说。

记　者：在书中，您将近四十年中国儿童文学分为四个阶段："新时期"的开启、探索艺术的正道、市场化时代和21世纪。这些划分的具体依据和时间点是什么？

方卫平：讲述一段历史，分成若干时段，这不仅常常是历史叙述者的癖好和惯用的叙事"图式"，而且是由历史运动本身的巨大外观和内在逻辑性所决定的。我把40年中国儿童文学分为四个阶段，原因也是如此。大体说来，1977年至1979年，是所谓"新时期"的开启，即"拨乱反正"背景下的清算和出发阶段；1979年至1980年代末，是艺术探索和文学实验最为活跃的时期；1990年代是市场化开始到来，纯文学的艺术豪情和文学实验的生存空间逐渐受到打击、挤压；进入21世纪，新媒体蓬勃发展，中国儿童文学却在传统出版业出现颓势的情况下"逆势上扬"，甚至创造了童书出版的"黄金十年"——这里通常是指2005年至2015年。乐观主义的预言家们早已预言，中国童书出版的下一个"黄金十年"已经接踵而来。

记　者：与一般的文学史和理论书籍不同，《中国儿童文学四十年》这本书深入浅出，用生动呈现具体历史事件、深入分析作家作品等方式，大大提高了可读性。这种写作风格与您此前的学术著作是不是有所不同？

方卫平：是的。风格不敢说，但为读者考虑，这本小书在写作上的确动了一些脑筋，包括体例、史料、语言、趣味性的使用和体现等。很多年前我出过一本《中国儿童文学理论批评史》，传统的文学史写作方式我很熟悉。但是，对这样一本书的读者来说，如果只有大的历史轮廓和框架，或者，只有树木，不见森林，恐怕都不是合适的写作方式。事实上，许多年来，历史著作，包括文学史著作的写法早已纷繁多样，比如我上大学时就逐渐读到的勃兰兑斯的《十九世纪文学主流》，比如 20 年前让我读得如痴如醉的黄仁宇的《万历十五年》，比如近年我读到的卜正民主编的六卷本"哈佛中国史"等。好的历史著作，不仅会带给我们深入历史的震撼感，常常还会有阅读历史的赏心悦目感。所以，尽管这部小书的篇幅有限，我在写作中，也仍然试图把历史打量的基本视野与文学生活的某些细部肌理，历史思量的某种深度与历史呈现的某些趣味性，总体文学过程与个别作家作品的历史境遇、标本特质，以及代际、潮流与个体、历史瞬间等，都力图有所覆盖和兼顾。当然，由于个人学力有限，有些想法可能仅仅只是一种想法。

记　者：在书中，您将 21 世纪的中国儿童文学发展聚焦于"如何塑造更好的童年"，是否可以说，在您看来这是当下中国儿童文学创作中最重要的问题？

方卫平："如何塑造更好的童年"本身是一个大话题，我认为这应该是当前中国儿童文学创作的核心旨归。一切有价值的儿童文学书写，最终都是为了以儿童文学特有的力量，影响童年、影响现实，通过塑造更好的童年，将孩子、也将我们带向更好的未来。在这个核心旨归之下，我们才能来展开有关中国儿童文学发展的一系列子问题和子命题的思考。比如，儿童文学如何深入理解和贴近书写当代童年的复杂现实？站在"如何塑造更好的童年"的视点上，我们的目光就不会仅仅停留在对童年生活的现状摹写之上，而是要穿透这些童年现实的表象，看见关于这一现实之可能的"更好"想象。我在《中国式童年的艺术表现及其超越》一文中曾对"现实"与"真实"两个范畴做过辨析。面对中国大地上展开着的日益复杂的当代童年生活，我们既要看到它的各种鲜活、生动的"现实"，也要看到这些"现实"背后童年应有的"真实"和应然的真相；既要关注童年生活的各种现实状况，也要思考、辨明这一"现实"的价值方向。揭示"现实"状况背后的"真实"价值与方向，正是文学相对于生活的独特价值的体现。

再比如，儿童文学如何承继、表现传统文化的问题。从"更好的童年"的立场出发，我们对于传统文化这个话题的理解，便不会仅仅局限于文化继承和传播的意图目的，而是必然要从现代童年及其文化未来的视角，对作为儿童文学创作资源的传统文化及其文学呈现，做更深入的梳理和思考。

记　者： 我注意到，您在书中没有专门集中呈现中国儿童文学的理论评论的进程和成就。在您看来，这方面是否依旧是中国儿童文学的短板？

方卫平： 之所以没有专章谈论理论批评的话题，主要还是篇幅的原因。正像我刚才说的那样，这本书在规划之初，是想以新时期以来中国儿童文学的发展为脉络，做成一本提纲挈领、简明扼要又相对可读的读物，便于国内外读者从宏观角度了解、把握这段历史的基本状貌，又能接触到一些有意思的历史细节。如果用大部头来做，里面的许多话题都可延伸出体量庞大的分析论说。所以，重要的理论批评进程、现象等，我没有专章叙述，而是尽量把它们融入儿童文学历史的叙说。比如，1980 年代关于儿童文学艺术问题的那些批评探索和论争，就包含在关于整个艺术探索思潮的历史叙说中。还有新世纪以来关于商业化时代儿童文学创作中遇到的问题，也放在童书市场化的语境中带出和评述。

事实上，近四十年来，中国儿童文学理论批评的进步是十分明显的。我认为，理论和批评始终是推动、陪伴中国儿童文学艺术逐渐走向当代化的一种力量。整个 1980 年代，儿童文学的艺术新变，往往是在理论批评的锐敏下被觉察、谈论，进而与文学创作的实践互相振动，直至促成新时期儿童文学艺术探索与革新的浩荡潮流。在新世纪关于商业童书的探讨中，我们既看到了理论批评对于文学现实应有的回应，也看到了它带给这一现实的批判精神与反思精神。透过不同声音的论辩，我们对于市场化时代儿童文学的艺术问题、艺术命运与艺术走向，无疑有了更为深切的思考。

我特别想说的是，近四十年来，理论批评在中国儿童文学发展与艺术建构的进程中扮演的不可或缺的角色也在不断提醒我们，今天的理论批评应当对文学的现实承担起什么样的职责，应当对它的未来怀有什么样的抱负。理论批评应该对当下文学的现实时刻保持清醒的认识、深切的洞察以及有远见的前瞻。理论和批评要致力于发现当下文学现实中富于价值的内容，也要致力于揭示这一现实的缺失之物。这是理论批评保持其活力的基本途径，也是理论批评证明其价值的基本方式。

记　者：您认为，近四十年中国儿童文学发展最令人印象深刻的是什么？它目前面临的最重要的问题是什么？

方卫平：近四十年中国儿童文学的发展，让我们日益看到了儿童文学可能具有的重要而深远的影响力。这一影响体现在社会生活的各个层面：教育、文化、经济、政治……在这个过程中，原创儿童文学向人们展示了它的不断超越我们预期的艺术吸收力、表达力和创造力。文体层面，原创图画书的兴起与迅速发展，与儿童诗、童话、儿童小说等传统文体的艺术拓展相映成辉。题材层面，儿童文学的创作经历了从传统乡土向现代城市的拓展之后，在着力表现当代主流童年生活的同时，从未中断其投向边缘童年的目光与关切。儿童形象层面，类型与个性逐渐丰富。童年精神层面，探询和思考持续深入。表现手法和艺术样貌层面，通俗性的写作得到空前张扬，先锋性的探索也拥有自己的实验空间。对外交流方面，通过认识世界打开视野的同时，原创作家、作品"走出去"和"输出去"的努力，也不断收获新成果。总体说来，纵向比较，近四十年无疑是中国儿童文学发展至今最有成就的一个阶段。

对于中国儿童文学未来的发展而言，我以为有两个问题值得引起重视：一是童年观，二是文学观。童年观的问题，也就是如何看待和理解童年的问题，在当代儿童文学创作中还是一个有待进一步启蒙的话题。一些基础、重要的童年观问题，在当代作家的笔下尚未得到充分的重视和关注，由此带来的对于儿童文学审美趣味、面貌的影响，内在而深刻。我与一些作家私下交流，谈起儿童文学作品中不经意间透露的童年观问题，他们也大为触动。在当代儿童文学创作的语境中，许多问题看上去虽是小的细节问题，折射出的却是长久以来我们的童年观念当中亟须清理、摆正的内容。或者说，正是因为儿童文学艺术发展到了今天空前开放、丰富的阶段，我们更有必要关注这些童年观念、思想、精神方面的"细枝末节"。我也相信，对一切优秀的文学来说，童年观以及与此相关的细节的高度，是最终确立其艺术高度的重要标杆。

文学观方面，我一直强调的是，儿童文学既遵循与最普遍的文学作品一样的艺术规律，又有属于它自己的独一无二的文学特质。儿童文学的艺术样态首先是多种多样的，也应当鼓励、许可各种各样的文学实验和探索。但在此基础上，对于体现儿童文学无可替代的艺术价值的"文学性"特点，我们的认识还有待进一步提升。我认为，儿童文学是要在看似无从回避的题材、语言、内容等的限度之内，写出童年语言的文学高度、童年情感的文学厚度以及童年精神的文学深度。以语言为例，我认为，当前的儿童文学创作就有两种趋向需要谨慎对待：一是文艺腔，二是翻译腔。前者是把儿童文学的语言在形式上复杂化，却缺乏与之匹配的真切、真诚、有重量的情感内涵。后者是在域外儿童文学的影响下不知不觉形成的一种语用倾向，其语言的用词、句式、结构等，其实远离汉语表达的自然、生动状态。两者实际上都使原创儿童文学的语言偏离一流儿童文学的语言状态。

记　者：您对未来中国儿童文学的发展有什么样的期待？

方卫平：这些年中国儿童文学的蓬勃发展，极大地激励、拓展着我们对于原创儿童文学艺术可能与未来的想象。在当代社会生活新变不断的现实下，这样开放、多元的艺术探索再延续 10 年、20 年，中国儿童文学的总体面貌会发生什么样的变化？这是一个挑战想象力的问题。但我相信，中国儿童文学更高远的艺术未来，不仅是在充满自信和豪情的不断迈进中，而且是在带着问题和反思不断向前的执着探索中。

（原载于 2018 年 11 月 14 日《文艺报》）

后记

这部书稿是我多年来跟踪、思考、探讨新时期至新世纪中国儿童文学艺术发展路径和轨迹留下的文字。

感谢朱自强教授的邀稿,感谢少年儿童出版社接纳出版本书。特别要感谢责任编辑周婷女士所付出的心血和劳动,她细致和专业的编辑工作,给我留下了深刻的印象。

方卫平

写于 2019 年 12 月 7 日

图书在版编目（CIP）数据

1978—2018 儿童文学发展史论/方卫平著 . —上海：少年儿童
出版社，2020
（新世纪儿童文学新论）
ISBN 978 - 7 - 5589 - 0705 - 0

Ⅰ.①1… Ⅱ.①方… Ⅲ.①儿童文学－文学史－中国－
1978—2018 Ⅳ.①I207.8

中国版本图书馆 CIP 数据核字（2019）第 257020 号

新世纪儿童文学新论
1978—2018 儿童文学发展史论

方卫平 著

许玉安 封面图
赵晓音 装 帧

责任编辑 周 婷 美术编辑 赵晓音
责任校对 陶立新 技术编辑 许 辉

出版发行 少年儿童出版社
地址 200052 上海延安西路 1538 号
易文网 www.ewen.co 少儿网 www.jcph.com
电子邮件 postmaster@jcph.com

印刷 上海盛通时代印刷有限公司
开本 787×1092 1/16 印张 29.5 字数 319 千字 插页 1
2020 年 1 月第 1 版第 1 次印刷
ISBN 978 - 7 - 5589 - 0705 - 0/Ⅰ·4501
定价 98.00 元